Jean-François Parot

Commissaire LE FLOCH

und das Phantom der Rue Royale

Jean-François Parot

Commissaire LE FLOCH

und das Phantom der Rue Royale

Roman

Aus dem Französischen von
Michael von Killisch-Horn

BLESSING

Originaltitel: Le fântome de la Rue Royale
Originalverlag: Édition Lattès, Paris

MIX
Papier aus verantwortungsvollen Quellen
FSC® C083411

Verlagsgruppe Random House FSC® N001967

1. Auflage, 2018

in der Verlagsgruppe Random House GmbH,
Neumarkter Str. 28, 81673 München
Umschlaggestaltung: Bauer + Möhring, Berlin
unter Verwendung Abbildung akd-images
Satz: Leingärtner, Nabburg
Druck und Einband: CPI books GmbH, Leck
Printed in the Czech Republic
ISBN: 978-3-89667-625-2

www.blessing-verlag.de
Dieses Buch ist auch als E-Book lieferbar.

Für Monique Constant

Inhalt

Liste der Personen 9

I Die Place Louis XV 11
II Sartine und Sanson 47
III Aux Deux Castors 79
IV Mäander 111
V Staatsangelegenheiten 143
VI Ängste 177
VII Pfingsten 209
VIII Christophe de Beaumont 245
IX Exorzismus 277
X Licht und Wahrheit 309
XI Anhörung 343
XII Auflösung 377

Danksagung 411
Anmerkungen 412
Verzeichnis der im Roman auftretenden oder genannten historischen Persönlichkeiten 413
Glossar 430

Liste der Personen

Nicolas Le Floch: Polizeikommissar im Châtelet
Monsieur Gabriel de Sartine: Polizeipräfekt
Monsieur de Saint-Florentin: Minister der Maison du roi
Pierre Bourdeau: Polizeiinspektor
Le Père Marie: Amtsdiener im Châtelet
Tirepot: Spitzel
Rabouine: Spitzel
Aimé de Noblecourt: ehemaliger Staatsanwalt
Marion: seine Köchin
Poitevin: sein Diener
Catherine Gauss: ehemalige Marketenderin,
Köchin von Monsieur de Noblecourt
Guillaume Semacgus: Marinewundarzt
Awa: seine Köchin
Charles Henri Sanson: Henker von Paris
La Paulet: Bordellbesitzerin
Pater Grégoire: Apotheker der Unbeschuhten Karmeliter
Monsieur de La Borde: Erster Kammerdiener des Königs
Christophe de Beaumont: Erzbischof von Paris
Pater Guy Raccard: Exorzist der Diözese
Jérôme Bignon: Prévôt des marchands
Langlumé: Kommandant der Stadtwache
Monsieur Bonamy: Historiograph und Bibliothekar der Stadt
Charles Galaine: Pelzhändler und Kürschner, 43 Jahre
Émilie Galaine: seine zweite Frau, 30 Jahre
Jean Galaine: sein Sohn aus erster Ehe, 22 Jahre

Geneviève Galaine: seine Tochter aus zweiter Ehe, 7 Jahre
Charlotte Galaine: seine ältere Schwester, 45 Jahre
Camille Galaine: seine jüngere Schwester, 40 Jahre
Élodie Galaine: seine Nichte und sein Mündel, 19 Jahre
Naganda: Micmac-Indianer, Diener von Élodie
Louis Dorsacq: Ladenjunge, 24 Jahre
Marie Chaffoureau: Köchin der Galaines, 63 Jahre
Ermeline Godeau, genannt **Miette:** Dienstmädchen der Galaines, 17 Jahre

Namen, Orte oder Begriffe, die bei der ersten Nennung im Text *kursiv* gesetzt sind, werden im Anhang (Verzeichnis der historischen Persönlichkeiten und Glossar) näher erläutert.

I

Die Place Louis XV

Aber durch ihn wird ein Feiertag
Zu einem traurigen Trauertag.
Der Platz, wo Freude herrschen soll,
Ist bald nur noch ein riesiger Sarg.

ANONYMUS 1770

Mittwoch, den 30. März 1770

Ein höhnisch grinsendes Gesicht mit einer roten Mütze tauchte an der Wagentür auf. Hände mit schwarzen Fingernägeln klammerten sich an der heruntergelassenen Fensterscheibe fest. Nicolas erkannte das früh verwelkte Gesicht eines Jungen. Diese plötzliche Erscheinung versetzte ihn zehn Jahre zurück, in eine Karnevalsnacht, unmittelbar bevor Monsieur de *Sartine*, der Polizeipräfekt, ihm seine erste Untersuchung anvertraut hatte. Die Masken, die seine Ermittlungen umgeben hatten, sollten für immer Gesichter des Todes für ihn bleiben. Er verscheuchte diese Gedanken, die eine Traurigkeit, welche er seit dem Morgen empfand, nur noch verstärkten. Er warf eine Handvoll Kupfermünzen himmelwärts. Entzückt über den Geldsegen, verschwand die Erscheinung; sie hatte sich auf das Trittbrett gestellt, und nach einem Purzelbaum rückwärts fiel sie wieder auf die Füße und schlüpfte auf der Suche nach den Münzen durch die Menge.

Nicolas schüttelte sich wie ein müdes Tier und seufzte, um die Niedergeschlagenheit loszuwerden, die ihn peinigte. Vermutlich hatten ihn die vergangenen zwei Wochen erschöpft. Zu viele schlaflose Nächte, der Zwang, ständig hellwach sein zu müssen, und die quälende Angst vor einem unvorhersehbaren Zwischenfall. Seit dem Attentat von *Damiens* waren die Sicherheitsmaßnahmen für den König und seine Familie verstärkt worden. Manche Ereignisse, die in der Verschwiegenheit der Amtsstuben begraben waren und in die der junge Kommissar im *Châtelet* aufs Engste verstrickt gewesen war, hatten ihn seit zehn Jahren an die vorderste Front in diesem Kampf und dieser täglichen Überwachung katapultiert. Monsieur de Sartine hatte ihm den Personenschutz für die königliche Familie anlässlich der Heirat des Dauphins mit *Marie-Antoinette,* Erzherzogin von Österreich, übertragen. Sogar Monsieur *de Saint-Florentin,* Minister der Maison du Roi, hatte ihn ermahnt, sein Bestes zu geben, und ihn leutselig an seine Erfolge in der Vergangenheit erinnert.

Ab der Schranke von Vaugirard überschwemmte die Menge der Fußgänger eng gedrängt die Fahrbahn und hemmte immer wieder den chaotischen Strom der Wagen. Nicolas' Kutscher brüllte unentwegt Warnrufe, begleitet vom lauten Knallen seiner Peitsche. Manchmal kippte der Kutschkasten bei einem plötzlichen Halt nach vorn, und Nicolas musste seinen Arm beschützend ausstrecken, um zu vermeiden, dass sein Freund Semacgus sich die Nase an der Wand platt drückte. Er hätte nicht sagen können, warum, doch nichts hatte ihn je so sehr beunruhigt wie diese Schaulustigen, die wie ein wirrer Haufen der Place Louis XV zustrebten. Diese Masse, die vor Ungeduld bebte, stürmte zum versprochenen Festvergnügen; denn die Stadt organisierte anlässlich der Heirat des Dauphins ein großes Feuerwerk. Jeder hatte seine eigene Meinung, und Nicolas spitzte die Ohren, um die Kommentare mitzubekommen, die zu ihm drangen. Der *Prévot des marchands*, der die Feierlichkeiten ausrichtete, hatte versichert, dass nach dem pyrotechnischen Schauspiel die Boulevards beleuchtet würden. Als hätte er die Gedanken seines Nachbarn gelesen, erwachte Semacgus nach mehrmaligem Aufstoßen und nickte, die Hand nach der Menge ausstreckend.

»Sie haben großes Vertrauen in die Großzügigkeit ihres Prévôts! Mögen sie nicht enttäuscht werden!«

»Zweifeln Sie etwa daran, mein Freund?«, fragte Nicolas.

Nach all diesen Tagen der Unruhe hatte er sich darauf gefreut, Doktor Semacgus aus Vaugirard herauszuholen. Er wusste, wie sehr er diese besonderen Gelegenheiten liebte, und hatte ihm vorgeschlagen, ihn zur Place Louis XV zu begleiten, um von den Kolonnaden der auf beiden Seiten der Rue Royale neu errichteten Gebäude aus dem Fest beizuwohnen. Sartine wünschte einen Bericht über ein Ereignis, zu dem die Stadt wider Erwarten nicht seine Polizei hinzugezogen hatte.

»*Jérôme Bignon* ist nicht gerade dafür bekannt, dass er sich um das Volk Gedanken macht, und ich fürchte, dass die Erwartungen dieser braven Leute bitter enttäuscht werden. Ach, die Zeiten ändern sich! Sie machen sich keine Vorstellung, wie man bei der zweiten Hochzeit des Vaters unseres jetzigen Dauphins geschlemmt hat. Der damalige Prévôt ließ Wagen mit Füllhörnern zirkulieren, aus denen sich Lyoner und Knoblauchwürste ergossen, ganz zu schweigen von süffigen Getränken … Verdammt, damals wussten alle zu leben, und wir haben nach Herzenslust geschlemmt!«

Bei diesen köstlichen Erinnerungen schnalzte Semacgus mit der Zunge, und sein schon von Natur aus rotes Gesicht rötete sich noch ein wenig mehr. Er sollte auf sich aufpassen, dachte Nicolas. Der Mann blieb sich treu, stets begierig nach den Freuden des Lebens, doch Jahr für Jahr wurde er dicker, und er nickte immer häufiger am helllichten Tag ein. Seine Freunde machten sich Sorgen um seine Gesundheit, ohne sich zu trauen, ihm mit ihren Ratschlägen auf die Nerven zu gehen. Er hätte im Übrigen niemals eingewilligt, ein solideres und seinem Alter entsprechendes Leben zu führen. Nicolas bemaß die Freundschaft, die er für Semacgus empfand, an den Sorgen, die er sich um ihn machte.

»Es ist sehr gütig von Ihnen, Nicolas, dass Sie einen alten Bären, der immer bereit ist, den Galan zu spielen, aus seiner Höhle geholt haben …«

Die buschigen weißen Augenbrauen hoben sich ratlos und fragend.

»Aber … Sie machen einen sehr düsteren Eindruck auf mich an diesem Feiertag«, fuhr er fort. »Ich wette, dass Sie eine Sorge quält.« Hinter seiner ausschweifenden Vergnügungssucht verbarg der Marinewundarzt eine stets wache Sensibilität und Fürsorglichkeit seinen Mitmenschen gegenüber. Er beugte sich zu Nicolas und fügte, während er die Hand auf seinen Arm legte, hinzu, wobei seine Stimme jetzt nicht mehr spöttisch klang:

»Man darf die Dinge nicht für sich behalten, ich spüre, dass Sie etwas bedrückt ...«

Doch sogleich verfiel er wieder in seinen üblichen Ton.

»Vielleicht eine Schönheit mit Tripper, die Ihnen eine Erinnerung hinterlassen hat!«

Nicolas konnte sich ein Lächeln nicht verkneifen.

»Leider nein, das überlasse ich meinen ausgelasseneren Freunden. Aber Sie haben recht, ich bin besorgt. Einerseits, weil ich gleich einem großen Volksauflauf beiwohnen werde als Beobachter ohne Mission und Mittel, und auch ...«

Semacgus unterbrach ihn.

»Wie? Was wollen Sie mir da weismachen? Die beste Polizei Europas, die in Potsdam und in Sankt Petersburg als Vorbild gepriesen wird, soll mundtot, kampfunfähig, machtlos sein? Und Monsieur de Sartine hat nicht seinen besten Ermittler abkommandieren können? Das glaube ich nicht!«

»Wenn ich schon alles gestehen muss«, erwiderte Nicolas, »sage ich Ihnen, dass Monsieur de Sartine, der zu Recht besorgt ist, denn immerhin gibt es Präzedenzfälle ...«

Semacgus hob überrascht den Kopf.

»Ja, als der Vater unseres Dauphins die Prinzessin von Sachsen heiratete. Monsieur de Noblecourt hat es sich, wie Sie sich denken können, nicht nehmen lassen, mir die Sache zu erzählen. Es geschah 1747, und er ist dabei gewesen. Auf der Place de l'Hôtel de Ville war erfolgreich ein Feuerwerk organisiert worden, doch aufgrund der überraschenden Menge an Zuschauern kamen die Kutschen in ziemliche Bedrängnis, und zahlreiche Personen wurden überfahren oder sind erstickt. Monsieur de Sartine, der sich stets die Akten aus dem Archiv bringen lässt, blieb die Sache natürlich nicht verborgen, und er zog die entsprechenden Schlüsse daraus, wie Sie sich vorstellen können.«

»Zum Teufel, ja! Und wo liegt das Problem?«

»Dass niemand radikal durchgreifen will.«

Der Wagen machte ein Ausweichmanöver und streifte einen alten Mann, der auf einem Bein hüpfte, laut sang und dazu einer *Vogelorgel* begleitende Töne entlockte Er wurde von einer kleinen Menge umringt, die den Refrain im Chor wiederholte.

Wir werden Frankreich Untertanen geben
Und ihr gebt ihnen Könige.

Ein Pfiff ertönte im Publikum, und es kam zu einer Schlägerei. Nicolas wollte eingreifen, doch der Schuldige hatte sich bereits aus dem Staub gemacht.

»Mein Assistent Bourdeau sagt oft, dass der Pariser zum Besten wie zum Schlimmsten fähig ist und dass an dem Tag, an dem seine Geduld … Kurz, Seine Majestät wollte nicht zugunsten von Monsieur de Sartine entscheiden.«

»Der König wird älter, und wir auch. Die Pompadour wachte über ihn; ich weiß nicht, ob die neue Favoritin so viel Feingefühl hat. Er verfällt, das ist eine Tatsache. Letztes Jahr bei der Parade der *Gardes françaises* haben alle einen Schreck bekommen, als sie ihn so verändert und gebeugt auf seinem Pferd sahen – er, der immer so aufrecht war. Im Februar ist er bei der Jagd schlimm vom Pferd gestürzt. Es ist eine schwierige Zeit. Aber was ist der Grund für eine so merkwürdige Haltung?«

»Nichts sollte eigentlich den reibungslosen Ablauf der Hochzeit stören. Zu viele unheilvolle Voraussagen lasteten auf dieser

Heirat. Kennen Sie das Horoskop von Doktor Gassner, dem Tiroler Magier?«

»He, wissen Sie nicht mehr, dass ich Philosoph bin? Was geht mich dieser Unsinn an?«

»Die Voraussage, die bei der Geburt der Dauphine gemacht wurde, kündigt ein unheilvolles Ende an. Hinzu kommen kleine Vorfälle. Monsieur *de La Borde*, der Erste Kammerdiener des Königs und unser gemeinsamer Freund, hat mir erzählt, dass das Häuschen, in dem die Prinzessin wohnen sollte, mit Gobelins geschmückt war, die die blutige Hochzeit von Jason und Kreusa darstellten.«

»Das ist gelinde gesagt eine unglaubliche Ungeschicklichkeit: eine betrogene Frau, die sich rächt, Kreusa verbrannt von einer magischen Tunika und die beiden Kinder von Jason getötet.«

»Um auf den Polizeipräfekten zurückzukommen, er wollte – was seine Rolle und sein Vorrecht ist – die Kontrolle über das von der Stadt ausgerichtete Fest haben. Bignon hingegen hatte bereits alles unternommen, um diese Verantwortung an sich zu reißen, und der König wollte nicht die Staatsbeamten einer Stadt gegen sich aufbringen, die er hasst und die es ihm entsprechend heimzahlt.«

»Allerdings sollte man die Stadt nicht unterschätzen, bevor man sie in Aktion erlebt hat.«

»Ich bewundere Ihr Vertrauen. Das Anagramm von Jérôme Bignon, dem Prévôt des marchands, lautet wohl nicht zufällig *Ibi non rem, damna gero,* Ich tue nicht Gutes, sondern Böses. Er gilt als unfähig, eingebildet und stur. Monsieur de Sartine erinnerte mich, dass sein Onkel, Monsieur d'Argenson, zu ihm, als er zum Bibliothekar des Königs ernannt wurde, gesagt haben soll: ›Ausgezeichnet, mein Neffe, das wird eine gute Gelegenheit sein, lesen zu lernen.‹ Dass er einer der Vierzig der Académie française ist, hat seine Überheblichkeit nur noch verstärkt. Aber das ist nichts angesichts der Inkonsequenz bei der Vorbereitung dieser Feier.«

»Einverstanden. Aber ist das so schlimm, dass es Sie in einen so elenden Zustand versetzt?«

»Urteilen Sie selbst. Erstens, diese Herren der Stadt haben nicht eine einzige Sicherheitsmaßnahme ergriffen. Das Feuerwerk droht das ganze Blut der Hauptstadt zum Herzen zurückfließen zu lassen. Es sind überhaupt keine Zufahrtsmöglichkeiten für die Wagen organisiert worden, während wir für jede einzelne Vorstellung in der Oper sorgfältig den Verkehr in der unmittelbaren Umgebung regeln. Erinnern Sie sich – wir waren beide dabei – an die Einweihung des neuen Saals und die außergewöhnlichen Sicherheitsmaßnahmen, die ergriffen wurden, um Staus und Chaos zu vermeiden. Ein Gutteil des Regiments der Gardes françaises war aufgeboten worden. Die Posten erstreckten sich vom Pont Royal bis zum Pont-Neuf, und die Kutschen konnten problemlos bis in die Nähe des Gebäudes fahren. Wir hatten alles bis ins kleinste Detail durchdacht.«

Semacgus lächelte angesichts dieses Pluralis Majestatis, den der Polizeipräfekt ebenso benutzte wie sein treuer Assistent.

»Zweitens?«

»Zweitens hat der Architekt, der für die Errichtung der Bühne zuständig ist, es unterlassen, ein Gelände zu planieren, das noch eine halbe Baustelle ist. An verschiedenen Stellen gibt es noch Gräben, die uns stark beunruhigen, da sie Fallen für die Füße der Schaulustigen sind. Drittens ist nichts vorgesehen worden, um den Ehrengästen, Botschaftern, Schöffen und der Stadtverwaltung den Zugang zu ermöglichen. Wie sollen sie durch diese Menschenmassen kommen? Und schließlich hat sich der Prévôt geweigert, dem Regiment der Gardes françaises, wie es Brauch ist, eine allgemeine Sonderzulage von tausend Écus zu gewähren. Folglich werden also die Kompanien der Stadtwache, deren einzige Sorge es in den letzten Tagen war, sich in ihren funkelnden Uniformen, die die Stadtverwaltung ihnen aus gegebenem Anlass spendiert hat, bewundern zu lassen, allein für die Straßen verantwortlich sein.«

»Jetzt machen Sie sich mal nicht verrückt. Das Schlimmste ist nicht das Wahrscheinlichste, und das Volk wird diesen Abend fröhlich mit den Speisen und dem Wein ausklingen lassen, die der Prévôt gespendet hat.«

»Leider ist das bereits das nächste Problem! Laut meinen Informanten soll die Stadt, weil sie ein Feuerwerk, prächtiger als das des Königs in Versailles, bieten wollte, an Speis und Trank gespart und letztlich ganz darauf verzichtet haben.«

»Dem Volk die Schlemmerorgie vorenthalten! Was für eine Dummheit!«

»Sie wird durch einen Markt auf den Boulevards ersetzt, aber die Standbesitzer mussten für ihre Standplätze teuer bezahlen, um die Kosten für das Feuerwerk hereinzubekommen. Sie wissen ja, wie kostspielig dieser märchenhafte Lichterregen ist. Kurz, all das verheißt nichts Gutes, und es ärgert mich wahnsinnig, dass ich nichts tun kann. Ich bin hier, um zu berichten, das ist alles.«

»Wollen Sie mir sagen, was für eine Funktion dieser Prévôt eigentlich hat?«

»Keine wichtige. Seit der Urgroßvater Seiner Majestät die Stelle des Polizeipräfekten geschaffen hat, hat dieser seine wesentlichen Privilegien verloren. Es bleibt ihm nur Firlefanz, und vor allem die Verwaltung der Besitztümer der Stadt und die Organisation der Anleihen. Außerdem hat er eine repräsentative Funktion bei den Zeremonien. ›Rote Satinrobe, darüber ein geschlitzter Talar, halb rot, halb rotbraun, und ein Barett von gleicher Art.‹«

»Ich verstehe!«, sagte Semacgus. »Es gibt gewisse Personen, die an ihrem Platz sind wie Zapfen und Nägel, die man für absolut notwendig erachtet, um alle Teile des Gebäudes zusammenzufügen, obwohl sie eigentlich wertlos sind.«

Nicolas lachte aus vollem Halse über diese Bemerkung. Es folgte ein langes Schweigen, in dessen Verlauf der Lärm der Wagen, die Schreie der Kutscher und das Getrampel der Menge die Kutsche mit einer Flut von Geräuschen erfüllte, die immer stürmischer wurden.

»Sie haben mir nichts über diese beiden Wochen erzählt, Nicolas. Und auch nicht, welchen Eindruck unsere zukünftige Herrscherin auf Sie gemacht hat.«

»Ich habe Seine Majestät zum Pont de Berne im Wald von Compiègne begleitet, um dort die Dauphine zu empfangen.«

Er hob den Kopf, nicht ohne einen gewissen Stolz.

»Und später bin ich neben der königlichen Karosse galoppiert und habe sogar ein amüsiertes Lächeln der Prinzessin aufgeschnappt, als mein Pferd sich aufbäumte und ich beinahe zu Boden gestürzt wäre. Worauf der König mit seiner Jagdstimme gerufen hat: ›Fest im Sattel, Ranreuil, fest im Sattel!‹«

Semacgus lächelte über den jungenhaften Tonfall, mit dem sein Freund diesen Bericht vortrug, und sagte:»Es ist schwierig, angesehener als Sie zu sein!«

»Am Abend der Hochzeit wurde beim König gespielt, und das Feuerwerk wurde wegen des Gewitters auf den folgenden Samstag verschoben. Es war ein voller Erfolg. Stellen Sie sich die Pracht eines Feuerwerks aus zweitausend riesigen Raketen und ebenso vielen Feuerwerkskörpern vor. Sie haben den Park bis ans Ende des großen Kanals erleuchtet. Dort hatte sich eine Fassade von hundert Fuß, die den Sonnentempel darstellte, in tausend Fantasiegebilde aufgelöst. Es herrschte ein unglaubliches Gedränge, und der *Introducteur des ambassadeurs* musste unzählige Streitigkeiten um den Vorrang unter den Ehrengästen schlichten, die auf die Balkone des Palastes eingeladen waren.«

»Und die Dauphine?«

»Sie ist noch ein Kind. Hübsch, gewiss, aber körperlich wenig entwickelt. Sehr anmutiger Gang. Schönes blondes Haar. Das Gesicht ist ein wenig länglich, mit blauen Augen und einem wunderschönen Porzellanteint. Der Mund gefällt mir weniger mit der dicken, hängenden Unterlippe. Monsieur de La Borde behauptet, sie sei sehr ungepflegt, was den Dauphin immens störe …«

»Das ist nicht sehr galant, Nicolas!«, sagte Semacgus und lachte lauthals. »Ich glaube, der Polizist in Ihnen gewinnt diesmal die Oberhand über den Ehrenmann. Und der Dauphin?«

»Duc de Berry ist ein sehr großer, schlaksiger Junge mit abrupten Bewegungen. Er hat einen schwankenden Gang und vermittelt den Eindruck, nichts zu sehen und nichts zu hören, als ob ihn nichts etwas anginge. Am Abend seiner Hochzeit hat der König ihn nachdrücklich ermuntert, sich … na ja,Gedanken über die Nachfolge zu machen …«

»Der Erste Minister *Choiseul* schont unseren zukünftigen König nicht und beschreibt ihn als unfähig«, bemerkte Semacgus.

»Es heißt, dieser weigere sich, mit ihm zu sprechen, weil der Herzog seinen verstorbenen Vater gekränkt haben soll.«

»Die Kränkung grenzte an Majestätsbeleidigung: Choiseul betete zum Himmel, er möge es ihm ersparen, dem zukünftigen König als Untertan zu dienen!«

Die Kutsche hielt so plötzlich, dass die beiden Männer darin nach vorn geschleudert wurden. Nicolas richtete sich wieder auf, öffnete die Wagentür und sprang hinaus. Eines dieser typischen Kutschenprobleme, vermutete er. Tatsächlich hatte eine *Berline*, die aus der Rue de Belle-Chasse kam, versucht, sich in die lange Schlange von Fahrzeugen in der Rue de Bourbon einzufädeln. Nicolas hatte Mühe, sich einen Weg durch die Ansammlung der Schaulustigen zu bahnen. Hätte er nur auf Semacgus' klugen Rat gehört, der vorgeschlagen hatte, den Pont de Sèvres zu nehmen und über das rechte Seineufer zur Place Louis XV zu fahren! Stattdessen hatte er darauf bestanden, einen direkteren Weg am linken Seineufer und über den Pont Royal zu nehmen. Schließlich durchbrach er einen Kreis von Neugierigen, die auf den Boden starrten, wo sich ein trauriger Anblick bot.

Ein alter Mann, der mit Sicherheit von dem Fiaker überfahren worden war, lag da in seinem Blut, mit bleichem Gesicht und verdrehten Augen. Perücke und Hut waren vom Kopf geglitten und entblößten einen kahlen, elfenbeinfarbenen Schädel. Neben dem Körper kniend, weinte eine alte, bürgerlich gekleidete Frau mit verrutschtem *Mantelet* stumm und versuchte den Kopf des Verletzten hochzuheben. Es gelang ihr nicht, und sie begann zärtlich die Wange des alten Mannes zu streicheln. Die Umstehenden betrachteten erstarrt die Szene. Dann ertönten wütende

Schreie, denen sogleich Drohungen und Beschimpfungen gegen den Kutscher des Wagens folgten, der noch halb in der Rue de Bourbon stand. Aus der Karosse befahl eine arrogante Stimme, weiterzufahren und diesen Pöbel auseinanderzutreiben. Der Kutscher trieb bereits die Pferde an, als Nicolas die Kandare eines der Pferde packte, es zum Stehen brachte und ihm etwas ins Ohr flüsterte. Er benutzte manchmal diese eigenartige Komplizenschaft, die ihn mit den Pferden verband. Mit einem Finger massierte er das Zahnfleisch des Pferdes, das zitterte und zurückwich. Inzwischen hatte auch Semacgus die Kutsche verlassen und beugte sich über den Verletzten, betastete dessen Hals und hielt einen kleinen Taschenspiegel vor dessen Lippen. Der Wundarzt richtete die alte Dame auf und blickte sich Hilfe suchend um. Zwei Männer erschienen mit einem Tisch, auf den das Opfer vorsichtig gelegt wurde. Ein schwarz gekleideter Mann folgte dem Zug. Semacgus flüsterte ihm etwas ins Ohr und vertraute ihm die alte Frau an.

Nicolas spürte einen Schlag gegen seine Schulter. Das Pferd machte erschrocken einen Satz zur Seite und hätte ihn beinahe umgerissen. Als er sich umdrehte, sah er sich einer Menge funkelnder, doppelt vergoldeter Tressen gegenüber und erkannte die blau-rote Uniform eines Offiziers der Stadtwache, dessen kleine kalten Augen ihn auf einem breiten purpurroten Gesicht anblickten. Die personifizierte Wut. Er war aus seiner Kutsche gestiegen und hatte Nicolas soeben einen Schlag mit der flachen Seite seines Degens versetzt.

»Service du Roi, Monsieur«, sagte dieser, »Sie haben soeben einen Staatsbeamten geschlagen, ich bin Polizeikommissar im Châtelet.«

Die Menge hatte sich den beiden Männern genähert und verfolgte die Szene mit deutlich spürbarer Gereiztheit.

»Service de la Ville«, erwiderte der andere, »treten Sie zur Seite. Ich bin Kommandant Langlumé von der Kompanie der Garde de Paris. Ich bin auf dem Weg zur Place Louis XV, um dort für den ordnungsgemäßen Ablauf der Feier zu sorgen, die der Prévôt organisiert. Sartines Leute haben nichts damit zu tun; der König hat es so entschieden.«

Die Vorschriften waren eindeutig, und es war völlig undenkbar, dass Nicolas sich, obwohl es ihm in den Fingern juckte, mit diesem Flegel duellierte. Plötzlich sah er, wie unter den nächststehenden Schaulustigen diejenigen mit den schlimmsten Verbrechergesichtern Steine aufhoben. Und dann ging alles so schnell, dass niemand es hätte verhindern können. Ein Hagel von Steinen, darunter sogar der Bruchstein eines im Bau befindlichen Hauses, prasselte auf die Kutsche nieder. Ein Stein verwundete den Kommandanten an der Schläfe. Fluchend und schreiend stieg er eilig in seinen Wagen und ließ die Kutsche schicksalsergeben rückwärts in die Rue de Belle-Chasse fahren. Aus dem zerbrochenen Fenster streckte er Nicolas rachsüchtig seine Faust entgegen.

»Ich bewundere Ihre Fähigkeit, sich Freunde zu machen«, sagte Semacgus, der näher gekommen war. »Unser Unfallopfer wird mit einem Verband davonkommen. Er hatte lediglich das Bewusstsein verloren: Schnittwunde der Kopfhaut und heftige Blutung, was immer gefährlich aussieht! Ich habe ihn und seine Frau in die Hände eines Apothekers gegeben, der das Notwendige tun wird. Wie kann man nur in diesem Alter bei einem solchen Aufruhr wie ein junger Hupfer in den Straßen herumlaufen? Ich habe ganz schön finstere Gesichter gesehen, und meine Uhr hätte beinahe den Besitzer gewechselt.«

»Ich hätte sie für Sie wiedergefunden!«, sagte Nicolas. »Vorgestern, bei dem großen Souper, das der Botschafter des Kaisers im Petit Luxembourg gab, habe ich einen Hochstapler demaskiert, der sich unrechtmäßig eingeschlichen hatte und versuchte, die Uhr des Grafen von Starhemberg, des ehemaligen Botschafters von Maria Theresia in Paris, zu stehlen. Er hat daraufhin sehr höflich an Monsieur de Sartine geschrieben, um ihm zur Vorzüglichkeit seiner Polizei zu gratulieren, ›der besten Europas‹, wie Sie vorhin sagten. Ich habe ebenfalls merkwürdiges Benehmen beobachtet, und das lässt mich nichts Gutes für die nächsten Stunden erwarten. Und stellen Sie sich vor, was für ein Zufall: Derjenige, der für die Sicherheit der Feier verantwortlich ist, ist ausgerechnet diese Person mit dem Federbusch, die gerade Streit mit mir gesucht hat.«

Inzwischen saßen die beiden wieder in ihrem Fiaker, der sich langsam in Bewegung setzte,

»Ach, das sind Leute, die keine Ahnung vom Beruf haben. Das ist eine Wache aus Bürgern, die sich ihr Amt kaufen.«

»Und in Konkurrenz stehen zu unseren Männern der Nachtwache. Irgendwann muss man diesen Zustand beenden und diese unterschiedlichen Kräfte miteinander koordinieren, die dadurch, dass sie getrennt operieren, machtlos sind und mehr damit beschäftigt sind, einander zu schaden, als sich um das Gemeinwohl zu sorgen. Aber ich schweife ab! Können Sie sich vorstellen, dass der Verantwortliche noch immer nicht vor Ort ist, um diesen großen Volksauflauf zu ordnen und zu überwachen?«

Nicolas versank wieder in seinen Gedanken. Schließlich erreichten sie den Pont Royal, wo die bunte Mischung der Fußgänger und das Durcheinander der Fahrzeuge das Bild einer fliehenden Armee boten. Den Quai des Tuileries entlangzufahren, erwies sich als ebenso mühselig wie der Rest der Strecke. Zwei Menschenwogen trafen aufeinander und versuchten sich zu vermischen, während sie sich zugleich zurückdrängten: diejenige, die vom linken Ufer heranbrandete, und eine andere, ebenso überbordend und chaotisch, die vom Quai des Galeries du Louvre kam.

»Die Durchfahrt scheint auf der Höhe des Pont Saint-Nicolas blockiert zu sein.«

Semacgus hatte bloß darauf gewartet, wieder loslegen zu können.

»Und doch gibt es kein Kriegsschiff, das den Pariser erfreuen würde. Ich war ein Kind, als mein Vater – das war noch unter dem Regenten *Philippe d'Orléans* – mich mitnahm, um ein holländisches Schiff mit acht Kanonen zu bewundern, das an dieser Stelle ankerte.«

Nicolas trommelte ungeduldig mit den Fingern gegen die Fensterscheibe. Es war inzwischen fast vollständig dunkel geworden, und alle Kutscher hielten an, um die Laternen anzuzünden, was das Chaos und die Langsamkeit des Konvois noch vergrößerte. Auf Höhe des Couvent des Feuillants bedeutete er seinem Freund, es sei besser auszusteigen. Er befahl dem Kutscher, zum Châtelet zurückzufahren; sie würden schon eine Möglichkeit finden, nach dem Feuerwerk nach Hause zu kommen, und außerdem würden sie in der Rue du Faubourg-Saint-Honoré im *Dauphin coronné* bei der Paulet soupieren, einer alten Bekannten.

Die immer dichtere Menschenmenge zu durchqueren grenzte an ein Wunder. Der Marinewundarzt machte Nicolas mehrmals auf bedrohlich wirkende Gestalten aufmerksam, die sich in kleinen Gruppen unter das Volk mischten. Nicolas zuckte die Achseln mit einer Mimik, die Ohnmacht ausdrückte. Sie wurden jetzt in einen Strudel hineingezogen; angerempelt, vorwärtsgeschoben und halb getragen erreichten sie endlich die Place Louis XV. Hier trafen die Ströme aus Menschen und Kutschen aufeinander, der eine vom Quai des Tuileries und der andere von der Promenade du Cours de la Reine. Nicolas stellte sich auf die Zehenspitzen und bemerkte, dass immer mehr Wagen auf dem Quai parkten, ohne dass ein Vertreter der Ordnungskräfte dieses Chaos regelte.

Das Hôtel des Ambassadeurs Extraordinaires zu erreichen verlangte einen ständigen Kampf, so sehr drängten die aufeinanderprallenden Massen in entgegengesetzte Richtungen. Nicolas' Besorgnis nahm zu, als er die vollständige Abwesenheit von Wachen feststellte. Zum Glück, dachte er, würde kein Mitglied der königlichen Familie an dem Schauspiel teilnehmen. Sie kämpften sich an dem Glockenturm und den spitzbogigen Fenstern der St. Nicolas de Champs-Kirche vorbei, passierten die prächtig Nordseite des riesigen Platzes, in dessen Mitte sich ein Reiterstandbild Ludwigs XV. erhob. In den mächtigen Sockel waren auf allen vier Seiten allegorische Darstellungen eingemeißelt, vier weibliche Figuren symbolisierten die Stärke, die Gerechtigkeit, die Weisheit und den Frieden. Eine geländerartige Brüstung umgab das Reiterstandbild

Nicolas stellte fest, dass die meisten Feuerwerkskörper und Illuminationen um das Denkmal herum installiert worden waren.

Ferner entdeckte er auf der dem Fluss zugewandten Seite des Platzes einen hastig zusammengezimmerten Pavillon, der den Feuerwerken als Unterstand diente. Von hier wurden offenbar größere Raketen und die krönende Schlussgarbe abgeschossen.

Im Hôtel des Ambassadeurs wurden sie von Monsieur de La Briche empfangen, dem Sekretär des Introducteurs Monsieur de Séqueville. Er schien außer sich zu sein und nur mit Mühe Luft zu bekommen.

»Ah, Monsieur Le Floch, Sie sehen mich unentwegt von Harpyien bedrängt … Ich meine von den Ministern, die bei Seiner Majestät akkreditiert sind. Trotz meiner eindringlichen Ermahnungen hat die Stadt mehr reservierte Plätze verteilt, als wir zur Verfügung haben. Die Sitzbank der Botschafter ist bereits hoffnungslos überfüllt. Und die Geschäftsträger werde ich jeweils auf den Schoß des anderen setzen müssen. Monsieur de Séqueville befand sich in der gleichen Notlage in Versailles bei den Hochzeitsfeierlichkeiten …«

Es schimpfte heftig mit zwei *blauen Jungen*, die eine Sitzbank transportierten und gegen eine frisch gestrichene Wand stießen.

»Ich füge eine Sitzbank nach der anderen hinzu. Was kann ich für Sie tun, Monsieur Le Floch? Wo habe ich nur meinen Kopf? Monsieur le Marquis.«

»Le Floch genügt«, sagte Nicolas lächelnd.

»Nun, Monsieur, *Madame Adélaïde* nennt Sie ausschließlich so, Sie sind der Lieblingsgast ihrer Jagdgesellschaften. Ich weiß nicht, wo ich Sie hinsetzen soll, mit Monsieur, Monsieur …?

»Doktor Guillaume Semacgus.«

»Mit Doktor Semacgus, ergebener Diener, Monsieur. Die geringste Bevorzugung empört dieses Publikum. Jedes Ministerchen, jeder *Hospodar* würde sich lieber in Stücke reißen lassen, als auf seinen Platz zu verzichten. Und Monsieur Bignon hat ohne nachzudenken die Einladungen an alles, was Rang und Namen hat, verteilt beim Schöffengericht, unter den Offizieren, in den Büros, den Klöstern, den Schulen und was weiß ich wo noch!«

Ein dicker Mann in grau-goldener Uniform drängte sich dazwischen und begann sehr laut mit Monsieur de La Briche zu reden, der ihn mit Versprechungen überschüttete. Der Mann zog sich voller Überheblichkeit zurück.

»Stellen Sie sich vor, dieser Sonderbevollmächtigte, der den Kurfürsten der Pfalz repräsentiert, brüllt mich doch glatt an, er könne sich nicht auf Kompromisse einlassen, damit würde er sich Ärger an seinem Hof einhandeln, weil er zugelassen hätte, dass der Name seines Herrschers beleidigt wird. Ist es meine Gewohnheit, einen Herrscher zu beleidigen, frage ich Sie? Die vernünftigsten Arrangements werden abgelehnt.«

Der kleine Mann schüttelte den Kopf.

»Ich will Sie nicht überfordern«, sagte Nicolas, »aber wäre es möglich, von irgendwo einen Gesamtüberblick über den Platz zu bekommen …?«

»Reden Sie nicht weiter, Monsieur de Sartine würde es mir auf ewig übel nehmen, wenn ich Sie nicht zufriedenstelle.«

»In diesem Fall werde ich mich für Sie einsetzen, darauf können Sie sich verlassen.«

»Sie sind sehr liebenswürdig. Würde es Ihnen zusagen, sich auf die Terrasse zu begeben? Es scheint ein schöner Abend zu werden, und dort oben hätten Sie den schönsten und vollständigsten Blick. Und Sie würden mir aus einer argen Verlegenheit helfen, denn ich weiß wirklich nicht, wo ich Sie sonst unterbringen könnte.«

Er rief einen Lakaien und gab ihm einen großen Schlüssel.

»Begleite diese Herren, Freunde von mir, auf die Dachterrasse hinauf. Lass die Tür offen und den Schlüssel stecken für den Fall, dass ich noch jemanden dort hinaufschicken muss. Mein Gott, ich verschwinde, da kommt der Comte de Fuentes, der spanische Botschafter. Ich habe nicht mehr die Kraft, mich seiner Arroganz auszusetzen, er wird schon allein einen Platz finden!«

La Briche drehte sich um sich selbst und hüpfte davon. Nicolas und Semacgus folgten dem Lakaien durch eine Flucht von Salons, in denen sich die Gäste drängten. Major Langlumé schwadronierte, ein Pflaster auf der Schläfe, in einem Kreis weiblicher Bewunderer; er warf Nicolas einen vernichtenden Blick zu. Über mehrere Treppen erreichten sie das Dachgeschoss und die Terrasse.

Der Himmel hatte sich inzwischen verfinstert, und die ersten Sterne leuchteten. Das Schauspiel, das sich vor ihren Augen abspielte, verschlug ihnen die Sprache. In der Ferne, gegen Suresnes, zeichnete der letzte Schein der untergehenden Sonne purpurne Linien am Horizont und ließ die Anhöhen hervortreten, welche die Hauptstadt umgaben. In der Seine spiegelten sich die Lichter der Stadt. Nicolas und Semacgus waren bestürzt über die Anzahl der Zuschauer, die sich auf der Place Louis XV versammelt hatten. Und immer mehr drängten auf den Platz, um das Feuerwerk aus nächster Nähe zu erleben. Besorgt überblickte Nicolas das große Areal, dessen Ausgestaltung noch nicht beendet war, sodass sich überall kleinere Baustellen befanden. Zudem war der Platz von tiefen Gräben umgeben, von denen Nicolas nicht wusste, ob sie mit Wasser gefüllt waren oder irgendwann wieder zugeschüttet werden sollten.

»Die Auflösung dieses gewaltigen Menschenauflaufs nach dem Feuerwerk droht langwierig und schwierig zu werden«, warf Semacgus ein. »Jeder ist zu einem anderen Zeitpunkt gekommen, und alle wollen zur gleichen Zeit den Platz verlassen. Bald werden alle Straßen verstopft sein.«

»Guillaume, ich bewundere Ihren Scharfsinn und danke dem halb amtlichen Eifer, der Ihnen für all diese Gefahren die Augen öffnet. Gebe der Himmel, dass Monsieur Bignon das vorhergesehen und sich mit größter Präzision geeignete Maßnahmen überlegt hat, um das Gelände zu räumen. Ich glaube, unser Freund Monsieur de La Briche wird einigen Ärger mit seinen Exzellenzen bekommen, die es immer eilig haben, in ihr Palais zu kommen.«

Nicolas ging zur rechten Ecke der Terrasse, kletterte zu Semacgus' großer Besorgnis auf den steinernen Rand und beugte sich, sich mit einer Hand festklammernd, nach vorn. Er betrachtete die Rue Royale, in der die Menge kaum voranrückte.

»Kommen Sie zurück«, sagte Semacgus, »eine falsche Bewegung, und Sie stürzen hinunter. Ich zittere vor Angst, wenn ich Sie so sehe.«

Er reichte Nicolas die Hand, die dieser ergriff, bevor er leichtfüßig über die kleinen Säulen sprang.

»Als Kind suchte ich Nervenkitzel und turnte auf der ockerfarbenen Klippe von Pénestin herum. Das war viel gefährlicher bei dem starken Wind dort.«

»Diese Bretonen überraschen mich immer wieder.«

Sie schwiegen erneut, gefesselt von der Erhabenheit des Schauspiels, das sich mit der hereinbrechenden Nacht auf die Place Louis XV konzentrierte.

»Haben Sie die Karossen der Dauphine bewundert? Ganz Paris spricht davon. Man sagt, sie mache dem Geschmack von Monsieur Choiseul alle Ehre, der sie bestellt und ihre Herstellung überwacht hat.«

»Ich habe sie gesehen. Eine für meinen Geschmack etwas zu aufdringliche Pracht«, sagte Nicolas. »Es handelt sich um viersitzige Berlinen, eine bezogen mit karmesinrotem Kurzflorsamt mit den in Gold gestickten vier Jahreszeiten, die andere mit blauen Samt und den vier Elementen in Gold. Es ist eine außerordentlich erlesene und exquisite Arbeit. Das Verdeck und die Kaiserkrone sind mit Blumen aus Gold in verschiedenen Farben geschmückt, die sich beim Fahren bewegen.«

»Das muss ein ganz schönes Sümmchen gekostet haben!«

»Sie wissen, was der Finanzminister dem König antwortete, der sich besorgt nach den Kosten der Feiern erkundigte.«

»Keineswegs. Was hat denn der *Abbé Terray* geantwortet?«

»Unbezahlbar, Sire.«

Sie lachten noch, als ein dumpfer Knall den Anfang des Feuerwerks ankündigte. Ein lang anhaltender Freudenschrei drang zu ihnen. Die Statue des Königs erstrahlte in einem Ring von Lichtgarben auf der Mitte des Platzes, während weitere Explosionen scharenweise die Tauben der Tuilerien und des Garde-Meuble auffliegen ließen; allerdings folgte ihnen nicht das erwartete farbenprächtige Schauspiel, und da die Fehlschläge sich wiederholten, verwandelte sich die bewundernde Freude der Menge nach und nach in enttäuschtes Gemurmel. Erneut schossen ein paar Raketen empor, ohne zu explodieren; sie beschrieben unsichere Bahnen und fielen wieder zu Boden oder zerplatzten mit lautem Knall, aber ohne Effekt. Stille trat ein, in der merkwürdig deutlich Befehle und Rufe ertönten, die von den Feuerwerkern der Familie Ruggieri kamen; sie wurden sogleich übertönt von dem schrillen Pfeifen einer Rakete, die ebenfalls krepierte. Dieser unglückliche Versuch war sofort vergessen, als sich ein Fächer in Form eines Pfauenschwanzes, übersät von goldenen und silbernen Sternen, über den Zuschauern öffnete und dem Feuerwerk neues Leben einzuhauchen schien. Die Menge applaudierte frenetisch. Semacgus war unzufrieden; Nicolas wusste, dass er ein dankbarer Zuschauer war wie viele alte Pariser, sich aber auch nicht mit Kritik zurückhielt.

»Geschluderte Schüsse, kein Rhythmus, keinerlei Steigerung. Gäbe es Musik, wäre sie nicht im Takt. Das Volk murrt zu Recht. Man kann es nicht mit solchem Pfusch täuschen, es fühlt sich betrogen.«

»Dabei hat die *Gazette de France* letzten Montag gemeldet, dass Ruggieri das Feuerwerk von langer Hand vorbereitet habe und dass seine Planung die Bewunderung der Kenner erregt, die sie zu seinem Vorteil mit derjenigen von Torré, seinem Rivalen in Versailles, verglichen hätten.«

Immer neue Raketen wurden gezündet, mal erfolgreich, mal nicht. Eine Rakete schoss empor, gefolgt von einem Lichtschweif, schien zum Stillstand zu kommen, kippte und flog im Sturzflug auf den Pavillon der Feuerwerker zu, wo sie explodierte. Zuerst geschah nichts, dann stiegen schwarze Rauchspiralen auf, und Flammen schossen empor. Die Menge, die das Standbild des Königs umringte, wich unwillkürlich zurück, eine Reaktion, die sich wie eine Welle auf die Dahinterstehenden übertrug. Es folgte ein Crescendo von Detonationen, und das kleine, provisorische Gebäude schien sich zu öffnen, um eine Eruption von Funken freizusetzen.

»Die Reserve und die krönende Schlussgarbe sind vorzeitig in Flammen aufgegangen.«

Die in ein kaltes, weißes Licht getauchte Place Louis XV war jetzt taghell. Die Seine verwandelte sich in einen vereisten Spiegel, der diese Lichtflut als niederfallenden Silberregen reflektierte. Überrascht von diesem Ausbruch, betrachteten die Zuschauer, von widersprüchlichen Empfindungen bewegt, ohne sich der Gefahr wirklich bewusst zu sein das Feuer, das die Kirche Saint Nicolas des Champs in Brand setzte und ein gewaltiges Flammenmeer entfachte, aus dem noch ein paar Raketen müde emporstiegen. Lange Minuten vergingen, bis die Unsicherheit der Volksmenge deutlich spürbar wurde: Die Köpfe drehten sich in alle Richtungen, man wechselte ungläubig fragende Blicke. Der Brand breitete sich aus, und das Feuerwerk erlosch mit den Zuckungen eines sterbenden Organismus. Nicolas beobachtete, über die Balustrade gebeugt, aufmerksam den Platz. Sein Freund erschrak über die Besorgnis, die in seinem Gesicht geschrieben stand.

»Man unternimmt überhaupt nichts gegen das Feuer«, sagte er.

»Ich fürchte, das Volk könnte auf den Gedanken kommen, dass es sich um eine neue Art von Spektakel handelt, das einen recht hübschen Anblick bietet, und dass diese missglückte Überraschung Teil des Festes ist.«

Plötzlich schien alles in Bewegung zu geraten, als hätte ein perverser Geist Fermente der Unordnung in der Versammlung ausgestreut. Zu dem Lärm der Detonationen und dem Krachen der zusammenstürzenden Bühnenelemente gesellten sich jetzt Hilferufe und Schreie der Angst.

»Sehen Sie, Guillaume«, sagte Nicolas, »da kommen die Feuerlöscher. Die Kaltblüter sind zu Tode erschrocken durch den Lärm und gehen durch!«

In der Tat waren mehrere Feuerwehrwagen, gezogen von Kaltblutpferden, die wild galoppierten, aus den beiden Straßen aufgetaucht, die parallel zur Rue Royale verliefen, der Rue de L'Orangerie auf der Seite der Tuilerien und der Rue de la Bonne Morue auf der Seite der Champs-Élysées. Auf ihrem Weg rissen sie alles um. Was dann folgte, würde sich für alle Zeit in Nicolas' Gedächtnis einprägen; immer wieder sollte er die Phasen dieses Dramas erneut durchleben.

Das Schauspiel erinnerte ihn an ein altes Gemälde, das er unlängst in den Sammlungen des Königs in Versailles bewundert hatte: Es bildete ein Schlachtfeld mit Tausenden von Personen ab, jede detailliert dargestellt mit Kleidung, Waffen, Aktionen und Gesichtsausdruck. Er hatte beobachtet, dass es durch das Isolieren eines kleinen Raumes dieser Handlung möglich war, Hunderte kleiner Bilder aneinanderzureihen, die alle perfekt waren in ihrer Reduzierung. Von der Terrasse des Hôtel des Ambassadeurs Extraordinaires entging ihm keine Episode des Dramas. Die Situation änderte sich minütlich. Gruppen von Zuschauern, die von den Gespannen umgerissen wurden, wichen zurück. Manche fielen in die noch nicht wieder aufgeschütteten Gräben. Nicolas erinnerte sich, dass die Baustelle erst am 13. April geräumt worden war, ohne dass das Gelände vollständig in den geplanten Zustand versetzt worden war. Semacgus zeigte ihm eine andere Stelle: Die Gäste, die dem Feuerwerk beigewohnt hatten, begannen die Terrassen und Tribünen zu verlassen, und ihre Kutschen, die bis jetzt kunterbunt durcheinander auf dem Quai des Tuileries geparkt hatten, setzten sich nun in Bewegung und bahnten sich unter heftigen Peitschenschlägen ihren Weg. Gefangen zwischen den Pumpen der Feuerwehr und den Karossen, stolperten zahlreiche Zuschauer und gerieten in Panik. Nicolas und Semacgus bemerkten auch zwielichtige Gestalten, die mit dem Degen in der Hand die von tödlicher Angst ergriffenen Bürger angriffen und ausraubten.

»Schauen Sie, Nicolas, die Gauner sind aus den Faubourgs gekommen.«

»Für mich ist im Augenblick schlimmer, dass der Quai des Tuileries nicht zugänglich ist und dass der Pont du Corps de Garde, der zum Jardin des Tuileries führt, geschlossen ist. Der einzige Ausgang ist die Rue Royale.«

»Schauen Sie nur, wie die Volksmassen den Quais zustreben! Die Leute trampeln sich gegenseitig nieder und versuchen, am Fluss entlang zu entkommen. Mein Gott, ich habe mindestens ein Dutzend gesehen, die hineingestürzt sind! Das Netz von Saint-Cloud wird morgen voll sein und die *Basse-Geôle* überfüllt.«

Es herrschte jetzt allgemeine Panik. Kopflos strömten die Menschen zurück. Ein Teil der Menge am Rand des Platzes hingegen schien sich des Ernstes der Lage nicht bewusst zu sein und bewegte sich in aller Ruhe auf die Rue Royale zu, um von einem Vergnügen zum anderen zu wechseln und auf diesem Weg zu den Boulevards zu gelangen und dort die Beleuchtung und die Attraktionen des Jahrmarkts zu bewundern. Indessen strebten diejenigen, die sich aus der Art Reuse, die der Platz bildete, nicht hatten befreien können, über denselben Weg in die Mitte, ohne sich um die Falle Gedanken zu machen, die sich um sie schloss. Kutschen verstopften den Weg. Schreie drangen an Nicolas' Ohr, doch das Stimmengewirr von Tausenden Zuschauern übertönte diese Vorboten der Katastrophe.

Was Nicolas an der Ecke des Gebäudes entdeckte, als er sich erneut vorbeugte, um die Rue Royale zu betrachten, überstieg all seine Befürchtungen. Er rief Semacgus, der sich dem Rand nicht zu nähern wagte, zu:

»Wenn das Geschiebe nicht zum Stillstand gebracht wird, kommt es zu einer Katastrophe. Es geht nichts mehr weiter. Alle, die den Platz verlassen wollen, drängen in die Straße, die bis zum Marché Daguesseau schwarz von Menschen ist.«

Im selben Augenblick ertönte ein langes Durcheinander von Schreien und Rufen. Entsetzt beobachtete Nicolas zwei gegensätzliche Bewegungen, die immer stärker und schneller wurden wie zwei gegenläufige Brecher. Die Passanten, die in der Mitte der Rue Royale zusammengedrängt waren, konnten weder vor noch zurück, da die Straße sich wegen eines Vorsprungs, der von noch nicht abgerissenen Häusern gebildet wurde, verengte und einen Trichter bildete. Quadersteine, die auf dem Boden lagen, verschlimmerten das Chaos und erschwerten das Durchkommen, das wegen der nicht zugeschütteten Gräben schon schwierig genug war, noch zusätzlich.

Nicolas sah Körper, die in diese hineinrutschten und sofort von anderen bedeckt wurden. Im Licht der Laternen erkannte er offene Münder, die ihre Angst herausschrien. Männer, Frauen,

Kinder stolperten, wurden erdrückt, vorwärtsgedrängt, angerempelt und stürzten, sofort niedergetrampelt von denen, die nachfolgten. Manchen, die im Stehen zusammengepresst wurden, lief das Blut aus der Nase. Die Gräben waren schon bald überfüllt wie Massengräber. Wie ein Moloch verschlang die Rue Royale die Pariser. Die Statue des Königs in der Mitte des Platzes schien auf einem Lavafeld zu treiben; die einzigen Überreste des Fiaskos waren vereinzelte rote Glutinseln.

»Wir müssen diesen Leuten helfen«, sagte Nicolas.

Gefolgt von Semacgus stürzte er zu der kleinen Tür, die zum Dachboden führte. Sie widerstand ihren Bemühungen, sie zu öffnen. Sie mussten den Tatsachen ins Auge sehen: Sie war von innen verschlossen.

»Was sollen wir tun?«, fragte Semacgus. »Es ist ja allgemein bekannt, dass Sie als Fassadenkletterer geschickt wie eine Katze sind, aber zählen Sie nicht darauf, dass ich Ihnen folge.«

»Beruhigen Sie sich, ich glaube nicht, dass ich ohne Seile die Fassade hinunterklettern kann. Aber ich habe andere Eisen im Feuer.«

Er kramte in seiner Tasche und holte ein kleines, mit mehreren Klingen versehenes Instrument heraus. Er steckte eine in das Schloss und versuchte, den Riegel zu bewegen, doch sie wurde von einem Hindernis blockiert. Er versetzte dem Türrahmen einen wütenden Fußtritt, dann dachte er kurz nach.

»Da es nun mal so ist, werde ich den Weg über die Schornsteine nehmen, es gibt keinen anderen Ausweg. Aber auch dafür brauche ich Seile. Nun ja, schauen wir uns das mal an.«

Sie kehrten auf die Terrasse zurück, und nachdem er eine gusseiserne Leiter hinaufgestiegen war, befand Nicolas sich oben auf einem dieser steinernen Monumente. Er entzündete eine Seite aus seinem Heft und warf es ins Leere. Der Kamin führte vertikal nach unten und schien in einen fast horizontalen Gang zu münden.

»Es gibt Steigeisen im Stein, ich werde hinuntersteigen. Schlimmstenfalls komme ich, wenn ich nicht durchkomme, wieder herauf. Guillaume, Sie bleiben hier!«

»Was bleibt mir anderes übrig? Meine Leibesfülle gestattet mir nicht hinunterzusteigen.«

Das Stimmengewirr, das vom Platz heraufstieg, wurde immer mehr von Schreien und Jammern durchbrochen. Nicolas entkleidete sich rasch und zog seine Schuhe aus.

»Ich will nicht hängen bleiben. Passen Sie auf meine Ausrüstung auf. Ich fühle mich so entsetzlich machtlos angesichts dessen, was da unten geschieht ...«

Bevor er alles Semacgus übergab, holte er aus der Tasche seines Anzugs zur großen Erheiterung des Wundarztes ein kleines Stück Kerze, das er zwischen seine Zähne klemmte. Die Steigeisen, die für die Schornsteinfeger angebracht worden waren, erleichterten ihm den Abstieg. Nicolas stellte sich ängstlich vor, wie es weitergehen würde; er war kein Kind mehr, sondern ein gestandener Mann, der die dreißig überschritten hatte. Catherines und Marions Kochkunst und die Mahlzeiten in den Kneipen mit seinem Assistenten Bourdeau, der wie er einen guten Schmaus nicht verschmähte, hatten ihre Spuren hinterlassen. Endlich berührte er den Boden. Er sah zwei Röhren vor sich, die Öffnung der einen war im Eingang der anderen verborgen. Er entschied sich für die weniger stark geneigte, da er glaubte, sie würde zu höher gelegenen Kaminen führen. Da er die Kerze nicht in der

Hand halten konnte, zündete er sie an und klemmte sie zwischen ein Steigeisen und die Wand. Er würde sich blind in eine immer tiefere Dunkelheit wagen müssen.

Die Gefahr, in diesem Schlauch stecken zu bleiben, machte ihn krank vor Angst. Plötzlich fiel ihm ein, dass die Falten seines Hemdes sein Vorwärtskommen behindern könnten, und so zog er es aus. Oben gab Semacgus mit vor Angst tonloser Stimme Ratschläge, die ihn durch das Echo erreichten. Er atmete tief durch und schwang die Beine nach vorn. Er spürte, wie er in eine Art Fett glitt und für einen Augenblick jedes Gefühl für Zeit und Raum verlor, bis er schmerzhaft in die Wirklichkeit zurückgeholt wurde. Blockiert durch seine breiten Schultern, steckte er fest und konnte nicht weiter hinuntergleiten. Lange Minuten streckte er sich wie eine Katze und bewegte zuerst die eine Schulter und dann die andere. Er erinnerte sich an die groteske Gestalt eines Schlangenmenschen, den er auf der letzten Foire Saint-Germain beobachtet hatte. Endlich kam er frei und setzte den Abstieg fort. Er fühlte sich von der Leere angesaugt, und gleich darauf fiel er auf einen Stapel Holzscheite im Feuerraum eines riesigen Kamins. Die pyramidenförmig geschichteten Scheite stürzten unter seinem Gewicht mit großem Getöse in sich zusammen, und sein Kopf prallte gegen eine Bronzeplatte mit dem französischen Wappen. Überrascht stellte er fest, dass er sich anscheinend keine Gehirnerschütterung geholt hatte. Vorsichtig stand er auf und überprüfte, ob seine Knochen und Gelenke noch heil waren; er hatte nur ein paar Hautabschürfungen davongetragen.

In einem großen mit Blumendekor aus Stuck gekrönten Trumeau betrachtete er sein Spiegelbild: ein Unbekannter, schwarz von Ruß, ein Schreckgespenst mit zerrissener Hose. Er durchquerte einen Raum, der weder möbliert noch geschmückt war und mehr an eine Kaserne als an ein Palais erinnerte, und öffnete eine Tür. Nicolas erkannte, dass er auf jener Ebene des Palais war, wo sich die Balkons befanden, von denen aus die Gäste eigentlich das Feuerwerk hatten beobachten wollen. Jetzt rannten sie aufgelöst hin und her, ein Schwirren wie in einem aufgestörten Bienenstock. Die einen drängten sich an den Fenstern zusammen und schubsten sich zur Seite, um den Platz zu beobachten, die anderen schwadronierten. Nicolas kam das Ganze wie ein absurdes Schauspiel vor, eine Komödie oder ein verrücktes Ballett, in dem Automaten unablässig die gleichen Gesten und Gesichtsausdrücke wiederholten. Niemand achtete auf ihn, obwohl sein schmutziger Oberkörper die Blicke auf ihn hätte lenken müssen.

Er fand die Treppe wieder, die zum Dachboden führte. Während er sie hinaufstieg, hörte er Semacgus' tiefe Stimme und die höhere von Monsieur de La Briche. Sie kamen die Treppe so schnell herunter, dass sie Nicolas direkt in die Arme liefen. Da die Katastrophe auf dem Platz immer größere Ausmaße annahm, hatte der Introducteur des ambassadeurs Nicolas holen wollen, doch das Schloss der Tür war von einem geheimnisvollen Gegenstand aus vergoldetem Metall blockiert gewesen, eine Art Spindel, die La Briche jetzt Nicolas aushändigte. Der Schlüssel lag auf dem Boden. Offensichtlich hatte ein übler Witzbold sich einen Spaß auf Kosten der Zuschauer auf der Terrasse erlaubt. Er würde dafür sorgen, dass der Schuldige gefunden würde, vermutlich einer dieser unverschämten Lakaien oder einer der blauen Jungen, die trotz ihrer Jugend glaubten, aufgrund ihrer Nähe zum Thron sei ihnen alles erlaubt.

»Monsieur le Commissaire«, fügte de La Briche hinzu, »Sie müssen mir helfen, hier für ein wenig Ordnung zu sorgen. Es herrscht ein furchtbares Gedränge, und wir haben so viele Verletzte, dass wir nicht wissen, was wir mit ihnen machen sollen. Und es werden unaufhörlich neue gebracht. Die Stadtwachen sind nicht da. Ihr Chef, Kommandant Langlumé, ist gleich zu Beginn der Katastrophe verschwunden, um seinen Leuten Befehle zu erteilen. Er ist seitdem nicht wieder aufgetaucht. Außerdem erfahre ich von verschiedenen Seiten, dass Straßenräuber sich unter die Menge gemischt haben und anständige Bürger überfallen.«

Er senkte die Stimme.

»Viele unserer Gäste haben ihren Degen gezogen, um sich einen Weg durchs Gedränge zu bahnen; das hat ein grauenhaftes Gemetzel zur Folge gehabt, und dazu kommen noch die Opfer, die von Kutschen überfahren wurden, die sich im Galopp den Weg erzwingen wollten. Der aus Parma entsandte Comte d'Argental hat eine ausgekugelte Schulter, und der Abbé de Raze, Minister des Fürstbischofs von Basel, ist zu Boden gestoßen worden und deswegen fürchterlich verärgert.«

»Ist Monsieur de Sartine informiert worden über das, was geschieht?«, fragte Nicolas.

»Ich habe ihm einen Boten geschickt und hoffe, dass der Polizeipräfekt inzwischen über den Ernst der Lage unterrichtet ist.«

Zwei Männer kamen herein, die eine ohnmächtige Frau in einem prächtigen Abendkleid trugen, deren linkes Bein in einem ungewöhnlichen Winkel herabhing. Ihr blutverschmiertes Gesicht hatte kein menschliches Aussehen mehr, so sehr war es platt gedrückt. Semacgus lief zu ihr, richtete sich jedoch nach einer kurzen Untersuchung wieder auf und schüttelte den Kopf. Weitere Körper wurden hereingetragen. Nicolas und Semacgus halfen eine ganze Weile, die Verletzten mit den armseligen Mitteln, die sie zur Verfügung hatten, zu versorgen. Nicolas wartete auf die Rückkehr des zu Sartine geschickten Boten. Da dieser nicht erschien, beschloss er, nachdem er seinen Anzug wieder angezogen hatte, sich nach draußen zu wagen, um sich ein genaues Bild von der Katastrophe zu machen. Er zog den Marinewundarzt mit sich.

Nachdem sie sich einen Weg durch das Gewühl gebahnt und in der wogenden Menge zu ihrem Verdruss zahlreiche müßige Schaulustige bemerkt hatten, gelangten sie auf die Place Louis XV. Das laute Stimmengewirr des Festes war verstummt, stattdessen waren von allen Seiten Schreie und Stöhnen zu vernehmen. Nicolas wäre beinahe mit Inspektor Bourdeau zusammengestoßen, der einer Gruppe von Männern der Nachtwache Befehle erteilte.

»Ah, Nicolas!«, rief er. »Wir wissen überhaupt nicht, wo uns der Kopf steht! Das Feuer ist eingedämmt, die Wasserpumpen der Dépôts de la Madeleine und des Marché Saint-Honoré haben es in den Griff bekommen. Die Gauner sind fast alle verschwunden, auch wenn manche immer noch versuchen, die Toten auszurauben. Wir bergen die Opfer, die identifizierten Leichen werden auf den Boulevard gebracht.«

Bourdeau machte einen niedergeschlagenen Eindruck. Die gewaltige Esplanade bot den schrecklichen Anblick eines nächtlichen Schlachtfelds. Ein beißender schwarzer Rauch stieg wirbelnd auf, wurde aber vom Wind wieder nach unten gelenkt und breitete einen düsteren Schleier über die Szenerie aus. In der

Mitte des Platzes erhoben sich wie ein unheilvolles Schafott die Überreste der für das Feuerwerk errichteten Kulissen. Der bronzene Monarch dominierte von seinem Sockel aus furchtlos und unbeteiligt den Platz. Semacgus, der Nicolas' Blick bemerkt hatte, flüsterte: »Der Reiter der Apokalypse!« Links, wenn man die Rue Royale betrachtete, längs des Gebäudes der Garde-Meuble, hatte man begonnen, die Toten nebeneinanderzulegen, die von den Rettern durchsucht wurden, um ihre Identität festzustellen und die Namen auf Zettel zu schreiben, um die spätere Identifizierung durch die Familien zu erleichtern. Bourdeau und seine Männer hatten zumindest den Anschein von Ordnung wiederhergestellt. Gruppen von Freiwilligen stiegen in die Gräben der Rue Royale hinab, nachdem ein nur mühsam aufrechtzuerhaltender Sicherheitsgürtel errichtet worden war. Eine Kette begann sich zu bilden. Sobald die Opfer herausgeholt worden waren, versuchte man festzustellen, welche von ihnen noch lebten, um sie zu behelfsmäßigen Erste-Hilfe-Stellen zu bringen, wo herbeigeeilte Ärzte und Apotheker sich um sie kümmerten und das Unmögliche versuchten. Entsetzt stellte Nicolas fest, dass es nicht leicht war, die Leichen zu bergen, so sehr waren die einzelnen Schichten vom Gewicht derjenigen darüber zusammengepresst worden; es hatte sich ein menschlicher Mörtel gebildet, deren Schichten nur mit Mühe zu trennen waren. Er stellte auch fest, dass die meisten Toten der untersten Schicht des Volks angehörten. Manche wiesen Verletzungen auf, die nur von absichtlich ausgeteilten Stock- oder Degenhieben herrühren konnten.

»Die Straße ist von den Stärksten und Reichsten beherrscht worden«, schimpfte Bourdeau.

»Die Gauner werden wieder einmal herhalten müssen«, fügte Nicolas hinzu. »Die Fiaker und Karossen haben ihren Anteil an dem Massaker, und diejenigen, die sich rücksichtslos ihren blutigen Weg gebahnt haben, erst recht!«

Bis zum frühen Morgen halfen sie, die Toten von den Verletzten zu trennen. Als die Sonne hervorkam, führte Semacgus den Kommissar und Bourdeau in eine Ecke des Cimetière de la Madeleine, wo Leichen abgelegt worden waren. Er wirkte ratlos. Mit dem Finger deutete er auf eine junge Frau, die zwischen zwei alten Männern lag. Er kniete nieder und entblößte den oberen Teil des Halses. Auf beiden Seiten waren die bläulichen Abdrücke von Fingern zu erkennen. Er bewegte den Kopf der Toten, deren Mund verzerrt und halb geöffnet war; er gab ein knirschendes Geräusch von sich. Nicolas sah Semacgus an.

»Das ist eine sehr eigenartige Verletzung für jemanden, der mutmaßlich erdrückt worden ist.«

»Das meine ich auch«, bestätigte der Wundarzt. »Sie ist nicht zusammengepresst worden, sondern unverkennbar erwürgt worden.«

»Die Leiche soll isoliert und anschließend in die Basse-Geôle gebracht werden. Bourdeau, wir müssen unseren Freund *Sanson* verständigen.«

Nicolas sah Semacgus an.

»Sie wissen, dass ich für diese Art von Untersuchung einzig ihm vertraue und … Ihnen natürlich.«

Er nahm ein paar vorläufige Untersuchungen vor, doch das Opfer trug nur seine Kleidung, deren gute Qualität ihm auffiel. Keine Tasche, kein Abendtäschchen, kein Schmuck. Eine der Hände war zusammengeballt, er löste die Finger und fand eine durchbohrte schwarze Perle aus Gagat oder Obsidian. Er wickelte sie in sein Taschentuch. Bourdeau kam mit zwei Trägern und einer Bahre zurück.

Müdigkeit übermannte sie, während sie aufmerksam das verzerrte Gesicht des jungen Opfers betrachteten. Sich bei der Paulet zu stärken, dafür war es zu spät. Die Sonne, die sich über diesem von Blut und Trauer geprägten Morgen erhob, vermochte den feuchten Gewitternebel nicht aufzulösen. Paris war konturen- und formlos; es schien nur mühsam aus einem Drama zu erwachen, das nach und nach die Stadt und den Hof erreichen, Viertel und Faubourgs treffen und in Versailles das Erwachen eines alten Königs und das eines Kinderpaars verdüstern würde.

II

Sartine und Sanson

Sic egesto quidquid turbidum redit urbi sua forma legesque et munia magistratuum.

Nachdem so alles, was beunruhigend hätte wirken können, beseitigt worden war, erhielt die Stadt ihr altes Gesicht wieder, auch Gesetzlichkeit und der behördliche Geschäftsgang kehrten in sie zurück.

TACITUS

Donnerstag, den 31. Mai 1770

Nicolas durchquerte eine erstarrte Stadt, die sich selbst darüber wunderte, wie sehr sie litt. Jeder kolportierte eine andere Version der Ereignisse. Kleine Gruppen unterhielten sich leise. Andere, geräuschvoller, schienen einen seit Langem begonnenen Streit fortzusetzen. Die Geschäfte, die um diese Zeit gewöhnlich geöffnet waren, blieben geschlossen, als beteiligten sie sich an der allgemeinen Trauer. Der Tod hatte überall zugeschlagen, und der Anblick der Verletzten und Sterbenden, die in ihre Wohnungen gebracht wurden, hatte in ganz Paris die Neuigkeit von der Katastrophe verbreitet, die noch zugespitzt wurde durch all die Gerüchte und Falschmeldungen, die ein solches Drama unausweichlich nach sich zog. Das Volk schien wie vor den Kopf geschlagen, dass die Festlichkeiten anlässlich einer königlichen Hochzeit ein solches Ende genommen hatten. Es sah ein schlimmes Vorzeichen in alldem und witterte eine finstere Drohung für eine ungewisse Zukunft. Nicolas begegnete Priestern, die das Allerheiligste trugen. Die Passanten bekreuzigten sich, nahmen ihren Hut ab oder knieten vor ihnen nieder.

In der Rue Montmartre herrschte nicht das übliche Treiben. Selbst der so beruhigende und vertraute Geruch des warmen Brotes, der aus der Bäckerei im Erdgeschoss des Hôtel de Noblecourt drang, hatte seinen Zauber verloren. Er atmete ihn ein und erinnerte sich sogleich an den entsetzlichen Geruch von gelöschtem Feuer und Blut, der über der Place Louis XV lag. Ein Offizier der Nachtwache hatte ihm eine griesgrämige Stute geliehen, die schnaubte und die Ohren anlegte. Bourdeau war vor Ort geblieben, um den Kommissaren der Viertel zu helfen, die sehr rasch als Verstärkung gekommen waren.

Nicolas' erster Impuls war gewesen, in die Rue Neuve-Saint-Augustin zu galoppieren, in welcher der Polizeipräfekt wohnte. Doch er wusste nur zu gut, dass Monsieur de Sartine trotz des Ernstes der Lage nicht geduldet hätte, dass er mit rußverschmiertem Gesicht und unordentlicher Kleidung vor ihn trat. Er hatte oft genug die scheinbare Gefühllosigkeit eines Chefs zu spüren bekommen, der sich selbst keinerlei Schwächen gestattete, damit er nicht diejenigen seiner Untergebenen dulden musste. Der

Dienst für den König stand an vorderster Stelle, und die Tatsache, dass man verletzt, wie gerädert und dreckig war, verschaffte einem nicht den geringsten Vorteil. Im Gegenteil, eine Verletzung der Anstandsregeln hätte sich nachteilig für denjenigen ausgewirkt, der es gewagt hätte, so vor ihn zu treten. Eine derartige Missachtung des Verhaltenskodexes wäre für Monsieur de Sartine ein eklatanter persönlicher Affront gewesen, der weder von Mut noch von Ergebenheit zeugte, sondern davon, dass man sich gehen ließ, ein Zeichen für genau jene Zügellosigkeiten, Ausschweifungen und Verwirrungen, die er kraft seines Amtes vorauszusehen und zu unterbinden hatte.

Der Glockenturm von Saint-Eustache schlug sieben, als Nicolas die Zügel seines Gauls einem jungen Bäckerlehrling übergab, der an der Tür der Bäckerei Maulaffen feilhielt. In der Wohnung angekommen, ging er sofort in die Küche, wo er Catherine, seine Dienerin, zusammengesunken und schlafend neben ihrem Herd vorfand. Vermutlich hatte sie sich gar nicht schlafen gelegt, und Nicolas konnte sich gut vorstellen, dass sie von dem Drama erfahren und auf ihn hatte warten wollen. Die alte Marion, Köchin von Monsieur de Noblecourt, die aufgrund ihres Alters von den schweren Arbeiten befreit war, stand morgens später auf, ebenso wie Poitevin, der Lakai. Ohne ein Geräusch zu machen, stieg er wieder zur Pumpe im Hof des kleinen Gartens hinunter, wo er sich im Sommer gründlich zu waschen pflegte, und schlich dann auf Zehenspitzen in sein Zimmer hinauf, um sich umzuziehen und zu frisieren. Er zögerte einen Augenblick, ob er den ehemaligen Staatsanwalt verständigen sollte, verzichtete jedoch darauf angesichts der Aussicht, ihm einen eingehenden Bericht geben zu müssen, der tausend Fragen nach sich ziehen würde.

Der Empfang durch Cyrus, den kleinen grauen Barbet mit krausem Fell, fehlte ihm. Die Zeit war längst vorbei, da der Hund noch um ihn herumgesprungen war und gekläfft hatte, sobald er gekommen war. Das Tier war mittlerweile alt und steif geworden, und nur die Bewegungen seines Schwanzes drückten noch die Freude über das tägliche Wiedersehen aus. Er verließ nicht mehr das Stück Teppich, von dem aus er mit immer noch wachsamem Blick alles beobachtete, was um sein Herrchen herum geschah.

Nicolas dachte über das Vergehen der Zeit nach und dass er sich von diesem Zeugen seiner ersten Schritte in Paris bald würde verabschieden müssen. Wenigstens lenkte ihn sein Mitgefühl für Cyrus eine Weile davon ab, an die Toten der vergangenen Nacht denken zu müssen. Er verließ das Haus, ohne Lärm zu machen, nachdem er vorsichtig eine kurze erklärende Nachricht auf Catherines Schoß gelegt hatte. Er kehrte zu seinem störrischen Pferd zurück, und der Bäckerlehrling reichte ihm lächelnd eine noch ofenwarme Brioche. Während er sie verschlang, fiel ihm ein, dass er die ganze Zeit nichts gegessen hatte. Der Buttergeschmack war angenehm in seinem Mund. »Das Leben ist doch nicht so hart«, sagte er sich. *Carpe diem!*, wie sein Freund Monsieur de La Borde unaufhörlich rief, der ein großer Liebhaber von Tänzerinnen, exquisiten Soupers und Kunstwerken war. Im Augenblick schrieb der Genussmensch eine Oper und ein Werk über China.

In der Rue Neuve-Saint-Augustin deutete ein ungewohnter Trubel darauf hin, dass die Ereignisse der Nacht ihre Spuren hinterlassen hatten. Nicolas stürmte die Stufen des Palais hinauf. Der betagte Kammerdiener empfing ihn mit niedergeschlagener Miene.

Er war ein alter Bekannter, und Nicolas gehörte für ihn in gewisser Weise zum Inventar.

»Da sind Sie ja endlich, Monsieur Nicolas. Ich glaube, dass Monsieur de Sartine Sie erwartet. Ich bin sehr besorgt, es ist das erste Mal seit Jahren, dass er nicht seine Perücken sehen will. Ist die Angelegenheit wirklich so ernst?«

Nicolas lächelte angesichts der Erwähnung der unschuldigen Manie seines Chefs. Entgegen der Gewohnheiten des Hauses führte der Diener ihn in die Bibliothek. Er hatte nur einmal Gelegenheit gehabt, dieses Zimmer von angenehmer Größe mit seinen Regalen aus heller Eiche und seiner von *Jouvenet* gemalten Decke zu betreten. Er erinnerte sich, dass er das Werk dieses Künstlers bewundert hatte, als er seinen Vormund, den Chorherrn Le Floch, ins Parlament von Rennes begleitet hatte. Immer wenn der Dienst ihn nach Versailles rief, träumte er vor der prachtvollen Empore der Chapelle royale, die von demselben Künstler gestaltet worden war. Nachdem er an der Tür gekratzt hatte, öffnete er sie und glaubte zuerst, allein zu sein. Doch eine schroffe und vertraute Stimme ertönte von oben. Monsieur de Sartine stand, schwarz gekleidet und mit gepudertem Haar, auf einer Trittleiter und las in einem in rotes Saffianleder gebundenen, mit den drei Sardinen seines Wappens geschmückten Buch.

»Monsieur le Commissaire, ich grüße Sie.«

Nicolas erbebte; wenn der Polizeipräfekt ihn mit seinem Titel ansprach, war das ein Zeichen für eine mühsam zurückgehaltene Gereiztheit, die sich oft weniger gegen seine Leute als gegen die Trägheit oder den Widerstand der Verhältnisse richtete.

Er wirkte nachdenklich und hob den Kopf zu den Figuren der Decke. Nachdem Nicolas das Schweigen seines Chefs eine Weile ausgehalten hatte, erstattete er ihm Bericht. Er nannte die Anzahl der Toten, die im Morgengrauen bereits an die Hundert gegangen sei. Er schätze jedoch, dass es weitaus mehr sein könnten und dass diese Zahl sogar mit zehn multipliziert werden müsse, so zahlreich seien die Verletzten, die sich vermutlich nicht von den erlittenen Verwundungen erholen würden.

»Ich weiß, was Sie geleistet haben, Sie und Bourdeau. Glauben Sie mir, es ist ein Trost für mich zu wissen, dass Sie da waren und würdig unser Haus vertreten haben.«

Nicolas fand, dass Monsieur de Sartine sehr krank aussah. Seine Zufriedenheitsbekundungen waren so selten, dass sie etwas Ereignishaftes hatten. Jedenfalls geschahen sie niemals, während er sich mit etwas Wichtigem beschäftigte oder an einem Fall arbeitete. Nicolas staunte, wie unentschlossen Sartine sein Buch öffnete und wieder schloss. Mit leiser Stimme, als spräche er zu sich selbst, fuhr er fort:

»*Dieser Mann hat mein Glück zerstört, und der Wert heißt Wahnsinn, wenn er sich gegen Mauern richtet, die einstürzen …*«

Nicolas lächelte innerlich und rezitierte mit lauter Stimme:

»Dieser Pöbel, dessen Wut wie gestautes Wasser seine Dämme bricht und überschwemmt, was es ertragen hat.«

Er hörte, wie das Buch zugeschlagen wurde. Monsieur de Sartine stieg ohne Eile von der Leiter, drehte sich um, blickte Nicolas mit ironischer Strenge an und murmelte:

»Sie erlauben sich, über meine Worte zu improvisieren, glaube ich.«

»Ich trete hinter *Coriolanus* zurück und führe seine weiter.«

»Also, Herr Shakespearianer, Ihre Meinung über diese Nacht? *Schildern Sie mir inmitten dieser Gräuel den verstörten Nicola'…*«

»Mangelnde Vorbereitung, schlampige Umsetzung, Zufälle und Chaos.«

Er schilderte seine Nacht, ohne bei Details zu verweilen, denn Sartine war ohnehin stets durch geheimnisvolle Quellen über alle glücklichen oder tragischen Ereignisse der ihm anvertrauten Hauptstadt unterrichtet. Nicolas erinnerte an den Zwischenfall mit dem Kommandanten der Stadtwache, beschrieb, wobei er in diesem Fall nicht mit vielsagenden Details sparte, die räumlichen Gegebenheiten vor Ort, das Fehlen jeglicher Organisation, den missglückten Beginn des Feuerwerks und die sich daraus zwangsläufig ergebenden katastrophalen Folgen. Er versäumte es nicht, darauf hinzuweisen, wie sehr manche Privilegierte sich auf diesem Schlachtfeld dadurch ausgezeichnet hätten, dass sie sich ihren Weg mit Stockschlägen und sogar Degenhieben gebahnt und ihre Kutschen im Galopp durch die Menge gejagt hatten und dass diese Umstände den Gaunern und Räubern der Faubourgs freie Hand gelassen hatten.

Sartine, der sich in einen mit karminrotem Satin bezogenen Ohrensessel gesetzt hatte, hörte mit halb geschlossenen Augen und das Kinn auf die Hand gestützt zu. Nicolas fielen seine Blässe und seine abgespannten Gesichtszüge auf sowie die dunklen Flecken, die sich auf den Wangenknochen ausbreiteten. Als er dem Polizeipräfekten zum ersten Mal begegnet war, hatte dieser älter gewirkt, als er in Wirklichkeit war. Er spielte mit diesem Aussehen, um seine Autorität weißhaarigen Gesprächspartnern gegenüber zu betonen. Er geruhte Nicolas erst anzuschauen, als dieser seine Abenteuer im Schornstein erzählte, und betrachtete seinen Mitarbeiter von oben bis unten mit einem aufmerksamen Blick, der diesem bestätigte, wie recht er gehabt hatte, sich vor dieser Begegnung gewaschen und umgezogen zu haben. Das befriedigte Lächeln, das für einen Augenblick das Gesicht seines Chefs erhellte, war ihm eine flüchtige, aber wertvolle Genugtuung.

»Sehr gut«, sagte Sartine, »genau das habe ich befürchtet.«

Er schien eine bittere Freude darüber zu empfinden, dass die Tatsachen wieder einmal seine Sorgen bestätigt hatten. Er schlug mit der Faust auf die kostbare Einlegearbeit eines Tric-Trac-Tisches, der vor ihm stand.

»Dabei hatte ich Seiner Majestät ausdrücklich gesagt, dass die Stadt nicht in der Lage ist, ein Ereignis dieses Ausmaßes unter Kontrolle zu haben.«

Er versank wieder in Gedanken und murmelte:

»Elf Jahre ohne Drama und Fehltritte, und dann kommt ein Bignon, dieser Möchtegernprévot, ohne Verstand und irgendwelche Fähigkeiten, und maßt sich meine Machtbefugnisse an, dringt in mein Revier ein, zieht mir den Boden unter den Füßen weg und beschneidet meine Rechte!«

»Die Zuständigkeit eines jeden werden schon bald keinem Zweifel mehr unterliegen«, sagte Nicolas mutig.

»Glauben Sie wirklich? Haben Sie jemals mit diesen Schlangen und dem Krieg der Zungen zu tun gehabt, der am Hof tödlicher ist als ein Schlachtfeld? Die Verleumdung …«

Nicolas spürte an seinem Körper noch immer die Schmerzen einiger Narben, die von den Risiken, die er eingegangen war, und von den Gefahren zeugten, denen er ausgesetzt gewesen war und die ebenso real waren wie diejenigen, inmitten derer der mächtige Polizeipräfekt auf Sicht navigierte.

»Monsieur, Ihre Vergangenheit, das Vertrauen, das der Herrscher …«

»Firlefanz, Monsieur! Die Gunst ist ihrem Wesen nach unbeständig, wie unsere Apotheker und Salonchemiker sagen! Man erinnert sich immer an das Böse, das einem unterstellt wird. Berücksichtigt man je unsere Mühen und unsere Erfolge? Das ist sehr gut so. Wir sind Diener des Königs im Guten wie im Schlechten, was immer es uns auch kosten mag. Aber dass dieser Einfaltspinsel Bignon, fest verankert in seinen Bündnissen und Verwandtschaften, der alles bekommen hat, ohne es je gesucht oder verdient zu haben, der Grund für meine Ungnade ist, das betrübt mich doch sehr. Er gehört zu denen, die sich etwas darauf einbilden, ein gutes Pferd zu reiten, einen Federbusch an ihrem Hut zu haben und prächtige Kleider zu tragen. Was für ein Wahnsinn! Wenn jemandem Ruhm dafür gebührt, dann dem Pferd, dem Vogel und dem Schneider!«

Er schlug erneut auf den Spieltisch. Nicolas, verblüfft über diese ungewohnten Ausbrüche, argwöhnte ein wenig Theater bei seinem Chef und witterte ein Zitat hinter seinen letzten Worten, doch ihm fiel kein Autor ein.

»Aber wir schweifen ab«, fuhr Sartine fort. »Hören Sie mir jetzt sehr aufmerksam zu. Sie arbeiten seit Langem für mich, und nur Ihnen gegenüber kann ich meine Karten aufdecken. Diese Angelegenheit liegt mir so sehr am Herzen, weil hinter diesem Kompetenzgerangel stets große Interessen stehen. Sie kennen meine Freundschaft mit dem Duc de Choiseul, dem Ersten Minister. Auch wenn es ein paar Unstimmigkeiten zwischen ihnen gegeben hat und manchmal Misstrauen, ist er Madame de Pompadour letzten Endes immer nahe geblieben.«

Er unterbrach sich.

»Sie haben sie ja gekannt und sind ihr begegnet?«

»Ich hatte zu Beginn meiner Arbeit für Sie häufig das Privileg, mit ihr zu sprechen und ihr zu dienen.«

»Und ihr sogar, wenn ich mich recht erinnere, bedeutende Dienste zu leisten. Die arme Freundin, als sie mich das letzte Mal empfing, war sie nur noch der Schatten ihrer selbst ... Sie glühte und beklagte sich, entsetzlich zu frieren; sie wirkte erschöpft, hatte eine fleckige Haut, war sehr geschwächt, wie ausgelöscht ...«

Der Polizeipräfekt verstummte, als würde er erdrückt vom Gewicht eines Bildes oder berührt von Erinnerungen, über die zu reden allzu schmerzlich war.

»Ich schweife schon wieder ab. Mein Verhältnis zu der neuen Favoritin ist ganz anderer Art. Sie hat weder die Beziehungen noch den politischen Verstand und den subtilen Einfluss der Dame aus Choisy, die sich durch ihre Erziehung, ihre Eleganz, eine Vorliebe für die Künste und die Literatur und ihre angeborene Verführungskraft durchsetzte, ganz geborene Poisson. Die neue, ein braves Mädchen im Übrigen, ist ohne Vorbereitung, es sei denn der Freudenhäuser, und ohne Weltgewandtheit in die subtilen Windungen des Hofes geworfen worden.«

Er senkte die Stimme und ließ seinen Blick über die Regale seiner Bibliothek wandern.

»Schließlich und vor allem macht sie nachts rückgängig, was am Tag konzipiert worden ist, und festigt ihren Einfluss, indem sie die Sinne eines alten Königs weckt. Choiseul ist besessen davon, Rache an England zu nehmen. Unsicher, ob er sich behaupten kann, verfolgt er dieses Ziel mit einer solchen Eile, dass er dazu neigt, die Dinge zu überstürzen und immer wieder grobe Fehler zu machen. Er hat die neue Favoritin gegen sich aufgebracht oder, genauer, er nimmt es ihr übel, dass sie dort Erfolg hatte, wo seine Schwester, Madame de Choiseul-Stainville, gescheitert ist. Dabei war sie weiß Gott mit ganzem Herzen dabei! Was habe ich damit zu tun, werden Sie sagen. Ich bin gegen meinen Willen in diesen Streit hineingezogen worden. Behalten Sie für sich, was ich Ihnen im Vertrauen sage. Ich musste auf Befehl des Königs Madame *du Barry* meine Treue beteuern und ihr quasi auf Knien versprechen, jede Veröffentlichung skandalöser Schriften zu verhindern, die zu meinem Unglück immer zahlreicher von Pamphletisten und Druckereien verbreitet wurden, die von Monsieur de Choiseul persönlich gedungen waren.«

»Ich erinnere mich, Monsieur, dass Sie mir befohlen hatten, eine Schmähschrift mit dem Titel *Die nächtlichen Orgien in Fontainebleau* ausfindig zu machen. Aber was hat Jérôme Bignon, der Prévot des marchands, mit alldem zu tun?«

»Genau das ist der wunde Punkt: Er hofiert die Favoritin und spielt ihr den Dickkopf vor. Sie begreifen, mein lieber Nicolas, in was für eine unangenehme Lage die Ereignisse der letzten Nacht mich bringen, abgesehen davon, dass jeder verantwortungslose Umgang mit städtischen Angelegenheiten mich traurig macht. Man wird mich für schuldig halten, da die Welt nicht weiß, dass man mir die Verantwortung für dieses Fest entzogen hat.«

»Trotzdem gilt die Hochzeit des Dauphins als Triumph für Choiseul. Jeder sieht darin die Krönung seines Werks, da er ja stets dafür gearbeitet hat, das Bündnis mit Österreich zu festigen.«

»Sie haben recht, aber nichts ist näher an einem Abgrund als ein Gipfel. Sie wissen jetzt, was dahintersteckt. Allerdings wissen Sie nicht, dass Seine Majestät und die Favoritin sich gestern Abend nach Bellevue begeben haben, um von der Terrasse des Schlosses aus das Feuerwerk zu verfolgen. Sie haben zunächst nichts von dem Drama mitbekommen. Der Dauphin und die Töchter des Königs haben sich dagegen nach Paris begeben. Auf dem Cours-la-Reine sollen sie die beleuchtete Hauptstadt bewundert haben, als Entsetzensschreie sie in Aufregung versetzt haben. Die Karossen haben mit der in Tränen aufgelösten Prinzessin kehrtgemacht ...«

Er stand auf, überprüfte den Sitz seiner Perücke und rückte sie mit beiden Händen zurecht.

»Monsieur le Commissaire, hier meine Anweisungen, die ich aufs Wort befolgt sehen möchte: Sie werden alle Maßnahmen ergreifen und alle Mittel einsetzen, die nötig sind, um einen Bericht über die Ereignisse auf der Place Louis XV, ihre Ursachen, die Verantwortlichkeiten, die Fehler oder die eventuellen Interessensverflechtungen zu verfassen. Sie werden versuchen, eine genaue Bilanz des Dramas zu ziehen. Sie werden sich von keinem Hindernis aufhalten lassen, selbst wenn Sie bei Ihrer Arbeit auf Widerstand und Behinderungsversuche stoßen oder sogar, denn man muss mit dem Schlimmsten rechnen, Morddrohungen erhalten sollten. Sie werden ausschließlich mir berichten. Sollte ich durch irgendein unerwartetes Unglück an der Ausübung meiner Autorität oder meiner Freiheit gehindert sein oder sollte ich plötzlich das Leben verlieren, sprechen Sie in meinem Namen mit dem König, zu dem Sie ja insofern Zutritt haben, als Sie das Privileg genießen, in seinen Equipagen zu jagen. Das ist ein persönlicher Gefallen, um den ich Sie bitte, und ich wäre Ihnen sehr verbunden, wenn Sie ihn mit der Genauigkeit ausführen würden, die Sie stets ausgezeichnet hat. Ich verlange, dass Sie über all das striktes Stillschweigen bewahren.«

»Monsieur, ich habe da noch eine Bitte.«

»Dass Inspektor Bourdeau Ihnen assistiert? Gewährt. Seine Vergangenheit spricht für ihn, er ist verschwiegen wie ein Grab.«

»Ich danke Ihnen. Aber es geht um etwas anderes …«

Monsieur de Sartine wirkte ungeduldig, und Nicolas spürte, dass er ein Gespräch, in dessen Verlauf er sich zu einigen vertraulichen Mitteilungen hatte hinreißen lassen und seine Betroffenheit gezeigt hatte, nicht länger fortzuführen wünschte.

»Ich höre, doch machen Sie schnell.«

»Sie kennen meinen Freund, den Doktor Semacgus«, sagte Nicolas. »Er hat mir die ganze Nacht assistiert, und als wir die Opfer in Augenschein genommen haben, die auf den Cimetière de la Madeleine gebracht worden waren, wurde unsere Aufmerksamkeit auf die Leiche einer jungen Frau gelenkt, die nicht in den Wirren dieser Nacht niedergetrampelt oder verletzt worden zu sein schien, sondern erwürgt wurde. Ich würde diesen Fall gern weiterverfolgen.«

»Ich wusste es! Es hätte mich auch gewundert, wenn Sie es unter so vielen Toten nicht geschafft hätten, einen für Ihre persönliche Befriedigung herauszufischen. Warum wollen Sie sich gerade mit diesem Opfer näher befassen?«

»Es könnte sein, Monsieur, dass ein Durcheinander ein anderes verbirgt. Wer weiß?«

Sartine dachte nach. Nicolas hatte das Gefühl, einen sensiblen Punkt berührt zu haben.

»Diesen Fall weiterverfolgen, was verstehen Sie darunter, Monsieur le Commissaire?«

»Die übliche Öffnung der Leiche durch Sanson in der Basse-Geôle. Wir müssen ermitteln, ob es sich um eine Folge des Chaos an diesem Abend handelt oder um ein häusliches Verbrechen.

Und darf ich schließlich darauf hinweisen, dass diese Angelegenheit sehr gut als Deckmantel für die diskretere und allgemeinere Untersuchung dienen könnte, die ich für Sie über das Drama auf der Place Louis XV durchführen soll? Der Baum verdeckt den Wald.«

Ein Argument, das mit Sicherheit für die Zustimmung des Polizeipräfekten ausschlaggebend war.

»Sie machen mir die Sache so geschickt schmackhaft, dass ich nicht Nein sagen kann. Gebe der Himmel, dass sie Sie nicht in eine dieser kriminellen Verwicklungen hineinzieht, deren Geheimnisse Sie so ausgezeichnet zu verkomplizieren verstehen! Und damit, Monsieur, entlasse ich Sie. Der König und Monsieur de Saint-Florentin erwarten mich sicherlich in Versailles, um die Erklärungen desjenigen zu hören, von dem immer noch erwartet wird, dass er für Recht und Ordnung in der Hauptstadt des Königreichs sorgt.«

Nicolas lächelte angesichts dieser immer gleichen Leier, die er stets zu hören bekam, wenn er Sartine unter Druck setzte, um in einem Fall ermitteln zu können. Monsieur de Sartine drehte sich um sich selbst, verließ eilig die Bibliothek und ließ Nicolas über die erstaunlichen Äußerungen nachdenken, die er soeben gemacht hatte, und über die heikle Mission, mit der er ab jetzt betraut war. Nicolas stand einen Augenblick da, ins Leere starrend, und als er zum Stall ging, sah er, dass eine Karosse mit großer Geschwindigkeit davonfuhr. In die Ecke der Wagentür gedrückt, bot das scharfe Profil seines Dienstherrn ein Bild tiefer Niedergeschlagenheit. Er hatte de Sartine, der seine Gefühle normalerweise so sehr im Griff hatte und bemüht war, seinen Besuchern immer das gleiche Gesicht zu zeigen, noch nie in einem solchen

Zustand gesehen. Diesmal stand ihm die Angst ins Gesicht geschrieben, und das nicht nur, wie ein oberflächlicher Eindruck hätte glauben lassen können, aus Sorge um seine Karriere. Nicolas kannte ihn zu gut, um ihn für so egoistisch zu halten. Er spürte, wie tief die Entscheidung des Königs ihn verletzt hatte. Dass diese verhängnisvolle Nacht solche Folgen gehabt hatte, musste sein Gefühl der tiefen Verlassenheit noch verstärkt haben. Seine Auflehnung war berechtigt angesichts dieser inkohärenten Verkettung von Ursachen und Wirkungen, die seinem Pflichtgefühl ebenso fremd war wie seiner absoluten Ergebenheit dem Herrscher gegenüber, dem er seit so vielen Jahren voller Selbstverleugnung diente. Sartine genoss das außerordentliche Privileg einer wöchentlichen Audienz in den kleinen Gemächern in Versailles und häufig in diesem Kabinett, das so geheim war, dass selbst seine nächsten Angehörigen es nicht kannten, und in dem der König inmitten der Depeschen und Zahlen seiner Agenten arbeitete. In einer einzigen Nacht war diese Welt wie ein Kartenhaus in sich zusammengefallen. Und mit ihm das Bild eines unfehlbaren Chefs, das sich auflöste, um dem eines bemitleidenswerten und unglücklichen Mannes Platz zu machen. Umso wichtiger war es jetzt für Nicolas, den Auftrag von Sartine zu erfüllen. Ja, er würde alles in seinen Kräften Stehende tun, um denjenigen oder diejenigen zu finden, die für eine Tragödie verantwortlich waren, welche die normale Verwaltung der Stadt in ihrem Verlauf hätte voraussehen und verhindern können.

Er wählte ein feuriges Pferd, einen fuchsroten Wallach, jung und neugierig, der ihm seinen schmalen Kopf entgegenstreckte, und ließ ihn von einem Stallburschen satteln. Die Straßen hatten sich wieder ein wenig belebt, doch die Gesichter waren ernst. Die Menschen standen in Gruppen zusammen und diskutierten aufgeregt. Es herrschte, zudem passend zum Wetter, eine niedergeschlagene Atmosphäre. Nicolas spürte, wie die Kleidung an seinem Körper klebte, während sein Pferd den typischen starken Geruch eines erhitzten Tiers ausströmte. Ein Gewitter kündigte sich an, und schieferblaue Wolken ballten sich am Himmel zusammen. Es war fast dunkel, als er in das Gewölbe des Grand Châtelet ritt. Er übergab die Zügel seines Pferdes einem Jungen, der sich zu genau diesem Zweck dort befand, Eine vertraute Stimme rief ihn:

»Mein Gott, das ist ja mein Nicolas, der da angetrabt kommt!«

In der Person, die sich auf so vertraute Weise an ihn wandte, erkannte Nicolas seinen Landsmann Jean le Breton, besser bekannt in den Straßen unter seinem Spitznamen »Tirepot«. Er war eine einzigartige Persönlichkeit, Gehilfe der schmutzigen Arbeit der Gosse und ein Segen für eine Bevölkerung, denen es an Latrinen mangelte. Er trug zwei Eimer an einer Querstange, die auf seinen Schultern ruhte. Die Konstruktion erlaubte, unter einer weiten Kutte aus geteertem Leinen verborgen, seinen Kunden, sich auf diesem »Bedürfnishäuschen« zu erleichtern. Nicolas nahm häufig die Dienste dieser kameradschaftlichen Hilfskraft in Anspruch, die immer gut informiert war.

»Jean, was gibt es Neues? Was erzählt man heute Morgen?«

»Ah, gewiss nichts Gutes, gewiss nicht! Jeder verbindet seine Wunden und beweint die Toten. Man findet, dass diese Ehe sehr schlecht beginnt. Man beschuldigt die Nachtwache und …«

Er senkte die Stimme.

»… man verflucht die Polizei und Monsieur de Sartine dafür, dass sie ihre Arbeit nicht gemacht haben. Man schimpft, man versammelt sich, man rottet sich zusammen, doch das führt nicht sehr weit, diese armen Leute haben schon ganz andere Dinge gesehen!«

»Ist das alles?«

Der Mann kratzte sich am Kopf.

»Ich bin von Berufs wegen an der Place Louis XV gewesen …«

»Und?

»Ich habe rasch mein Zeug abgestellt und geholfen. Und dabei habe ich allerhand gehört.«

»Wirklich? Was denn?«

»Männer der Stadt bezeichneten am frühen Morgen Sartine als die Wurzel allen Übels; er sei für das Drama verantwortlich.«

»Von der Stadt, sagst du? Schöffen des Prévot?«

»Aber nein! Bürgerliche Wachen mit Uniformen über und über mit Goldtressen geschmückt. Viele kamen direkt aus den Spielhöllen und stanken drei Meilen gegen den Wind nach Wein. Sie waren gut abgefüllt und wacklig auf den Beinen. Ein großer Dicker, der ihr Offizier zu sein schien, stachelte sie an.«

Nicolas belohnte ihn mit einem Écu, den der andere im Flug auffing, wobei er riskierte, dass seine Pyramide umfiel.

»Du wirst mir einen Gefallen tun«, sagte Nicolas. »Kehr in das Quartier Saint-Honoré zurück und versuch herauszubekommen, wo diese Männer die Nacht verbracht haben. Du verstehst, dass mich das möglicherweise interessiert.«

Jean Tirepot zwinkerte ihm zu und verschwand, nachdem er seine Utensilien verstaut hatte, im Gewölbe. Lange war seine Stimme zu vernehmen, die sich mit dem eintönigen Ruf entfernte: »Jeder weiß, was er zu tun hat, das Häuschen für einen, das Häuschen für zwei.«

Nicolas dachte noch über Tirepots Worte nach, als er das Bereitschaftsbüro der Kommissare betrat. Über dem Tisch zusammengesackt, den Kopf in den Armen, schnarchte Bourdeau laut. Nicolas betrachtete ihn gerührt. Das war einer, der keine Mühe scheute! Er rief den alten Marie, den Amtsdiener, der augenblicklich Kaffee brachte, versetzt mit einem ordentlichen Schuss brennendem Calvados, den er sich heimlich besorgte und der nach Cidre-Apfel duftete. Dieser Geruch weckte den Inspektor, der sich schüttelte, bevor er sich auf den Kaffee stürzte, den er geräuschvoll trank, solange er heiß war. Langes Schweigen folgte.

»Mich dünkt«, sagte Bourdeau feierlich und spöttisch, »dass dieser Kaffee nach einer kräftigeren Begleitung verlangt.«

»Mich dünkt«, sagte Nicolas, »dass ich Ihnen auf diesem Weg folge, da ich seit gestern Mittag nichts im Bauch habe als eine Brioche und ich mir aufmerksam anhöre, was Sie mir vorschlagen werden.«

»Da der Hunger uns quält und die Zeit drängt, scheint mir unser üblicher Ort der Völlerei in der Rue du Pied-de-Porc die richtige Wahl.«

»Ich habe Hunger, also folge ich Ihnen, das ist mein morgendliches *cogito*.«

»Zumal ich«, fuhr Bourdeau fort, »bei Sanson gewesen bin, der sich Punkt zwölf Uhr in der Basse-Geôle für die Öffnung besagter Leiche einfinden wird. Wir sollten nicht mit leerem Magen dabei sein, das würde uns nicht gut bekommen …«

Er lachte lauthals, und Nicolas schauderte angesichts dieser grausigen Aussicht. Aber er stimmte mit Bourdeau überein: Die Leichenöffnung glich einem Bootsausflug, beide verlangten einen gut gefüllten Magen.

Ihr Stammlokal lag nicht weit vom Châtelet entfernt. Die Nähe der Grande Boucherie machte sich zwar durch unangenehme Gerüche bemerkbar, bot aber auch den Vorteil frischer Produkte. Als sie in den niedrigen, verräucherten Raum traten, rief Bourdeau sofort seinen Landsmann – sie stammten beide aus einem Dorf in der Nähe von Chinon in der Touraine – und fragte ihn, was die Küche zu so früher Stunde zu bieten habe. Der dicke, rotgesichtige Mann nickte mit einem verschmitzten Lächeln.

»Was könnte ich euch servieren?«, sagte er und versetzte Bourdeau einen Rippenstoß, der jemanden, der weniger fest auf seinen Beinen stand als er, umgehauen hätte. »Hm … Was sagt ihr zu einer Kalbsbrustpastete? Ich habe eine für einen Nachbarn von mir gemacht, der seinen Erstgeborenen tauft. Ich werde sie für euch aufwärmen. Mit zwei Krügen von unserem Roten, wie gewöhnlich.«

Nicolas, der es liebte, den Dingen auf den Grund zu gehen, fragte ihn, wie er dieses vielversprechende Gericht zubereite.

»Gut, dass Sie es sind, Monsieur le Commissaire. Denn selbst wenn der Henker von Paris mir diese Frage stellen würde, würde ich den Mund nicht aufmachen. Aber für euch beide, ja. Also: Sie schneiden ein schönes Stück Kalbsbrust ab, fleischig und schimmernd wie Perlmutt. Sie schneiden es in Stücke, die Sie mit ein oder zwei Stück Fett spicken. Dann bereiten Sie einen Mürbeteig mit Schmalz, mit dem Sie eine runde Pastetenform auslegen. Sie legen die Fleischstücke hinein, nachdem Sie sie mit

Speck, Salz, Pfeffer, Nelken, Muskat, Kräutern, Lorbeerblättern, Pilzen und Artischockenböden gewürzt haben. Sie bedecken das Ganze mit Teig. Zwei Stunden bei kräftiger Temperatur im Ofen des Herds. Sie holen sie raus, schneiden mit dem Messer eine kleine Öffnung und gießen unmittelbar vor dem Servieren vorsichtig eine mit Zitronensaft und Eigelb gewürzte weiße Sauce hinein.«

»Das scheint mir passend und genau das Richtige für unsere leeren Mägen«, sagte Bourdeau mit glänzendem Blick und vor Gier zitternden Lippen.

»Und um euch den Mund wässrig zu machen, werde ich euch Kirschen servieren, die ersten des Jahres, mit Zimt in Wein gekocht.«

»Das ist perfekt für eine kleine Mahlzeit um elf Uhr«, sagte Nicolas scheinheilig.

Im Handumdrehen stand ein Krug violetten Weins auf dem Tisch. Sie tranken einige Gläser und beruhigten ihren Bärenhunger mit einem Bohnensalat mit Speckwürfeln. Nicolas unterrichtete Bourdeau über das, was er in der Nacht mit Semacgus erlebt hatte. Er fasste ihm die wesentlichen Punkte seines Gesprächs mit Monsieur de Sartine zusammen, wobei er besonders betonte, dass ihr Chef bestimmt habe, der Inspektor solle ihn tatkräftig bei einem heiklen Fall unterstützen.

»Wenn ich richtig verstehe«, sagte Bourdeau, vor Freude errötend, »wird es unsere vornehmliche Aufgabe sein, den Fall der erwürgten jungen Frau zu untersuchen, um über unsere wahre Tätigkeit hinwegzutäuschen?«

»Genauso ist es. Allerdings wird von dem Ergebnis der Leichenöffnung die Glaubwürdigkeit unseres Alibis abhängen. Die Male am Hals können davon herrühren, dass man versucht hat, einen Körper, der mit anderen verschlungen war, freizubekommen.«

»Das glaube ich nicht. Der Zustand ihrer Kleidung und ihr Aussehen geben keinen Hinweis darauf, dass man versucht hat, sie gewaltsam freizubekommen.«

Nicolas war überzeugt, dass ein guter Polizist seinem Instinkt folgen musste. Auf der Grundlage von Hinweisen, manchmal nur vagen Eindrücken, Zufällen und Mutmaßungen organisierte der gesunde Menschenverstand die Hierarchie und das Zusammenspiel aller Elemente. Eine Methode ohne Apriori, die Erinnerung an Verweise und Präzedenzfälle, die weitgehend unbewusste Konsultation einer Sammlung von Charakteren und Situationen setzte sich bei jeder Untersuchung aufs Neue in Gang. Bourdeau verbarg hinter seinem gutmütigen Wesen die ganze Bandbreite der Qualitäten eines Polizisten, die noch aufgewertet wurden durch einen bemerkenswerten Scharfsinn. Wie oft hatte eine seiner scheinbar belanglosen Bemerkungen die Jagd auf eine neue Fährte geführt, die man bis dahin vernachlässigt hatte.

Der Duft des in seinen Gewürzen geschmorten Kalbs riss Nicolas aus seinen Gedanken. Ihr Wirt stellte behutsam seine goldbraune Pastete auf den Tisch aus dunklem Holz. Er verschwand und kehrte gleich darauf wieder zurück mit einer kleinen Kasserolle, die von den vielen Stunden, die sie dem Feuer des Herds ausgesetzt gewesen war, schon braun gebrannt war. Ein spitzes Messer blitzte auf, das rasch eine kleine Öffnung in den Teig schnitt. Ausströmender duftender Dampf umhüllte die beiden Männer. Der Wirt ließ langsam die weiße Sauce so in diese Öffnung fließen, dass die sämige Flut schon bald in jeden Winkel der Pastete drang. Er stellte seine Kasserolle ab, nahm die Pastete und machte ein paar seitliche Schwenkbewegungen, bevor er sie wieder auf den Tisch stellte. Nicolas und Bourdeau beugten sich bereits vor, als er sie zurückhielt.

»Sachte, meine Herren, lasst die Sauce ihre Arbeit tun und das heiße Fleisch mit ihren Aromen durchdringen. Beachtet, ich sage Kalbsbrustpastete, aber ich füge, damit es schön saftig und fest ist, ein wenig Brustspitze hinzu. Und die Sauce! Da läuft euch das Wasser im Mund zusammen! Das ist nicht die auf die Schnelle von unfähigen Küchenjungen angerührte elende Pampe. Es dauert Stunden, meine Herren, bis das Mehl aufbricht, seine Grobheit verliert und sich auf glückliche Weise verbindet und vermählt. Ich bin ein kleiner, unbedeutender Schankwirt, aber ich arbeite mit dem Herzen wie mein Urgroßvater, der Saucenkoch von Gaston d'Orléans unter dem großen Kardinal war.«

Gewiss inspiriert von dieser ruhmreichen Erinnerung, legte er ihnen andächtig auf. Das Gericht und sein Geschmack machten dieser Einleitung alle Ehre. Die heiße Kruste, knusprig durch den an den Rundungen karamellisierten Fleischsaft, umhüllte ein zartes Fleisch, das von einer Sauce überzogen wurde, welche die verschiedenen Elemente des Gerichts miteinander verband. Nicolas und sein treuer Helfer ließen sich dieses so schlicht und zugleich doch so beredt präsentierte Gericht auf der Zunge zergehen. Die gekochten Kirschen fügten eine säuerliche und zugleich süße Erfrischung hinzu. Eine angenehme Benommenheit überkam sie, die durch einen Schnaps, der aus Gründen der Vorsicht in Fayenceschalen serviert wurde, noch verstärkt wurde. Die Polizisten ließen glückselig diesen Verstoß gegen die Vorschriften durchgehen, ohne zu reagieren. Ihr Wirt hatte keine Lizenz zum Ausschank von Alkohol, dessen Verkauf einem anderen

Berufsstand vorbehalten war; seine bescheidene Gaststätte erlaubte ihm nur den Ausschank offener Weine, nicht aber den Verkauf versiegelter Flaschen.

Bourdeau, der stets auf jedes Detail achtete, bemerkte plötzlich, dass sie keinen Schnupftabak dabeihatten. Das war ein alter Scherz zwischen ihnen. Wenn sie der Öffnung einer Leiche beiwohnten, schnupften sie Tabak, um den Gestank der Verwesung zu überdecken, der die Luft in der Basse-Geôle verpestete. Der hilfsbereite Wirt lieh ihnen zwei Tonpfeifen, die für diesen Gebrauch bestimmt waren, und eine entsprechende Menge Tabak.

Sie kehrten ins Grand Châtelet zurück und gingen in den Raum der *peinlichen Befragung*, die direkt neben dem Sitz des Strafgerichts lag. In diesem dunklen, spitzbogenförmigen Raum wurden auf einem der Eichentische die Leichenöffnungen durchgeführt. Diese Prozedur war noch so wenig üblich, dass die ordentlichen Gerichtsärzte sich weigerten, sie vorzunehmen, oder sich nur auf ausdrücklichen Befehl dazu bereitfanden; und selbst in diesem Fall führten sie die Leichenöffnung nicht ordnungsgemäß aus, weswegen die Ergebnisse oft wertlos waren.

Ein rotbraun gekleideter Mann in Nicolas' Alter mit schwarzer Hose und schwarzen Strümpfen breitete auf einer kleinen Werkbank ein Wundarztbesteck aus. Die Instrumente funkelten im Licht der Fackeln; das Tageslicht drang nicht in diesen Raum, dessen mit Metallhauben versehene Sprossenfenster keinen Schrei aus der Festung nach draußen dringen ließen. Charles Henri Sanson war ein alter Bekannter von Nicolas. Er hatte ihn sehr schnell kennengelernt, als er in die Dienste der Polizei trat. Sie hatten ihre Karriere ungefähr zur gleichen Zeit begonnen.

Beide dienten der Gerichtsbarkeit des Königs. Eine unerwartete – und für den Henker unverhoffte – Sympathie hatte den jungen Kommissar mit diesem besonnenen, schüchternen und überaus gebildeten Mann zusammengeführt. Nicolas konnte ihn sich nicht als Scharfrichter vorstellen und sah in ihm eher einen Gerichtsarzt. Er wusste, dass ihm aufgrund seines Namens und seiner Familie keine Wahl geblieben war und er sich mit einem Schicksal abgefunden hatte, das ihn gezwungen hatte, das Erbe anzunehmen. Allerdings erfüllte er seine furchtbare Aufgabe mit so großer Sorgfalt, dass man ihn bemitleiden konnte. Sanson drehte sich um, und sein ernstes Gesicht leuchtete auf, als er Nicolas und Bourdeau erkannte.

»Meine Herren«, sagte er, »ich grüße Sie und stehe zu Ihrer Verfügung. Darf ich allerdings meinem Bedauern darüber Ausdruck geben, dass ich die Freude, Sie wiederzusehen, der Tragödie dieser Nacht verdanke?«

Sie schüttelten einander die Hände; eine Gewohnheit, auf die Sanson besonderen Wert legte, als würde diese einfache Geste ihn in die Gemeinschaft der Lebenden zurückholen. Er lächelte, als er sah, wie Nicolas und Bourdeau ihre Pfeifen anzündeten und duftende Züge nahmen. Plötzlich kam Semacgus herein, und sein munteres Lachen erfüllte die bedrückende Atmosphäre der Krypta mit Fröhlichkeit. Die beiden Mediziner breiteten ihre Instrumente aus, die sie sorgfältig nebeneinanderlegten. Sie prüften jedes einzelne, überprüften die Schärfe der Skalpelle, Scheren, Stilette, geraden Messer und Sägen. Sie legten auch gebogene Nadeln, Bindfaden, Schwämme, Spreizer, einen Schädelbohrer, einen Keil und einen Hammer dazu. Nicolas und Bourdeau verfolgen aufmerksam ihre präzisen Gesten. Schließlich traten alle vier an den großen Tisch, auf dem der Körper der Unbekannten lag. Sanson verbeugte sich vor Nicolas und deutete auf den Leichnam.

»Wenn Sie beginnen wollen, Monsieur.«

»Wir haben hier einen Körper vor uns, der am Donnerstag, den 31. Mai 1770 auf den Cimetière de la Madeleine gebracht wurde und mutmaßlich im Verlauf der Katastrophe in der Rue Royale ums Leben kam«, begann Nicolas.

Bourdeau übernahm das Schreiben des Protokolls.

»Er wurde von Kommissar Le Floch und Inspektor Bourdeau Schlag sechs entdeckt. Ihre Aufmerksamkeit wurde durch eindeutige Würgemale am Hals des Opfers erregt. Unter diesen Bedingungen wurde angeordnet, es in die Basse-Geôle zu bringen, wo ...«

Nicolas blickte auf seine Uhr und steckte sie dann sorgfältig in seine Westentasche.

»... um halb eins desselben Tages die Öffnung des Leichnams durch den Scharfrichter der Vicomté et Généralité de Paris Charles Henri Sanson und Guillaume Semacgus, Marinewundarzt, in Gegenwart besagten Kommissars und Inspektors vorgenommen wurde. Zunächst wurden die Kleidung und die Gegenstände, die dem Opfer gehörten, untersucht. Eine offene *Robe à dos flottant* mit einem strohgelben Oberteil aus Satin in guter Qualität ...«

Sanson und Semacgus entkleideten nach und nach den Leichnam, während Nicolas weitersprach.

»Ein Korsett aus weißer Seide, sehr eng anliegend und ausgeschnitten über den Hüften, versehen mit Korsettstangen und im Rücken geschnürt ...«

Dieses Kleidungsstück presste den Körper so stark zusammen, dass Semacgus ein Taschenmesser benutzen musste, um die Schnürung durchzuschneiden.

»... Zwei Unterröcke, einer aus dünner Baumwolle, der andere aus Seide, mit zwei auf die Innenseite des ersten aufgenähten Taschen ...«

Er durchsuchte sie.

»Leer. Graue Strümpfe. Keine Schuhe. Kein weiterer Gegenstand, kein Schmuck, keine Papiere und keinerlei Hinweise irgendwelcher Art konnten an dem Leichnam gefunden werden. Lediglich ...«

Nicolas holte ein Taschentuch aus seiner Tasche, das er sorgfältig entfaltete. Er öffnete es.

»... Lediglich eine schwarze Perle aus einem Mineral, das Obsidian sein könnte, ist in der zusammengeballten Hand des Opfers bei der Entdeckung der Leiche auf dem Cimetière de la Madeleine gefunden worden. Anscheinend haben wir eine ungefähr zwanzigjährige Frau von zierlicher Gestalt vor uns, die keinerlei besondere Merkmale aufweist, mit Ausnahme der zuvor erwähnten am Halsansatz. Mund und Gesicht sind verzerrt. Das blonde Haar ist sauber und sehr gepflegt. Auch der Körper ist insgesamt sauber. Meine Herren, beginnen Sie mit der Öffnung des Leichnams.«

Nicolas hatte sich zu Sanson und Semacgus umgedreht. Die beiden Ärzte näherten sich und untersuchten mit pedantischer Aufmerksamkeit den armen ausgestreckten Körper. Sie drehten ihn um, betrachteten die bläulichen Flecken auf dem Rücken und brachten ihn wieder in die vorherige Position. Mit einem Kopfnicken strich Semacgus mit der Hand über den Bauch und sah Sanson an, der sich vorbeugte und dieselbe Geste machte; er griff nach einer Sonde hinter sich, um eine intimere Untersuchung durchzuführen.

»Es besteht in der Tat kein Zweifel.«

»Die Hinweise sprechen für sich, mein lieber Kollege«, sagte Semacgus. »Wir werden mehr nach der Öffnung wissen.«

Nicolas sah sie fragend an.

»Tja«, sagte Semacgus, »Ihre Jungfrau war keine mehr, und es deutet sogar alles darauf hin, dass sie bereits geboren hat. Die weiteren Untersuchungen werden uns das bestätigen.«

Der Henker nickte seinerseits.

»Das ist unstreitig. Das Fehlen des Hymens beweist es uns, auch wenn das für manche Autoren kein zuverlässiges Argument ist. Außerdem ist das hintere Scheidenhäutchen zerrissen wie fast immer bei Freuen, die ein Kind bekommen haben.«

Er beugte sich erneut über den Leichnam.

»*Gravis odor puerperii*, Wochenbettsgeruch. Ein Irrtum ist nicht möglich, die Geburt ist erst ein paar Tage her, vielleicht weniger. Und diese Streifen auf dem Bauch zeigen, dass er sehr stark gedehnt worden ist.«

»Ganz zu schweigen«, fügte Semacgus hinzu und deutete mit dem Finger darauf, »von dieser bräunlichen Linie, die sich von der Scham zum Nabel zieht. Was die Brüste und ihre Schwellung anbelangt, sie sprechen eine deutliche Sprache. Wenden wir uns jetzt der detaillierten Untersuchung zu. Halten Sie ihren Kopf schön gespannt.«

»Sie bemerken«, sagte Sanson, »dass das Gelenk zum ersten Halswirbel nicht seine normale Beweglichkeit hat.«

Nicolas verkrampfte sich beim Anblick des Skalpells, das ins

Fleisch schnitt. Es war jedes Mal das Gleiche: Zu Beginn war es schwierig, und er zog verzweifelt an seiner Pfeife oder schnupfte wie wahnsinnig, aber dann gewann der Beruf die Oberhand über das Entsetzen, das der Anblick auslöste. Die Neugier bestärkte den dringenden Wunsch, Erfolg zu haben, Licht in die Sache zu bringen, die dunklen Bereiche eines Falls zu verstehen. Dieser Leichnam war nicht mehr ein Mensch, der gelebt hatte, sondern das Ziel einer präzisen, hartnäckigen, heiklen Arbeit mit ihren eigenartigen Geräuschen und ihren Farben, die das Stilett oder die Sonde plötzlich entdeckten. Eine unbekannte Welt animalischer Mechanik tat sich auf und zeigte, wie das Schlachten auf dem Verkaufstisch, die innere Bühne eines Lebens, bevor die Verwesung des Fleisches alles mit sich nahm.

Sie arbeiteten, ohne ein einziges Wort zu wechseln; sie zeigten sich die Dinge und verstanden sich allein durch Blicke. Schließlich legten sie alles an ihren Platz zurück. Die Schnitte wurden mit großen Stichen zugenäht, der Körper wurde gereinigt und in ein großes Laken gewickelt, das, nachdem es geschlossen worden war, von Nicolas mit Siegelbrot versiegelt wurde. Als alles beendet war, wuschen sie sich die Hände mit Essig, und nachdem sie sie sorgfältig abgetrocknet hatten, standen sie schweigend da; keiner wollte reden.

»Monsieur«, sagte Semacgus endlich, »Sie sind hier zu Hause. Ich möchte nicht in Ihren Zuständigkeitsbereich eindringen.«

»Halbamtlich, Monsieur, halbamtlich. Ich gebe Ihnen recht, aber tun Sie mir den Gefallen, meine Ausführungen zu ergänzen und nicht zu zögern, mich zu unterbrechen.«

Semacgus verbeugte sich.

»Das will ich gern tun mit Ihrer Erlaubnis.«

Sanson nahm die bescheidene und bedächtige Haltung an, die Nicolas mit der eines Fastenpredigers verglich.

»Ich weiß, Monsieur le Commissaire, wie sehr Ihnen daran liegt, schnell voranzukommen und die Informationen zu bekommen, die für Ihre Ermittlungen besonders wichtig sind. Ich glaube, dass Sie zufrieden sein werden mit dem, was wir herausgefunden haben. Ich komme daher gleich zum Wesentlichen.«

Er atmete tief ein und faltete die Hände.

»Wir haben hier eine ungefähr zwanzigjährige Person weiblichen Geschlechts vor uns ...«

»Sehr hübsch übrigens«, murmelte Semacgus.

»Erstens, wir haben festgestellt, dass sie erwürgt worden ist. Der Zustand ihrer Luftröhre, die Quetschungen und inneren Hämatome, weisen eindeutig darauf hin. Zweitens, das Opfer hat kürzlich entbunden, ohne dass wir ein genaues Datum bestimmen können.«

»Es ist sicher nicht mehr als zwei oder drei Tage her«, fügte Semacgus hinzu. Der Zustand der Organe, der Brüste und andere Details, deren Beschreibung ich Ihnen ersparen will, bestätigen uns das.«

»Schließlich, drittens, es ist schwierig, etwas zum Todeszeitpunkt zu sagen. Allerdings veranlasst mich der Zustand des Leichnams, mit aller Vorsicht zwischen sieben und acht Uhr gestern Abend als glaubwürdige Möglichkeit in Erwägung zu ziehen.«

»Außerdem«, sagte Semacgus, »haben wir ... Heuhalme gefunden.«

Er öffnete die Hand, in der er sie hielt. Nicolas nahm sie, und sie wanderten zu der geheimnisvollen schwarzen Perle in seinem Taschentuch. Er fragte:

»An welchen Stellen haben Sie die Halme gefunden?«

»Praktisch überall, und vor allem in den Haaren, weswegen man sie nicht bemerkte, da das Opfer blond war und fülliges Haar hatte.«

Nicolas dachte nach. Wie üblich wollte er den Dingen auf den Grund gehen, entschlossen, notfalls den Advocatus diaboli zu spielen.

»Könnte man in Erwägung ziehen, selbst wenn der wahrscheinliche Todeszeitpunkt lange vor dem Drama auf der Place Louis XV liegt, dass Sie sich geirrt haben – entschuldigen Sie – und dass die Verletzung am Hals, die offensichtliche Todesursache, entstanden sein könnte, als man den Körper befreite?«

»Wir sind uns absolut sicher«, erwiderte Sanson. »Die Verletzung geht dem Tod voraus, sie ist eindeutig die Todesursache. Ich will Sie nicht mit Details langweilen, aber es gibt Tatsachen, die nicht zu leugnen sind. Und das Kleid ist unversehrt, was im gegenteiligen Fall undenkbar wäre.«

»Zumal«, ergänzte Semacgus, »diese Hypothese nicht den Ausdruck des Gesichts und das Vorhandensein von schwarzem Blut in den Lungen erklären würde.«

»Hat es sich Ihrer Meinung nach um eine normale Geburt gehandelt?«, fragte Bourdeau dazwischen. »Mit anderen Worten, könnte man annehmen, dass eine Abtreibung vorgenommen wurde?«

»Schwer zu sagen. Die Hautfalten am Bauch sind unbestreitbar die gleichen, die man bei einer Frau findet, die entbunden hat. Tatsache ist, dass die Merkmale einer späten Abtreibung in der Regel die gleichen sind wie die einer Geburt und umso ausgeprägter, je fortgeschrittener die Schwangerschaft ist.«

»Dann gibt es also«, schloss Bourdeau, »keinen Beweis dafür, dass es keine späte Abtreibung gegeben hat?«

»Ja, so ist es«, sagte Sanson.

Nicolas fing an, laut zu denken.

»War es richtig, diese Leiche hierherzubringen und diese inoffizielle Öffnung durchzuführen? Hätten wir sie dort gelassen, wo wir sie gefunden haben, hätte eine aufmerksame Überwachung durch erfahrene Spitzel uns zu einer Familie geführt, die sie identifiziert hätte. Vielleicht haben wir den normalen Lauf der Dinge gestört, und das könnte unsere Aufgabe erschweren …«

Bourdeau schüttelte den Kopf.

»Und wir wären mit unserer Beschuldigung gekommen. Die Familie hätte einen Riesenwirbel gemacht, und wir hätten die Leichenöffnung vergessen können. Man hätte uns unzweifelhaft bewiesen, dass sie in dem Gedränge niedergetrampelt worden wäre. Und außerdem hätten wir nicht erfahren, dass diese arme Unschuldige entbunden hat. Mir ist die Wahrheit, die ich finde, lieber als diejenige, die man mir weismachen will.«

Diese energische Erklärung zerstreute Nicolas' Zweifel.

»Und außerdem«, sagte Bourdeau abschließend, »wie mein Vater gesagt hätte, der Hundeführer der Meute für die Wildschweinjagden des Königs war, wir sind gewappnet, um die Schuldigen dort zu erwischen, wo sie es nicht erwarten. Obwohl alles darauf hindeutet, dass die Ermittlungen nicht leicht sein werden.«

»Meine Freunde«, sagte Nicolas, »wie soll ich Ihnen für das ganze Fachwissen und Licht, das Sie in den Fall gebracht haben, danken. Sie wissen«, fügte er an Sanson gewandt zu, »dass

Monsieur de Noblecourt Sie seit Langem zum Abendessen eingeladen hat und dass Sie ihm ebenfalls seit Langem immer wieder absagen.«

»Monsieur Nicolas«, sagte Sanson, »die einfache Tatsache, dass er daran gedacht hat, ehrt mich und erfüllt mich mit Freude und Dankbarkeit. Vielleicht wird eine Zeit kommen, wo ich zusagen werde.«

Nicolas und Bourdeau verabschiedeten sich von Semacgus und Sanson, die eine lebhafte Diskussion über die Verdienste von Becker und Bauzmann begonnen hatten, zwei Vorkämpfer der Gerichtsmedizin. Der Kommissar und sein Assistent schwiegen nachdenklich, bis sie in das Gewölbe des Grand Châtelet kamen. Das Gewitter, das sich auf dem Weg hierher angekündigt hatte, war inzwischen ausgebrochen, und Bäche schlammigen Wassers, in dem Abfälle schwammen, überschwemmten die Fahrbahn. Bourdeau spürte, dass Nicolas irgendetwas beunruhigte.

»Ich denke über die Gründe nach, die diese junge Frau bewegt haben könnten, ihr Korsett so eng zu schnüren«, sagte Nicolas schließlich.

III

Aux Deux Castors

Die vergangene Zeit ist nicht mehr,
die andere ist noch nicht,
Und die Gegenwart siecht dahin
zwischen Leben und Tod.

J. B. Chassignet (1594)

Nicolas pfiff einen Fiaker herbei. Er musste jetzt zur Place Louis XV zurückkehren und vor allem zu jener Sammelstelle der Leichen, um eine in Tränen aufgelöste Familie auf der Suche nach einem jungen Mädchen oder einer jungen Frau zu finden, obwohl der Leichnam, der in seinem Sack in der Basse-Geôle lag, keinen Ehering trug.

Ihr Wagen erreichte über die Quais die Rue Saint-Honoré, vorbei an den Elendsquartieren der Rue du Petit-Bourbon und der Rue des Poulies, die am Louvre entlangführten. Nicolas betrachtete diese Anhäufungen von Bruchbuden in unmittelbarer Nachbarschaft des Palais du roi, die verseucht und eine Brutstätte aller denkbaren Krankheiten des Körpers und des Geistes waren.

In ihrem westlichen Teil beherbergte die Rue Saint-Honoré eine lange Reihe von Modegeschäften, deren Diktate die Eleganz der Stadt bestimmten. In jeder neuen Saison schickten die Künstler dieses Luxushandels in die Reiche des Nordens bis ins ferne Großfürstentum Moskau und im Süden sogar in den Serail des Großtürken Porzellanpuppen mit Perücken nach der neuesten Mode und sorgfältig bekleidet mit den neuesten Modellkleidern. Der andere Teil der Straße in Richtung der Halles war handfesteren Freuden gewidmet. Das Hôtel d'Aligre, ein berühmter Fresstempel, der vor einem Jahr eröffnet worden war, hatte ein Schaufenster voller Schinken und Andouilles. Bourdeau hatte ihn eines Tages ein neues, in Mode gekommenes »ragout« probieren lassen, die *choucroute de Strasbourg*. Dieses Gericht, das sich neuerdings großer Beliebtheit erfreute, hatte seinen Adelsbrief von der medizinischen Faculté erhalten, nach deren Urteil es »erfrischend sei, den Skorbut bekämpfe und einen Milchsaft produziere, der ein temperiertes, leuchtend rotes Blut produziere«. Die Forellen blau des Lokals kamen in ihrer Brühe direkt aus Genf, und man munkelte – Monsieur de La Borde hatte es ihm bestätigt –, der König selbst würde manchmal sein Mittagessen verschieben, wenn diese Sondersendung nicht rechtzeitig in Versailles eintraf.

Doch schon warfen die nassen Schieferdächer des Kapuzinerklosters in der Nähe der Orangerie graue Reflexe zu ihrer Linken. Der Fiaker bog zur Rue de Chevilly ab und fuhr einen Augenblick durch die Rue de Suresnes, bevor er schließlich den Friedhof der Paroisse de la Madeleine erreichte. Er verringerte immer mehr seine Geschwindigkeit, behindert durch den Andrang einer bedrückten und dichten Menge, die sich stumm vor einem Kordon aus Gardes françaises drängte, der den Zugang zum Pfarrbezirk und ihren Nebengebäuden versperrte. Nicolas schlug mit der Faust auf die Vorderwand des Kutschkastens, damit der Wagen anhielt, und stieg aus. Ein Mann in schwarzer Magistratsrobe, in der er Monsieur Mutel, den Kommissar des Quartiers du Palais-Royal erkannte, trat auf ihn zu, um ihm die Hand zu schütteln. Zwei Männer, die ihn begleiteten, verbeugten sich. Der eine war Monsieur Puissant, der in der Polizeipräfektur für Veranstaltungen und Beleuchtung zuständig war, der andere Monsieur Hochet de la Terrie, sein Assistent – alte Bekannte.

»Mein lieber Kollege«, sagte Mutel, »diese Herren sind, mit meiner Hilfe, beauftragt, dafür zu sorgen, dass die Identifizierung der Leichen einigermaßen geordnet vonstattengeht. Der Platz ist so beschränkt, dass, wenn wir die Menge gewähren ließen, ein so furchtbares Gedränge entstehen würde, dass es zu neuen Katastrophen kommen würde. Monsieur de Sartine schickt Sie sicher als Verstärkung?«

»Nicht genau, obwohl wir Ihnen zur Verfügung stehen. Es handelt sich um die Untersuchung eines verdächtigen Todes, den wir heute Nacht entdeckt haben. Im Rahmen dieser Untersuchung müssen wir ... Sie haben Listen, nehme ich an?«

»Ja, eine Liste der Leichen, die etwas bei sich haben, wodurch man sie identifizieren kann, eine weitere derer, die bereits von Angehörigen identifiziert sind, und eine letzte mit den Personenbeschreibungen, die wir bekommen haben und die es unseren Hilfskräften erleichtern, den betreffenden Verwandten oder Freund ausfindig zu machen. Aber die Gesichter sind oft furchtbar entstellt, sodass es sehr schwierig ist, jemanden in diesen deformierten und blutigen Überresten zu erkennen. Außerdem ist das Wetter gewittrig, und wir können die Leichen nicht allzu lange aufbewahren … Die Basse-Geôle kann sie nicht alle aufnehmen!«

Der Kommissar trat nahe an Nicolas heran und erkundigte sich leise nach dem Gesundheitszustand von Monsieur de Sartine.

»Oh, mein Lieber, Sie kennen ihn ja, ›*simplicitas ac modestiae imagine in altitudinem conditus studiumque litterarum et amorem carminum simulans, quo uelaret animium*‹*. Allerdings ohne seine Perücken …«

Vernarrt in die Klassiker, machten die beiden sich manchmal, wenn sie nicht verstanden werden wollten, den Spaß, sich mithilfe lateinischer Zitate zu unterhalten.

»*Bene*, aber das Symptom muss in der Tat festgestellt werden! All das beruhigt mich. Es ist eine ernste Krise, aber er wird sie überwinden. Die Wahrheit muss unbedingt ans Licht kommen, und zwar schnell. Man braucht nur die Dummheit und die Begierde in ihrem dreckigen Schlammloch vermodern zu lassen.«

Er zwinkerte Nicolas zu.

»Verlassen Sie sich auf mich, ich werde Ihnen jedes Detail berichten, das ich über die Inkompetenz, die heute Nacht geherrscht hat, erfahren kann.«

Nicolas lächelte und machte eine unbestimmte Handbewegung. Sein glänzender Eintritt in das Korps der Kommissare im Châtelet 1761 hatte seine Kollegen verblüfft. Die meisten von

---

* »Hinter der Maske der Einfachheit und Bescheidenheit bleibt er undurchschaubar und täuscht eine Vorliebe für die Literatur und Liebe zur Dichtung vor, um seine Seele besser zu verschleiern.«

ihnen schätzten ihn mittlerweile wegen seiner Qualitäten und vertrauten ihm offen ihre Schwierigkeiten an, überzeugt, dass er sich loyal und effizient beim Polizeipräfekten für sie einsetzen würde. Nicolas verstand es, ohne allzu sehr auf seine natürliche Verführungskraft zu setzen, die Aufgaben an Kollegen zu verteilen, die schon lange im Beruf und im Übrigen alle älter als er waren.

Die Listen lagen in der Kirche aus. Um sie herum ertönten die Schreie und Wehklagen der Familien. Sie teilten sich die Aufgabe. Nach einer Weile deutete der Inspektor auf eine Zeile. Nicolas las vor:

»Ein zierliches junges Mädchen, bekleidet mit einem hellgelben Satinkleid, mit blondem Haar, blauen Augen, neunzehn Jahre alt ...«

Er fragte den Polizisten, der die Liste führte.

»Dieser Eintrag ist der letzte. Es ist sicher noch nicht lange her, dass diese Beschreibung gegeben wurde? Erinnern Sie sich an die Person, die sie gegeben hat?«

»Gerade mal eine gute Viertelstunde, Monsieur le Commissaire, ein etwa vierzigjähriger Herr, in Begleitung eines jungen Mannes. Er suchte seine Nichte. Er wirkte sehr betroffen und hat mir eine Vignette seines Geschäfts gegeben, damit wir ihn erreichen können, falls sie gefunden wird.«

Er notierte die Nummer des Eintrags und sah in einem Karton nach, in der die unterschiedlichsten Papiere abgelegt waren.

»Schauen wie mal ... Nr. 73 ... Da haben wir's ja!«

Er nahm einen Prospekt heraus.

»*Aux Deux Castors*, Au grand Hyver, Rue Saint-Honoré, gegenüber der Oper. Charles Galaine, Kürschner, Herstellung und

Verkauf von Rauchwaren, Muffs und Pelzen, in Paris. Das Fräulein scheint Élodie Galaine zu heißen.«

Die mit Figuren geschmückte Vignette zeigte zwei Biber, die einander symmetrisch gegenüberstanden. Die Schwänze umrahmten einen Stich, der einen Mann mit Mütze und Pelzmantel darstellte, der die Hände einem Kaminfeuer entgegenstreckte. Nicolas notierte die Adresse mit einem Bleistift in seinem kleinen schwarzen Heft.

»Verlieren wir keine Zeit«, sagte er. »Begeben wir uns sofort dorthin.«

Als sie wieder in den Wagen stiegen, tauchte Tirepot auf und hielt Nicolas an einem Knopf seiner Uniform fest.

»Ich habe dir dies zu sagen: Die Stadtwachen haben die ganze Nacht fröhlich durchgezecht. Sie haben in allen Schenken der Umgebung ausgelassen Flasche um Flasche geköpft, um ihre neue Uniform zu feiern. Und das überall und insbesondere im *Dauphin couronné*, wo die Paulet dir so allerhand erzählen kann. Sie hat mich beauftragt, dir und Monsieur Bourdeau zu sagen, dass sie euch erwartet hat, dass die Speisen verdorben sind, aber dass sie verstanden hat, was passiert ist. Sie hat gejammert, weil sie, hat sie mir gesagt, eine Nachricht für euch hat, die euch Freude machen wird. Sie erwartet euch heute Abend um zehn Uhr, ihr werdet euch ordentlich die Nase begießen können …«

Nicolas stieg in den Wagen, als der andere ihn noch einmal zurückhielt.

»Nicht so schnell! Schau dir mal an, was gedungene Leute verteilen. Das kommt von der Stadt. Ein Drucker, der mein Häuschen benutzt hat, erzählte mir, dass das von einer Druckerei gedruckt worden ist, die mit den Schöffen über die Versteigerungsanzeigen verhandelt hat. Entschuldige den Zustand!«

Er reichte Nicolas ein fleckiges Plakat. Dieser warf ihm eine Münze zu, die Tirepot mit gespielter Entrüstung ablehnte, aber doch im Flug auffing. Die Schmähschrift war grob und unflätig. Ihr Inhalt richtete sich gegen Monsieur de Sartine und gegen den Ersten Minister Choiseul. Nicolas dachte bei sich, dass man im Hôtel de Ville keine Zeit verlor. Diese Beschuldigungen schockierten den Mann des Königs und den amtierenden Richter in ihm. Dabei war er diese vor Hass triefenden Texte gewohnt, die er seit zehn Jahren unter zwei Favoritinnen verfolgt hatte und die bisher immer gegen die Favoritinnen des Königs gerichtet gewesen waren. Andauernd konfiszierte und vernichtete er dieses Geschmiere. Er empfand immer den gleichen Abscheu, doch die Hydra besaß hundert Köpfe und erwachte stets zu neuem Leben.

Ihr Wagen setzte sich in Bewegung und fuhr erneut durch den Kordon der Gardes françaises. Nicolas ließ sich von einem Offizier die Erlaubnis geben, durch die Rue Royale zu fahren. Der Fiaker legte im Schritttempo die wenigen Hundert schicksalhaften Meter zurück. Von dem nächtlichen Drama zeugten nur noch da und dort Kleiderfetzen und verstreute Schuhe, die Trödler und Altkleiderhändler schon bald einsammeln würden. Der Regen hatte nach und nach die braunen Flecke auf dem Boden aufgelöst. Im grellen Nachmittagslicht wirkten die mutmaßlichen Ursachen des Dramas wie anklagende Zeugen: Gräben, Steinblöcke und die unfertige Straße. Auf der Place Louis XV hatten Mannschaften bereits begonnen, die Trümmer der Bühne, die während des Festes Feuer gefangen hatte, wegzuräumen.

Das Hôtel des Ambassadeurs Extraordinaires und der Garde-Meuble erhoben sich strahlend in ihrer hieratischen Feierlichkeit. Der Wind vertrieb die letzten üblen Dünste der Nacht. Morgen wäre alles wieder wie zuvor, als wäre nichts geschehen. Und doch hörte Nicolas im Geiste noch immer die Todesschreie. Beklommen dachte er an diesen fehlgeschlagenen großen Abend der Fröhlichkeit. Sie fuhren an der Garde-Meuble vorbei, um die Rue Saint-Honoré über die Passage de l'Orangerie zu erreichen. Kurz darauf hielt ihr Wagen an der Ecke der Rue de Valois vor einem prächtigen Geschäft mit dem Schild *Aux Deux Castors*. Das Schaufenster auf geschnitztem Holz zeigte Jagdszenen, in denen Trapper wilde Tiere auf verschiedenen Kontinenten verfolgten. Ein Gitter mit goldenen, tannenzapfenförmigen Spitzen schützte den Spiegel, hinter dem im Halbdunkel eine Dekoration aus ausgestopften Tieren auftauchte. Nicolas zeigte Bourdeau nackte Schneiderpuppen.

»Sobald der Frühling vorüber ist, werden die Felle und Kleider in kühlen und sicheren Kellern aufbewahrt, die durch das Abbrennen von Kräutern desinfiziert werden.«

»Sie kennen sich ja gut aus. Irgendeine schöne Dame vermutlich …«

»Sie sind ganz schön neugierig.«

Er schob die Tür auf. Ein Glöckchen ließ kristallklare Töne vernehmen. Ein Raubtiergeruch stach Nicolas in die Nase, der ihn an einen bestimmten Schrank im Château de Ranreuil erinnerte, in dem er als Kind oft gespielt und seine Nase gern in die Pelzmäntel seines Patenonkels, des Marquis, gesteckt hatte. Vor dem Tresen aus heller Eiche beugte sich eine noch junge brünette Frau in einem grauen Taftkleid mit breiten Spitzenärmeln über ein Papier, das sie mit strenger Miene musterte. Sie hob den Kopf, und Nicolas bewunderte ihren weißen Teint. Sie betrachtete wütend ein junges Mädchen mit Haube und Dienstmädchenschürze, fast noch ein Kind, das mit gesenktem Kopf dastand wie eine Schuldige, die ertappt worden ist. Sie hatte ein hässliches, spitzes Gesicht und den trotzigen Gesichtsausdruck eines kleinen verfolgten Tieres. Die beiden Männer näherten sich schweigend.

»Miette, Mädchen, entweder sind Sie bestohlen worden, oder Sie sind eine Diebin.«

»Aber Madame …«, jammerte das Kind.

»Schweigen Sie, Sie machen mich wütend. Sie sind ein liederliches Frauenzimmer!«

Ihr Blick richtete sich auf die Füße des Dienstmädchens, das eine Ecke seiner Schürze drehte.

»Wo sind Sie gewesen, sehen Sie sich Ihre Schuhe an … Und Ihr Gesicht ist ebenso schmutzig wie Ihr Kleid geschmacklos! Ist es die Möglichkeit, in einem bürgerlichen Haus …«

Plötzlich schien sie Nicolas und seinen Begleiter zu bemerken.

»Verschwinden Sie, Sie böses Mädchen! Meine Herren, was verschafft mir die Ehre Ihres Besuchs? Wir haben schöne Sonderangebote zu dieser Jahreszeit. Mützen, gefütterte Mäntel, Pelzmäntel, Muffs. Alles zu günstigen Preisen für den nächsten Herbst. Oder, für Ihre Dame, eine schöne Lieferung von Zobeln, die wir aus dem Norden erhalten haben. Aber ich werde Monsieur Galaine rufen, meinen Gemahl, der Ihnen viel besser und genauer über seine Pelze Auskunft geben kann.«

Die Frau verschwand durch eine Seitentür mit kleinen abgeschrägten Glasscheiben. Bourdeau murmelte:

»Die macht sich ja nicht gerade große Sorgen um ihre Nichte!«

»Urteilen wir nicht vorschnell, die Identität unserer Unbekannten ist noch nicht eindeutig geklärt. Diese Dame ist lediglich geschäftstüchtig«, sagte Nicolas konziliant; er misstraute dem ersten Eindruck, auch wenn die Erfahrung ihn gelehrt hatte, dass er häufig zutreffend war.

Die Dame kam zurück und bat sie in eine Art Büro. Hinter einem Holztisch, der mit Fellproben bedeckt war, saßen zwei Männer, die wirkten, als wären sie auf der Hut. Der Ältere saß mit verschränkten Armen da; der andere stand und stützte sich mit einer Hand auf die Rückenlehne des Sessels. Nicolas, der sehr empfänglich für flüchtige Eindrücke war, nahm einen Geruch wahr, den er gut kannte, diese Mischung, die ein in die Enge getriebenes Tier oder ein Festgenommener, der verhört wird, ausströmt. Dieser für andere als für ihn selbst wohl kaum wahrnehmbare Geruch überlagerte die strengen Gerüche der Pelze, welche die Luft des Ladens verpesteten. Die Haltung der beiden Männer war nicht diejenige ehrlicher Händler, die sich anschickten, die Qualität ihrer Ware anzupreisen. Der Ältere ergriff das Wort.

»Die Herren möchten sicher von unseren Sonderangeboten profitieren. Ich habe hier zahlreiche Artikel, die Sie interessieren könnten …«

Nicolas unterbrach ihn.

»Sie sind doch Monsieur Charles Galaine, Kürschner? Und Sie haben heute Morgen eine Vermisstenanzeige auf dem Cimetière de la Madeleine betreffend Ihre Nichte Élodie Galaine, neunzehn Jahre alt, gemacht?«

Er sah, wie die Hand des jungen Mannes sich verkrampfte, bis sie weiß wurde.

»Das ist richtig, Monsieur, Monsieur …«

»Nicolas Le Floch, Commissaire im Châtelet, und das ist mein Assistent, Inspektor Bourdeau.«

»Wissen Sie etwas über meine Nichte?«

»Es tut mir leid, Ihnen mitteilen zu müssen, dass ich persönlich eine Leiche gefunden habe, die der Beschreibung entspricht, die Sie dem Polizisten auf dem Friedhof gegeben haben. Es wäre daher erforderlich, Monsieur, dass Sie mich ins Grand Châtelet begleiten, um die betreffende Leiche möglicherweise zu identifizieren. Je früher, desto besser.«

»Mein Gott! Wie ist das möglich? Aber warum ins Grand Châtelet?«

»Die Opfer sind so zahlreich, dass einige in die Basse-Geôle gebracht werden mussten.«

Der Jüngere senkte den Kopf. Mit den kleinen, blauen, tief in den Augenhöhlen liegenden Augen, der breiten Nase und dem hellbraunen natürlichen Haar ähnelte er seinem Vater, dessen Gesichtszüge allerdings männlicher und härter waren: Sie ließen keine besondere Gefühlsregung erkennen, abgesehen von zwei Schweißperlen, die über seine Schläfen perlten, am Rand seiner Perücke. Sie trugen beide leichte hellbraune Leinenanzüge.

»Mein Sohn Jean und ich, wir werden Sie begleiten.«

»Unser Wagen steht zu Ihrer Verfügung.«

Als sie alle vier hinausgingen, stürzte sich eine dicke Frau im Negligé, eine Art Mannweib, unfrisiert und mit abgespannten Gesichtszügen, auf den Kürschner, schüttelte ihn am Kragen seines Anzugs und schrie mit schriller Stimme:

»Charles, sagen Sie mir alles. Wo ist unser Vögelchen, unser goldiges Mädchen? Wer sind diese Leute? Was verschweigen Sie mir? Es ist unerträglich. Es ist immer das Gleiche, wir zählen nichts in diesem Haus, während … Es bringt mich noch um, es bringt mich um.«

Charles Galaine schob sie sanft von sich, um sie auf einen Stuhl zu setzen, auf den sie sich weinend fallen ließ.

»Entschuldigen Sie sie, meine Herren, meine ältere Schwester Charlotte ist durcheinander wegen der Verspätung ihrer Nichte.«

Er wandte sich an seine Frau, welche die Szene beobachtete, ohne eine Miene zu verziehen.

»Émilie, geben Sie meiner Schwester ein wenig Orangenblütenwasser. Ich begleite diese Herren, ich bin bald zurück.«

Émilie Galaine zuckte die Schultern, ohne ein Wort zu sagen. Sie verließen das Haus und stiegen in den Fiaker. Nicolas war nicht verborgen geblieben, dass Monsieur Galaine, sei es um seine Familie zu schonen, sei es aus Gleichgültigkeit, nicht gesagt hatte, wohin sie fuhren. Er vermutete, dass Madame Galaine wohl seine zweite Ehefrau war, denn wie war es sonst zu erklären, dass sie einen Sohn hatte, der nur ein paar Jahre jünger als sie selbst war? Dennoch war seine gleichgültige Haltung überraschend. Was den Sohn betraf, so wirkte dieser sehr beherrscht, was ein Ausdruck familiärer Sorge sein, aber auch alles Mögliche andere bedeuten konnte. Der Vater war ein Meister der Selbstbeherrschung, doch sein Kummer war kaum spürbar angesichts des möglichen Todes eines Angehörigen.

In der Kutsche herrschte bedrückendes Schweigen. Nicolas, der dem Sohn gegenübersaß, bemerkte, wie Jean Galaine mechanisch den Plüsch von der Wagentür riss. Bourdeau tat so, als würde er vor sich hin dösen, hatte die Augen jedoch nur halb geschlossen, um den Kürschner zu beobachten. Dieser starrte, reglos dasitzend, hartnäckig ins Leere.

Die Ereignisse überstürzten sich, als sie das Grand Châtelet erreichten. Charles Galaine stieg, auf den Arm seines Sohnes gestützt, zögernd die steinerne Treppe des alten Gefängnisses hinunter. Dann standen sie plötzlich vor dem Laken, das Nicolas versiegelt hatte und das in das Nachbargewölbe gebracht worden war. Es wurde geöffnet, und Nicolas gab den Blick auf das Gesicht der Toten frei. Dann drehte er den Besuchern den Rücken zu. Er hörte ein dumpfes Geräusch, der Sohn war in Ohnmacht gefallen. Man rief den alten Marie, der ein paar Tropfen seines berüchtigten Belebungstranks zwischen die Lippen des jungen Mannes träufelte, dem er, um das Maß vollzumachen, ein paar kräftige Ohrfeigen versetzte. Die Behandlung war wirkungsvoll: Jean Galaine kam seufzend wieder zu sich, und der Amtsdiener führte ihn in den Hof hinauf, um frische Luft zu schnappen. Der Vater wollte ihm folgen, doch Nicolas hielt ihn zurück.

»Monsieur, bitte. Der alte Marie hat Erfahrung, er hat so einiges gesehen und wird sich schon um ihn kümmern. Es ist wichtig, dass Sie mir die mutmaßliche Identität dieses jungen Mädchens bestätigen.«

Der Kürschner betrachtete verstört den Leichnam, mit weit aufgerissenen Augen und zitternden Lippen.

»Ja, Monsieur, es handelt sich leider um meine Nichte Élodie. Schrecklich! Wie bringe ich das nur meinen Schwestern bei, die diese Kleine so sehr geliebt hatten, die in gewisser Weise ihr Kind war.«

»Ihre Schwestern?«

»Charlotte, die Ältere, die Sie kennengelernt haben, und Camille, meine jüngere Schwester.«

Sie kehrten in das Bereitschaftsbüro zurück, wo die Identifizierung der Leiche durch Monsieur Charles Galaine von Bourdeau ordnungsgemäß protokolliert wurde.

»Monsieur«, sagte Nicolas, »ich habe noch eine sehr unangenehme Pflicht zu erfüllen. Ich muss Sie davon in Kenntnis setzen, dass Mademoiselle Élodie Galaine, Ihre Nichte, während der bedauerlichen Katastrophe in der Rue Royale nicht zu Tode getrampelt wurde, sondern dass sie ermordet wurde.«

»Ermordet! Was wollen Sie damit sagen? Was muss ich hören? Sie quälen sehr leichtfertig einen Verwandten, der bereits durch eine so traurige Nachricht am Boden zerstört ist. Ermordet, unsere Élodie! Ermordet! Die Tochter meines Bruders …«

Als großer Theaterliebhaber fand Nicolas den Ton irgendwie falsch. Diese Entrüstung des Heldenvaters, so häufig im zeitgenössischen Repertoire, war gespielt. Etwas schroffer erwiderte er:

»Das bedeutet, was dieser Begriff bedeutet: dass die Untersuchung der Leiche …« – Nicolas vermied den schockierenden Begriff der Leichenöffnung – »… unzweifelhaft beweist, dass dieses junge Mädchen oder diese junge Frau erwürgt worden ist. War sie verheiratet oder verlobt?«

Er hatte nicht die Absicht, den Zustand des Opfers zu erwähnen, sondern zog es vor, einen Trumpf im Ärmel zu behalten, den er im richtigen Augenblick ausspielen konnte. Galaines Reaktion bestätigte ihm, dass seine Entscheidung die richtige war.

»Verheiratet! Verlobt! Sie phantasieren, Monsieur. Ein Kind!«

»Monsieur, ich muss Sie bitten, auf meine Fragen zu antworten. Wir müssen einige Dinge überprüfen, denn es besteht kein Zweifel, das Verbrechen ist erwiesen, und die Untersuchung wird ihren Gang gehen, sobald ich meine Schlussfolgerungen dem Staatsanwalt des Königs mitgeteilt haben werde, der daraufhin den Polizeipräfekten einschalten wird.«

»Aber Monsieur, meine Familie, meine Frau ... Ihnen mitteilen ...«

»Wann haben Sie Ihre Nichte zum letzten Mal gesehen?«

Monsieur Galaine schien sich mit der Situation abgefunden zu haben. Er dachte einen Augenblick nach.

»Ich war als Mitglied der Kürschnergilde – einer der großen Berufsverbände, wie Sie wissen – eingeladen, dem Fest der Stadt beizuwohnen. Wir haben uns zuerst bei einem Kürschner in der Nähe des Pont-Neuf versammelt. Ich habe meine Nichte noch am Morgen gesehen. Am Abend wollte sie in Begleitung meiner Schwestern und unseres Dienstmädchens Miette zur Place Louis XV gehen, um sich das Feuerwerk anzuschauen. Ich selbst bin mit einiger Verspätung zur Place Louis XV gekommen, wo bereits ein großes Gedränge herrschte, und bin dann in dem Gewühl von meinen Kollegen getrennt worden. Eingekeilt in der Menschenmenge in der Nähe der Drehbrücke der Tuilerien, habe ich das Grauen dieser Nacht miterlebt und bis zum frühen Morgen geholfen, die Opfer zu bergen. Als ich nach Hause kam, sagte man mir, dass meine Nichte verschwunden sei, und ich bin zum Cimetière de la Madeleine zurückgekehrt.«

»Gut«, sagte Nicolas. »Noch einmal der Reihenfolge nach. Wann sind Sie an der Place Louis XV angekommen?«

»Das kann ich nicht mit Sicherheit sagen. Wir waren ziemlich angeheitert, weil wir an diesem Feiertag einige Flaschen geleert hatten, aber es muss gegen sieben Uhr gewesen sein.«

»Können die Herren der Gilde Ihre Anwesenheit auf dem Fest bestätigen?«

»Sie brauchen sie nur zu fragen. Befragen Sie die Herren Chastagny, Levirel und Botigé.«

Nicolas wandte sich an Bourdeau.

»Notieren Sie die Adressen, wir werden das überprüfen. Haben Sie Bekannte während der Nacht getroffen?«

»Es war so dunkel, und es herrschte ein solches Treiben, dass es fast unmöglich war, sich zu erkennen.«

»Etwas anderes. Haben Sie eine Idee, wie Ihre Nichte gestorben sein könnte?«

Monsieur Galaine hob den Kopf. Auf seinem Gesicht zeichnete sich Ratlosigkeit ab.

»Was soll ich Ihnen sagen? Sie haben mich nicht einmal über die Umstände ihres Todes aufgeklärt. Ich habe nur ihr Gesicht gesehen.«

Nicolas hatte ihn absichtlich nur das Gesicht der Toten sehen lassen, um die Würgemale zu verbergen.

»Alles zu seiner Zeit, Monsieur. Ich wollte nur wissen, was für ein Gefühl Sie haben. Noch ein Punkt, und wir sind fertig. Als Sie frühmorgens, gegen sechs, nehme ich an, in die Rue Saint-Honoré zurückkamen, wer war da zu Hause? Ich füge hinzu, dass uns das erlauben wird, eine Liste der Bewohner Ihres Hauses zu machen.«

»Mein Sohn Jean, meine beiden Schwestern Camille und Charlotte, meine Tochter Geneviève, die noch ein Kind ist, Marie, die Köchin, und unser Dienstmädchen Miette und …«

Es entging Nicolas nicht, dass er einen Augenblick zögerte, bevor er fortfuhr.

»Meine Frau und auch ... der Wilde.«

»Der Wilde?«

»Ich sehe, dass ich Ihnen eine Erklärung schuldig bin. Mein älterer Bruder, Claude Galaine, ist vor fünfundzwanzig Jahren auf Bitten meines Vaters nach *Neufrankreich* ausgewandert. Es ging für uns darum, dort ein Kontor zu haben, um direkt ohne Zwischenhändler mit den Trappern und Ureinwohnern über die Felle zu verhandeln. Das erlaubte uns, die Kosten zu reduzieren und unsere Preise in Paris zu senken, wo die Konkurrenz im Luxushandel extrem ist. Mein Bruder hatte auf der Île Royale, die auch Louisbourg genannt wird, 1749 geheiratet.«

Der Kürschner beruhigte sich zusehends, während er von seinem Geschäft sprach.

»Die Angriffe der Engländer auf unsere Kolonien wurden immer zahlreicher. Deswegen beschloss mein Bruder, mit seiner Familie nach Frankreich zurückzukehren. Er bekam eine Passage auf einem Schiff des Geschwaders von Admiral Dubois de la Motte, aber in den Wirren eines Angriffs verlor er seine Tochter. Die Rückkehr wurde ein Fiasko. Zehntausend Seeleute starben durch Krankheit vor der Ankunft in Brest. Mein Bruder und meine Schwägerin ließen ebenfalls ihr Leben in dieser Katastrophe. Meine Nichte überlebte jedoch und wurde vor anderthalb Jahren von einem indianischen Diener zu mir gebracht, zusammen mit einer Kopie aus dem Register ihrer Pfarrgemeinde, die ihre Geburt und Taufe bescheinigte. Siebzehn Jahre war sie von Nonnen aufgezogen worden. Seitdem ist sie wie meine Tochter und bei mir zu Hause.«

»Und dieser Eingeborene? Wie heißt er?«

»Naganda. Er ist vom Stamm der *Micmac*. Er ist eine falsche Schlange, ich weiß nicht, was ich mit ihm machen soll. Stellen Sie sich vor, er hatte sich in den Kopf gesetzt, vor der Tür meines Mündels zu schlafen. Als befürchtete er etwas von meiner Familie! Wir mussten ihn auf den Dachboden verbannen.«

»Wo er vermutlich immer noch wohnt?«

»Für ihn ist das sehr gut, ich wollte ihn eigentlich im Keller unterbringen.«

»Aber Sie haben Pelze«, sagte Nicolas trocken.

»Ich sehe, Sie kennen die Auflagen meines Berufs.«

»Ich muss Sie bitten, ins Vorzimmer zu gehen. Ich muss mit Ihrem Sohn reden.«

»Könnte ich nicht bleiben? Er ist sehr sensibel; ich spüre, dass der Tod seiner Cousine ihm sehr nahegeht.«

»Haben Sie keine Angst, Sie werden ihn gleich wiedersehen.«

Bourdeau begleitete den Zeugen in den Raum, der an das Büro des Polizeipräfekten grenzte, und kam mit dem Sohn zurück. Dieser war sehr blass, sein Gesicht auffällig schweißüberströmt. Nicolas hatte schon oft beobachtet, dass solche Schweißausbrüche durch seelische Erschütterungen, Müdigkeit oder Angst ausgelöst wurden. Als er Jean mitteilte, dass seine Cousine ermordet worden sei, wurde dieser noch blasser und saß eine Weile stumm da.

»Sie sind Jean Galaine, Sohn von Charles Galaine, Kürschner, wohnhaft in der Rue Saint-Honoré?«, fragte Nicolas schließlich. »Wie alt sind Sie?«

»Am Michaelistag werde ich dreiundzwanzig.«

»Arbeiten Sie im Geschäft Ihres Vaters?«

»Ja. Ich lerne den Beruf, um eines Tages sein Nachfolger zu werden.«

»Was haben Sie gestern Abend gemacht?«

»Ich bin auf den Boulevards spazieren gegangen, um mir die Jahrmarktsstände anzuschauen.«

»Um welche Uhrzeit?«

»Von sechs bis spätnachts.«

»Wollten Sie sich nicht das Feuerwerk anschauen?«

»Ich habe Angst vor Menschenmassen.«

»Dabei herrschte auch auf den Boulevards ein ziemliches Gedränge. Kann jemand bezeugen, Ihnen begegnet zu sein?«

»Ich habe gegen Mitternacht ein paar Biere neben der Porte Saint-Martin mit Freunden getrunken.«

»Ihre Namen?«

»Freunde, die ich zufällig getroffen haben. Ich kenne ihre Namen nicht. Ich hatte zu viel getrunken.«

Er holte ein riesiges Taschentuch hervor und wischte sich die Stirn ab.

»Wirklich? Hatte dieser Durst besondere Gründe?«

»Die gehen nur mich etwas an.«

Unter seiner glatten Oberfläche, dachte Nicolas, erweist sich dieser junge Mann als ziemlich widerspenstig.

»Ist Ihnen bewusst, dass es sich um Mord handelt und dass jedes noch so kleine Detail von entscheidender Bedeutung sein kann? Sie haben also kein Alibi?«

»Was ist das?«

Nicolas war verblüfft über dieses Interesse für das Detail auf Kosten der eigentlichen Hauptsache.

»Ein Alibi, Monsieur, ist der Beweis für die Anwesenheit von jemandem an einem anderen Ort als dem, an dem das Verbrechen stattgefunden hat.«

»Daraus schließe ich, dass Sie wissen, wo und wann meine Cousine getötet wurde.«

Der junge Mann zeichnete sich durch ein bemerkenswertes logisches Denken und große Kaltblütigkeit aus, auch wenn seine Eltern ihn als hochsensibel bezeichneten. Er war scharfsinnig und vermutlich durchtriebener, als er auf den ersten Blick wirkte.

»Das ist nicht die Frage, und Sie werden die Einzelheiten früh genug erfahren. Kommen wir auf den gestrigen Abend zurück. Um welche Zeit sind Sie nach Hause zurückgekehrt?«

»Gegen drei Uhr morgens.«

»Sind Sie ganz sicher?«

»Meine Stiefmutter wird es Ihnen bestätigen. Sie kam in einem Fiaker, und sie hat sich mit dem Kutscher gestritten, der behauptet hat, um drei Uhr morgens sei der Tarif doppelt so hoch. Anschließend ...«

Er biss sich auf die Lippe.

»Nichts, was Sie interessieren könnte.«

»Für die Polizei ist alles wichtig, Monsieur. Gibt es da einen Zusammenhang mit der späten Rückkehr Ihrer Stiefmutter? Sie schweigen? Das steht Ihnen frei, aber wir bekommen es letzten Endes doch heraus, glauben Sie mir.«

Nicolas hätte das Verhör noch weitertreiben können, aber er wollte unbedingt mehr über die Familie erfahren. Der junge Mann konnte warten.

Die Rückkehr in die Rue Saint-Honoré verlief bedrückt und schweigend. Nicolas rief sich die verschiedenen Antworten der beiden Galaines in Erinnerung. Er wunderte sich, dass sie sich so wenig für die Umstände des Todes ihrer jungen Verwandten interessierten. Der Vater hatte nicht nachgehakt, und der Sohn hatte überhaupt nicht danach gefragt. Es war kurz vor sechs, als der Wagen vor dem Geschäft *Aux Deux Castors* hielt. Nicolas hatte den beiden Männern verboten, mit den anderen Mitgliedern der Familie zu sprechen. Er hatte beschlossen, sie ins Büro einzuschließen. Er musste ohne Aufschub handeln, niemandem die Gelegenheit geben, sich zu beraten oder die Wahrheit ihrer Erklärungen durch Absprachen zu untermauern. Er fürchtete plötzlich, sich zu schnell eine Meinung zu bilden. Schließlich wies nichts eindeutig darauf hin, dass es sich wirklich um ein Familiendrama handelte. Und doch zwang seine Intuition ihn zu diesem Vorgehen, und das Geheimnis einer verschwiegenen Geburt oder Abtreibung bestärkte ihn in dieser Richtung. Falls er nicht die Schande seiner Nichte verschleiern wollte, gab es keinen Anlass zu der Vermutung, dass der Onkel davon wusste.

Ging es um die Ehre? Diese Ehre der Familien, mit der Nicolas bei seiner Polizeiarbeit immer wieder zu tun bekam – die arrogante Ehre des Adels oder die fixe Idee der Reinheit des Blutes konnten die schönsten Seelen auf Abwege bringen. War er nicht selbst das uneheliche Produkt dieser überholten Vorstellung? Oder dieses Ehrbegriffes, der dazu führte, dass jeder Verstoß gegen die Konvention in den Familien und in der Nachbarschaft mit tadelnden Blicken geächtet wurde. Jenes strengen Ehrbegriffes, der dazu führte, dass eine ganze Familie wegen des Fehlers eines einzigen ihrer Mitglieder in den Schmutz gezogen werden konnte. Hatte er es hier mit einem solchen Fall zu tun? Manche Ermittlungsbeamte griffen in diesen Fällen zu dem Mittel willkürlicher Entführungen am helllichten Tag. Die *Lettre de cachet* war diesbezüglich ein Fortschritt, denn sie kam erst zur Anwendung, wenn alle Vorsichtsmaßnahmen ergriffen waren, um einen Skandal zu vermeiden. Während die Verhaftungen, welche die Justizbeamten vornahmen, Aufsehen erregten, schützen die Lettres de cachet die Ehre, da der Straftäter aus dem Verkehr gezogen wurde und seine Schandtat mit ihm in der Zelle eines Kerkers oder eines Klosters verschwand. Die in ihrer Ehre verletzte Familie ließ den Polizeipräfekten das Privatleben durchforsten, und der König begrub die Schande im Gegenzug für immer. War Élodie Galaine aufgrund einer solchen überzogenen Vorstellung von Ehre gestorben, die die Faktoren umkehrte und das Verbrechen auf Kosten des Lebens privilegierte?

Bourdeau riss ihn aus seinen Gedanken, indem er nach draußen deutete. Der Wagen, der vor dem Laden stand, war umringt von einer Menschenmenge, die sich vor dem Schaufenster drängte. Ein Polizist, den Nicolas kannte, versperrte aufgebrachten Frauen den Zugang, denen sich eine Gruppe von Schaulustigen angeschlossen hatte. Nicolas sprang zu Boden und bahnte sich mit den Ellbogen einen Weg, um den Mann nach den Gründen für diese Aufregung zu fragen.

»Es ist so, Monsieur le Commissaire, ein Dienstmädchen dieses Hauses, ein mageres junges Ding, ist halb nackt, ja sogar splitterfasernackt auf die Straße gegangen. Und sie springt herum, zittert, sabbert und schreit. Die Leute bleiben stehen, lachen, machen sich Sorgen, und ich bin gerade rechtzeitig gekommen, um zu verhindern, dass diese Megären sie steinigen wie einen tollwütigen Hund. Das war vielleicht ein Theater. Sie war stocksteif und hat versucht, mich zu beißen. Gott sei Dank hat ihre Herrin eine Decke gebracht, in die wir sie gewickelt haben, bevor wir sie zu ihrem Schlafplatz gebracht haben, wo sie eingeschlafen ist.«

Die Schreie um sie herum wurden lauter. Eine fettleibige Matrone rempelte Nicolas mit ihrem Bauch an. Die Hände auf den Hüften, redete sie auf die Menge ein.

»Es ist kein Zufall, dass man uns daran hindern will, die Hexe zu ertränken. Und du willst uns in die Quere kommen? Glaub ja nicht, dass ich dich nicht erkannt habe, Handlanger von Sartine!«

»Das reicht jetzt!«, rief Nicolas. »Sie altes Klatschweib halten jetzt die Klappe, oder Sie enden im *Hôpital*. Und euch, gute Leute, fordere ich im Namen des Königs und des Polizeipräfekten auf, unverzüglich weiterzugehen. Sonst ...«

Beeindruckt von Nicolas' Autorität, die noch verstärkt wurde durch Bourdeaus kräftige Gestalt an seiner Seite, wich die Menge zurück, nicht ohne durch Geschrei und Spott den Namen von Monsieur de Sartine zu verunglimpfen, was Nicolas zu denken gab. Die beiden Polizisten ließen Charles und Jean Galaine aussteigen, und die kleine Gruppe betrat das Geschäft. Kerzen beleuchteten das Gesicht von Madame Galaine, die sehr blass war. Bourdeau schob die Männer ins Büro, während Nicolas sich an die Geschäftsinhaberin wandte.

»Madame ...«

»Monsieur, ich muss auf der Stelle meinen Mann sprechen.«

»Später, Madame. Er hat den Leichnam Ihrer angeheirateten Nichte identifiziert. Sie ist ermordet worden.«

Émilie Galaine zeigte keinerlei Reaktion. Ihr Gesicht blieb im flackernden Licht der Kerzen unbewegt. Was bedeutete diese Gefühllosigkeit? Nicolas war dieser Gleichmut schon begegnet; dahinter verbarg sich häufig eine starke Aufgewühltheit.

»Madame, was haben Sie gestern gemacht?«

»Überflüssig, mich zu befragen, Monsieur le Commissaire, ich habe Ihnen nichts zu sagen. Ich bin aus dem Haus gegangen, ich bin nach Hause gekommen.«

»Madame, das ist ein bisschen wenig. Glauben Sie wirklich, dass ich mich damit zufriedengebe?«

»Das ist mir egal, das ist alles, was Sie von mir zu hören bekommen.«

Sie bekam wieder Farbe, als zirkulierte das Blut lebhafter unter ihrer Haut, und stampfte mit dem Fuß auf den Boden.

»Sie dringen in diese Familie ein, um das Unglück über sie zu bringen. Ich habe geantwortet: Ich bin aus dem Haus gegangen, ich bin nach Hause gekommen. Sinnlos, weiter zu fragen.«

»Madame, es ist meine Pflicht, Sie davon in Kenntnis zu setzen, dass, sobald der *Lieutenant criminel* mit einem Mordfall befasst wird, die Justiz des Königs über verschiedene Mittel verfügt, Sie zum Sprechen zu bringen, freiwillig oder mit Gewalt.«

Ihm war die Sinnlosigkeit seiner Äußerung bewusst. Er hatte nie an die Folter geglaubt. Die langen Gespräche mit Sanson und Semacgus hatten ihn davon überzeugt, dass die mithilfe der peinlichen Befragung erhaltenen Geständnisse selten der Wahrheit entsprachen, weil sie dem armen, vor Schmerz sich windenden Opfer abgepresst worden waren, das gezwungen wurde, die entscheidenden Worte zu murmeln, die sein Schicksal besiegeln würden.

»Was ist mit Ihrem Dienstmädchen los gewesen?«, fuhr er fort. »Selbst darauf zu antworten weigern Sie sich?«

Sie schüttelte verstockt den Kopf.

»Na gut. Wären Sie so freundlich, die Schwestern Ihres Mannes zu rufen, ich will sie befragen. Vielleicht werden sie ja reden. Was Sie betrifft, so bitte ich Sie, im Büro Ihres Mannes zu warten.«

Émilie Galaine ging in den hinteren Teil des Raums und riss eine Tür auf. Zwei Frauen standen eng aneinandergedrückt dahinter; offensichtlich hatten sie ihr Gespräch belauscht. In der Größeren erkannte Nicolas Charlotte, die ältere Schwester, die in ein Taschentuch biss, als wollte sie gleich anfangen zu schreien.

Die Kleinere trottete mit gesenktem Kopf zu ihm. Ihre in dunklen Farben gehaltene Kleidung kombinierte schwarze Spitze mit Halsketten aus Gagat. Die Ältere dagegen war in knallige, aber schmutzige, zerknitterte und zerrissene Stoffe gekleidet. Sie war unfrisiert, und ihre Gesichtszüge wirkten, als wären sie über ein ausgetrocknetes Gesicht gespannt. Schmale Lippen deuteten ein demutsvolles Lächeln an, das die Beweglichkeit der grauen, neugierigen, unfreundlich blickenden Augen Lügen strafte. Das armselige und glanzlose natürliche Haar türmte komplizierte gepuderte Locken übereinander. Diese Frisur passte nicht so recht zu ihrer unvorstellbaren Hässlichkeit.

»Monsieur le Commissaire«, beeilte sich die Jüngere zu sagen, »ja, ja, wir haben alles gehört. Oh, mein Gott, ist das möglich? Ich sagte zu meiner großen Schwester, das ist die aufgewühlte Person hinter mir ... Ich sagte ihr also, sie hätte sich früher anziehen sollen, aber alles ist aus den Fugen geraten ... Stellen Sie sich vor, Monsieur, dass die Katze, die normalerweise, alt und krank, wie sie ist, gewohnt ist, am Rand entlangzulaufen ... Aber schweifen wir nicht ab. Ich glaube nicht, dass diese Pelze dieses Jahr so früh hätten heruntergebracht werden sollen. Haben Sie bemerkt, wie spät der Winter kam? Und die Bedeutung der Regenfälle … Die unglückselige Heirat, die uns nur Unglück brachte. Was kann er dafür, der Arme. Immer …«

Nicolas ließ erstarrt diesen Redeschwall über sich ergehen, dessen Zusammenhanglosigkeit ihn an Camille Galaines Verstand zweifeln ließ.

»Mademoiselle, ich bitte Sie um ein wenig Disziplin. Ich möchte Sie befragen, das haben Sie gehört. Und zwar zu den Umständen der Ermordung Ihrer Nichte. Ich befrage eine nach der anderen. Allein.«

Charlotte schrie und schluchzte noch lauter. Die Tür des Büros ging auf, und Bourdeau streckte verdattert seinen Kopf heraus. Nicolas bedeutete ihm, dass alles in Ordnung sei. Das Geschwisterpaar hatte sich wieder zusammengefunden, das rotbraune Schwarz war in der Weite des Scharlachrots aufgegangen. Die beiden verzerrten Gesichter schmiegten sich aneinander. Nicolas begriff, dass er diese siamesischen Zwillinge nicht würde voneinander trennen können und dass er fürs Erste ihre Ticks würde ertragen und eine gemeinsame Doppelbefragung würde durchführen müssen. In seiner Erinnerung tauchte die flüchtige Vision eines Glases mit zwei zusammengewachsenen Föten auf, eines der außergewöhnlichsten Ausstellungsstücke im Kuriositätenkabinett von Monsieur de Noblecourt.

»Wann haben Sie Ihre Nichte zum letzten Mal gesehen?«, begann er.

Camille, die Jüngere, ergriff ohne abzuwarten das Wort.

»Gestern Nachmittag haben wir ihr – hm, Lolotte? – beim Anziehen geholfen.«

»Ja, ja«, sagte die andere, »und wir haben sogar …«

»Und wir haben sogar mit ihr geschimpft, weil ihre Kleidung für einen Abend auf den Straßen zu hell war. Unglaublich!«

Als er den fassungslosen Blick der Älteren sah, hatte Nicolas das Gefühl, dass die Jüngere ihre Gedanken sehr frei interpretierte.

»Wie war sie gekleidet?«

Die kleinen Augen bewegten sich unaufhörlich, ohne sich jemals von Nicolas' direktem Blick einfangen zu lassen.

»Ein gelbes Satinkleid. Mütze mit gelben Bändern.«

»Hatte sie eine Tasche?«

»Nein, nein«, sagte Charlotte, »keine Tasche. Aber eine sehr hübsche venezianische Maske. So weiß, dass sie weiß gepudert zu sein schien.«

»Das verwechselst du, die trug sie im Karneval. Du hast wirklich ein schlechtes Gedächtnis! Meine Schwester meint, dass sie ein Abendtäschchen mit ein paar Écus hatte. Nicht wahr, meine Hübsche?«

Die andere machte ein verärgertes und enttäuschtes Gesicht.

»Wenn du es sagst.«

»Ich sage es nicht, ich behaupte es. Ah, Monsieur le Commissaire, meine Schwester hat ein Spatzenhirn. Denken Sie nur, neulich, das erinnert mich an ihren Kanarienvogel, über den man sagen kann, was man will, aber ich behaupte, er ist ein Zeisig, vielleicht sogar ein Buchfink … Was sagte ich? In einem Reisebericht habe ich gelesen, dass eine neue Art entdeckt worden ist, die Bachstelze von Kirschner … Aber das ist deiner nicht …«

Nicolas unterbrach erneut ihr wirres Gerede.

»Um welche Uhrzeit hat Ihre Nichte Sie verlassen?«

»Das kann ich Ihnen nicht sagen. Unsere armen Köpfe! Sie ist in Begleitung von Miette, unserem Dienstmädchen, weggegangen. Wir mussten Naganda, unseren Wilden, der ihr folgen wollte, einsperren. Anschließend sind wir hiergeblieben und haben *Bouillotte* gespielt und leicht zu Abend gegessen. Kurz vor Mitternacht sind wir ins Bett gegangen.«

»Und Sie, Mademoiselle, bestätigen Sie das?«

Charlotte, die immer noch schmollte, schüttelte den Kopf, ohne zu antworten.

Nicolas war klar, dass das Geplapper dieser beiden verstörten Damen ihn nicht weiterbringen würde. Vermutlich spielten sie ihm auf ihre Weise einen Streich, um ihn bei seiner Suche nach der Wahrheit in die Irre zu führen. Das unzusammenhängende und weitschweifige Gerede der Jüngeren wirkte zu natürlich, um nicht gespielt zu sein. Er rief Bourdeau und bat ihn, die Galaines wieder hereinzubringen. Er wandte sich an den Vater und bat ihn, mit Naganda sprechen zu dürfen. Der Mann ging für ein paar Augenblicke hinaus und kam mit verlegenem Gesichtsausdruck zurück.

»Monsieur le Commissaire, wir hatten ihn eingesperrt, aber er ist nicht mehr da!«

»Das verlangt nach einer Erklärung.«

»Ich war gerade oben, die Tür war verschlossen. Ich habe sie geöffnet, niemand! Er muss über die Dächer geflohen sein. Sie sind geschickt wie Katzen …«

»Nicht unsere«, sagte Camille. »Du weißt nicht, dass dieser Kater …«

Nicolas schnitt ihr ungeniert das Wort ab. »Gehen wir auf den Dachboden hinauf, wenn Sie einverstanden sind. Zeigen Sie mir den Weg.«

Der Pelzhändler zögerte einen Augenblick, dann ging er ihm in einen Flur voraus, an dessen Ende sich eine Treppe befand. Im dritten Stock, den man über eine Dachbodentreppe erreichte, führte eine offene Tür in ein Mansardenzimmer. Das geöffnete Dachfenster gab den Blick frei auf einen dämmrigen Himmel. Darunter stand ein Strohstuhl. Nicolas dachte, dass man eine beträchtliche Kraft brauchte, um sich mit den Armen hochzuziehen und durch eine Öffnung nach draußen zu gelangen, die so mühsam zu erreichen war. Er hatte einige Übung darin ... Die Einrichtung war spartanisch; Strohballen, bedeckt mit einer großen bunten Decke mit merkwürdigen Motiven, dienten als Lager. An einer quer durch den Raum gespannten Schnur hingen Kleidungsstücke in perfekter Ordnung. Viele waren solche der Ureinwohner, aber er bemerkte auch eine braune Houppelande, neben der ein großer schwarzer Hut mit breiter Krempe hing. Charles Galaine war seinem Blick gefolgt.

»Das war sein übliches Gewand, wenn er aus dem Haus ging. Wir hatten ihn gezwungen, es zu tragen, um die Neugier oder den Schrecken in Grenzen zu halten, den die Tätowierungen in seinem Gesicht und sein langes schwarzes Haar in der Nachbarschaft auslösten.«

»Fehlt Ihrer Meinung nach Kleidung?«

»Das kann ich nicht sagen. Ich habe die Klamotten dieses Wilden nicht gezählt, den ich seit mehr als einem Jahr ernähre.«

Nicolas durchsuchte das Zimmer. In einer kleinen Holztruhe fand er ein paar Amulette, kleine geschnitzte Figuren aus Bein, eine Puppe mit einem Froschkopf, verschiedene Beutel, gefüllt mit unbekannten Substanzen, drei Paar Mokassins und ein paar Perlen aus Obsidian, wie diejenige, die er in der Hand von Élodie

Galaine gefunden hatte. Er nahm sie rasch an sich, wobei er darauf achtete, dass der Onkel es nicht bemerkte. Schweigend stiegen sie wieder hinunter. Die Mitglieder der Familie Galaine erwarteten sie, erstarrt, wie sie sie verlassen hatten. Nicolas teilte ihnen mit, dass sie innerhalb der Mauern der Hauptstadt bleiben müssten; die Schranken würden Anweisungen erhalten, sie aufzuhalten, sollten sie gegen dieses Verbot verstoßen. Eine ziemlich illusorische Maßnahme, aber das brauchten sie nicht zu wissen.

Die Nacht brach herein, als die beiden Polizisten wieder auf der Rue Saint-Honoré standen. Nicolas beschloss, die Einladung der Paulet anzunehmen. Doktor Semacgus war vermutlich nicht von der Verschiebung ihres Abendessens unterrichtet worden, daher schlug er Bourdeau vor, ihn zu begleiten. Dieser lehnte lächelnd ab und erinnerte ihn, dass Madame Bourdeau ihn erwarte und er eine große Familie habe. Allerdings machte er seinem Chef gegenüber kein Hehl aus seiner Verwunderung.

»Darf ich erfahren, warum Sie die Domestiken nicht befragt haben? Da gibt es diese Miette und eine alte Köchin.«

»Dafür ist es zu früh, Bourdeau. Machen wir nicht die gesamte Hausgemeinschaft verrückt. Die Dienerschaft hat immer viel zu erzählen, aber man muss sich ihr vorsichtig und sanft nähern. Unsere erste Ausbeute ist übrigens gar nicht so gering …«

Bourdeau verabschiedete sich und stieg in den Fiaker. Nicolas machte sich auf den Weg zu dem Faubourg, in dem sich der *Dauphin couronné* befand. Was würde die Paulet ihm über die Katastrophe der vergangenen Nacht zu berichten haben? Was für eine gute Nachricht hatte sie wohl für ihn? Er rief sich die Befragungen ins Gedächtnis und machte sich im Gehen Notizen in seinem schwarzen Heft. Den Sohn Galaine schien der Mord nicht sonderlich zu überraschen, doch er war der Einzige, der vor der Toten eine Gefühlsregung hatte erkennen lassen, indem er ohnmächtig geworden war. Der Vater hatte angegeben, dass die Schwestern Élodie zum Feuerwerk hatten begleiten sollen; sie hatten das jedoch in keiner Weise bestätigt. Andere Andeutungen ließen ihm keine Ruhe: eine venezianische Maske, die Erwähnung einer Heirat, die ebenso die des Dauphins sein konnte als auch dic Wiederverheiratung des Pelzhändlers. Und schließlich die Perlen aus Obsidian, die ein verdächtiges Licht auf den Micmac warfen, der in der Stadt verschwunden war. Nicolas machte sich nicht allzu viel Gedanken über ihn; wenn er wirklich durch Paris irrte, würde man ihn rasch aufgreifen, sobald die Nachtwachen und die Spitzel seine so auffällige Beschreibung erhalten hätten. Und welche Sprache sprach er eigentlich?

Noch etwas beschäftigte ihn: Während die jüngere Schwester wie aus dem Ei gepellt war, machte die ältere einen unsauberen und ungepflegten Eindruck. Wie war ein solcher Unterschied zwischen zwei so eng miteinander verbundenen Menschen zu erklären? Hinzu kamen das Schweigen der zweiten Ehefrau und das allgemeine Stillschweigen über Élodies Schwangerschaft. Ja, der Fall erwies sich als schwieriger, als Monsieur de Sartine gedacht hatte, als er ihm diese Untersuchung bewilligt hatte, um eine andere zu verschleiern. Und dann war da noch die kleine Miette. Warum dieser Anfall und diese Aufregung? Die Zeit war vorbei, in der, wie vor einigen Jahren, die *Konvulsionäre* am Grab eines jansenistischen Diakons auf dem Cimetière Saint-Médard zusammenströmten.

IV

Mäander

Der Beistand dieses großen Mannes wird die Wut
Eurer stolzesten Feinde beruhigen:
Und was immer er euch verspricht, er wird mehr tun,
Als er euch versprochen hat.

RACINE

Als er vor der Tür des *Dauphin couronné* stand, streckte Nicolas die Hand nach dem alten abgegriffenen Bronzehammer aus, dessen Echo die schlafenden Tiefen des Freudenhauses wecken würde. Seine Geste geriet ins Stocken; was machte dieses Gusseisen da, verziert mit Schmiedeeisen, in dem sich Satyrfiguren und goldene Reben mischten? Was war aus dieser alten wurmstichigen Eichentür geworden, oben patiniert durch den Druck dagegen und unten verdreckt durch die Schlammspritzer von der Fahrbahn? Ein kunstvoll gearbeiteter Griff baumelte dort provokant, der einem Mechanismus im Inneren entsprechen musste. Alles deutete darauf hin, dass sich hier in letzter Zeit einiges verändert hatte. Er dachte, dass das Abendessen, das ursprünglich nach dem Fest auf der Place Louis XV hatte stattfinden sollen, das Wiedersehen mit einer alten Komplizin feiern sollte, die er im letzten Jahr aus den Augen verloren hatte. Nach kurzem Zögern zog er an dem Griff. Das Klingeln eines Glöckchens war kaum verklungen, da öffnete sich auch schon die Tür. Eine lange Gestalt musterte ihn lächelnd. Wahrhaftig, dachte er, die Zeiten ändern sich. Er hatte Mühe, in dieser Erscheinung die kleine Schwarze von früher wiederzuerkennen. Ein schönes junges Mädchen mit dunklen Augen nickte auf eine laszive Art, die durch die Kleidung im türkischen Stil noch verstärkt wurde. Sie begrüßte ihn mit einem lispelnden Zwitschern, das sich nicht geändert hatte, und trat mit einer Verneigung beiseite. Die lange Diele mit dem geometrischen Fries und dem großen Lüster mit seinen Gehängen gab es nicht mehr. Eingerissen die Wände, verschwunden der Salon, in dem er einst, im Grauen der Finsternis, zum ersten Mal jemanden ins Jenseits geschickt hatte. Adieu goldene Gesimse, pastellfarbene Ottomanen und gerahmte schlüpfrige Stiche …

Er befand sich in einem großen rotundenförmigen Salon, am Rand von Séparées geteilt, die von schweren Brokatvorhängen geschlossen wurden. Konsolen und Armstühle waren harmonisch im Raum verteilt. Kleine bezaubernde Sofas mit Perlenornamenten und Bändern möblierten die Alkoven. Ovale Cabriolet-Sessel, geschmückt mit Zierleisten, nahmen immer wieder Blumenmotive auf. Nicolas hatte früher in einem Notariat gearbeitet; da er oft nach Todesfällen Bestandsverzeichnisse hatte erstellen müssen, konnte er den Wert eines Mobiliars einschätzten. Dieses würde mehrere Tausend *Livres* kosten. Hatte er sich im Haus geirrt, war es verkauft worden? Die kleine Schwarze war allerdings immer noch da. Während er so nachdachte, drang eine bekannte, zugleich ordinäre und heisere Stimme an sein Ohr.

»Verdammt, Mädchen, hören Sie auf, Löcher in die Luft zu starren! Schenken Sie mir ein bisschen Aufmerksamkeit. Ich wiederhole: Lassen Sie ein Fass spanischen Wein bei Tronquay besorgen. Jobert und Chertemps bringen Sie den Burgunder zurück, er ist sauer! Wenn diese Banditen aufmucken, sagen Sie ihnen, dass sie mich als Kunden verlieren. Diese Händler bringen mich noch ins Grab!«

Es folgten mehrere Seufzer.

»So viel zum Wein! Was für Scherereien, das überleb ich nicht. Jetzt zum Handschuhmacher und Parfümeur. Als Erstes lässt du mir eine Pomade aus Rindermark mit Orangenblüten für meine armen Haare besorgen. Für die Demoiselles ein Dutzend parfümierte Neapelseifen und marmorierte Toilettenseifen. Vergiss nicht die Jungfernmilch, die ihren Namen zu Recht trägt! Wie, du wagst zu kichern, unverschämtes Mädchen!«

Er hörte, wie ein Körper mit einem Fächer geschlagen wurde.

»Du hast es so gewollt. Ich brauche auch eine Flasche Wundwasser für die Mouchet, die letzte Woche zweimal in den Federn zusammengebrochen ist, und das, um das Maß vollzumachen, auch noch in Gegenwart eines Abts! Allerdings hat er von ihr auch verlangt … Aber das wirst du noch früh genug erfahren. Und schließlich sind da noch die Schwämmchen für … Ich beziehe mich da ein. Los, fort jetzt, ich höre jemanden.«

Das junge Dienstmädchen zog sich zurück. Nicolas hatte sich genähert. Das war die Paulet, wie sie leibte und lebte, dieses Ungetüm aus Fleisch, hingegossen auf einer Chaiselongue, begraben unter einem langen grauen Seidenkleid, aus dem ihre enormen Arme hervortauchten. Ihr Gesicht wirkte geschrumpft, bedeckt wie üblich mit Bleiweiß und Rouge, gipsdick aufgetragen. Ihm fiel auf, dass sie neuerdings eine blonde, dicht gelockte Perücke trug.

»Aber das ist ja unser Kommissar! Dieser Schlingel Nicolas, dieser Flegel, der seine alte Freundin die ganze Nacht hat schmachten lassen! Na ja, ich mache mich lustig, zuallererst die Pflicht und der Polizeidienst! Das ist besser, als eine alte abgemagerte Schachtel wie mich zu zerstreuen.«

»Ich bin mir sicher, dass Sie sich selbst verunglimpfen«, sagte Nicolas. »Das Skelett hat immer noch genug Fleisch auf den Knochen, und ich finde Sie hier in einem Prachtpalast, der Ihren Diener sprachlos macht.«

Ohne die dicke Gipsschicht, die ihr Gesicht bedeckte, hätte Nicolas gesehen, dass sie errötete.

»Ach, dann haben Sie die Veränderungen also bemerkt?«, sagte sie kokett. »Ich lebe seit Monaten in einem Chaos. Die Pest soll die Berufsstände und die Handwerker dahinraffen! Zwanzigmal habe ich geglaubt, ich müsste sterben, und was für Unsummen gutes Geld, um dieses Handwerkerpack zu ernähren! Aber ich bin nicht von gestern. Ich würde nie Arbeiten in meinem Haus machen lassen, ohne dass ich ein Wörtchen mitzureden hätte. Die Paulet lässt sich nicht bescheißen. Andererseits, was sein muss, muss sein!«

Sie wurde ernst.

»Aber was sage ich … Wer nur auf sein eigenes Urteil hört, liegt oft falsch. Aber an Ihrem spitzbübisch funkelnden Blick erkenne ich, dass Sie darauf brennen, Ihre alte Freundin in die Enge zu treiben und unehrliche Gründe für diesen Wohlstand zu finden. Oh, Sie können noch so scheinheilig sein, Sie glauben nicht einen Augenblick, dass ich den Schatz von Colonia gefunden habe.«

»Den Schatz von Golconda sicher nicht«, sagte Nicolas lächelnd, »aber ich gestehe, dass so viel Pracht mich sprachlos macht.«

»Ach, mein lieber Herr, es gibt einen Gott, und er betrachtet die reinen Hände, nicht die vollsten. Sie kennen meine Sanftheit und meine Unschuld. Nun ja, er hat sie mir gefüllt.«

»Was?«

»Die Hände, die Hände! Erinnern Sie sich, dass ich Ihnen früher immer einen Ratafia von den Inseln angeboten habe – meine Geschmacksknospen sind immer noch in Ekstase –, den mir ein Bekannter geschickt hat. Sie waren ganz verrückt danach. Das was damals, als mein Papagei Sartine – ich trauere immer noch um ihn – infolge der Gewalttaten, mit denen Sie uns geschädigt haben, vor Schreck gestorben ist.«

»Das geschah für die gerechte Sache, meine Liebe.«

»Na ja, eher, um mich zum Reden zu bringen. Aber das ist Vergangenheit, und ich bin nicht nachtragend. Unsere Abmachungen waren von Vorteil für mich, und Sie können bezeugen, dass ich sie nicht gebrochen habe; wir werden darauf zurückkommen.«

»Das bezeuge ich Ihnen gern. Aber dieses Vermögen?«

»Ich komme gleich darauf. Diese Jugendbekanntschaft – mein Gott, wie habe ich ihn damals geliebt – war gestorben, was ich nicht wusste. Die Verbindungen zu den Inseln waren wegen des Kriegs mit England abgerissen. Wie auch immer, vor sechs Monaten ist ein Spitzbube bei mir aufgetaucht. Trotz der Puderschichten, mit denen er seine Perücke bedeckt hatte, und seines unaufrichtigen Gesichtsausdrucks sah man ihm schon von Weitem das gerichtliche Schriftstück, die Pfändung, die Lettre de cachet und alle Boshaftigkeiten an. Angesichts dieses Finsterlings sagte ich mir: ›Paulette, das wird Ärger geben.‹ Ich habe sogar an einen neuen Ansprechpartner des Polizeipräfekten gedacht. Ich fürchtete, man hätte mir meinen Nicolas weggenommen, und das heißt was.«

Sie sah ihn mit einem koketten Augenzwinkern an, das zwei oder drei Stücke ihrer Schminke löste; ihr rechtes Auge wurde dadurch größer.

»Kurz, ich setze mein freundlichstes Gesicht auf. Der Kerl öffnet eine Brieftasche. Er war Notar, und einer der vornehmsten am Platz, wie seine Karosse bewies. Mir nichts, dir nichts eröffnete er mir, das Glück ist nun mal die Tochter der Vorsehung, dass mein früherer Freund, ein reicher Plantagenbesitzer, gestorben sei und, da es in seiner Verwandtschaft keine Erben gegeben habe, mich als Erben eingesetzt habe. Da ich wusste, dass ich nie das Meer überqueren würde, hatte ich vor dreißig Jahren abgelehnt. Sein Geschäftsmann hatte seinen Besitz verkauft, und der Notar teilte mir mit, dass eine enorme Summe bei einem Pariser Bankier zu meiner Verfügung stehe. Ich kassierte diesen Geldsegen ein, überzeugt, dass ein schönes Vermögen keine Sünde ist und dass man es, um nicht geizig zu werden, auszugeben imstande sein muss.«

»Immer das brave Mädchen.«

»Und mehr, als Sie glauben! Ich bin nicht mehr die Jüngste, und daran lässt sich nichts ändern. Ein Haus wie dieses zu leiten ist kein Kinderspiel. Heutzutage haben die Mädchen keinen Respekt mehr vor der Autorität. Wenn Sie zu nachsichtig sind, geht alles den Bach runter. Der Beruf hat sich verändert und verändert sich täglich weiter. Früher kämpfte man sich aus der Gosse, um Karriere zu machen, und mit ein bisschen Köpfchen brachte man es zu einem ganz ordentlichen Wohlstand. Ich habe als Blumenmädchen angefangen. Ah, Sie hätten mich sehen sollen, ein hübsches Mädchen, fröhlich, eine, die es verstand, sich begehrenswert zu machen, diskret, wenn es sein musste. Ich hatte rasch begriffen, dass man zwei Ohren, aber nur einen Mund hat, weil es besser ist zuzuhören, als zu sprechen. Ich finde einen verliebten alten Bock, adrett und sanft, der die Augen vor meinen Herzensstutzern zu verschließen weiß. Ich lege immer mehr Geld zurück, um mein Schäfchen ins Trockene zu bringen. Ich habe immer mehr diskrete Kunden, einer reicher als der andere. Und so baue ich schließlich dieses Haus. Aber der Wind dreht sich, und der Beruf, ich sage es noch mal, ist nicht mehr derselbe. Wir Puffmütter bekommen es nur zu deutlich zu spüren. Sie wissen ja, die Huren, die für sich allein arbeiten und prädestiniert sind, Opfer der Syphilis zu werden, werden immer mehr. Unsere Häuser werden gut geführt und müssen sich der Veränderung stellen. Die reichen Kunden suchen etwas anderes. Sie wollen ständig ›Neues‹. Unsere Häuser stützten sich auf die Macht der Gewohnheit; heute sind Luxus und Raffinement gefragt. Ich habe mir diese Sichtweise zu eigen gemacht und einen Teil meines Erbes in die Anpassung dieses Hauses an den Zeitgeschmack investiert. Aber ich werde älter, meine ständig geschwollenen Beine tragen mich nicht mehr. Ich will den Anfängen wehren, dafür sorgen, dass Ordnung herrscht zwischen den Mädchen, die zunehmend kleine Teufel und immer wählerischer werden! Ich habe beschlossen, die Verantwortung aus der

Hand zu geben, aber trotzdem im Haus zu bleiben, um die Dinge im Auge zu behalten.«

»Und wer ist dieser seltene Vogel, der Ihre Nachfolge antreten wird?«, fragte Nicolas streng. »Vergessen Sie nicht, dass wir diesbezüglich unsere Meinung haben.«

»Es hätte mir auch gefehlt, wenn er nicht den Bösen spielte wie früher! Aber, Monsieur le Commissaire, ich bin ganz sicher, dass meine Wahl Sie überglücklich machen wird. Übrigens wird sie meine Erbin werden und meine Schubladen öffnen, sollte sie mich zufriedenstellen und sich um mein Alter kümmern. Auch ihr ist Kummer nicht erspart geblieben; sie ist kein leichtfertiges Ding, sie ist lebenserfahren. Gott sei Dank haben die Prüfungen menschliches Maß. Ich fürchte nur ihr gutes Herz ein bisschen, aber niemand ist vollkommen, und sie wird härter werden. Was mich betrifft, wenn alles, was vereinbart ist, mich zufriedenstellt, werde ich mich auf meinen Landsitz in Auteuil zurückziehen, denn man muss gehen können. Würde ich mich mit meiner Erfahrung einmischen, führte das nur zu einem unguten Gewurstel. Schütten Sie Wein aus Suresnes mit Burgunder zusammen, und ich garantiere Ihnen eine untrinkbare Mischung.«

»Werden Sie mir den Namen Ihrer glücklichen Entdeckung nennen?«

»Sie steht hinter dir«, sagte eine sanfte Stimme.

Nicolas erkannte sofort das Timbre dieses bescheidenen Flüsterns, das er nie vergessen hatte. Wie oft hatte sie ihm leidenschaftliche Worte ins Ohr geflüstert? Die Erinnerung an die Satin hatte ihn nicht verlassen; bis heute hatte er die Sehnsucht nach ihr in seinem Herzen bewahrt. Sie hatten eine lange Beziehung geführt, doch sein Amt und das Unbehagen, um nicht zu sagen die Angst, die das Leben seiner Freundin ihm bereiteten, hatten ihn letzten Endes von ihr entfernt. Er drehte sich um. Mein Gott, wie schön sie war! Noch viel schöner als in seiner Erinnerung. Ihr ausgeruhtes, friedliches Gesicht wandte sich ihm zärtlich zu. Ihr hochgestecktes seidiges und lockiges Haar ließ den Hals und die Schultern frei, die er einst mit so leidenschaftlichen Küssen verschlungen hatte, dass sie sich über die Male, die in ihrem Fleisch zurückgeblieben waren, beschwert hatte. Ihr zur Schau gestellter Busen wurde durch eine Corsage aus Alençon-Spitze nach oben geschoben. Ein taubenblaues Seidenkleid umhüllte weich eine Gestalt, deren einstige Reize er gleichsam rein wiederfand. Sie kam zu ihm, fasste ihn am Hals. Er zitterte, als ihre Lippen sich berührten.

»Na, meine Turteltauben«, sagte die Paulet, »ist das nicht ein schönes Wiedersehen!«

Sie klatschte in die Hände. Das afrikanische Dienstmädchen erschien mit einem angedeuteten Tanzschritt und zog die Vorhänge eines der Alkoven beiseite. Ein Tisch war dort gedeckt, und in einem Kühler aus lindgrünem Porzellan warteten Champagnerflaschen. Ein Bett mit Krone neben dem Tisch verhieß noch ganz andere Freuden.

»Meine Kinder«, fuhr die Paulet fort, »ich verlasse euch und gehe hinauf, um meine Beine zu pflegen. Ihr habt euch sicher viel zu erzählen. Die Leckermäuler und Schlemmer sind, wie ein Duc, der zu meinen Bekannten zählt, sagt, keine großen Feinschmecker, und nichts ist für das Talent eines Kochs so verhängnisvoll wie die dumme Nachfrage oder die Verfressenheit seines Herrn.«

»Das ist die Weisheit von Comus!«

»Für den Anfang neue Melone aus meinen Garten in Auteuil. Aber nicht eine dieser kraftlosen, schlaffen Dinger dieser aufgeregten Trottel, die dein Sartine jedes Jahr mit Plakaten verbieten lässt. Eine meiner saftigen und köstlichen Honigmelonen. Und dann, oh, ein königliches Gericht, das mein Koch vollendet zubereitet, zum Niederknien. Diese *Poularde à l'angoumoise*, nach der Sie sich alle zehn Finger lecken werden …«

Sie lachte anzüglich.

»Ich würde gern wissen, wie dieses Geflügel zubereitet wird«, sagte Nicolas.

»Das kann ich dir genau sagen! Du musst dir eine schöne Poularde besorgen, die mit Liebe mit Körnern gefüttert wurde. Du spickst alle fleischigen Teile mit Trüffelplättchen, ohne zu sparen. Mit der Hand füllst du den Körper mit geschnittenen Trüffeln, die du mit fein gehacktem Speck und Gewürzen angeschwitzt hast.«

»Und dann schwupps in den Bräter?«

»Nicht so schnell, mein kleiner Polizist; wie in der Liebe sind die Vorbereitungen entscheidend. Du wickelst diese Poularde in Papier, damit Trüffel und Gewürze sich gut miteinander vermählen. Nach drei Tagen entfernst du das Papier und umwickelst das zart gewordene Mädchen mit Kalbfleischscheiben und Speckscheiben. Dann, und erst dann legst du sie wie eine Geliebte in einen Schmortopf in der passenden Größe auf ein Bett aus Karottenscheiben, Pastinaken, Bouquet garni, Gewürzen, Salz und Pfeffer, zwei mit Nelken gespickten Zwiebeln und übergießt sie beherzt mit einer Flasche Malaga. Das Ganze muss auf kleiner Flamme mindestens zwei Stunden köcheln. Zum Schluss entfettest du den Bratensaft, passierst ihn durch, fügst eine Handvoll gehackte Trüffel hinzu und reduzierst die Sauce, die du mit ein paar zerdrückten Maronen bindest. Es ist ein göttliches Gericht!«

»Und die Nachspeise erst!«, sagte die Satin seufzend.

»Ananas glacé, die direkt aus den Treibhäusern des Duc de Bouillon kommt. Und danach … macht nicht zu viel Geräusch!«

»Noch ein Herzog! Unsere Paulet hat sich ganz schön verändert!«

Nicolas ließ sich gehen. Er war nun einmal in die Falle der Sinnlichkeit getappt, und Widerstand schien ihm zwecklos zu sein. Die Atmosphäre hatte sich verändert, die Paulet hatte angefangen, ihn zu duzen, da sie sich sicher war, es ungestraft tun zu können. Ganz gerührt über dieses unerwartete Wiedersehen, ließ Nicolas sich auf einen Abend ein, der köstlich zu werden versprach. Im Grunde war ihm seit Langem jede Flucht aus der Realität versagt gewesen. Die ständige Anspannung seines Amtes, die noch verstärkt wurde durch die täglichen Verpflichtungen, die sich aus der Hochzeit des Dauphins ergaben, hatte ihm keinerlei Verschnaufpause gelassen. An diesem Abend ließ er sich gehen wie ein erschöpfter Reiter am Wegesrand. Ein Funken Gewissen brachte ihn jedoch wieder zur Besinnung. Er erinnerte sich, dass Tirepot ihm Hoffnung auf Enthüllungen durch die Paulet gemacht hatte. Diese handelte niemals offen; er hatte ihr stets die Würmer aus der Nase ziehen müssen, weil sie immer bestrebt war, ihre Dienste in Vorteile und Privilegien umzumünzen, und es ihr Spaß machte, die Polizei zappeln zu lassen.

»Das ist alles schön und gut«, sagte Nicolas, »aber bevor ich Sie in die verdiente Erholung entlasse, möchte ich Ihnen gern noch ein paar Fragen stellen. Unser Freund Tirepot hat mir gesagt, Sie hätten mir allerlei zu erzählen.«

Die Paulet verzog das Gesicht und ließ sich schwer auf ihre Chaiselongue fallen.

»Der verliert wirklich niemals das Châtelet aus den Augen.«

»Niemals! Zumal ich ebenso begierig auf Ihre Neuigkeiten wie auf Ihre Küche bin. Je schneller wir damit fertig sind, desto besser. Erzählen Sie mir also bis in die kleinsten Einzelheiten den Abend der Katastrophe. Es geht alles so schnell, dass man das Gefühl hat, es ist schon mehrere Tage her, dabei geschah es erst letzte Nacht.«

»Na ja«, sagte die Paulet seufzend, »wenn es denn sein muss. Ich war mit den Vorbereitungen für das Souper zu Ihren Ehren und zu Ehren von Doktor Semacgus beschäftigt, als die Glocke zu bimmeln begann, als würden tausend Teufel an ihr ziehen, sodass ich schließlich öffnete, und etwa dreißig Stadtwachen drohten, alles kurz und klein zu schlagen. Diese ungehobelten Burschen in ihren prächtigen Uniformen wollten feiern und ihre neue Uniform einweihen. Sie verlangten grölend Wein und Mädchen. Ich mag es nicht, wenn man mich so überfällt.«

Sie warf Nicolas einen Blick zu.

»Die Paulet ist gutmütig und ein freundlicher Mensch, aber man darf sie nicht zur Weißglut treiben! Nachdem ich ihnen die Meinung gesagt hatte, aber gezwungen war, ihnen etwas zu trinken zu geben, habe ich ihnen einen sauren Burgunder serviert, der sie wohl erst richtig angeheizt hat, und …«

»Wie spät war es da?«

»Schlag acht, vor dem Feuerwerk. Und ich habe noch bei mir gedacht, dass sie sich eigentlich besser um das Fest und die

Menschenmenge und den Trubel auf den Boulevards kümmern sollten, als sich in einem anständigen Haus zu besaufen.«

»Und hat das lange gedauert?«

»O ja! Bis zwei, drei Uhr morgens. Meine Beine waren auf das Doppelte angeschwollen. Die Kerle haben meine letzten Ratafia-Vorräte ausgetrunken. Offiziere hatte sich ihnen angeschlossen. Man hat sogar den Kommandanten wegen der Katastrophe holen wollen. Er hat gelacht und gesagt, da käme er gerade her und er hätte die Nase gestrichen voll und Monsieur de Sartine würde mit der Sache schon fertigwerden.«

»Wie sah dieser Kommandant aus?«

»Groß, dick, rotgesichtig, mit kleinen bösen Augen. Der wird mir nicht so leicht davonkommen. Ich werde ihn finden!«

»Meine liebe Freundin, ich danke Ihnen. Und jetzt kümmern Sie sich um Ihre Beine. Wir wollen Sie schließlich behalten, Sie sind uns zu wertvoll.«

»Seht euch diesen Schlawiner an, diesen gerissenen Schmeichler! Mit einem Mal kann er die Paulet nicht schnell genug loswerden! Aber ich versteh dich ja, du hast Sehnsucht nach der Poularde, ha ha!«

Und mit einem vielsagenden Lächeln stand die Paulet auf und verließ das Zimmer, bei jedem Schritt vor Schmerzen stöhnend. Die Satin und Nicolas sahen sich an. Wie beim ersten Mal, dachte er, in dem Hängeboden, wo er sich mit ihr traf, als sie bei der Frau eines Präsidenten des Parlaments im Dienst war. Der hohe Herr aus dem Parlament hatte sie, wie sie es schilderte, vergewaltigt, und sie war schwanger geworden – einen Augenblick hatte Nicolas geglaubt, Vater zu werden –, und das hatte die Satin in das Geschäft mit ihren Reizen getrieben. Im Grunde war es ihr Glück gewesen, bei der Paulet gelandet und auf diese Weise dem Leben in der Gosse und dem *Hôpital général* entronnen zu sein. Mit der Zeit hatten sie sich seltener gesehen, und schon seit Langem hatten ihre Wege sich nicht mehr gekreuzt.

»Ich habe dich nie aus den Augen verloren, Nicolas«, beteuerte die junge Frau dennoch. »Oh, sag nichts, ich weiß, was du empfindest ... Wie oft habe ich, verborgen unter dem Portal des Châtelet, gewartet, um das Glück zu haben, dich eine Sekunde zu sehen. Du hattest es immer eilig und bist vorbeigehuscht wie ein Schatten ...«

Nicolas wusste nicht, was er antworten sollte.

»Und dein Kind?«

Sie lächelte.

»Er ist schön. Er ist im Internat.«

Was folgte, war für Nicolas eine glückliche Pause. Er, der ständig in der Erwartung lebte, dass etwas passierte, und sich viel zu selten einen dieser Momente der Entspannung zwischen abgeschlossener und künftiger Aktion gönnte, überließ sich der Unbekümmertheit des gegenwärtigen Augenblicks. Das Dienstmädchen brachte die Speisen, ließ die Champagnerkorken knallen und füllte fröhlich die Kelche; dann zog sie sich mit einem schmachtenden Singsang zurück, den sie mit einem langsamen Wiegen ihrer Hüften begleitete. Nicolas machte es sich bequem. Die Satin entbeinte vorsichtig die Poularde und reichte ihm mit den Fingerspitzen die besten Stücke. Die Luft des Alkovens war erfüllt von den duftenden Dämpfen des Essens und der Körper, die sich erhitzten. Lange vor der Ananas glacé hatte Nicolas seine Freundin auf das Bett gezogen. Dort fand er, in die Daunen versunken, die Freuden, die Schluchten und die Wege wieder, die er tausendmal gegangen war. Die Leidenschaft ihres erneuerten Verlangens besiegelte diese Nacht der Wiedervereinigung, bevor sie erschöpft in tiefen Schlaf sanken.

Freitag, den 1. Juni 1770

Verschlafen drückte Nicolas sich in den warmen Sand. Er musste eingenickt sein in der Sonne auf dem Strand von Batz. Jemand schimpfte über ihn, ohne sich um seinen Schlaf zu kümmern. Zum Leidwesen seines Vormunds, des Stiftsherrn, der stets besorgt war, wenn sich jemand nackt dem Wasser aussetzte, das in dem Ruf stand, alle Krankheiten zu enthalten und alle Gelüste hervorzurufen, stürzte er sich im Sommer fröhlich mit anderen Lausebengeln seines Alters in die Wellen zwischen den Fischerbooten. Er schimpfte vor sich hin; eine Hand schüttelte ihn. Nicola öffnete die Augen, sah die braune Spitze einer Brust, ein Durcheinander zerknitterter Laken und, etwas weiter entfernt, das spöttische Gesicht von Inspektor Bourdeau. Er befreite sich aus den Beinen der Satin, die friedlich schlief, hüllte sich in ein Laken und sah den Eindringling streng an.

»Pierre, würden Sie mir diesen morgendlichen Überfall erklären?«

»Ich bitte tausendmal um Entschuldigung, Nicolas, aber die Pflicht, die Pflicht! Der Indianer ist gefunden worden.«

»Zum Teufel, wie spät ist es?«

»Punkt neun Uhr.«

»Neun Uhr! Mein Gott, ich glaube es nicht! Ich hätte geschworen, es ist Mitternacht. Ich habe wie ein Kind geschlafen.«

»Wie ein Kind, wirklich?«, sagte Bourdeau und ließ den Blick über den Körper der Satin wandern.

»Bourdeau, Bourdeau! Los, helfen Sie mir. Ich erinnere mich an einen Brunnen im hinteren Hof dieses Hauses des Verderbens.«

»Na, na, reden Sie nicht gute Dinge schlecht!«

Nicolas brummte, schubste den Inspektor zur Seite und ging hinaus, um sich an der Pumpe mit kaltem Wasser zu besprengen. Er ertappte den lüsternen Blick des schwarzen Dienstmädchens, das ihn ungeniert vom Küchenfenster aus beobachtete. Er machte eine drohende Geste mit dem Zeigefinger, woraufhin sie verschwand. Nachdem er sich angezogen hatte, ging er zu Bourdeau, der im Fiaker gekommen war. Nach einem Augenblick des Schweigens befragte er seinen Assistenten.

»Ich war sicher, dass wir diesen Mann sehr schnell wiederfinden würden.«

»Der Zufall ist uns zu Hilfe gekommen. Stellen Sie sich vor, er wollte zurück nach Neufrankreich, na ja, das, was wir bis 1763 so genannt haben. Was liegt für einen naiven Naturmenschen näher, als zum Fluss zu gehen, um sich einzuschiffen? Nachdem er aus der Rue Saint-Honoré geflohen war, folgte er dem Gefälle der Bäche und war nach einigem Herumirren in den Labyrinthen des Louvre auf dem Quai de la Mégisserie gelandet. Kennen Sie den Ruf dieses Ortes?«

»Natürlich, und der Polizeipräfekt liegt diesbezüglich in ständigem Kampf mit dem Kriegsministerium. Aber Sie wissen ja, dass der Duc de Choiseul persönlich für dieses Ressort verantwortlich ist. Die Ordnung nährt die Unordnung, und die Notwendigkeit hat das Sagen. Wie oft habe ich gehört, wie unser

Chef die Missetaten der Schlepper beklagt, die, nachdem sie mit List und Tücke unerfahrene junge Leute angeworben haben, zu allen möglichen Arten von Gewalt greifen.«

»Jeder unerfahrene Bursche vom Land, der dort hinkommt und am Ufer umherschlendert, gerät in ihre Netze. Und es ist immer die gleiche Geschichte …«

»›Mein Herr braucht einen Diener, Sie sind groß und kräftig. Ich bin sicher, dass er Sie in seinen Dienst nehmen wird, vorausgesetzt, Sie gehorchen seinen Befehlen.‹ Man hilft mit Schnaps nach und bringt den Unglücklichen zu einem verkleideten Soldaten, der ihn einen Heuervertrag statt eines Dienervertrags unterschreiben lässt.«

»Als wäre man dabei«, sagte Bourdeau, über Nicolas' jammernden Ton lachend.

»Lachen Sie nur! Mein Lieber, genau das ist mir in meiner ersten Zeit in Paris passiert. Mein bretonischer Akzent wäre mir zum Verhängnis geworden, hätte ich nicht ein Auftragsschreiben von Monsieur de Sartine vorweisen können. Aber wir schweifen ab.«

»Unser Mann ist also angesprochen worden. Sein merkwürdiges Aussehen – er war nackt bis auf einen Lendenschurz – und seine Verwirrtheit haben einen dieser behelfsmäßigen Soldaten angelockt, der ihn anwerben wollte und ihm gegen einen Schuldschein eine Passage nach Neufrankreich angeboten hat. In Wirklichkeit handelte es sich um eine Anwerbung, und der Vogel war in die Falle gegangen. Als die Patrouille ihn in die Kaserne bringen wollte, hat er seine unglückliche Lage begriffen und ist wütend geworden. Da er die Statur eines Herkules hat, konnte er fünf zu Boden werfen, bevor er überwältigt wurde. Die Nachtwache, die zu Hilfe gerufen worden war, hat ihn gefesselt ins Châtelet gebracht. Da ich Sie in der Rue Montmartre nicht angetroffen habe, wo alle schliefen, außer Catherine …«

Nicolas dachte lächelnd an die Zeit, da er noch jung und das verhätschelte Kind der Hausgemeinschaft gewesen war und jede Verspätung alle in helle Aufregung versetzt hatte. Seitdem hatte sich jeder an sein unregelmäßiges Kommen und Gehen gewöhnt. Nur Catherine, deren unverbrüchliche Treue nur mit der Zuneigung vergleichbar war, die sie für ihren Retter empfand, zitterte jedes Mal um Nicolas.

»Und Ihr Scharfsinn hat Sie zum *Dauphin couronné* geführt?«

»Ich nahm an, dass Sie sich dorthin zurückziehen wollten … In Begleitung Ihrer Puffmutter.«

»Schon gut, schon gut«, sagte Nicolas lachend, »ich werde nicht das letzte Wort haben. Unrecht hat immer der Patient.«

Im Châtelet begaben sie sich sofort ins Gefängnis. Ein Gerichtsschreiber öffnete ihnen die Tür eines Kerkers, der so dunkel war, dass Nicolas eine Laterne verlangte. Auf einem verdreckten Lager aus verfaultem Stroh kauerte eine gefesselte Gestalt, die kaum erkennbar war. Der Mann war nur in eine Jutedecke gehüllt, die vermutlich schon für Generationen von Häftlingen benutzt worden war. Sein Gesicht war hinter langen schwarzen Haarsträhnen verborgen. Seine Füße waren mit einer dicken Schicht aus getrocknetem Schlamm bedeckt. Die bloßen Beine wirkten verkrampft und ließen Muskeln und Sehnen erkennen. Nicolas streckte die Hand nach der Schulter des Mannes aus, der plötzlich den Kopf hob und das Haar nach hinten schleuderte. Tiefschwarze Augen starrten ihn ausdruckslos an. Nicolas' Verblüffung war groß, als er die gleichmäßigen Narben bemerkte, die die Schläfen des Mannes zierten. Er hatte ein längliches Gesicht mit einer Hakennase und die regelmäßigen Gesichtszüge eines in Stein gehauenen heidnischen Götzen.

»Monsieur, ich bin Polizeikommissar. Ich will Ihnen helfen. Verstehen Sie mich?«

»Natürlich, Monsieur, ich bin von den Jesuiten erzogen worden. *Wenn er den Ratschlägen einer blinden Macht geglaubt hat, ist er genug bestraft durch sein hartes Los.*«

»*Und das bedeutet, unschuldig statt unglücklich zu sein.* Ich wusste nicht, Monsieur«, sagte Nicolas lächelnd, »dass die Verse von Monsieur de La Fontaine in Neufrankreich so populär sind.«

Das Gesicht, das sich aufgehellt hatte, verdüsterte sich wieder.

»Was reden Sie von Neufrankreich? Wir wurden von unserem König im Stich gelassen. Was mich betrifft, ich bin hier in Paris auf schändliche Weise getäuscht und misshandelt worden von einer Familie, die ich im Gedenken an eine Tote respektieren will. Monsieur, ich erbitte Ihren Schutz und möchte gern losgebunden werden, um mich zu waschen. Leider musste ich ein feindseliges Haus verlassen und meine Kleidung zurücklassen, die übrigens gestohlen ist …«

»Dieser Schutz sei Ihnen gewährt«, versicherte Nicolas, »und wir haben Ihnen nichts vorzuwerfen im Zusammenhang mit einem bedauerlichen Zwischenfall, dessen Opfer Sie geworden sind. Aber ich muss Sie wegen etwas anderem befragen. Gerichtsschreiber, lassen Sie diesen Mann losbinden und einen Eimer Wasser bringen, damit er sich waschen kann. Bourdeau, schauen Sie in unserer Kleiderkammer nach, ob Sie etwas finden, das er vorübergehend anziehen kann.«

Sie verließen den Gefangenen und begaben sich ins Bereitschaftsbüro.

»Das ist ja ein sehr städtischer Naturmensch!«, sagte Bourdeau.

»Und ein sehr wichtiger Zeuge. Ich brenne darauf, ihn zu befragen. Der Mann macht einen intelligenten Eindruck. Jetzt muss ich nur noch überlegen, wie ich am besten auf das Thema zu sprechen komme, das uns interessiert.«

Nicolas begann nachzudenken, während Bourdeau die Kleidung durchsah, welche die beiden Polizisten sorgsam gesammelt hatten, um sich verkleiden zu können, wenn sie bei einer Untersuchung unter der Pariser Bevölkerung nicht auffallen wollten. Schließlich fand der Inspektor, was er suchte, und überließ Nicolas seinen Überlegungen. Der Micmac wirkte entschlossen und beherrschte eindeutig die französische Sprache, sagte sich Nicolas. Er verstand es vermutlich, geschickt seine Gedanken zu verschleiern und damit auch lästige Wahrheiten – das berichtete zumindest die Gerüchteküche über die Naturmenschen Neufrankreichs. Ihn frontal anzugehen, würde wahrscheinlich nur seine Verteidigungsmechanismen verstärken; er wäre sozusagen gezwungen, das Wesentliche zu verschweigen. Es wäre also besser, die Befragung nicht zu autoritär durchzuführen. Häufig tauchten im Ungefähr, im Ungewissen das Wort, der Satz oder der Tonfall auf, die es dem Ermittler erlaubten, neu anzusetzen, seine Vermutung zu festigen und den Verlauf der Befragung in die gewünschte Richtung zu lenken, so wie eine Fregatte, die sich auf eine Enterung vorbereitet, sich sorgfältig annähern und die Stellen finden muss, wo ihre Haken Halt finden können. Nicolas fürchtete die allzu glatten Zeugen, an denen die strenge Rhetorik seiner Fragen ohne

Reaktion abglitt – »wie das Wasser an der Ente«, wie Bourdeau zu sagen pflegte.

Der Micmac trat ein. Die armseligen Kleidungsstücke, die Bourdeau ihm gegeben hatte, verbargen nicht, dass er von weither kam. Er verschmähte den Strohschemel, den der Inspektor ihm anbot, und blieb zum Ärger von Nicolas mit verschränkten Armen stehen, die Hände in den Achselhöhlen. Es herrschte ein beklemmendes Schweigen.

»Sie haben uns gewiss eine Menge zu sagen, Monsieur«, sagte Nicolas schließlich.

Das was so dahingesagt. Nicolas glaubte einen Schimmer von Ironie in Nagandas Augen wahrzunehmen. Dieser erwiderte:

»Vielleicht wären Sie so gütig, Monsieur le Commissaire, meine Neugier zu befriedigen. Ich hatte das Gefühl, dass auch Sie mir eine Menge zu sagen hätten. Nebenbei, bitte glauben Sie mir meine Dankbarkeit darüber, dass Sie mich aus dieser unangenehmen Situation befreit haben, in die mich allein die Unkenntnis der Gebräuche Ihres Volkes gebracht hat.«

»Beginnen wir ganz am Anfang«, sagte Nicolas. »Sehen Sie darin keine Bosheit, aber könnten Sie uns Ihre Anwesenheit in Paris erklären? Sie sind weit fort vom Schnee Ihres Landes!«

Die Ironie in dem schwarzen Blick verstärkte sich.

»Ich fürchte, dass die so liebenswürdig verbreiteten Äußerungen von Monsieur de Voltaire Ihr Urteil getrübt haben. Mein Land ist zwar ›schneebedeckt‹, aber im Sommer ist es auch sehr heiß. Aber ich beantworte Ihre Frage. Ich war zwölf, als mein Vater in einem Hinterhalt der Engländer starb. Er war der Führer von Monsieur Galaine, dem älteren Bruder von Monsieur Charles. Monsieur Galaine war ein gerechter und guter Mann.

Er kümmerte sich um mich und ließ mich auf seine Kosten erziehen. Als die Katastrophen immer mehr wurden, beschloss er, nach Frankreich zurückzukehren. Wir sollten uns mit einem französischen Geschwader einschiffen. Ein Angriff von Indianern, die im Sold der Engländer standen, versprengte uns. Ich trug Élodie, die Tochter von Monsieur Claude. Es gelang mir, mich zu verstecken, und ich erreichte Québec, wo ich sie den Ursulinerinnen anvertrauen konnte. Sie glaubten mir, denn ich hatte Papiere, die ihr Vater mir gegeben hatte. Siebzehn Jahre habe ich verschiedene Berufe ausgeübt; das erlaubte mir, das nötige Geld zusammenzubekommen, um eine Passage nach Frankreich bezahlen und Élodie zu ihren Eltern zurückbringen zu können, die ich noch am Leben glaubte.«

»Wie alt waren Sie zum Zeitpunkt des Dramas?«

»Ich war fünfzehn und Élodie ein paar Monate alt.«

»Ich habe Ihren Bericht unterbrochen. Bitte fahren Sie fort.«

»Trotz der Neugier, die dieser Indianer auslöste, der ein junges Mädchen und eine alte Nonne begleitete, die nach Frankreich zurückkehrte und die die Schwestern mir als Anstandsdame aufgedrängt hatten, verlief die Reise problemlos. Die Familie Galaine empfing uns ohne übertriebene Herzlichkeit. Aber während Élodie in der Folge adoptiert worden zu sein schien, war das bei mir keineswegs der Fall. Was konnte ich tun, allein, isoliert, ohne Unterstützung, ohne Familie, behandelt wie ein Nichts sowohl von den Galaines als auch von ihrer Dienerschaft, die mein Aussehen erschreckte?«

Er deutete auf sein Gesicht; Nicolas bemerkte die geballten Fäuste.

»Ich bin ein Häuptlingssohn. Naganda ist ein Häuptlingssohn.«

Wie um sich selbst davon zu überzeugen, verschränkte er erneut die Arme und schwieg. Was Nicolas soeben gehört hatte, hatte ihn bewegt und mehrere Jahre zurückversetzt, in die Zeit, als er selbst in die Hauptstadt des Königreichs gekommen war. Auch er hatte sich damals sehr einsam gefühlt. Noch heute überkam ihn ein schreckliches Gefühl der Verlassenheit bei dieser Erinnerung.

»Könnten Sie mir jetzt genauer erklären, wie Sie halb nackt in diese unangenehme Situation auf dem Quai de la Mégisserie geraten sind?«

»Naganda ist kein Elch, der sich fangen lässt. Vorgestern – Mittwoch, glaube ich – hat Élodie mir gesagt, dass sie an dem großen Fest teilnehmen wollte, das zu Ehren der Hochzeit des Enkels des Königs auf der Place Louis XV gegeben würde. Sie wünschte, dass ich sie begleite, einerseits, um sie zu beschützen – die Straßen sind nicht sicher und die jungen Männer nicht gerade zurückhaltend einem jungen Mädchen gegenüber in einer so bunten Menschenmenge –, und andererseits, weil sie wollte, dass ich zum ersten Mal diese fliegenden Lichter bewundere, von denen ich gehört hatte. Die Engländer benutzten sie, um ihren Sieg über die Franzosen zu feiern, und ich hatte nie dabei sein wollen. Ihre Tanten stellten sich diesem schönen Plan in die Quere. Meine Pflicht sei es im Gegenteil, auf das Haus aufzupassen. Sosehr Élodie auch protestierte, sie konnte sich nicht durchsetzen. Was mich betrifft, so hatte ich es mir zur Regel gemacht, mich niemals dem Willen ihrer Familie zu widersetzen, da ich wusste, dass ich sofort auf die Straße gesetzt werden und nicht mein Wort würde halten können, das ich ihrem Vater gegeben hatte, auf sie aufzupassen. Aber ich war entschlossen, mich über dieses Verbot hinwegzusetzen, mich heimlich aus dem Haus zu stehlen und ihr aus der Ferne zu folgen, um ihre Sicherheit zu garantieren.«

»Und Ihre Kleidung?«

»Welche Kleidung? Nach dem Mittagessen fühlte ich mich müde und bin auf dem Dachboden eingeschlafen. Als ich aufwachte, war meine Kleidung verschwunden, und ich war eingesperrt. Und, vor allem ...«

»Vor allem?«

»Vor allem habe ich bemerkt, dass ein ganzer Tag vergangen war!«

»Wie das? Erklären Sie mir das.«

»Ich besitze eine Uhr oder, besser, ich besaß eine Uhr, die Monsieur Claude mir geschenkt hatte. Und als ich auf sie geschaut hatte, bevor ich eingeschlafen war, zeigte sie drei Uhr nachmittags an. Als ich aufwachte, war es ein Uhr und helllichter Tag. Ich schloss daraus, dass ich fast vierundzwanzig Stunden geschlafen hatte. Werden Sie mir glauben, wenn ich Ihnen sage, dass ich nicht weiß, wie das geschehen konnte?«

Bourdeau, der hinter dem Indianer saß, bewegte zweifelnd den Kopf.

»Sie behaupten, Monsieur, dass Sie einen ganzen Tag geschlafen haben?«

»Ich behaupte gar nichts, das ist die Wahrheit.«

»Wir werden sehen«, sagte Nicolas, »aber ich liebe die Wahrheit doch etwas mehr, wenn ich sie herausfinde, als wenn ein anderer sie mir zeigt. Und dann?«

»Dann bin ich auf einen Stuhl gestiegen und habe mich mit der Kraft meiner Arme hochgezogen und durch das Dachfenster gezwängt. Ich gelangte auf das Dach eines Nachbarhauses, wo ich niedrigere Pultdächer neben einem Baum gefunden habe, und an denen habe ich mich zu Boden gleiten lassen. Ich bin lange herumgeirrt, dann habe ich Möwen gesehen und habe die Richtung ihres Flugs beobachtet. Schließlich habe ich den Fluss gefunden und gehofft, dort Schiffe zu finden, die in See stechen würden. Ein Mann hat mich angesprochen und mir eine Arbeit angeboten, die meine Passage begleichen würde. Ich habe akzeptiert, und er hat mich in eine Kaschemme geführt, wo ein anderer, sehr unfreundlicher Mann mit Unmengen von Tressen mich ein Papier hat unterschreiben lassen. Gleich darauf sind Soldaten aufgetaucht und haben sich auf mich gestürzt. Ich habe mich gewehrt, aber sie waren mir zahlenmäßig überlegen. Dann bin ich dank Ihrer Hilfe befreit worden.«

Er verneigte sich mit einer gewissen Noblesse. Dieser Zeuge zweier Welten machte Nicolas sprachlos; seine gewählte Ausdrucksweise bildete einen solchen Kontrast zu seinem Aussehen, dass diese Widersprüchlichkeit das Urteil über den Mann zu verfälschen drohte. Das war alles schön und gut, erinnerte aber ein wenig an ein orientalisches Märchen.

»Können Sie mir die Kleidung beschreiben, die verschwunden ist?«, fragte Nicolas.

»Tuniken und Lederhosen. Ein großer brauner Mantel, den ich oft benutze, um mein Angst einflößendes Aussehen vor den Augen der Schreckhaften auf der Straße zu verbergen.«

Nicolas zog ein Taschentauch aus seiner Tasche und faltete es sorgfältig auf dem Schreibtisch auseinander. Er nahm die Obsidianperle heraus, die er in Élodie Galaines verkrampfter Hand auf dem Cimetière de la Madeleine gefunden hatte.

»Kennen Sie diese Perle?«

Naganda beugte sich vor.

»Ja, sie ist Teil einer Halskette, die mir gehört und an der ich sehr hänge. Sie ist mir mit meiner Kleidung gestohlen worden.«

»Und Ihre Uhr?«

»Ich habe sie wiedergefunden. Sie lag unter meiner Lagerstatt, zum Greifen nah.«

»Und wo ist sie jetzt?«

»Sie ist mir von den Soldaten weggenommen worden.«

»Zu überprüfen, Monsieur Bourdeau. Kommen wir auf diese Perle zurück. Die Halskette ist also verschwunden? Gut. Warum war sie Ihnen so wichtig?«

»Sie war eine Erinnerung an meinen Vater, und Monsieur Claude hatte ein Amulett hinzugefügt.«

»Sie behaupten, dass Galaine der Ältere Ihnen einen Talisman gegeben hat? War er nicht Katholik und guter Christ?«

»Gewiss, aber ich sage nur, was geschehen ist. Als er mir dieses kleine Stück Leder gegeben hat, hat er mir eingeschärft, mich nie davon zu trennen. Ich erinnere mich noch, was er mir sagte: ›Wenn Élodie heiratet, musst du diesen Lederbeutel öffnen und ihr geben, was er enthält.‹«

»Sie haben ihn also nie geöffnet?«

»Nie.«

Nicolas spürte in seiner Tasche die zerrissene Halskette, die er auf dem Dachboden in der Rue Saint-Honoré gefunden hatte. Er nahm sie und streckte sie dem Indianer entgegen. Naganda machte eine lebhafte Handbewegung, als wollte er nach ihr greifen, und Nicolas konnte seine Hand gerade noch rechtzeitig zurückziehen.

»An Ihrer Reaktion erkenne ich, dass dieser Gegenstand Ihnen nicht fremd ist.«

»Er gehört mir in der Tat, und nichts ist mit teurer aus den Gründen, die ich Ihnen gesagt habe. Wo haben Sie sie gefunden?«

»Mit Verlaub, ich stelle hier die Fragen. Diese Halskette gehört also Ihnen? Sie erkennen sie wieder? Und Sie sind einer Meinung mit mir, dass diese Perle eindeutig zu dieser Kette gehört? Sie stimmen mir zu?«

Der Indianer nickte. Für Nicolas schien der Zeitpunkt gekommen, ihn mit der Nachricht von Élodies Tod zu konfrontieren.

»Leider muss ich Ihnen mitteilen, dass diese Perle, die Sie als zu einer Halskette gehörig wiederkennen, die Ihnen gehört, in der verkrampften Hand von Mademoiselle Élodie Galaine gefunden wurde, deren Leichnam sich unter den Opfern der heftigen Panik der Menschenmenge befand, die von dem Andrang bei dem Fest auf der Place Louis XV ausgelöst worden ist. Ich habe auch die Pflicht, Sie darauf hinzuweisen, dass Sie einer der Verdächtigen im Zusammenhang mit diesem Tod sind, bei dem alles darauf hindeutet, dass er die Folge eines Verbrechens ist.«

Nicolas war auf absonderliche Reaktionen gefasst. Ein langer Schrei, Tanzschritte zum Klang eines wilden Singsangs, wie er es in den Beschreibungen der Missionare gelesen hatte. Nichts von alldem passierte; die kupferne Gesichtsfarbe schien sich ins Graue zu verändern, die Augen versanken noch mehr in ihren Höhlen, sonst verriet nichts die Gefühle oder die Überraschung des Micmac.

»Sie scheinen weder überrascht zu sein noch Schmerz zu empfinden?«

»›*Quam cum vidisset Dominus, misericordia motus super eam, dixit illi: Noli flere.*‹*«

»Sie empfinden kein Gefühl angesichts des Verlustes eines Menschen, dem Sie einen Teil Ihres Lebens gewidmet haben und um den Sie sich aufopfernd gekümmert haben.«

»›*Nur unheilvoller ist der Schmerz, der sich verbirgt.*‹«

Was für ein Kämpfer, dachte Nicolas. Aber Zitate von Lukas und Racine hatte er auch zu seiner Verfügung, und er ließ sich nicht von dem täuschen, was dieses Antwortsystem möglicherweise zu verbergen versuchte.

»›*Ein grausames Gesetz erzwingt die Trennung zweier Herzen, die die Not verband.*‹ Was für ein Verhältnis hatten Sie zu Élodie Galaine?«

»Sie war die Tochter meines Herrn und Wohltäters. Ich hatte geschworen, sie zu beschützen. Ich habe versagt.«

Der Mann verfügte über die Gabe, ausweichend zu antworten.

»Als was betrachtete sie Sie?«

»Als … als Bruder.«

Bourdeau und Nicolas hatten den Kopf gehoben als Reaktion auf dieses Zögern, eine Art Stottern, das merkwürdig anmutete bei einem Mann, der ihnen bis dahin keine Gefühle gezeigt hatte. Nicolas' Herz krampfte sich zusammen; die bittersüße Erinnerung an Isabelle de Ranreuil, seine Halbschwester, die er lange begehrt hatte, ohne von der verwandtschaftlichen Nähe zu wissen, meldete sich schmerzlich.

»Sie sollen wissen, dass Sie, auch wenn Sie verdächtig sind, Anspruch auf unseren Schutz haben. Im Gegenzug erhoffen und

---

* Und da sie der Herr sah, jammerte ihn derselben, und er sprach zu ihr: Weine nicht! (Lukas 7, 13)

erwarten wir von Ihnen vollkommene Offenheit. Wenn Sie etwas wissen, wenn Sie irgendeinen Verdacht haben, müssen Sie es uns sagen.«

Naganda sah Nicolas an. Er öffnete den Mund, doch kein Laut kam heraus. Er senkte den Blick.

»Es steht Ihnen frei, stumm zu bleiben, aber denken Sie nach über das, was ich Ihnen gesagt habe. Sie sind allein und verdächtig. Wir werden Sie in die Rue Saint-Honoré zurückbringen, wo Sie sich zur Verfügung der Justiz halten werden.«

Bourdeau rief einen Polizisten, dem Naganda folgte, nachdem er sich verbeugt hatte. Nicolas schwieg einen Augenblick.

»Ich glaube nicht, dass er lügt, aber er verschweigt das Wesentliche«, sagte er schließlich.

»Warum schicken Sie ihn zurück?«, fragte Bourdeau.

»Mein Freund Pater Grégoire hat mir einst die merkwürdige Eigenschaft bestimmter Substanzen erklärt, die miteinander zusammengebracht werden. Die Reaktionen sind sehr erstaunlich. Und ich schließe ein Phänomen dieser Art in der Rue Saint-Honoré nicht aus. Die Familie möchte ihn am liebsten nie mehr wiedersehen. Nun, wir werden ihn zu ihnen zurückschicken und in aller Ruhe abwarten, was passiert.«

»Was halten Sie von diesem Märchen des langen Schlafs?«

»Dass es da etwas Unklares und nicht sehr Glaubhaftes gibt, das wir klären müssen. Sie haben wie ich, denke ich, bemerkt, dass es Widersprüche zu den anderen Zeugenaussagen gibt, mit denen wir uns eingehender beschäftigen müssen. Fürs Erste aber müssen wir dringend die Elemente zusammentragen für den Bericht über den anderen Fall, mit dem wir befasst sind, den Sartine von uns verlangt hat.«

»Wir wissen bereits, dass durch die Unfähigkeit der Stadtwachen das Fest unbeaufsichtigt geblieben ist.«

»Wir müssen die Verantwortlichen identifizieren und eine Einschätzung des Ganzen vornehmen. Der Polizeipräfekt wird wie üblich Sonntagabend von Seiner Majestät empfangen werden. Nehmen Sie sich einen unserer Männer. Er soll Informationen sammeln. Die zwanzig Stadtviertelkommissare müssen benachrichtigt werden. Die Ärzte, die Apotheker, die Knochenklempner, die Sarghersteller müssen befragt und die Register der Pfarrgemeinden eingesehen werden hinsichtlich der Anzahl der Leichenzüge und Totengräber der Kirchen und Friedhöfe. Und schonen Sie die Spitzel nicht. Das alles soll protokolliert und mir so schnell wie möglich zur Kenntnis gebracht werden.«

»In der Tat, in der Tat. Und mir so schnell wie möglich zur Kenntnis gebracht werden!«

Eine schroffe Stimme ertönte im Bereitschaftsbüro. Die beiden Polizisten drehten sich um und entdeckten Monsieur de Sartine in seiner schwarzen Richterrobe mit den weißen Aufschlägen und einer Perücke mit Pferdeschwanz. Der Polizeipräfekt musterte sie streng. Nicolas bemaß die Wirkung dieses Auftritts auf den Normalsterblichen nach dem Grad seiner eigenen Verblüffung. So sanft sein Ton auch oft sein mochte, wusste er doch aus Erfahrung, dass er eine Schärfe verbergen konnte, die der Ruf der Liebenswürdigkeit, welcher der mächtigen Person vorauseilte, kaum erahnen ließ bei denen, die ihn kaum kannten.

»Hatte ich das nicht vorausgesehen?«, sagte Sartine. »War das nicht sonnenklar für mich? Habe ich nicht wiederholt gesagt, dass Ihre kleinen Ticks wie üblich zumindest zu großem Durcheinander und Tumult führen würden? Dass man, wenn man um jeden Preis Klarheit in eine verzwickte Situation bringen will, die Sie selbst zu verantworten haben, am Ende nicht mehr weiterweiß?«

»Womit habe ich diese Strafpredigt verdient, Monsieur?«

»Und er tut auch noch so, als wisse er von nichts! Nehmen Sie zur Kenntnis, Monsieur Le Floch, dass ich soeben aus dem Arbeitszimmer des Lieutenant criminel komme und dass er mir wutschnaubend eine Lektion in Sachen Amtsführung erteilt hat, die ich mit zusammengebissenen Zähnen über mich ergehen lassen musste. Dass er mich nicht mit seinem Fachkauderwelsch verschont hat. Er hat gehörig in meinem Revier gewildert, aus Furcht, ich könnte ihn nicht verstehen.«

»Monsieur ...«

»Schweigen Sie! Gewöhnt – und ich bin selbst schuld daran, weil ich es geduldet, ja Sie sogar darin unterstützt habe – an außergewöhnliche Unternehmungen an der Grenze des Zulässigen, haben Sie sich blindlings ohne Sinn und Verstand in eine Morduntersuchung gestürzt. Ja, wahrhaftig, was habe ich mir nicht alles anhören müssen: unbefugte Wegnahme einer Leiche, widerrechtliche Vorgehensweise, ungerechtfertigte Öffnung eines von Leuten von der Straße ohne Auftrag entführten Leichnams, persönliche Initiative, Drohungen gegen Bürger. Und all das, um eine überaus wichtige Untersuchung zu bemänteln, mit der ich Sie betraut hatte! Was haben Sie darauf zu erwidern?«

»Dass es da nichts gibt, worüber Sie sich aufregen müssen, Monsieur, und dass Sie, überzeugt, im Recht zu sein und dass Ihre Bevollmächtigten rechtmäßig handeln, sie wie üblich gebührend verteidigt haben, indem Sie den Angriffen des Lieutenant criminel selbstbewusst entgegengetreten sind. Im Übrigen halte ich Monsieur Testard du Lys für gewissenhaft genug, weil er so lange Ihrer durchtriebenen und präzisen Beharrlichkeit widerstanden hat.«

Monsieur de Sartine streckte das Bein aus und betrachtete die Spitze seines Schuhs, dessen Silberschnalle funkelte.

»Ach, wirklich? Meine durchtriebene und präzise Beharrlichkeit? Ich bin hocherfreut über das Lob, das meine Untergebenen mir zollen. Nun gut, Sie seien wegen Ihrer Scharfsichtigkeit meiner Nachsicht versichert. Sind Sie wenigstens vorangekommen? Kein Geschwätz, Fakten, ich höre.«

»Monsieur, die Ermordung der jungen Frau ist erwiesen und ein Kindsmord wahrscheinlich. Die familiären Umstände sind ungewöhnlich und machen jede Hypothese unmöglich. Es wäre bedauerlich, wenn eine begonnene Untersuchung Ihrem Blick entginge und ungeschickte und neue Hände einen vielversprechenden Anfang zunichtemachen würden.«

»Dann machen Sie weiter, und schnell! Und die andere Sache, die uns interessiert?«

»Ich komme voran, Monsieur, und unsere Vermutungen bestätigen sich bereits.«

»Vermuten Sie weiter, vermuten Sie. Ich will einen eingehenden Bericht morgen Abend in meinem Hôtel. Ich werde in Versailles übernachten, wo ich den König nach der Messe in seinen kleinen Gemächern sehen werde. Sie werden mich begleiten, Nicolas. Seine Majestät freut sich immer, den kleinen Ranreuil zu sehen.«

Der Polizeipräfekt überprüfte den Sitz seiner Perücke, drehte sich um und verließ mit seiner gewohnten Würde das Bereitschaftsbüro.

»Gut«, sagte Nicolas. »Ich eile zum Lieutenant criminel, und anschließend werde ich meinen Schneider aufsuchen.«

V

Staatsangelegenheiten

Manipulation kommt immer heraus und hat nicht lange die gleichen Wirkungen wie die Wahrheit.

LUDWIG XIV.

Das Büro des Lieutenant criminel befand sich in einem anderen Teil des Châtelet. Nicolas wurde sofort zu ihm geführt; offensichtlich wurde er erwartet. Ein kleiner Mann mit grauer Perücke und verschlagenem Gesichtsausdruck empfing ihn ohne übertriebene Höflichkeit und hielt ihm eine dienstliche Standpauke, garniert mit süßsauren Bemerkungen über die Impertinenz gewisser Untergebener der niederen Polizei. Diese Moralpredigt wurde kühl, geduldig und demütig aufgenommen, woraufhin der Staatsbeamte sich so weit beruhigte, dass er Nicolas zu seinem guten Ruf gratulierte, der bis zu den Toren der Zentrale der Justiz, in der er herrsche, gedrungen sei. Er räumte ein, dass man in der Hitze des Gefechts schon mal vergessen könne, sich streng an die Vorschriften zu halten. Daher werde er angesichts der guten Beziehungen zu Monsieur de Sartine und in der Gewissheit, dass Monsieur Le Floch sich zu keiner feindseligen Aktion gegen sein Ministerium hinreißen lassen werde, dieses Mal über die begangenen Fauxpas hinwegsehen und ausnahmsweise die Fortsetzung der Untersuchung der Befragungen gestatten. Von nun an, davon sei er überzeugt, werde der Kommissar mit der erforderlichen Umsicht vorgehen, die Informationen weitergeben und den nötigen Respekt zeigen, den jede Herrschaft, jede Macht, jede … Nicolas unterbrach den Redeschwall, verabschiedete sich mit einer demütigen Verbeugung und entfloh rückwärtsgehend, wobei er nur mit Mühe einen Lachanfall unterdrücken konnte. Er eilte dunkle Treppen hinunter und ließ sich unter dem Gewölbe von dem diensthabenden Tagelöhner eine Sänfte rufen.

Der Sommer kam näher, und das schöne Wetter heiterte seine Gedanken auf, die nie zur Ruhe kamen. Ein Verkaufsstand an einer Straßenecke verlockte ihn: Eine Pyramide heller Kirschen stimulierte die Naschhaftigkeit der Passanten. Die Standfrau gab ihm eine Handvoll, die er sogleich wie ein unerwartetes Geschenk der Straße genoss. Die Kerne spuckte er aus, wie Kinder es zu tun pflegen; aber rasch wurde er sich wieder der Würde seines Amtes bewusst, und er verzichtete darauf. Der Geschmack der Kirschen war angenehm im Mund. Als er sie aufgegessen hatte, befand er sich in der Rue Vieille-du-Temple, in welcher der Schneidermeister Vachon, sein Schneider seit zehn Jahren – und nebenbei auch der von Monsieur de Sartine –, sein Geschäft hatte und über die strikte Einhaltung der Regeln seines Berufs wachte, sich aber dennoch wohl oder übel den wechselnden Modediktaten beugte.

In seinem Laden am Ende des ovalen Hofs eines baufälligen Hauses, in den kaum Tageslicht drang, hatte Schneidermeister Vachon sich kaum verändert. Die hohe Gestalt war ein wenig gebeugt, doch sein ausgemergeltes Gesicht, etwas blasser als früher, strahlte noch immer die gleiche Leidenschaft aus, mit der er über die Gegenwart schimpfte und seine Gehilfen zurechtwies, die auf den Ladentischen aus patiniertem Holz hockten und die er niemals aus den Augen ließ. Vielleicht stützte er sich inzwischen etwas mehr auf seinen altmodischen hohen Stock.

»Wie läuft das Geschäft?«, fragte Nicolas.

»Ach, mein lieber Kommissar, ich bräuchte mehrere Köpfe, um all diese Neuerungen abzuwehren! Schauen Sie, das ist die letzte.«

Er zeigte Nicolas ein formloses Stück Spitze.

»Schauen Sie sich das an. Ich werde wahnsinnig. Der schlichten Eleganz des Tuchs für Frauen muss immer noch etwas hinzugefügt werden, sie wird geradezu überladen! Schönheit des weißen Tuchs aus Batist oder Musselin, glatt oder gerippt, adieu! Hier das Schultertuch, das gerade auf der Schulter sitzt. Und wie, werden Sie fragen. Mithilfe einer komplizierten appretierten Verstärkung in Form eines Reifens. Sie werden nie auf den Namen dieser neuesten Masche kommen! Man nennt diese Spinnerei *Monte-au-ciel*. Mögen wir eines Tages hineinkommen! So weit die Frauen. Was uns betrifft, so lassen wir uns von Deutschland und vor allem seiner Sparsamkeit inspirieren. Keine Ärmel an den Jacken. Hier das Jackett und die Weste. Ich bin ganz wirr im Kopf. Alles ist neumodisch! Aber Sie lieben doch das Klassische und die Farbe Grün, ich habe hier ein zeitloses Modell, einen Anzug *à la Sanson*, der Ihnen hervorragend stehen würde …«

»À la Sanson?«

»Ja, à la Sanson. Wissen Sie nicht – aber ich rede, dabei ist er ein Freund von Ihnen –, dass er lange Zeit die Mode bestimmt hat? Bevor er geheiratet hat, war er ein flatterhafter Stutzer, der hinter den Frauen her war.«

Diese Information überraschte Nicolas.

»Charles Henri Sanson, der Scharfrichter?«

»Derselbe!«, rief Vachon, entzückt, einem berühmten und gefürchteten Mann des Grand Châtelet etwas mitteilen zu können, das er noch nicht wusste. »Er verkehrte in der feinen Gesellschaft und ließ sich ›Chevalier de Longval‹ nennen, nach einem Gut, das seine Familie besaß. Er war geradezu besessen von der Jagd. Nicht genug, dass er sich widerrechtlich einen Namen und einen Titel angeeignet hatte, trug er auch einen Degen und einen blauen Anzug, die dem Adel vorbehalten waren. Man erzählt sogar, dass er vom Staatsanwalt des Königs zur Ordnung gerufen worden sein soll, der ihm seine ausgesprochen subalterne Stellung als Henker unter die Nase gerieben haben soll. Nach dieser Standpauke soll Sanson Grün als seine Farbe gewählt und sich seine Anzüge nach einem besonderen Schnitt schneidern lassen haben, der so merkwürdig gewesen sein soll, dass er die Aufmerksamkeit des Marquis de Lestorières erregt habe, der sich damit gebrüstet habe, die maßgebliche Instanz in Sachen Eleganz in Versailles zu sein. Es sei Mode geworden, sich ›à la Sanson‹ zu kleiden. Ist das nicht eine amüsante Geschichte?«

Er krümmte lachend seinen langen Körper und näherte sich Nicolas, nachdem er einen wütenden Blick auf die Lehrlinge geworfen hatte, welche die Ohren spitzten.

»Man sagt sogar, er habe ein Faible für *Jeanne Becu*, die gegenwärtige Favoritin. Der Onkel der Schönen, der Abbé de Picus, habe der Familie nahegestanden. Sanson soll sein Rheuma mit dem Fett von Gehenkten behandelt haben. Aber ich langweile Sie mit meinem Geschwätz. Was kann ich für Sie tun?«

Er stürzte zu einem seiner Lehrlinge und zog ihn am Ohr.

»He! He! Hab ich dich erwischt, dass du mit großen Stichen nähst. Wenn du das noch einmal machst, kannst du was erleben. Das wird teuer! Das wird teuer!«

Nicolas holte einen kleinen glänzenden Gegenstand aus seiner Tasche und reichte ihn Vachon.

»Was ist das Ihrer Meinung nach?«

Der Schneidermeister rückte seine Brille zurecht, drehte den Gegenstrand um, hielt ihn in das Licht einer Kerze und ließ ihn schimmern.

»Nun«, sagte er, »eine kupferne Spitze, die dazu bestimmt ist, das Ende einer Schnur zu bilden. Ein Phantasieobjekt für eine Phantasieuniform. Übrigens würde ich wetten …«

Er ging zu einem Möbelstück mit mehreren Schubladen und kramte in einer von ihnen. Es dauerte nicht lange, und er holte eine Handvoll ähnlicher Gegenstände heraus.

»Ich war sicher, dass ich sie irgendwo gesehen habe. Sie wissen ja, dass ich sehr wohlhabende Kunden am Hof und in der Stadt habe. Also, dieser kleine Artikel aus Messing gehört zu dem Firlefanz, mit dem die neue Uniform der Stadtwachen, ich würde sagen nachträglich verziert worden ist, die auf so unglückselige Weise zum ersten Mal während des Festes getragen wurde, das der Prévot den Parisern auf der Place Louis XV ausgerichtet hat.«

»Diese Antwort wollte ich hören. Würden Sie auch noch so liebenswürdig sein, mir die Namen Ihrer Kunden für diesen Artikel zu nennen?«

»Ich kann Ihnen nichts abschlagen. Sehen wir mal, da war Barboteux, Rabourdin …«

Er sah in einem Auftragsbuch voller Eselsohren nach.

»Tirart und … Langlumé. Er war der Kommandant, der Anspruchsvollste von allen und der … Arroganteste, das muss ich sagen.«

Nicolas musste noch ein paar Stoffe betasten, die gerade eingetroffen waren, und sich die Angebote des Schneidermeisters anhören, bevor er sich verabschieden konnte. Dann ging er schweigend durch dieses Viertel, das er wie seine Westentasche kannte, weil er bei seiner Ankunft in Paris dort gewohnt hatte. Er ging vor dem Haus in der Rue des Blancs-Manteaux vorbei, dem Schauplatz seines ersten Falls. Wie lange das her war! Knapp zehn Jahre. Doch die Gegenwart hielt zahlreiche Überraschungen für ihn bereit. Schneidermeister Vachon hatte ihm gerade eine Phase im Leben von Sanson enthüllt, von der er nichts gewusst hatte. Hatte die Polizei von Monsieur de Sartine keine Ahnung von diesen Dingen, oder hatte er selbst sich einfach nicht dafür interessiert? Die Menschen waren in Wirklichkeit so verschieden von dem Bild, das sie den anderen boten. Sie öffneten jeweils andere Schubladen, je nach Gesprächspartner; oder sie zeigten wie Spiegel, was man von ihnen erwartete. Auf diese Weise konnte sich dieser unscheinbare Mann, dessen Qualitäten keines Beweises bedurften, gebildet, ja gelehrt, fromm, wenn nicht devot, sensibel und bemitleidenswert, stets darauf bedacht, Nutzen aus einem Wissen zu ziehen, das er sich inmitten der Leiden der Gefolterten und Verurteilten erworben hatte, auch oberflächlich und auf sein Äußeres bedacht zeigen, ganz das Gegenteil des schüchternen Mannes in seinem rotbraunen Anzug, der im

Halbdunkel der Basse-Geôle seines Amtes waltete. Schließlich hatte jeder ein Recht auf seine Freiheit, und Sanson exorzierte vielleicht auf diese Weise das tägliche Grauen seines Berufs. Nicolas schämte sich plötzlich seines Urteils. Er musste jemandem, den er als seinen Freund betrachtete, vertrauen. Über diejenigen, die diesen Namen verdienten, sollte man nicht urteilen, sondern sie so nehmen, wie sie waren, mit ihren Schwächen und ihren Stärken.

In der Rue Saint-Antoine bestieg Nicolas einen Wagen. Er hatte sich also nicht geirrt; das kleine Teil, das die Tür blockiert hatte, die zu den Terrassen des Hôtel des Ambassadeurs Extraordinaires geführt hatte, gehörte zu der Uniform eines Mitglieds der Stadtwache. Und wer sonst als Kommandant Langlumé konnte Zugang zu diesem Gebäude haben, das den Ehrengästen des Prévot des marchands vorbehalten war? Nur er hätte, aus Gründen, die noch zu klären waren, ein Interesse daran haben können, einen Kommissar im Dachgeschoss einzusperren. Das richtete sich nicht gegen Nicolas persönlich, auch wenn es ein paar Stunden zuvor zu einem Zusammenstoß zwischen ihnen gekommen war, sondern gegen den Abgesandten von Monsieur de Sartine, das Auge des Polizeipräfekten auf dem Fest. Den normalen Gang der Mission eines Staatsbeamten zu behindern, so ließ sich einfach gesagt das Vorgehen des Kommandanten zusammenfassen. Es wäre auf jeden Fall angebracht, die Motive aufzudecken, die durchaus Auswirkungen auf die Folgen der Katastrophe gehabt hatten. Vielleicht hätten die Ereignisse eine andere Wendung genommen, wenn er nicht wertvolle Zeit hätte verschwenden müssen, um den Weg durch den Schornstein zu nehmen, wodurch er daran gehindert worden war zu handeln.

Doch noch etwas ließ ihm keine Ruhe, und er nahm sich vor, das Archiv des Châtelet zu konsultieren. Dessen Sammlung überraschte ihre wenigen Leser immer wieder durch die Vielfalt ihrer Informationen, die teils von den Spitzeln zusammengetragen worden waren und teils aus der Arbeit des *Cabinet noir* stammten. Sobald er in seinem Büro war, ging er sofort ins Archiv, um die alten Akten zu konsultieren. Unterstützt von einem alten Gerichtsschreiber, der für das Archiv zuständig war, stieß er rasch auf ein beeindruckendes Konvolut, das der Familie Sanson gewidmet war. Dokumente, Ausschnitte und Karteikarten, übereinandergelegt in einem Wust von Papieren, aber dennoch chronologisch. Schließlich fand er ein Papier aus jüngerer Zeit, das das Wichtigste zusammenzufassen schien:

Charles Henri Sanson, geboren in Paris am 15. Februar 1739 als Sohn von Charles Jean-Baptiste Sanson und Madeleine Tronson, Scharfrichter. Macht Frauen den Hof und trifft sich mit Mädchen. Macht seine Ansprüche geltend, indem er den Degen trägt unter dem Namen Chevalier de Longval. Solide geworden seit seiner Heirat. Gilt als Hexer und Knochenklempner. Hat seine Frau Marie-Jeanne Jugier, Tochter eines Gemüsehändlers aus dem Faubourg Montmartre, bei der Jagd kennengelernt, die seine ganze Leidenschaft ist. Einer seiner Trauzeugen ist Martin Séguin, Feuerwerker, der für die Feste des Königs zuständig ist, wohnhaft in der Rue Dauphine, Pfarrgemeinde Saint Sulpice. Er besitzt ein Haus an der Ecke Rue Poissonnière und Rue d'Enfer und einen Bauernhof in Brie-Comte-Robert. Hat J.B.G.D.D.L. d. B. gekannt, die er gehabt haben soll. Enger Vertrauter von Kommissar Le Floch, der ihn seine heimlichen Leichenöffnungen durchführen lässt zum Nachteil der Gerichtsdiener (Beschwerden beigefügt).

Kein Detail in diesem Text überraschte Nicolas, der lächeln musste, weil er darin erwähnt wurde. Was die geheimnisvollen Initialen betraft, so bezeichneten sie eindeutig Madame du Barry. Es gab auch nichts, was Sanson in seinen Augen herabgesetzt hätte. Nicolas dachte über das verborgene Leben des Archivs nach, das den Arm der Polizei und der Justiz unauffällig stützte und stärkte. Er arbeitete den ganzen Nachmittag, dachte nach und schrieb und empfing die Boten, die seine Kollegen aus den zwanzig Stadtvierteln der Hauptstadt zu ihm schickten. Mündliche und schriftliche Nachrichten liefen bei ihm zusammen. Die Stunden vergingen, ohne dass er es bemerkte. Schließlich quälte ihn Hunger, und er blickte auf die Uhr. Er sammelte seine Papiere ein und ging zu Fuß in die Rue Montmartre.

Die Nacht senkte sich über eine Stadt, die dennoch weiter hell erstrahlte. Noch im letzten Jahr hatten schlecht funktionierende Laternen, die überall in der Mitte der Straßen aufgehängt waren, den Passanten nur kümmerliches Licht gespendet. Außerdem waren die Kerzen nur von der Dämmerung bis zwei Uhr morgens angezündet gewesen. Nach langen Beratungen hatte Monsieur de Sartine durchgesetzt, dass Straßenlaternen aufgestellt wurden. Man fand Möglichkeiten, die Laternen besser zu befestigen und die heikle Mischung der Öle zu verbessern, damit sie besser brannten. Die Künstler Argant und Quinquet, die sich mit der Erfindung und Herstellung von Lampen einen Namen gemacht hatten, die zur Beleuchtung der Innenräume der Häuser verwendet wurden, hatten sich an dem Unternehmen beteiligt. Jetzt wurden die Straßen nicht nur die ganze Nacht erleuchtet, auch die große Straße von Paris nach Versailles wurde nun illuminiert, was den staunenden Insassen der Karossen, die zwischen der Stadt und dem Hof hin- und herfuhren, erheblich mehr Sicherheit bot.

Als er das Hôtel de Noblecourt erreicht hatte, ging Nicolas in sein Appartement hinauf, dem ein kleinen Büro hinzugefügt worden war; wo bis vor Kurzem gänzlich ungeordnet Bücher aufbewahrt worden waren, standen diese jetzt auf schönen Regalen aus weiß gestrichenem Holz.

Wohlgerüche, die von unten heraufdrangen, verhießen ihm ein köstliches Abendessen. Nicolas vermutete, dass der Hausherr Besuch hatte. Wenn nicht besondere Gäste geladen waren, musste sich der alte Staatsanwalt öfter, als ihm behagte, mit den Miniportionen begnügen, die Marion, seine alte Gouvernante, ihm zuteilte, weil sie ihrem Herrn, der ein richtiges Leckermaul war, weitere Gichtanfälle ersparen wollte. Nicolas machte sich fein und band eine schmale Spitzenkrawatte um. Und so begab sich ein eleganter Mann, Spiegelbild des klassischen Geschmacks von Schneidermeister Vachon, in das Stockwerk von Monsieur de Noblecourt.

Er blieb einen Augenblick im Schatten des Vitrinenschranks stehen, um sich einen Überblick über die Gäste des Abends zu verschaffen, und bemerkte, dass der alte Staatsanwalt im Gespräch mit einem der anwesenden Gäste einen ehrerbietigeren Ton als den üblichen Tischgenossen gegenüber anschlug.

»Ich freue mich, Monsieur, Sie bei so guter Gesundheit anzutreffen. Als ich das letzte Mal die Ehre hatte, Sie in meinem bescheidenen Haus zu empfangen, litten Sie unter einer überaus unangenehmen Störung des Gleichgewichts der Körpersäfte …«

»Mehr als das, lieber Noblecourt, viel schlimmer. Eine wahre

Plage, und Ihre Erinnerung gemahnt mich, dass ich Sie nicht oft genug zum Abendessen einlade. Ich war voller Flechten. Das Kalbfleisch hat mich gerettet. Man hat mir täglich dieses Fleisch aufgelegt. Ich habe von mir aus zusätzlich noch Bäder in Mandelmilch gemacht und eine Trinkkur mit Vinache-Tee. Man erzählte sich in Bordeaux, dass ich Milchbäder nehmen und mir den Hintern zerschneiden lassen würde, um mein Gesicht wiederherzustellen! Dieses tote Fleisch hat mich für den Rest meines Lebens gereinigt, wie ein Allerheilmittel, das Mutter Natur mir gegeben hat. Seitdem habe ich nur noch Unpässlichkeiten.«

»Die Jahre gleiten an Ihnen ab wie Wasser auf Schiefer. Das ist nicht immer so bei Männern Ihres Alters«, sagte Noblecourt seufzend. »Ich bin nur vier Jahre jünger als Sie, und leider …«

»Mein Lieber, ich habe die Schwäche, einer Prophezeiung Glauben zu schenken, die auf dem Studium der Sterne beruht und der zufolge ich im März sterben werde. Wie Cäsar werde ich depressiv, sobald dieser Monat naht, wenn die Grenze aber überschritten ist, bin ich sicher, dass ich ein weiteres ganzes Jahr vor mir habe. Damit will ich sagen, dass ich mich auf dem Höhepunkt meines Jahreszyklus befinde!«

Nicolas beschloss, näher zu treten und sich zu zeigen. In dem vor Lebensfreude sprühenden alten Herrn erkannte er den *Maréchal Duc de Richelieu*. Er war ihm etliche Male in Versailles begegnet, wo Richelieu als Erster Kammerjunker zum vertrauten Kreis des Königs gehörte. Der alte Staatsanwalt stellte sie einander vor. Nicolas verbeugte sich vor dem kleinen großen Mann im blauen Anzug, dessen Gesicht mit Bleiweiß und Rouge geschminkt und dessen Perücke so stark gepudert war, dass jede Bewegung ihn in eine leichte Wolke hüllte. In der Wärme des

Zimmers wurde einem vom Geruch der Parfums, der es erfüllte und in den sich die Gerüche der Gerichte und Weine mischten, fast übel.

»Ah, der kleine Ranreuil, in den der König so vernarrt ist und der seine Zeit damit verbringt, Sartine zu helfen. Erfreut, Sie zu sehen, erfreut.«

Noblecourt, der vermutlich Nicolas' Reaktion fürchtete, beeilte sich, wieder das Wort zu ergreifen.

»Ja, er sorgt für unsere Sicherheit, ein Beweis für die Vortrefflichkeit der besten Polizei Europas.«

Er wandte sich an den anderen Gast, einen schwarz gekleideten Mann, dem Nicolas bisher kaum Aufmerksamkeit geschenkt hatte.

»Monsieur Bonamy, Historiograph und Bibliothekar der Stadt und mein Kumpan in der Fabrik der Pfarrgemeinde Saint-Eustache.«

Der Marschall lachte höhnisch.

»Und ein Freund des Prévôt des marchands, mein Kumpan bei den Vierzig der Académie française.«

»Monseigneur, Monsieur, die Ehre, die mir erwiesen wird, macht mich ganz verlegen«, sagte Nicolas und verbeugte sich erneut.

»Zum Teufel mit der Ehre!«, rief der Marschall. »Nehmen Sie Platz, junger Mann, wir sind beim Fleisch.«

»Monseigneur«, sagte Noblecourt, »hat mir seinen Koch geschickt, der eine besondere Methode hat, das Fleisch zu behandeln. Es ist sehr bekömmlich.«

»Dafür hat es kaum Geschmack, sagen Sie es ruhig«, fügte der Herzog lachend hinzu.

»Monseigneur«, fuhr Noblecourt an Nicolas gewandt fort,

»hat sich einen Wagen bauen lassen, den er seinen Schlafwagen nennt. Er kann sich darin wie in seinem Bett ausruhen, und da er nicht gern in Gasthäusern isst, ebenso wenig wie seine Freunde, verfügt sein Wagen über eine Küche, die unter dem Wagenkasten angebracht ist und erlaubt, mithilfe von rot glühend erhitzten Ziegelsteinen ganz langsam Fleisch zu braten. Wahrhaftig, Monsieur le Duc, es gibt niemanden, der geschickter als Sie die Bequemlichkeiten des Lebens zu genießen versteht und der sich besser durchzusetzen weiß.«

»Schon gut, schon gut«, brummte Richelieu. »Alles gelingt mir, jeder gehorcht mir, und jeder gibt mir nach. Ich genieße die Gunst, Zutritt zu den kleinen Gemächern Seiner Majestät zu haben, aber ich, der ich Page seines Urgroßvaters Ludwig XIV. war, bin niemals in den Conseil du Roi aufgenommen worden!«

»Na, na, Sie, ein Held, Sie stehen doch über solchen Eitelkeiten!«

»Eitelkeiten, Eitelkeiten, ich möchte Sie sehen! Sie haben ja keine Ahnung, Sie sind nur ein Schwätzer.«

Nicolas litt mit Noblecourt, der diese Kröte schlucken musste, er, der höflichste und großmütigste Mann der Welt. Er wusste, dass der Hochmut des Marschalls grenzenlos war, dass er sich nie eine Bemerkung verkniff, und mochte sie noch so grausam und unangenehm für seine Freunde sein. Jeder kannte seinen geheimen Ehrgeiz, ›mehr Richelieu als der große Kardinal‹ zu sein und seinem militärischen Ruhm das Ansehen eines Staatsmannes hinzuzufügen, indem er Erster Minister würde. Er verfolgte Choiseul mit unerbittlichem Hass und bekannte sich offen dazu. Er hatte, auch wenn er es immer abstritt, die neue Favoritin gefördert und darauf gebaut, dass Choiseuls Hass auf die Engländer den König veranlassen würde, ihn nicht zu halten, um ein Wiederaufflammen der Feindseligkeiten zu vermeiden. Der alte Monarch war müde und stand immer noch unter dem Eindruck der Katastrophen, die *der Krieg von 1756* ausgelöst hatte. Lauter Elemente, auf die der Marschall unaufhörlich setzte.

»Nun«, fuhr Richelieu fort, der zu klug war, um seine unfreundliche Bemerkung zu vertiefen, und ein neues Thema ansteuerte. »Ist Sartine angeschlagen? Eine Meisterleistung dieses Polizeipräfekten, der zulässt, dass die eine Hälfte von Paris die andere niedertrampelt. Unfähigkeit, Inkompetenz! Seine Majestät ist verärgert, und Madame du Barry mag Bignon, den Prévôt des marchands. Ideale Voraussetzungen für den Sturz eines Mächtigen.«

»Darf ich mir erlauben, Monseigneur«, sagte Nicolas, »zu bemerken, dass der Polizeipräfekt in keiner Weise verantwortlich war für die Sicherheit des Festes?«

Monsieur de Noblecourt warf beunruhigte Blicke auf seine Gäste und füllte die Gläser mit einem roten Burgunder, ohne Poitevin, seinen Lakaien, zu rufen.

»Sehr gut«, sagte der Marschall anerkennend, »der junge Hahn verteidigt seinen Chef. Ich mag das bei einem so charmanten jungen Mann.«

Er sah Nicolas aufmerksam mit jenem besonderen Gefallen an, welches die Öffentlichkeit verurteilt, und es ging das Gerücht, dass eine seiner ersten Geliebten, die Duchesse de Charolais, ihm vorgeworfen habe, einem seiner Schweizer, jung und gut aussehend, allzu viel Aufmerksamkeit geschenkt zu haben.

Eine leise brüchige Stimme ertönte.

»Monseigneur«, mischte sich Monsieur Bonamy in die Unterhaltung ein, »ich darf Ihnen widersprechen, da ich Sie seit mehr als vierzig Jahren kenne. Die Verantwortung für die Aufrechterhaltung der Ordnung während des auf der Place Louis XV organisierten Festes lag allein beim Prévôt. Ich habe meine armen Augen dazu benutzt, nach Präzedenzfällen zu suchen, die man für wahr halten wollte, die in Wahrheit aber vor der Einrichtung der Polizeipräfektur durch den großen König lagen, deren Page zu sein Sie die Ehre hatten. Und um das zu wissen, musste man keineswegs bis Karl V. zurückgehen.«

»Bonamy mischt sich ein, um mir zu widersprechen! Vor vierzig Jahren hätte ich die Erlasse über das Duell ignoriert, vorausgesetzt, Sie wären in der Lage gewesen, einen Degen zu halten.«

»Es wäre sehr anmaßend gewesen, die Klinge mit dem ersten Kriegsherrn Europas zu kreuzen«, erwiderte der Historiograph der Stadt ruhig.

»Absolut nicht, Bonamy. Der war ich damals noch nicht, und Sie vergessen den *Marschall von Sachsen*.«

»Nur der wahre Ruhm vermag sein Herz zu erkennen«, erklärte Noblecourt.

»Oh«, sagte Richelieu, »am Tag der *Schlacht bei Fontenoy* war der Marschall aufgedunsen von einem starken Medikament, das ihm gegen eine hartnäckige Syphilis verabreicht worden war, und er ist der einzige General, den der Ruhm hat abschwellen lassen. Das ganze Haus des Königs war Zeuge!«

Sie prosteten sich lachend zu, während die Desserts gebracht wurden. Der Marschall tauchte zurückhaltend einen Löffel in eine Schüssel mit Mandelsulz, den er mit einem Tropfen Gelee benetzte.

»Ich freue mich festzustellen, mein lieber Noblecourt, dass Sie entschieden an den alten Traditionen festhalten und das Ende

Ihrer Soupers nicht mit diesen Salaten mit Sahne oder diesen Favoritinnen mit Fadenzuckerglasur verderben, die an den Zähnen kleben bleiben! Schauen Sie sich nur diese Verrückten an, die ganz vernarrt sind in neumodische Desserts, die reiner Blödsinn und mit so viel Schnickschnack verziert sind, dass man überhaupt nicht mehr erkennt, was man isst.«

Auf der Straße war das Geräusch einer Kutsche zu vernehmen.

»Aber es ist spät geworden, und gute Freunde wissen, wann sie zu gehen haben.«

Er rieb sich munter die Hände.

»Die Nacht ist noch jung für einen Richelieu! Tausend Dank, Noblecourt. Bonamy, soll ich Sie in meiner Karosse mitnehmen?«

Bonamy verneigte sich. Noblecourt griff nach einem fünfarmigen Kerzenleuchter, den Nicolas ihm sogleich aus der Hand nahm, aus Furcht, sein Gewicht könnte den alten Mann ins Straucheln bringen. Die kleine Gesellschaft begleitete den Marschall zur Toreinfahrt, wo sein Wagen mit einem Kutscher und zwei Lakaien auf den Sieger von *Port Mahon* wartete.

Als er wieder in seinen Gemächern war, ließ Noblecourt sich in einen Ohrensessel fallen. Er wirkte bedrückt. Anhaltendes Winseln war zu vernehmen, was ihn nicht aus seinem Brüten riss. Nicolas öffnete die Tür zum Kuriositätenkabinett, und sofort sank ihm eine arme, vor Dankbarkeit hechelnde Gestalt auf die Füße.

»Wieso ist Cyrus denn eingesperrt?«, fragte Nicolas und nahm den Hund auf den Arm.

»Der Marschall mag keine Hunde, oder vielmehr, er duldet nicht die Hunde der anderen. Und wenn ich sage, er duldet sie nicht …«

Noblecourt sah Nicolas an.

»Ich muss Ihnen sehr kriecherisch vorgekommen sein, und ich bedaure den Eindruck, den ich auf Sie gemacht habe. Aber ich gehöre einer Generation an, in der die Freundschaft eines Herzogs, was sage ich, schon die bloße Beachtung durch einen Herzog und Pair zum wertvollen Erbe einer Familie gehörte. Er ist nicht so schlecht, wie er erscheinen möchte, aber er denkt nur an sich. Heute Abend hat er uns als Freigeist Fleisch aufgedrängt, obwohl Freitag ist. Er hat die Seezungen aus der Normandie, die Marion und Catherine geradezu göttlich zubereitet haben, verschmäht. Sie können sich ihre Wut vorstellen!«

»Das finde ich ziemlich unverschämt.«

»Was wollen Sie, er hat sogar Madame de Maintenon zum Lachen gebracht! Sie urteilen so streng, weil er Sartine angegriffen hat. Er hat es nicht auf den Polizeipräsidenten abgesehen, sondern auf den Freund oder angeblichen Freund von Choiseul. Er beurteilt seine Mitmenschen ausschließlich durch die Brille seiner Interessen und seines Ruhms. Selbst in seinem so skandalösen Privatleben ist er so großspurig, dass für Gefühle kein Platz ist. Seine Wollüstigkeit ist nur eine andere Form seines Hochmuts, und da die Frauen stets über alle Maßen großzügig ihm gegenüber gewesen sind, haben sie ihn in seiner Strategie bestätigt.«

Er läutete. Poitevin erschien.

»Man serviere Nicolas die Seezungen. So weiß ich wenigstens, dass sie geschätzt werden.«

Monsieur de Noblecourt fand wieder Gefallen an der Gegenwart.

»Mitten in den Ermittlungen, nehme ich an, Nicolas? Erzählen

Sie mir, während Sie essen, was die Geheimhaltung Ihnen gestattet zu enthüllen, das wird mich ablenken.«

Nicolas machte sich über die Fische her, zu denen er Rotwein trank, da die Gicht den Weißwein aus dem Haus von Noblecourt verbannt hatte. Er schilderte in allen Einzelheiten die Verwicklungen der beiden Untersuchungen, mit denen er beschäftigt war. Noblecourt dachte einen Augenblick nach.

»Da sind Sie wieder einmal mit einer sehr heiklen Angelegenheit betraut. Sie müssen sich darüber klar sein, dass Sie in der Falle stecken zwischen Mächten, die miteinander rivalisieren. Niemand kann den Prévôt des marchands verdächtigen, selbst die Katastrophe auf der Place Louis XV organisiert zu haben, aber niemand ist dumm genug, nicht zu wissen, dass er alles tun wird, um die Verantwortung für das Fiasko auf einen anderen abzuwälzen.«

»Hat er wirklich die Macht dazu?«

»Machen Sie sich keine Illusionen, die neue Favoritin, die umso gefährlicher ist, als sie ständig Zugang zum König hat und sich von der Ankunft der Dauphine, ihrer natürlichen Rivalin am Hof, bedroht fühlt, wird sich bemühen, all jene zu belasten, von denen sie annimmt, dass sie Choiseul unterstützen. Und leider gilt Sartine, zu Recht oder zu Unrecht, als sein Freund.«

»Sie wissen, wie sehr ich Ihr Urteil schätze, das mir immer von großem Nutzen war. Was ist Ihre Meinung zu dem Verbrechen in der Rue Royale?«

»Ihr Indianer interessiert mich. Es gefällt mir, dass dieser Naturmensch aus den wilden Tiefen der Neuen Welt so gut unsere Sprache spricht. Er scheint mir ein guter Mensch zu sein, auch wenn er Ihnen vermutlich das Wesentliche verschweigt. Ansonsten sind die Familien häufig der Schauplatz häuslicher Kriege, deren Aufdeckung plötzlich ein ganz neues Licht auf die scheinbare Ruhe im Inneren wirft. So weit meine ersten Eindrücke. Und jetzt werde ich schlafen gehen, der Abend hat mich erschöpft. Ich lasse Sie allein mit den Früchten Neptuns und wünsche Ihnen eine gute Nacht.«

Cyrus entschlüpfte den Armen seines Freundes und folgte langsam seinem Herrchen. Nicolas, der todmüde war, blieb ebenfalls nicht mehr lange; nachdem er die beiden Seezungen verspeist und die Flasche geleert hatte – zur großen Freude von Poitevin, der sofort die beiden Köchinnen davon unterrichtete –, ging er in seine Gemächer hinauf. Er wälzte sich lange im Bett herum, vermischte die Elemente beider Fälle und versuchte sich an Details zu erinnern, die ihm entfallen waren. Als der Schlaf ihn übermannte, verschwamm alles in seinem Kopf, und das letzte Bild war das von drei Würfeln, die rollten und aneinanderstießen, ohne jemals anzuhalten.

Samstag, den 2. Juni 1770

Nachdem er sich gewaschen und einen schlichten, aber eleganten dunkelgrauen Anzug angezogen hatte, setzte Nicolas sich eine Perücke auf. Er hasste es, Perücken zu tragen, vor allem jetzt, da es langsam wärmer wurde. Er aß ein paar weiche Brötchen, trank eine *Bavaroise* und erkundigte sich, wie es Monsieur de Noblecourt gehe, dessen Bitterkeit am gestrigen Abend ihn verwundert hatte. Catherine zufolge war er früh aufgestanden und hatte nach einem leichten Frühstück beschlossen, dem Rat seines Arztes zu folgen. Der berühmte *Tronchin* aus Genf, dessen bekanntester Patient Voltaire war, war über den großen Mann hinsichtlich des Gesundheitszustands des alten Staatsanwalts zu Rate gezogen worden. Er hatte ihm empfohlen, ihn aufzusuchen, hatte ihm aber bis dahin eine Diät und einen täglichen Spaziergang verschrieben. Daher hatte Monsieur de Noblecourt beschlossen, diese Übung mit einem Bummel durch die Rue Montorgueil in Begleitung von Cyrus zu beginnen. Marion fürchtete nur eines, nämlich dass er sich von den *Ali Babas*, köstlichem, mit Safran aromatisiertem Gebäck, von *Stohrer*, dem Konditor der Königin, in Versuchung führen ließ. Nicolas liebte diese morgendlichen Unterhaltungen. Er saß in der Küche, als der Türklopfer ertönte. Kurz darauf kam Poitevin mit einem der Lakaien von Monsieur de Sartine herein, der ihm mitteilte, dass die Karosse des Polizeipräfekten vor der Tür stehe, dass *man* ihn erwarte und dass *man* sich auf der Stelle nach Versailles auf den Weg mache. Nicolas hatte gerade noch die Geistesgegenwart, noch einmal hinaufzugehen und seinen Dreispitz zu holen, dann eilte er zu seinem Chef.

»Sie haben mich warten lassen, Monsieur le Commissaire«, sagte Sartine statt einer Begrüßung. »Nehmen Sie zur Kenntnis, dass wir uns beeilen müssen, nach Versailles zu kommen. Dass der König die Audienz auf Samstag vorverlegt hat, die er mir normalerweise am Sonntagabend gewährt. Dass diese Änderung der Gewohnheiten mir nichts Gutes zu verheißen scheint bei einem Mann, der solchen Wert darauf legt, sie nicht zu ändern. Dass außerdem Seine Majestät, da er erfahren hat, von wem, weiß ich nicht …«

Sein Gesichtsausdruck wurde noch strenger.

»… dass ein kleiner Kommissar vor Ort sei, will, dass Sie ihm den Abend schildern, den Sie verdammt noch mal zu einem Gutteil in einem Schornstein verbracht haben! Damit will ich sagen, dass meine Geduld auf eine harte Probe gestellt wird, vor allem wenn ich die Pamphlete und Lieder voller Unwahrheiten lese, mit denen man mich bis zum Überdruss überhäuft, diese falschen Meldungen, die versuchen, die Dummköpfe mit Nachrichten zu überzeugen, die aus der Luft gegriffen sind und verbreitet werden, um das Volk zu täuschen! Und dann muss ich auch noch in der Rue Montmartre auf Sie warten!«

Nicolas betrachtete lächelnd das Schauspiel eines zeternden Mannes, der versuchte, seine Angst durch einen Redeschwall zu bekämpfen.

»Monsieur ...«

»Schweigen Sie! Darf ich Sie daran erinnern, Monsieur le Commissaire au Châtelet, Secrétaire du roi en ses conseils, dass Ihre Ämter von Ihnen Freude an der Arbeit, Eignung und Präzision, geradliniges Denken, Gerechtigkeitssinn, charakterliche Ausgeglichenheit, einwandfreies Verhalten verlangen ... Wessen Porträt, glauben Sie, entwerfe ich da gerade, Monsieur?«

»Aber ... das Ihre, Monsieur.«

Sartine drehte sich zu Nicolas, und nur ein leichtes Zucken der Lippen verriet ein Lachen, das er mühsam unterdrückte.

»Und zu allem Überfluss macht man sich auch noch über mich lustig! Aber im Grunde, Nicolas, haben Sie gar nicht so unrecht. Es ist das Porträt der guten Polizisten, deren Vorbild ich als Chef bin.«

An der Porte de la Conférence entlang des Jardin des Tuileries hielt eine schreiende Volksversammlung sie auf. Ein Fuhrkarren war umgefallen und versperrte den Weg.

»Schauen Sie sich diese Leute an, die Liebenswürdigkeit in Person, aber auch die größten Hitzköpfe«, sagte Sartine nachdenklich. »Wir müssen, und darin sind Sie ja ein Meister, unser Territorium kennen, um besser die Unruhen in Schach halten zu können, zu denen man sie so leicht aufstacheln könnte. Man darf vor allem keine Schwäche zeigen, wenn es notwendig ist, energisch durchzugreifen. Aber stets mit Fingerspitzengefühl und Umsicht, ohne die öffentliche Meinung zu sehr zu brüskieren, indem man geschickt die menschlichen Leidenschaften entwaffnet und unter Kontrolle hält, die so schädlich für die Gesellschaft sind.«

Nachdem er auf diese Weise seinem Herzen Luft gemacht hatte, hielt der Polizeipräfekt Nicolas seine Tabakdose hin, der dankend ablehnte. Er benutzte den Schnupftabak normalerweise nur als Notbehelf bei den Leichenöffnungen in der Basse-Geôle. Semacgus, der Marinewundarzt, lachte immer über diese Gewohnheit, die von den Offizieren der Galeeren stammte, denen oben in ihren Kojen schlecht wurde von dem üblen Gestank, der von den Ruderbänken aufstieg. Mit einem Blick hatte Nicolas bemerkt, dass in die Tabakdose das Porträt des jungen Königs in einem Kreis von Brillanten eingebettet war. Es folgte ein mehrmaliges Niesen, das Sartine größtes Wohlbehagen zu bereiten schien. Dann schwieg er, bis sie Sèvres erreichten. Diese Gesprächspausen waren auch Zeichen des Vertrauens, und als solche verstand Nicolas sie. Als sie die Seine überquerten und an dem Hügel mit dem Château de Belleville vorbeifuhren, musste er unwillkürlich an Madame de Pompadour denken, wie immer an diesem Ort. Sartine ging es ebenso.

»Man hat viele hässliche Dinge gesagt, als unsere schöne

Freundin vor sieben Jahren gestorben ist ... Sollte Ihnen derartiges zu Ohren kommen, so widersprechen Sie, schreiten Sie ein. Der König ist ein guter Herr, wir müssen ihn verteidigen.«

»Ich vermute, Monsieur, Sie beziehen sich auf den Vorwurf der Gleichgültigkeit während der Überführung des Leichnams der Marquise in die Kirche der Kapuzinerinnen in Paris. Ihr Zug führte in Sichtweite am Schloss vorbei ...«

»Sie vermuten richtig. Aber ich sage Ihnen eins: Ich habe miterlebt, dass der König über diesen Tod sehr betrübt war. Er nahm sich allen gegenüber sehr zusammen, um seine Gefühle zu verbergen. Aber an dem Abend, als Ihr Freund La Borde die Läden schließen wollte, war der König bereits draußen mit seinem anderen Kammerdiener, Champlost, der es mir erzählt hat. Er betrachtete den Zug im Regen, bis der letzte Wagen verschwunden war. Er kehrte ins Zimmer zurück, mit tränenüberströmtem Gesicht – Tränen, kein Regen –, und murmelte: ›Das ist die einzige Ehre, die ich ihr erweisen konnte! ... Eine Freundin, zwanzig Jahre lang!‹«

Sartine wandte sich ab und schwieg bis Versailles. Nicolas dachte, dass er diesen Mann niemals ganz begreifen würde.

Kaum war ihre Karosse in den ersten Hof gefahren, stürzte ein blauer Junge auf sie zu, um dem Polizeipräfekten ein versiegeltes Schreiben zu übergeben. Monsieur de Saint-Florentin, Minister der Maison du roi, wünsche ihn unverzüglich zu sprechen. Sartine befahl Nicolas, am Eingang zu den Gemächern auf ihn zu warten, und eilte zum Flügel der Minister. Nicolas ging auf und ab und betrachtete die merkwürdigen architektonischen Details der Fassade, als ihn jemand am Anzug zog. Zu seiner

Überraschung entdeckte er Rabouine, seinen Spitzel, den Degen an der Seite, dessen mageres Gesicht Grimassen schnitt, um seine Aufmerksamkeit zu erregen.

»Was machst du denn hier, Rabouine? Und noch dazu mit einem Degen!«

»Wem sagen Sie das, ich musste mir unbedingt einen leihen, sonst hätte man mich in diesen noblen Schuppen nicht reingelassen. Ich sprang im Viereck vor Wut darüber, verhandeln zu müssen, weil ich große Angst hatte, Sie zu verpassen, als ich Sie mit Monsieur de Sartine vorbeigehen sah. Monsieur Bourdeau schickt mich mit einer dringenden Nachricht zu Ihnen. Ich eilte in gestrecktem Galopp hierher auf einer Mähre, die mich zwanzigmal beinahe abgeworfen hätte!«

Nicolas öffnete das Schreiben seines Assistenten, in dem lediglich stand: »Rabouine wird Ihnen alles erklären.« Er sah seinen Spitzel fragend an.

»Es ist allerhand passiert im *Deux Castors*, dort, wo Sie derzeit ermitteln«, begann Rabouine. »Schrecklicher Lärm hat die Hausbewohner Schlag drei geweckt. Die ganze Nachbarschaft wurde aufgeschreckt und versammelte sich vor dem Haus der Galaines. In der Nachbarkapelle wurde sogar die Alarmglocke geläutet. Nachdem sie die Tür aufgebrochen hatten, fanden diejenigen, die hineingingen, die Familie betend auf Knien vor, während das Dienstmädchen splitterfasernackt herumtanzte und bis an die Deckenbalken sprang, den Körper in ein merkwürdiges Licht gehüllt. Die Neugierigen sind entsetzt geflohen. Schließlich kam der Pfarrer, beruhigte die Familien und sprach von einem Wunder, wie damals bei den Konvulsionären von Saint-Médard. Die Nachtwache hat die Menge aufgelöst. Ihr Kollege aus dem Viertel hat ein paar Gardes françaises als Wachen vor dem Geschäft aufgestellt. Voilà!«

Nicolas dachte einen Augenblick nach, dann setzte er sich auf einen Grenzstein und schrieb eine kurze Nachricht, die er mit seinem Siegelring mit dem Wappen der Ranreuils und einer Marquiskrone versiegelte.

»Rabouine, kehr zu Bourdeau zurück und übergib ihm das hier. Aber erst, nachdem du dich gestärkt hast.«

Nicolas warf ihm eine Münze zu, die der andere im Flug auffing.

»Ich bleibe hier mit Monsieur de Sartine«, fuhr der Kommissar fort. »Abends sollte ich zurück sein. Wenn nicht, bin ich bei Monsieur de La Borde zu finden, dem Ersten Kammerdiener des Königs.«

Er war gerade damit fertig, die überraschenden Nachrichten in seinem schwarzen Heft zu notieren, da wurde er auch schon von einem puterroten Sartine zum »Louvre« und dem Eingang zu den Gemächern gezogen. Er versuchte, den Mund zu öffnen, doch die Augen seines Chefs befahlen ihm Schweigen. Nicolas folgte ihm also stumm durch das Labyrinth des Palastes. Nachdem sie eine Halbwendeltreppe hinaufgestiegen waren, kamen sie schließlich in ein Vestibül. Sartine, der gern seine Ortskenntnis zur Schau stellte, sich aber auch seiner Verantwortung als Mentor bewusst war, sparte nicht mit Erklärungen.

»Wir gehen in die Gemächer des Königs hinauf, die früher diejenigen von Madame Adelaïde waren.«

Er senkte die Stimme.

»Als die neue Freundin ihre Rechte geltend machte, hat der König seine Tochter ins Erdgeschoss verlegt und dieses Appartement selbst bezogen.«

Sie gingen durch schmale Flure. Manchmal boten Fensteröffnungen schwindelerregende Ausblicke auf große Salons oder kleine schattige Höfe. Sie betraten ein kahles Zimmer mit Sitzbänken, das der Polizeipräfekt ohne weitere Erklärungen als Raum der Badenden bezeichnete. Zur Linken führten einige Stufen zu einem Gemach, aus dem Geräusche bewegten Wassers und das Gemurmel eines Gesprächs drangen. Sie blieben stehen und warteten schweigend. Ein blauer Junge tauchte auf, der sie spöttisch ansah und wieder verschwand, ohne ein diskretes Zeichen von Sartine zu sehen. Ein paar Augenblicke später erschien Monsieur de La Borde, ein Lächeln auf den Lippen. Einen Finger auf dem Mund, bedeutete er ihnen mit einer Kopfbewegung, ihm zu folgen. Drinnen umhüllte sie duftender Dampf. In einem viereckigen Raum mit ovalem Ende standen zwei Badewannen im Alkoven. Mehrere Bademeister, ganz in fleckiges Weiß gekleidet, waren um eine der Metallwannen zugange, in der ein Mann, der ein Madras-Kopftuch trug, gewaschen wurde. Einer der Gehilfen näherte sich mit riesigen Handtüchern. Monsieur de La Borde setzte einen feierlichen Gesichtsausdruck auf und rief:

»Messieurs, der König steigt aus dem Bad!«

Sartine und Nicolas senkten den Kopf. Ludwig XV. wurde rasch eingewickelt und zur zweiten Wanne geradezu geschleppt.

La Borde erklärte leise, dass es nun Zeit sei, Seine Majestät in sauberem Wasser abzuspülen. Der König, der seinen Besuchern bis zu diesem Augenblick keinerlei Aufmerksamkeit geschenkt hatte, hob den Kopf und erkannte den Polizeipräfekten.

»Tut mir leid, Sartine, dass ich Sie zu so früher Stunde habe rufen lassen, aber ich konnte es kaum erwarten, Sie zu sehen.

Haben Sie meine Anweisungen befolgt? Ich sehe den kleinen Ranreuil nicht.«

»Sire, er ist hier, hinter mir. Zu Diensten Eurer Majestät.«

Die dunklen Augen des Königs versuchten durch den Dunst Nicolas zu erkennen.

»Gut, gut. La Borde, nehmen Sie sie mit, Sie wissen ja, wohin.«

Nicolas war immer noch genauso aufgeregt wie damals, als er das erste Mal vor dem König gestanden hatte. Die Merkwürdigkeit des Ortes, die Schnelligkeit der Szene und die ungewöhnliche Kleidung des Monarchen gestatteten keine längere Musterung. Es hieß, der König sei gealtert; Nicolas nahm sich vor, ihn sich genauer anzusehen.

Sie folgten Monsieur de La Borde, gingen zunächst durch einen langen Flur und betraten nach einer rechtwinkligen Biegung einen goldenen Raum, der Nicolas als ehemaliger Musiksalon von Madame Adelaïde bezeichnet wurde. Dann stiegen sie eine Treppe hinauf und traten in ein kleines vergoldetes Zimmer, das von einem einzigen Fenster erhellt wurde. Es öffnete sich nach einer Andeutung von Flur auf eine Garderobe. Dieses Zimmer von reduzierten Abmessungen vermittelte einen Eindruck von Intimität, der Nicolas verblüffte. Die mangelnde Helligkeit wurde vom Weiß der goldverzierten Holztäfelung wettgemacht, die mit gemalten Trumeaus geschmückt war und von einem großen Spiegel erhellt wurde. Ein Sekretär, ein Lehnsessel, ein paar Stühle und die gleiche Anzahl Schemel sowie eine Vitrine voller Chinoiserien möblierten das Zimmer. In unauffällig in die Einrichtung integrierten Wandschränken und auf Regalen standen aneinandergereiht Lederschatullen.

Sartine und Nicolas warteten schweigend. Eine Geheimtür

ihnen gegenüber öffnete sich, und der König schien direkt aus der Wand zu kommen. In seinem hellgrauen Anzug kam er Nicolas recht krumm vor. Er hatte diese stolze Haltung verloren, an der man ihn sonst auf hundert Schritte erkannte, und ähnelte jetzt seinem alten Gegner Friedrich von Preußen, wie er auf Stichen meist dargestellt wurde, mit rundem Rücken. Das immer noch ebenmäßige Gesicht wurde bedroht von den Schatten und Verwüstungen des Alters, besonders unter den Augen. Er ließ sich in den Lehnsessel fallen und wandte sich nach einer Pause an La Borde.

»Sorgen Sie dafür, dass uns niemand stört. Niemand, nicht einmal …«

Er beendete den Satz nicht. Wer könnte den König stören? Der Dauphin, der in Gegenwart seines großen Vaters so schüchtern und wie gelähmt war? Die schelmische Marie-Antoinette, die noch so sehr Kind war? Mesdames? Sie respektierten ihren Vater viel zu sehr, um sich eine solche Ungezogenheit zu erlauben. Blieb die Favoritin, und sollte diese Hypothese zutreffen, war das ein wertvoller Hinweis. Trotz ihres Einflusses auf den alten König hatte sie keinen Zugang zu gewissen Angelegenheiten. Ohne dass er sich erklären konnte, warum, tröstete es Nicolas. Zu seiner Verblüffung wandte sich der König an ihn.

»Ranreuil, können Sie einem Kaninchen ohne Messer den Balg abziehen?«

Nicola verbeugte sich.

»Ja, Sire, indem ich ihm nur die Afterklauen zerreiße.«

»Sartine, er ist ebenso gut wie Lasmatartes, mein erster *Pikör*.«

Der König schien einen Augenblick nachzudenken.

»Als Kind wollte ich eines Morgens die Infantin besuchen.

Man konnte partout den Schlüssel zu der großen Galerie nicht finden. Ich machte dem Maréchal de Villeroy Darstellungen davon, der sie aufbrechen ließ. Das löste ein großes Geraune aus. Was sagen Sie dazu?«

»Dass wir Eurer Majestät zu Diensten stehen.«

Der König schien sich zu sammeln, sein Kopf war auf die Brust gesunken. Seine rechte Hand spielte mit einem Knopf seines linken Ärmels.

»Man soll mein Schweigen als Befehl verstehen! Wie geht es der Stadt, mein Polizeipräfekt?«

Mit seiner immer noch etwas heiseren Stimme hatte der König das Possessivpronomen besonders betont.

»Die Stadt«, sagte Sartine, »verdaut ihr Unglück. Sie hat viel geweint; sie hat Ihren Diener ein wenig ausgebuht und ...«

»Der Wind hat sich gedreht, wie immer.«

»Ja, Sire, und schneller, als man es erwarten konnte. Die Anwesenheit von Monsieur Bignon in seiner Loge in der Oper gestern Abend hat große Empörung ausgelöst. Er ist ausgepfiffen worden. Seine Worte, die weitererzählt wurden, haben ihn in den Augen des Publikums verurteilt.«

»Was hat er gesagt?«

»Dass es viele Opfer gegeben hat, weil so viele Zuschauer da gewesen sind, was zeigt, dass das Fest ein Erfolg war.«

»Das ist typisch für ihn, sein Onkel hatte recht! Aber was die Ursachen dieser Katastrophe betrifft, da würde ich gern unseren kleinen Ranreuil hören.«

In der Enge des Zimmers musste Sartine zur Seite gehen, damit Nicolas vor den König treten konnte.

Er ergriff das Wort ohne allzu großes Herzklopfen. Er hatte

seine Karriere als Höfling mit einem Bericht begonnen; er fühlte sich als ein Mann des Königs, der ihm immer sein Wohlwollen bekundet hatte. Blicke des Herrschers während der Hofzeremonien, die zeigten, dass er erkannt worden war, regelmäßige Einladungen zur Jagd, wo seine Erfahrung und seine Reitkünste bewundert wurden, und heute schließlich die Teilnahme am Secret du roi, dessen Symbol der Zugang zu diesem so abgelegenen Zimmer war. Hinzu kam die gestrenge Freundschaft von Monsieur de La Borde. Alles trug dazu bei, dass er von einem Mann geschätzt wurde, der nichts mehr als Diskretion, Treue, gutes Aussehen und die Fähigkeit, ihn zu zerstreuen, liebte. Er sprach, ohne zu übertreiben, mit dem Schwung und der Lebendigkeit, die der Bericht eines tragischen Ereignisses benötigte. Er erzählte detailliert die Vorkommnisse, ohne sich mit der Frage der Verantwortlichkeiten aufzuhalten. Der König, den die Schilderung der Katastrophe zugleich faszinierte und entsetzte, wollte dennoch mehr über die wirklichen Ursachen erfahren. Mehr erfahren, dachte Nicolas, oder seine Gewissheiten bestätigt finden und den Anteil, den er selbst an den Ursachen dieses Fiaskos haben mochte durch seine Entscheidung, dem Prévôt des marchands freie Hand zu lassen.

»Sire«, fuhr er fort, »trotz meines Amtes und nach bestem Gewissen scheint es mir, dass die Nachlässigkeit Monsieur Bignon und seinen Schöffen zuzuschreiben ist, die behauptet hatten, dass nur ihnen die Polizeibefugnis an allen Orten zustehe, die an das Zentrum des Festes und der Volksbelustigungen angrenzen.«

»Und woher diese Anmaßung?«

Nicolas ging nicht in die Falle. Sartine hatte ihm einen beunruhigten Blick zugeworfen.

»Das Argument lautete, die Verköstigung des Volkes sei aus der Stadtkasse bezahlt worden.«

Diese Erklärung schien den König zu beruhigen.

»Allerdings«, fuhr Nicolas fort, »hätte, abgesehen von dem Brand des Reservebollwerks der Feuerwerkskörper und der Verstopfung der Rue Royale, die bürgerliche Wache zahlenmäßig größer und besser kommandiert sein müssen. Ihre Chefs spielten Karten in einer benachbarten Spielhölle, anstatt ihre Pflicht zu erfüllen in einer Situation, in der die öffentliche Sicherheit auf dem Spiel stand. Tausendfünfhundert Livres, die dem Oberst des Regiments der Gardes françaises für die Bereitstellung von zwölfhundert Männern, die mit dieser Art von Versammlungen vertraut sind, verweigert wurden, hätten alles ändern können. Der entscheidende Fehler schließlich ist, dass man die Kutschen der Gäste des Hôtel des Ambassadeurs Extraordinaires in die Rue Royale hat fahren lassen.«

»Das alles ist unbestritten, Monsieur. Und wie sieht die Bilanz dieses traurigen Tages aus?«

»Wie Monsieur de Sartine mir befohlen hatte, habe ich eine genaue Zählung der Opfer durchgeführt. Offiziell hundertzweiunddreißig Tote. Der Staatsanwalt hat eine parallele Zählung veranlasst. Wir haben unsere Zahlen verglichen, unter Berücksichtigung der Todesanzeigen der Personen, die im Zuge der fatalen Ereignisse des 30. Mai gestorben sind. Die Liste beläuft sich auf zwölfhundert.«

»So viele?«, sagte der König niedergeschlagen.

»Die Zählung hat ergeben, dass sich darunter fünf Mönche, zwei Äbte, zweiundzwanzig vornehme Personen, hundertfünfundfünzig Bürger, vierhundertvierundfünfzig Leute aus dem niederen Volk und achtzig Ertrunkene befanden, nicht mitgezählt diejenigen, die nach Hause oder ins Krankenhaus gebracht wurden.«

Der König, stets begierig auf die makabren Details, interessierte sich für den Zustand der gefundenen Leichen. Nicolas gab eine knappe Antwort, und Sartine, wie er darauf bedacht, den König nicht trübsinnig zu machen, beeilte sich, das Thema zu wechseln. Er erinnerte an den von seinem Büro unterstützten Plan, der im Wesentlichen vorsah, die harten Steine nicht auf den Straßen und Plätzen von Paris schneiden und bearbeiten zu lassen, sondern in den Steinbrüchen, um diese so gefährlichen Verstopfungen zu vermeiden. Er fügte hinzu:

»Der König weiß sicherlich, dass Monseigneur le Dauphin mir sechstausend Pfund von der Summe zur Verfügung gestellt hat, die Ihre Majestät ihm für seine kleinen Freuden bewilligt. Betroffen von der Katastrophe, hat er mich gebeten, sie für die am stärksten Betroffenen zu verwenden.«

»Es gefällt mir, dass er Mitgefühl für das Schicksal meiner Untertanen zeigt. Und ich weiß, dass er Sie seiner Wertschätzung versichert, was bei ihm nur äußerst selten vorkommt.«

Nicolas kam es so vor, als würde Sartine erröten.

»Was haben Sie an weniger Traurigem für mich, Sartine?«

»Sire, der Bischof von Tarbes hat einen Fiaker gestreift, und galant wie er ist, hat der junge Prälat die Dame, die darin saß, nach Hause gebracht, nachdem er sich tausendmal entschuldigt hatte. Anschließend konnte man ihm nicht verheimlichen, dass die betreffende Person die Gourdan, die erste Puffmutter von Paris, gewesen war.«

»Oh!«, sagte der König lachend, »ich würde nicht darauf wetten, dass manche seiner Kollegen diese Kupplerin nicht erkannt hätten! Haben Sie noch etwas für mich, Sartine?«

»Nichts, was Ihre Majestät interessieren oder zerstreuen könnte.«

Der König streckte die Beine aus. Er rieb sich fröhlich die Hände.

»Ich denke doch, Sartine, es gibt noch etwas in unserer schönen Stadt. Ich höre, dass es gärt, dass das Volk zusammenläuft, dass sich Unruhe breitmacht. Nach Saint-Médard jetzt die Rue Saint-Honoré.«

Er sah Sartine aufmerksam an. Nicolas, der erneut hinter seinem Chef stand, nahm sein kleines Heft, öffnete es und gab es vorsichtig dem Polizeipräfekten in die Hand, was dem König nicht entging.

»Haben Sie etwas vergessen?«

»Nein, Sire«, sagte Sartine kaltblütig. »Ich habe nur meine Notizen überprüft, ob mir ein Ereignis, das Ihre Majestät interessieren könnte, entfallen sein könnte.«

Nicolas begriff nicht gleich.

»Ah, ah!«, sagte der König. »Hab ich Sie erwischt. Darf ich Ihnen mitteilen, dass merkwürdige Geschehnisse eine Familie von Ladeninhabern in der Nähe der Oper erschüttern? Dass man glaubt, die skandalösen Ereignisse würden zurückkehren, die sich am Grab des Diakons Pâris abgespielt hatten. Sie wissen, wie so etwas anfängt ... Ich sehe bereits den Erzbischof seine Nase in die Angelegenheiten der Verwaltung und der Polizei dieser Stadt stecken, wie vor gar nicht so langer Zeit, als er mir geschickt eine Lettre de cachet abgepresst hat, was, wie Sie mir zu Recht zu verstehen gaben, ein unglaublicher und wenig akzeptabler Übergriff war. Sartine, wir müssen auf der Hut sein. Hier meine Befehle: Der kleine Ranreuil, der erneut seine Fähigkeiten und seine Kaltblütigkeit unter Beweis gestellt hat, wird sich in diesem Haus einquartieren, um diese angebliche Besessenheit zu untersuchen. Er wird mir einen genauen und ausführlichen Bericht geben, sobald er das Geheimnis gelüftet hat. Und das auf der Stelle.«

»Es wird alles nach den Befehlen Ihrer Majestät geschehen.«

Der König erhob sich. Er wirkte verjüngt.

»Dieses Gespräch wird unter uns dreien bleiben. Sie, Sartine, werden morgen, Pfingstsonntag, zu Ihrer Audienz kommen und mir die Freude machen, zu meinem Souper in den kleinen Gemächern zu bleiben. Was Sie betrifft, Ranreuil, aufs Pferd, taïaut, taïaut! Gute Jagd!«

Sie verneigten sich. Der König grüßte sie mit einer charmanten Geste und verschwand in seine Gemächer. Monsieur de La Borde brachte sie zurück zur Escalier des Ambassadeurs, eine Etage tiefer. Die Sonne des Ehrenhofes blendete sie. Nicolas öffnete den Mund, doch Sartine kam seiner Frage zuvor.

»Ich weiß, was Sie mir sagen wollen, Nicolas. Danke, dass Sie mich aus der Klemme befreien wollten. Aber der König hat sich so sehr gefreut, mir etwas kundzutun, oder es zumindest zu glauben, dass ich ihm die Freude nicht verderben wollte.«

Nachdem er ihm auf diese Weise vor Augen geführt hatte, wie ein Höfling und treuer Diener sich zu verhalten hat, verließ er Nicolas, um seinem Intimus Saint-Florentin zu erzählen, dass er vorerst nicht in Ungnade gefallen war.

VI

Ängste

Das Wahre kann manchmal
nicht wahrscheinlich sein.

BOILEAU

Von Monsieur de La Borde, der ihm nachgelaufen war, um ihn zum Abendessen einzuladen, erfuhr Nicolas, dass der König des Lobes voll gewesen sei über seine Besucher, sowohl über Sartine als auch über »den kleinen Ranreuil«, der »ausgezeichnet jagte auf allen Gebieten, als guter Diener«. Er lehnte die Einladung ab und informierte seinen Freund über die Entwicklung der Ereignisse und die Befehle, die er erhalten hatte. Er bat ihn um Hilfe, um so schnell wie möglich in die Hauptstadt zurückzukommen. Der Erste Kammerdiener ging mit ihm sofort zur Place d'Armes und von dort zur Grande Écurie, wo ihnen nach einigem Getuschel ein Apfelschimmel vorgeführt wurde. Er würde ihn im Hôtel de police abgeben, und ein Laufbursche würde ihn nach Versailles zurückbringen.

Es war bald Mittag. Mit der Kutsche würde man vernünftigerweise wohl mit gut zwei Stunden bis nach Paris rechnen müssen.

Mit einem guten Pferd und in gestrecktem Galopp konnte er es schneller schaffen. Der Wallach fiel von allein in starken Trab. Nicolas vergegenwärtigte sich noch einmal, was er soeben erlebt hatte. Die Begegnungen mit dem König bewegten ihn jedes Mal von Neuem. Die Anekdote der aufgebrochenen Tür der großen Galerie war ein durchsichtiges Gleichnis für das Bedauern über eine andere abgerungene Entscheidung, deren Unvorsichtigkeit sich der Herrscher bewusst war. Sie offen auszudrücken entsprach nicht seiner Gewohnheit, aber der angedeutete Kern der Erzählung zerstreute alle Zweifel. Der König ließ sich nicht zum Narren halten, außer er wollte es. Er erfuhr viele Dinge über seine eigenen Kanäle, und diese Informationen festigten ein ausgewogenes Urteil. Diese Feststellung erfüllte Nicolas mit Freude und stärkte seine Treue zum Profil auf der Goldmünze seiner Kindheit. Der König konnte von seinem Sockel steigen, ohne darum im Geringsten an Ansehen zu verlieren, ganz im Gegenteil. Nicolas vermutete, dass die Ereignisse in der Rue Saint-Honoré Ludwig XV. nur durch jemanden zur Kenntnis gelangt sein konnten, der ihm nahestand. Die Oper war nicht weit, fast gegenüber dem Geschäft der Galaines, und genau an dem Abend hatte es einen Ball gegeben. In Gedanken versunken, hätte Nicolas beinahe ein kleines Mädchen umgerissen, das ihm am Straßenrand Sträuße wilder Blumen anbot, die es in den umliegenden Wäldern gepflückt hatte. Das Pferd rettete das Mädchen, indem es sich aufbäumte nach einem Satz, der Nicolas, der ein guter Reiter war, beinahe aus dem Sattel geworfen hätte. Um es wiedergutzumachen und das erschrockene Mädchen zu beruhigen, kaufte er ihm zum zehnfachen Preis all seine Sträuße ab, und die Arme voller Blumen ritt er kurz vor zwei durch die Porte de Conférence in die Hauptstadt.

In der Rue Montmartre beruhigte Nicolas, nachdem er Marion und Catherine mit den Blumen überrascht und Monsieur de Noblecourt über die Situation unterrichtet hatte, die Hausgemeinschaft. Sie müssten sich keine Sorgen machen, seine Abwesenheit würde höchstens ein paar Tage dauern. Er packte in einen Handkoffer Kleidung zum Wechseln und ein paar Toilettenartikel, eine kleine Laterne und eine Miniaturpistole, Meisterwerke der Präzision, die Bourdeau ihm einst geschenkt hatte. Dann führte er sein Pferd in die Rue Saint-Augustin und machte sich durch die Rue d'Antin und die Rue Neuve-Saint-Roch zu Fuß auf den Weg in die Rue Saint-Honoré. Zuvor hatte er Bourdeau einen Boten geschickt, der den Inspektor wissen ließ, dass sein Vorgesetzter jetzt kurzfristig bei Familie Galaine wohnen würde.

Die Kirche Saint-Roch erinnerte ihn an einen noch nicht lang zurückliegenden ungewöhnlichen, aber unbedeutenden Fall. Ein Mann hatte einen originellen Weg gefunden, um jeden Tag seines Lebens an einer Hochzeit teilnehmen zu können. Gutes Aussehen, ein freundliches Gesicht und ein schwarzer Frack erlaubten ihm, bei allen Hochzeiten in den großen Pfarrgemeinden dabei zu sein, wo er sich unter die Menge mischte. Nach dem Gottesdienst folgte er den Hochzeitsgästen ins Restaurant. Da die Eingeladenen der beiden Familie sich häufig zum ersten Mal begegneten, fiel er nicht weiter auf. In dieser zweifelhaften Rolle ließ er es sich schmecken, gratulierte beiden Seiten und verteilte gute Wünsche. Ein mit Sartine befreundeter Notar, dem er zum vierten Mal aufgefallen war, meldete den Fall. Nicolas begleitete ihn auf eine große Hochzeitsfeier in Saint-Roch. »Der schwarze Frack« wurde erkannt, und der Notar fragte ihn ganz ungeniert, »zu welcher Seite« er gehöre. »Zur Seite der Tür«, erwiderte der Mann und machte sich aus dem Staub. Nicolas fing ihn ab. Er wurde streng zurechtgewiesen, musste versprechen, sich zu bessern, und wurde schließlich Polizeispitzel. Seine vornehme Miene und seine Weltgewandtheit kamen ihm dabei bestens zustatten, vor allem auf dem Opernball.

Bei den Galaines stand Nicolas vor verschlossener Tür. Zwei Gardes françaises hielten vor sich hin dösend Wache. Sieben Uhr war eine angemessene Zeit für ein Abendessen im Familienkreis in einer Pariser Bürgerfamilie. Er musste den Türklopfer am Hoftor betätigen. Nach ein paar Augenblicken hörte er schlurfende Schritte, und ein altes Dienstmädchen mit Schürze erschien. Sie hob den Kopf auf ähnliche Weise wie die Schildkröten im Garten des Königs. Gelbliche Haarsträhnen schauten unter ihrer Haube hervor. Tiefe Falten, die von den Schatten des Alters verdunkelt wurden, formten ein schlaffes Gesicht mit hellen Augen. Die Brust fiel über die Wulst des Bauches. Aufgrund der Flecken auf der Schürze vermutete Nicolas, dass er es mit Marie Chaffoureau zu tun hatte, der Köchin der Familie. Miette war wohl noch nicht wieder ausreichend bei Kräften, um den Besuchern zu öffnen.

»Was will man um diese Zeit von uns? Wenn Sie Almosen wollen, wir haben schon gegeben, und Trödelkram gibt es in diesem Haus auch nicht mehr, leider!«

Nicolas nahm die Bemerkung zur Kenntnis.

»Können Sie Ihrem Herrn sagen, dass Kommissar Le Floch ihn zu sprechen wünscht?«

Das alte Gesicht verknitterte sich zu einer Art Lächeln.

»Das hätten Sie doch gleich sagen können, mein guter Herr.

Wenn Sie sich hereinbemühen wollen. Ich werde unserem Herrn Bescheid sagen.«

Sie traten in einen Hof, der an das Hauptgebäude grenzte und schon bessere Tage gesehen hatte; Gras sprießte zwischen den ungleichen Pflastersteinen. Alte verschimmelte Kisten moderten vor sich hin. Die Köchin bemerkte seinen Blick.

»Es ist nicht mehr wie früher. Ich meine, zur Zeit des Vaters von Monsieur. Damals hatten wir eine Equipage und noch viel mehr …«

Marie Chaffoureau begab sich zu einer offenen Tür, die auf einen kleinen Flur ging, und wies ihm das Büro, wo Nicolas zum ersten Mal den Pelzhändler getroffen hatte. Sie verschwand, ein paar unverständliche Worte murmelnd. Nicolas musste sich nicht lange gedulden, und die Wartezeit wurde ihm verkürzt durch dumpfes Gemurmel und lautes Streiten. Dann wurde eine Tür zugeschlagen, und Charles Galaine kam herein. Er schien sehr schlechte Laune zu haben.

»Nicht nur, Monsieur le Commissaire, dass Sie unsere Trauer nicht respektieren, nein, Sie finden sich obendrein zu einer Zeit ein, da jede achtbare Familie zusammenkommt, um …«

»Sie rennen offene Türen ein, Monsieur. Aber ich bin weder auf Befehl der Polizei noch aufgrund eines Gerichtsbeschlusses hier …«

»Sondern?«

»Ich bin hier aufgrund eines persönlichen Befehls des Königs, um hier meine Ermittlungen fortzuführen und Seiner Majestät Bericht zu erstatten …«

Nicolas hatte das Gefühl, dass er nicht gegen seine Anweisungen verstieß, wenn er seine Morduntersuchung mit den Ereignissen der vergangenen Nacht verknüpfte.

»Der König«, flüsterte Galaine verdattert. »Aber wie kann der König wissen … Außerdem handelte es sich doch nur um einen Nervenzusammenbruch.«

»Der König weiß alles, was sich heute Nacht in diesem Haus abgespielt hat. Das und auch den Skandal und den Tumult, den der Anfall Ihres Dienstmädchens ausgelöst hat. Nehmen Sie zur Kenntnis, dass wir in der Hauptstadt derartige Ausbrüche nicht dulden können, die eine Bevölkerung aufwühlen und aufwiegeln, die nur allzu bereit ist, sich unter irgendeinem Vorwand oder für die falsche Sache zu entflammen. Haben Sie und die Ihren etwa grundlos auf Knien gebetet?«

»Monsieur, was haben Sie vor?«

»Sie gemäß den Befehlen, die ich erhalten habe, für ein paar Tage um Gastfreundschaft zu bitten.«

Galaine konnte eine unwillkürliche von ausgeprägtem Kaufmannsgeist zeugende Reaktion nicht unterdrücken.

»Oh, beruhigen Sie sich, es ist nicht die Rede davon, dass Sie mich kostenlos ernähren«, versicherte Le Floch. »Glauben Sie, der König ist so arm, dass er seinen Dienern nicht die Unkosten erstatten kann? Lassen Sie uns die Angelegenheit sofort regeln. Ein gutes Hotel kostet vier bis fünf Livres pro Tag.«

»Ich verfüge nur über eine schäbige Kammer, in der unsere armen Dienstmädchen sich ihr Lager bereiten.«

»Das geht schon. Also, Unterbringung vier Livres, plus zwei Livres für Verpflegung, das macht sechs Livres. Erhöhen wir auf acht? Ist Ihnen das recht?«

Galaines Wangen hatten sich ein wenig gerötet.

»Ihr Diener, Monsieur. Wollen Sie mit uns zu Abend essen, wir wollten gerade anfangen …«

Nicolas verneigte sich und folgte dem Pelzhändler.

Die Privaträume des Hauses befanden sich hinter dem Laden gegenüber und links von Charles Galaines Büro. Im Pariser Kaufmannsbürgertum war es immer mehr in Mode gekommen, ein Zimmer ausschließlich dem Essen zu widmen. Sie betraten ein fensterloses Esszimmer. Durch ein Rundfenster, das sich auf die Küche öffnete, drang am Tag vermutlich schwaches Licht herein. Dieser geschlossene Raum, der von schlechten Kerzen erhellt wurde, verursachte Nicolas sogleich Unbehagen. Er wurde ohne übertriebene Freundlichkeit der Familie vorgestellt, und sechs Augenpaare richteten sich auf ihn. Der Hausherr nahm Platz am oberen Ende des Tisches zwischen Camille und Charlotte, seinen Schwestern. Am anderen Ende saß Madame Galaine mit Jean, ihrem Stiefsohn, zu ihrer Rechten und einem Blondschopf zu ihrer Linken, der als Louis Dorsacq, Ladenjunge, vorgestellt wurde. Neben ihrem Halbbruder beugte sich ein sieben- bis achtjähriges Mädchen mit kantigem Gesicht über seinen Teller und schien zu schmollen. Man brachte ein zusätzliches Gedeck, und Nicolas wurde griesgrämig aufgefordert, gegenüber dem Kind Platz zu nehmen.

Nach einer klaren Suppe, in die trockenes Brot getunkt war, wurde eine Platte mit Tauben und dicken Bohnen aufgetragen. Die mickrigen Vögel schienen durch das Braten noch geschrumpft zu sein. Auf die sichtliche Verärgerung des Ehepaars Galaine hin begann die ältere der Schwestern, unterstützt von der piepsenden Stimme der jüngeren, über den Haushalt im Allgemeinen und das aufgetragene Gericht im Besonderen zu schimpfen. Niemals, sagte sie, hätte es so etwas zu Lebzeiten ihres Vaters gegeben. Er habe den Besitzstand der Familie vermehrt und sein

Geschäft nicht abenteuerlichen Spekulationen und Seeunfällen ausgeliefert. Ach, es sei eine Schande, vor einem Fremden an solche nützlichen Grundsätze erinnern zu müssen. Sie warf einen giftigen Blick auf Louis Dorsacq und erinnerte, das Thema wechselnd, an die Pflichten der Ladenjungen und daran, wie sie sich zu benehmen hätten. Es brauche für diese Tätigkeit einen gewissenhaften, braven, treuen Jungen, der sich nicht so sehr damit amüsiere zu betrügen, was der Ruin der Geschäftsleute sei. Und schließlich müsse der Ladenjunge sich in allen Dingen bemühen, korrekt seine Pflicht zu tun und seinen Chef zufriedenzustellen. Der Gnadenstoß wurde ihm versetzt von der jüngeren Schwester, welche die Bemerkung machte, für dieses Geschäft sei ein blonder Lackaffe das Gegenteil eines guten Dieners.

Nicolas betrachtete mit Sorge die Taube, die auf seinem Teller lag und sich, in der armseligen Sauce hin und her rutschend, allen Versuchen widersetzte, sie zu zerlegen. Die beiden Schwestern beobachteten ihn und machten sich über ihn lustig. Charlotte ergriff erneut das Wort, ohne dass ihr Bruder aufzublicken geruhte. Und seine Frau setzte mit dem Ladenjungen eine dieser blaustrümpfigen Unterhaltungen fort. Es ging darum, den neuen Saal der Oper mit dem in Versailles zu vergleichen, in dem man mit den Pferden der Petite Écurie arbeitete. Camilles kreischende Stimme beherrschte erneut das Abendessen. Was das denn für armselige Tauben seien? Ohne jeden Zweifel Exemplare dieser Stadttauben, die die Pariser mit ihrem ständigen Auffliegen und ihren Exkrementen auf die Palme brächten. Mit Netzen gefangen, würden sie von Männern gefüttert, die ihnen mit dem Mund Wickensaat in den Kropf pusten würden. Wenn man ihnen den Hals aufschneiden würde, würde man ebendiese

Saat halb verdaut wiederfinden, und derselbe Mund würde sie erneut in die Tauben pusten, die erst am übernächsten Tag getötet würden. Da die Polizei die Aufgabe hatte, diese Praxis zu überwachen, war Nicolas nur allzu vertraut damit. Charlotte begann ohne ersichtlichen Grund, Papagei zu verlangen. Die kleine Geneviève stand auf, die Hand auf dem Mund, schob ihren Stuhl zurück, der umfiel, und rannte hinaus. Charles Galaine hob den Kopf und schlug heftig mit der Faust auf den Tisch. Zwei Gläser fielen um und tränkten die Tischdecke mit Wein, der auf das Parkett tropfte und dort einen unheimlichen roten Fleck bildete, der wie Blut aussah.

»Das reicht jetzt, meine Schwestern, das geht zu weit. Geht auf eure Zimmer.«

Sein mit dem Zorn eines Schüchternen gesprochenes Machtwort zeigte prompt Wirkung. Alle standen auf. Camille und Charlotte als Erste, beleidigt, dann Jean Galaine, mit verlorenem Blick. Charles Galaine verabschiedete sich von Nicolas und bat ihn, seine Schwestern zu entschuldigen; die Köchin werde ihm sein Zimmer zeigen. Madame Galaine wechselte ein paar Worte mit dem Ladenjungen und verschwand, ohne Nicolas auch nur eines Blickes oder Wortes zu würdigen. Da der Ladenjunge nicht im Haus schlief, sondern in einer benachbarten möblierten Unterkunft, wollte er sich gerade zurückziehen, als Nicolas ihn aufhielt.

»Monsieur, ich würde mich gern mit Ihnen unterhalten.«

Der Mund verzog sich zu einem hässlichen Flunsch.

»Morgen, wenn Sie wollen, Monsieur. Heute Abend werde ich erwartet.«

Nicolas packte ihn fest am Arm, öffnete die Tür, die in den Laden führte, und zog den Jungen hinter sich her.

»Das kann warten, das Abendessen hatte kaum begonnen. Sie wirkten sehr gesprächig, was die Logen der neuen Oper betrifft. Oh, ich bin Ihrer Meinung, der Saal hat viel Kritik bekommen. Dumpfes Orchester, zu leise Stimmen, schäbige Ausgestaltung, schlecht koloriert und in einem gewissen Missverhältnis zu den Ausmaßen des Theaters. Und diese berühmten Logen. Ah ... diese Logen!«

Nicolas begleitete seine Sätze mit immer heftigeren Stößen, sodass der junge Mann schließlich auf einen der Stühle des Ladens fiel.

»Die ersten sind nicht sehr erhöht«, fuhr Nicolas fort. »Und, das muss man sagen, nicht sehr vorteilhaft für die Frauen. Was das Vestibül betrifft, ah, das Vestibül! Der Majestät des Ortes absolut nicht würdig. Finden Sie nicht? Mit seinen steifen und schmalen Treppen. Kein Platz. Ach übrigens, erzählen Sie mir doch mal ganz genau, was Sie am 30. und 31. Mai, genauer vom 30. ab sechzehn Uhr bis sechs Uhr morgens am 31. gemacht haben. Je schneller wir fertig sind, desto schneller dürfen Sie gehen.«

»Was weiß ich, Monsieur, und wieso interessiert Sie das?«

»Es interessiert mich sehr. Also, ich höre, oder werde ich Sie ins Grand Châtelet mitnehmen müssen? Kann ich Ihnen helfen? Sagen Sie mir einfach, um welche Zeit Sie am 30. Mai, dem Tag des Festes auf der Place Louis XV, Ihre Arbeit verlassen haben.«

»Um sechs, das kann ich Ihnen sagen.«

»Muss ich das so verstehen, dass Sie mir etwas verbergen?«

Nicolas bekam einen Flunsch als einzige Antwort.

»War das die übliche Zeit?«

»Nein. Aber Monsieur Galaine hatte mir erlaubt, den Laden früher zu verlassen, um am Fest teilnehmen zu können.«

»Und dann?«

»Dann habe ich das Geschäft verlassen, um mich unter die Menge zu mischen.«

»Was ist passiert?«

»Nichts, das Gedränge war so groß, dass ich mich vom Platz entfernt habe, um mich über das Couvent des Feuillants zu den Boulevards zu begeben.«

»Also vor der Katastrophe?«

»Vermutlich, keine Ahnung.«

Der Ladenjunge schien plötzlich zu zögern.

»Sie hätten natürlich«, fuhr Nicolas fort, »über die Drehbrücke zu den Tuilerien gehen können, die offen war.«

Die Falle war etwas plump, doch der Einsatz war das Risiko wert.

»Ja, ich glaube, ich habe tatsächlich die Drehbrücke genommen, um zum Couvent des Feuillants zu gelangen.«

»Und anschließend?«, fragte Nicolas sanft. »Haben Sie von der Verteilung von Speis und Trank profitiert, die unser guter Prévôt spendiert hat?«

»Sicher, aber es war schwer ranzukommen.«

»Mir wurde berichtet, dass der Wein, der wunderbar süffig war, regen Zuspruch fand. Monsieur Bignon hat keine Scherze mit den Parisern getrieben!«

Diese konkreten Details und das Gespräch, das auf sie abschweifte, sollten den Widerstand des Ladenjungen brechen. Nicolas beschloss, sein Glück zu versuchen.

»Und da sind Sie zu Ihrem Rendezvous gegangen? Nicht wahr?«

Der Blondschopf errötete.

»Darüber will ich nicht sprechen.«

Er zögerte.

»Er geht um die Ehre einer Dame.«

»Ach ja, gewiss«, sagte Nicolas, »die Ehre der Frauen ist ein guter Vorwand für die Männer, um sich dahinter zu verstecken …«

Er beschloss, ihn zu provozieren.

»Das ist ein etwas billiger Vorwand, denn zur vereinbarten Zeit war niemand da.«

Dorsacq sah ihn verwirrt an. Er drehte sich um, verließ das Geschäft und schlug die Tür zu. Nicolas verzichtete darauf, ihm nachzulaufen. Die Unterhaltung hatte ihm erlaubt, einen Gegner aus der Fassung zu bringen, der ungeschickt und wehrlos war. Doch er wusste, dass der Anschein täuschen konnte. Von den beiden jungen Männern im Haus war er derjenige, der dreist log, während der Sohn der Galaines nach wie vor im Unklaren ließ, was er in der Nacht des Dramas gemacht hatte. Und Naganda … Nicolas ging ins Esszimmer zurück, wo die alte Köchin den Tisch abräumte. Mechanisch stapelte er Teller und folgte ihr in die Küche. Der Brotkorb verlockte ihn, und er nahm einen Brotkanten, den er gierig verschlang. Die alte Frau sah ihn an.

»Was für ein Appetit! Ich biete Ihnen nicht noch mal die Tauben an. Für mich ist es eine Schande, diese Vögel zuzubereiten. Zu Zeiten des Vaters von Monsieur hätte man einen Gast nicht so behandelt, Teufel auch!«

Sie ging, wobei sie sich das Kreuz massierte, zur Tür zum Flur, horchte auf die Geräusche im Haus, schloss die Tür und schob den Riegel vor.

»So, jetzt haben wir Ruhe. Ich werde Ihnen ein Omelette machen, aber vorher trinke ich mein Bier. Die Hitze der Herde trocknet einen aus und macht durstig. Dieses mit Wasser verdünnte bittere Getränk ist das Beste gegen den Durst.«

Sie füllte einen Krug aus Steingut an einem kleinen Fass, das auf der Arbeitsplatte stand. Nicolas setzte sich und sah ihr zu. Das Schweineschmalz brutzelte in der Pfanne, in die sie ein paar Stücke Speck und kleine Stückchen Brot warf. Sie schlug die Eier mit zwei Gabeln, goss die Masse in das Fett und ließ sie kreisen, wobei sie die Eimasse mit einem Holzlöffel vom Rand löste. Ein paar Sekunden später stellte sie ein duftendes Omelette vor Nicolas. Dieser machte sich darüber her und verschlang es gierig.

»Das ist wirklich köstlich!«, sagte er mit vollem Mund.

Das dicke Gesicht zerknitterte sich zu einem zufriedenen Lächeln.

»Wirklich, es macht Freude, Ihnen zuzuschauen!«

»Ich nehme an, dass Sie schon lange für die Galaines kochen.«

»Oh, mein guter Monsieur, mehr als vierzig Jahre! Und die Kinder hab ich quasi aufgezogen. Na ja, Monsieur Claude und Monsieur Charles. Charlotte und Camille hatten ihre Mutter verloren, verstehen Sie, das war nicht immer leicht.«

»Unterschiedliche Charaktere vermutlich?«

»Und wie! Der Ältere, Claude, war äußerst lebhaft, zu sehr vielleicht. Sein Vater vergötterte ihn. Er zog ihn dem anderen vor, obwohl ich ihn immer wieder warnte. Wenn man Eintracht zwischen seinen Söhnen will, muss man sie gleich behandeln, sonst …«

»Sonst?«

»Sonst wird das, was man dem einen zu viel gibt, von dem anderen genau wahrgenommen, und das führt zu Eifersucht!«

»Das nenne ich weise.«

Sie trank in kleinen Schlucken ihr Bier, mit leerem Blick. Nicolas hatte seine Zweifel, ob das Getränk wirklich verdünnt war.

»Ist er deswegen nach Neufrankreich gegangen?«

Die Köchin zuckte zusammen.

»An dem Tag ist das Unglück über dieses Haus gekommen. Unser Claude wollte auf eigenen Füßen stehen. Und damit hat er seinen Vater getötet. Als der Älteste weg war, ging es mit ihm bergab, er interessierte sich nicht mehr für sein Geschäft, fand an nichts mehr Gefallen. Charles, der Jüngere, hat die Zügel des Hauses in die Hand genommen. Aber was wollen Sie, er ist immer von seinen Frauen beherrscht worden. Es ist wirklich unglaublich! Die erste, verschwenderisch und oberflächlich, ist im Wochenbett gestorben, bei der Geburt von Jean. Und die zweite ...«

Sie stellte den Steingutkrug mit einer solchen Wucht auf den Tisch, dass er zerbrach und eine Flut bernsteinfarbener Flüssigkeit herauslief.

»Die ist um keinen Deut besser. Sie verachtet den Laden. Sie möchte mehr. Sie betrachtet ihren Mann als Hampelmann, den sie bewegt, wie es ihr beliebt. Sie hat ihm seinen Handel ruiniert, indem sie ihn in Geschäfte mit den Wilden des Nordens trieb, in denen er seine Rücklagen verlor.«

»Die Wilden des Nordens?«

»Ja, die Moskowiter. Die Felle kamen nicht mehr aus Neufrankreich; er hat sich andere Lieferanten gesucht. Aber er hat sich von einem Schwadroneur reinlegen lassen, der ihm als einzigem Beleg ein Muster von einem Zobelfell dagelassen hat, das nicht mal für ein Taschentuch gereicht hätte!«

»Und die Schwestern?«

»Die sind nicht bei Verstand. Vor allem die jüngere, Camille.«

Nicolas zuckte zusammen. Seinem ersten Gefühl nach hätte er eher am Verstand der Älteren gezweifelt.

»Sie vergöttert ihren Bruder und tyrannisiert ihre Schwester. Niemand findet Gnade vor ihren Augen. Überflüssig, Ihnen zu sagen, dass sie ihre Schwägerin hasst, ebenso wie übrigens auch ihre Schwester. Was die Ältere betrifft: Die Arme flüchtet sich in ihre Träume, um dieser andauernden Besessenheit zu entkommen.«

Nicolas dachte bei sich, dass er wirklich gut daran getan hatte, sich die Köchin für den Schluss aufzuheben. Alle Elemente fügten sich zu einem Bild zusammen. Dennoch erinnerte er sich, dass Zeugen oft in eigener Sache sprechen, geleitet von ihren Vorurteilen, deren Weg nicht immer den der Wahrheit kreuzt.

»Und Jean Galaine, er kommt mir sehr melancholisch vor.«

»Er schlägt nach seinem Onkel. Er liebt seinen Vater, wird sich aber früher oder später gegen ihn stellen. Leider gibt es eine Erklärung für seine Melancholie: Er war verrückt nach seiner Cousine! Sie hat mit ihm gespielt wie eine Katze mit einem Wollknäuel. Und sie hatte ganz schön scharfe Krallen!«

»Sic war tatsächlich so?«

Ihm fiel plötzlich ein, dass ihm bisher noch niemand von dem Opfer erzählt hatte.

Die Köchin schien sich in ein griesgrämiges Schweigen einzumauern und murmelte:

»Nein. Man soll nichts Schlechtes über die Toten sagen. Vor allem nicht in diesem Augenblick.«

»Warum speziell in diesem Augenblick nicht?«

Sie rückte ihren Schemel nah an ihn heran.

»Weil hier merkwürdige Dinge geschehen. Und Sie bringen mich zum Reden wie eine alte Klatschbase. Aber ich weiß ja, dass Sie deswegen hier sind. Man beherbergt keinen Kommissar, nicht einmal wegen eines Verbrechens. Da muss es sich schon um etwas Schlimmeres handeln. Es ist wirklich so, das Unglück ist über dieses Haus gekommen, ich bekomme richtig Gänsehaut. Es lässt einen nicht kalt, die Anfälle von Miette mitzuerleben: Sie hat den Teufel im Leib. Ich zittere, wenn ich daran denke, dass ich in einem Zimmer neben ihrem schlafen muss.«

Sie bekreuzigte sich.

»Was ist denn Ihrer Meinung nach los mit diesem armen Mädchen?«

»Oh, sie blies schon seit einiger Zeit Trübsal. Ich weiß nicht, was sie ausbrütet. Ich hab ihr den Beruf beigebracht, und es ist ein Jammer, sie so zu sehen. Ich sag Ihnen was: Sie ist kein schlechter Mensch, aber es gibt da etwas, das ich mir nicht erklären kann. Sie ist mutig, obwohl Madame sie zur Verzweiflung bringt. Sie ist ihr Prügelknabe, sie reagiert ihre Launen an ihr ab. Nach dem Tod von Mademoiselle Élodie war Miette nicht mehr bei Sinnen. Die beiden waren aber auch wirklich ein Herz und eine Seele. Immer nur Blödsinn im Kopf und schallendes Gelächter, es war kaum auszuhalten. Ihr Alter näherte sie einander an … Das Herz krampft sich mir zusammen, wenn ich daran denke.«

Sie führte ihre rechte Hand an ihre Wange, als hätte das Leben sie geohrfeigt.

»Ich sehe schreckliche Dinge kommen, Monsieur le Commissaire. Es läuft mir kalt den Rücken hinunter. Sie hätten die Miette an der Decke sehen sollen, mitten im Feuer des Himmels!«

Ihr Kinn fiel auf die Falten ihres Halses. Eine graue Strähne rutschte aus ihrer Haube. Sie begann leise zu stöhnen und dann zu schnarchen. Nicolas hustete, und sie wachte auf und blickte verstört um sich.

»Nehmen Sie es mir nicht übel«, sagte er, »aber was für eine Rolle spielt der Ladenjunge in alldem?«

»Der Dorsacq? Ein übler Kerl, der hinter jedem Rock her ist.«

»Dieser junge Mann, der so unschuldig aussieht?«

»Unschuldig? Er, der in einem fort Streiche ausheckt und nichts anderes im Kopf hat, als hinter den Frauen her zu sein? Ich glaube, Monsieur le Commissaire, dass man ihn nur allzu oft um Mademoiselle Élodie herumscharwenzeln sah.«

»Und mit Madame?«

»Ein Schwätzchen ab und zu, um sie bei Laune zu halten. Augenwischerei, um die andern hinters Licht zu führen. Er interessiert sich nur für die Weiber.«

»Bevor wir schlafen gehen, können Sie mir sagen, was genau Sie am Abend des Feuerwerks gemacht haben?«

»Nichts einfacher als das. Nachmittags hab ich das Abendessen vorbereitet für diejenigen, die zu Hause geblieben sind.«

»Das heißt?«

»Charlotte und Camille, die kleine Geneviève, die krank war und in der Obhut ihrer Tanten bleiben musste, und der … Wilde.«

»Naganda?«

»Ja. Oh, er ist nicht böse, aber sein Gesicht erschreckt mich. Monsieur sperrt ihn in seinem Dachboden ein, seit er zurück ist. Er bekommt zweimal am Tag zu essen.«

»Und worin bestand dieses Abendessen?«

»Etwas gekochtes Rindfleisch mit Gemüse und süßes Milchbrot.«

»Und danach?«

»Gegen sechs hab ich das Haus verlassen, um den Abend mit meinen Freundinnen ein paar Häuser weiter zu verbringen. Wir sind zu alt für diese Menschenaufläufe. Als ob ich's geahnt hab, wenn man bedenkt, was passiert ist. Wir haben Bouillotte gespielt, kalten Milchkaffee getrunken und *Oublies* gegessen. Gegen zehn bin ich zurückgekommen und sofort ins Bett gegangen. Ich bin nicht mehr so rüstig, und die Tage sind lang.«

»Und Ihnen ist nichts Besonderes aufgefallen?«

»Nein ... Oder doch, aber nichts Wichtiges. Ich hatte Teller mit Suppe vorbereitet. Aber nur einer ist angerührt worden. Das kam mir komisch vor.«

»Ist das alles?«

»Das reicht doch. Am nächsten Morgen herrschte große Aufregung.«

»Naganda haben Sie nicht gesehen, als Sie in der Nacht zurückgekommen sind?«

»Er ging in seinem Zimmer auf und ab.«

»Sind Sie hochgegangen, um zu lauschen?«

»Natürlich nicht!«, erwiderte die Köchin mit empörtem Blick. »Mein Zimmer befindet sich unter der Kammer, in der er schläft. Die Parkettbretter knackten.«

»Sind Sie sicher, dass es sich nicht um eine Eule handelte?«

Nicolas dachte an den Uhu, der ihn in Guérande in den Sommernächten mit seinen feierlichen Schritten und seinen unheimlichen Rufen wach gehalten hatte.

»Monsieur le Commissaire«, sagte Marie Chaffoureau entrüstet, »ich kann immer noch den Schritt eines Mannes von dem eines Vogels unterscheiden.«

»Kurz, an dem Tag haben Sie Élodie nicht gesehen?«

»An dem Tag ebenso wenig wie an den Tagen davor. Er hieß, sie sei krank. Die beiden Schwestern kümmerten sich um sie.«

»Ich danke Ihnen sehr für Ihre Bemerkungen, die ungemein interessant für mich waren«, sagte Nicolas. »Hätten Sie jetzt noch die übergroße Güte, mir mein Zimmer zu zeigen?«

»Es liegt direkt neben dem unserer armen Élodie. Miette hat manchmal dort geschlafen.«

Sie reichte ihm einen Leuchter, dessen Kerze sie vorher angezündet hatte. Nicolas stellte fest, dass diese so klein war, dass sie ihm nicht erlauben würde, sehr lange zu lesen. Er würde sich Kerzen besorgen müssen. Er folgte der Köchin. Sie stieg keuchend die Treppe hinauf, Stufe für Stufe, öffnete eine Tür, hinter der sich ein schmales Zimmer befand, wünschte ihm einen guten Abend und bekreuzigte sich erneut.

Das Zimmer war weniger schrecklich, als er befürchtet hatte, auch wenn es nur ein kleiner Schlauch war mit einem Fenster, das einer Schießscharte glich. Rechts stand eine Liege mit einem Strohsack und einer Matratze aus Wolle, überzogen mit kariertem Leinen, sowie einer Kopfrolle und einer braunen Decke. Das Ganze nahm die Hälfte des Raums ein. Die anderen Möbel waren ein kleiner Tisch, auf dem sich zwei mehrarmige Kerzenleuchter aus Kupfer, ein Toilettenspiegel, dessen Rand ebenfalls aus Kupfer bestand, ein Wasserkrug und eine Waschschüssel aus Steingut befanden. Am Fenster stand ein mit rotem Tuch bezogener Toilettenstuhl samt Nachttopf. Zwei Laken aus dickem

Leinen lagen auf der Decke. Er stellte seinen Kerzenleuchter auf den Tisch und bemerkte eine in der Holztäfelung verborgene Tür, die nur an ihrem Knopf erkennbar war.

Nachdem er sich ausgezogen hatte, hüllte er sich in eines der Laken wie ein alter Römer oder eine ägyptische Mumie. Schmerzhafte Erfahrungen hatten ihn gelehrt, dass sich in den meisten gebrauchten Betten Ungeziefer einnistete; kaum war es dunkel, kamen die Wanzen aus ihren Schlupfwinkeln und stürzten sich auf die ausgestreckten Opfer. Kein Fleckchen Haut frei zu lassen war Nicolas' Strategie gegen diese Brut. Er blies die Kerze aus, die einen widerlichen Geruch verbreitete.

Da er nicht einschlafen konnte, dachte er über die Unruhen im Hause Galaine nach. Charles Galaine war ein Schwächling, unter der Fuchtel der Frauen und unglücklich in der Ehe. Seine Schwestern hatten die Schrullen alter Jungfern, und alles, was sie betraf, war verschwommen und unsicher. Alle waren sie schamlose Lügner: die Ehefrau, der Sohn, der Ladenjunge und Naganda. Er dachte, dass er mit dem kleinen Mädchen reden sollte. Kinder enthüllten manchmal unbewusst verborgene Wahrheiten. Wie schade, dass er Miette nicht befragen konnte, die im Stumpfsinn ihres Wahnsinns versunken war! Da sie Élodie nahegestanden hatte, war sie vielleicht im Besitz von Geheimnissen, die andere Perspektiven eröffneten.

Über diesem Gedanken schlief er ein.

Der Verurteilte hatte sich lange gewehrt, bevor es dem Henker in seinem blauen Anzug, unterstützt von seinen Gehilfen, gelungen war, ihn auf dem Rad zu fixieren. Warum zum Teufel, dachte Nicolas, trug er diesen blauen Anzug? Für die Hinrichtungen war der blutrote Anzug vorgeschrieben. Sanson wirkte verändert, sein Mund verzerrte sich zu einem schrecklichen Grinsen. Nicolas schloss die Augen und wartete auf das grässliche Geräusch der knackenden Knochen, das nur vom Fleisch gedämpft wurde. Eine Art dumpfes Grollen drang an sein Ohr, dem drei kurze, laute Schläge folgten, wie im Theater ... Er öffnete die Augen, doch statt der Place de Grève, schwarz von Menschen, erkannte er die dunkle Kammer des Hauses Galaine. Er war schweißgebadet, gehüllt in sein grobes Schutzlaken. Er brauchte ein paar Minuten, um zu sich zu kommen. Dieser Traum glich der Realität so genau, dass er nicht zu erkennen vermochte, ob dieses Aufwachen noch Teil des Traums war. Mehrere Wanzenstiche am Knöchel überzeugten ihn davon, dass er tatsächlich in die Realität zurückgekehrt war. Er traute sich nicht, sich zu bewegen und die Kerze anzuzünden, so sehr fürchtete er den Anblick des im Strohsack wimmelnden Ungeziefers, als sich erneut drei deutliche Schläge vernehmen ließen, die eindeutig von der Geheimtür kamen.

Wer mochte sich um diese Zeit dort befinden und ihn wecken wollen? Nicolas stand auf, nahm ein Feuerzeug aus seinem Koffer und zündete die Kerze an, die zu brennen begann und ihren beißenden Gestank verströmte. Er näherte sich der Tür und versuchte den Knopf zu drehen, der sich aber nicht bewegte; sie war also verschlossen. Er beschloss, wieder ins Bett zu gehen. Vermutlich war sein Traum die Ursache dieser akustischen Halluzination gewesen. In diesen alten Häusern knackte es immer, besonders wenn die Jahreszeiten wechselten. Das Holz des Gebälks lebte noch lange weiter, zog sich je nach Temperatur durch Feuchtigkeit oder Trockenheit zusammen oder dehnte sich aus.

Wenn es sich nicht um diese Ratten handelte, von denen es in der Stadt nur so wimmelte. Ihre Anzahl überstieg jedes Vorstellungsvermögen. Ganze Armeen lebten in den Tiefen des Untergrunds und kamen abends in die Häuser hinauf. Die Dienerschaft war gezwungen, die Lebensmittel und Kerzenvorräte vor ihrer unersättlichen Gefräßigkeit in Sicherheit zu bringen. Die Bekämpfung der Ratten mit Arsen in den Wohnungen führte zu tausend Dramen. Manchmal begann auf dem Cimetière des Innocents, wo fünfzigtausend Schädel amphitheaterförmig angeordnet waren, ein Totenkopf von ganz allein zu rollen. Die Ursache war immer eine Ratte gewesen, die in einem Totenschädel wohnte und verzweifelt versuchte hinauszugelangen. Schaurig amüsiert von diesem Bild, versank Nicolas in Bewusstlosigkeit, als drei weitere Schläge ertönten, diesmal an der Tür zur Treppe.

Er hielt den Atem an, um die Geräusche der Nacht besser wahrnehmen zu können, doch jetzt war nichts zu hören. Sein Herz schmerzte. Er glitt aus dem Bett, stürzte zur Tür und riss sie auf. Niemand! Dabei war er diesmal sicher, dass er nicht geträumt hatte. Er machte ein paar Schritte auf dem Treppenabsatz, tastete sich an den Wänden entlang, kehrte ins Zimmer zurück, zündete die Kerze an, ging wieder hinaus und sah sich die Nachbartür genauer an, diejenige von Élodies Zimmer. Er öffnete sie. Das flackernde Licht erhellte ein Jungmädchenzimmer mit Blümchentapete. Er erkannte sofort die Tür, welche in seine Kammer führte. Als er sich ihr näherte, wurde sie von drei erneuten Schlägen erschüttert. Er rannte in das andere Zimmer, überzeugt, den üblen Witzbold zu erwischen, der sich über ihn lustig machte, doch der Raum war leer. Kein weiteres Geräusch störte die Ruhe des Hauses Galaine. Der Pelzhändler und seine Frau waren ganz offensichtlich nicht von den Schlägen aufgeschreckt worden, obwohl ihr Schlafzimmer nur ein paar Schritte entfernt war.

Was war da los? Durch welches merkwürdige Phänomen verfolgten ihn diese nervtötenden Geräusche? Nicolas begann an seinen Sinnen zu zweifeln. Gaukelte sein müder Geist ihm Erscheinungen vor, die von den eigenartigen Vorfällen begünstigt wurden, die sich hier bereits ereignet hatten? Zum ersten Mal in seinem Leben stellte Nicolas, der sich immer von der Vernunft hatte leiten lassen, diese infrage. Er dachte lange über das nach, was da mit ihm geschah, ohne eine akzeptable oder einfach nur plausible Erklärung zu finden. In seiner Verzweiflung ging er schließlich wieder ins Bett, mit angespannten Muskeln, als erwartete er einen Schlag. Was er da gerade erlebt hatte, zog alles in Zweifel, woran er glaubte. Mit einer Art manischen Verzweiflung suchte er nach Erklärungen, verborgenen Ursachen, Hypothesen, an die er nicht gedacht hatte. Er erinnerte sich an Geschichten aus seiner Kindheit, die er in den Abendstunden gehört hatte, wenn Fine, während sie Kastanien geröstet hatte, mit leiser Stimme die Märchen der alten keltischen Gegend erzählt hatte. Mit einer Mischung aus Entsetzen und Vergnügen hatte er der eingehenden Schilderung der Foltern und der letzten Reise der Seelen der Wiederkehrer gelauscht, die in den Körpern schwarzer Hunde eingesperrt waren und in den Youdic, den bretonischen Styx getrieben wurden. Wenn die Amme diese Geschichte erzählte, hatte draußen immer der Wind geheult und drinnen das Feuer geknistert, und sie hatte es genossen, den Jungen zu trösten. Diese Erinnerung beruhigte Nicolas, und er schlief ein. Er dachte bei sich, dass nur eine glückliche Kindheit auf diese Weise zurückkehrte, mit den geliebten Gesichtern der gestorbenen Menschen.

Sonntag, den 3, Juni 1770, Pfingsten

Gegen vier Uhr weckte ihn das erste Tageslicht. Sein Mund war trocken, und seine Augen schmerzten. Zum Glück hatte sein Leinenlaken ihn vor dem Ungeziefer bewahrt. Von der Rue Saint-Honoré drang kein Geräusch zu ihm, da die Kammer zum Hof lag. Er dehnte und streckte sich wie eine Katze. Die Müdigkeit verschwand nach und nach, je mehr er sich der Außenwelt bewusst wurde. Ihm war, als vernähme er in der Ferne ein dumpfes Schlagen, begleitet von einem monotonen Singsang. Er fand etwas Wasser in dem Krug, das er gierig trank. Es schmeckte nicht besonders gut, aber es erfrischte ihn. Lachend trällerte er vor sich hin:

Der Heuchler, ein Betrüger voll List,
Ist seit Kindertagen schminkerfahren
Und weiß geschickt zu färben
Das Gift, das sein Mund verspritzt.

Dabei zog er sich an, entschlossen, sich an der Pumpe im Hof zu waschen, ohne an Wasser zu sparen. Die Angst der Nacht war dem festen Willen gewichen, die Rätsel dieses Falls zu lösen, selbst diejenigen, die jede menschliche Vorstellungskraft überstiegen. Er ging auf den Treppenabsatz hinaus, ohne ein Geräusch zu machen, aus Furcht, die Galaines zu wecken. Jetzt hörte er deutlicher die Melodie, deren fernes Echo ihn alarmiert hatte. Sie kam aus dem oberen Teil des Hauses. Nicolas stieg die Treppe hinauf, und je höher er kam, desto deutlicher wurde sie. Was ihm aber von Anfang an auffiel, war der Geruch eines sanften Parfums, das den Dachboden wie eine Weihrauchwolke in einer Kirche benebelte. Dieser eigenartige Geruch machte ihn neugierig. Der Schlüssel steckte in der Tür zu Nagandas Verschlag; er drehte ihn um.

Der Micmac saß im Schneidersitz auf einer Matte, nur mit seinem fransigen Lendenschurz bekleidet, vor- und zurückschwankend, und seine Hände schlugen abwechselnd eine Art Tamburin. Er schien die Statue eines Götzen anzubeten, deren grobe Gesichtszüge Nicolas bei der ersten Durchsuchung aufgefallen waren. Vor ihr schimmerte rötlich eine Räucherpfanne, die mit glühender Kohle gefüllt war, auf der getrocknete Kräuter verbrannten. Es war ein zugleich wilder und friedlicher Anblick. Das Licht des heranbrechenden Tages, das in die Mansarde drang, entflammte nach und nach den Rücken des Indianers, dessen dunkelrote Hautfarbe sich in leuchtendes Bernstein verwandelte. Nicolas beschloss, hineinzugehen und seine Hand auf die linke Schulter des Mannes zu legen. Naganda erzitterte nicht einmal. Nicolas ging um ihn herum. Das unbewegte Gesicht schien sich auf einen fernen Gedanken zu konzentrieren, die offenen Augen verfolgten einen unzugänglichen Traum.

Derartige Phänomene waren Nicolas nicht unbekannt. Sartine hatte ihm von dem merkwürdigen Fall eines Mannes erzählt, der aufgestanden war, seinen Degen genommen hatte und in einem Anfall von Schlafwandeln die Seine durchschwommen hatte. Dann hatte er sich in die Rue du Bac begeben, um einen

Mann zu töten, dem er tags zuvor angedroht hatte, ihn zu ermorden. Nachdem er sein Verbrechen begangen hatte, war er nach Hause zurückgekehrt und hatte sich ins Bett gelegt, ohne aufzuwachen. In der Nacht darauf wollte er die gleiche Aktion wiederholen und wurde von der trauernden Familie überrascht, die bei seinem Opfer die Nachtwache hielt.

Nicolas zögerte, den Indianer zu schütteln, da er gehört hatte, dass es gefährlich sei, Personen, die sich in Trance befinden, zu wecken. Dennoch hatte er sich gerade dazu entschlossen, als ein gellender Schrei das ganze Haus erschütterte. Dieser Schrei hatte nichts Menschliches und wurde so schrill, dass es einem das Trommelfell zerriss. Naganda hatte mit keiner Wimper gezuckt und psalmodierte nach wie vor unverständliche Worte, unter denen Nicolas die Wiederholung des Wortes *gluskabe* auffiel. Er ging hinaus, schloss die Tür wieder ab und stieg eilig die Leiter des Dachbodens hinunter. Er landete beinahe in den Armen von Charles Galaine und seinem Sohn, die verstört im Nachthemd angelaufen kamen. Marie Chaffoureau murmelte auf Knien, die Hände auf ihre alten Wangen gepresst, Gebete. Der Schrei drang aus dem Zimmer, in dem Miette schlief. Sie brachen die Tür auf.

Die Szene, die sich dort abspielte, übertraf alles, was Nicolas bisher gesehen hatte. Auf dem zerrissenen Strohsack, aus dem das Stroh quoll, stützte Miette mit nacktem Oberkörper, das Nachthemd hochgerutscht, ihren Körper mit Händen und Beinen ab. Ihr ganzer Leib straffte sich in extremer Anspannung. Die Adern und Sehnen traten hervor wie auf einer anatomischen Nachbildung. Diese Krise auf dem Höhepunkt eines Anfalls erinnerte Nicolas an die furchtbaren Wachsabbildungen der »Szenen der Verwesung« in Monsieur de Noblecourts Kuriositätenkabinett. Miette schrie sich die Seele aus dem Leib, wie ein Wolf bei Vollmond. Was ihn und die Galaines aber besonders entsetzte, war die Wahrnehmung, dass das Bettgestell zitterte und sich ein paar Zoll über den Boden erhob, als würde es von einer Dünung getragen und von unsichtbaren Händen bewegt. Nicolas musste selbst die Initiative übernehmen. Er befahl den Galaines, ihm zu helfen, das Bett auf dem Boden festzuhalten. Sie hatten das Gefühl, das Holz eines Bootes aufs Wasser zu drücken. Plötzlich fiel das Bett mit einem lauten Knall zurück, doch ihre Verblüffung wurde noch größer, als sie sahen, dass Miettes angespannter Körper sich unmerklich über das Lager erhob. Nicolas umklammerte sie an den Beinen, die Galaines packten sie an den Händen. Sie drückten sie mit ihrem ganzen Gewicht nach unten. Diese von dem Dienstmädchen bewegte Traube wogte trotz all ihrer Anstrengungen. Nach einer Weile fiel sie dennoch schwer zurück und hörte auf zu brüllen; ihr Körper erschlaffte, ihr Atem beruhigte sich. Sie warteten, ob sich das Phänomen wiederholen würde, doch nichts geschah. Daraufhin bat Nicolas die alte Marie Chaffoureau, bei Miette zu bleiben und sie sofort zu benachrichtigen, sobald diejenige, die er trotz der Zweifel, die ihn angesichts der Vielzahl unbegreiflicher Geschehnisse in diesem Haus immer mehr befielen, weiterhin »die Kranke« nannte, einen neuen Anfall kommen würde. Vater und Sohn waren wie benommen und gaben keinen Ton von sich, Nicolas musste sie ins Treppenhaus drängen; er hatte noch etwas zu erledigen.

Er stieg wieder auf den Dachboden hinauf und ging zu Naganda hinein. Die merkwürdige Zeremonie war beendet. Der Indianer saß da, mit den Armen die Beine umklammernd, das

Kinn auf die Knie gestützt. Er sah Nicolas mit einem ironischen Lächeln an.

»Monsieur le Commissaire, ich ahne, dass Sie am Ufer der Wahrheit herumirren, ohne sie zu finden. Sollte ich mich täuschen?«

»Ich habe noch ein paar Fragen an Sie.«

»Sie brauchen keine Fragen, sondern Antworten.«

Nicolas war nicht in der Stimmung, dieses Spiel mitzumachen.

»Genau dabei können Sie mir ja vielleicht helfen. Zunächst einmal, was haben Sie vorhin gemacht?«

Er deutete auf die Räucherpfanne, in der die Kohle allmählich erlosch.

»Sie haben mich also ausspioniert? Egal. Ich flehte die Geister meines Volks an, Élodie in die großen Reviere der Verstorbenen aufzunehmen.«

»Sie schienen zu schlafen.«

»Das ist die Wirkung medizinischer Pflanzen, die einen, wenn man sie länger einatmet, in eine Zwischenwelt versetzen. Der Geist fliegt fort und tritt in Kontakt zu den Göttern. Mein Vater war nicht nur Häuptling, sondern auch Schamane, das heißt Priester und Heiler. Ein Hexer, wie Sie sagen.«

»Dieser *glusk*, dessen Name ich Sie mehrmals nennen hörte, wer ist das?«

»*Kluskabe* ist ein großer Krieger in der Welt der Götter, unser Schutzheld.«

»Das ist eine hässliche Statue.«

»Sie stellt nicht ihn dar, sondern das Froschungeheuer, das das Fließen des Wassers auf der Erde angehalten hatte. Als es besiegt worden war, ist der Geist des Helden in seine Darstellung eingegangen. Sie erleichtert das Wahrsagen.«

Jetzt konnte Nicolas sich ein ironisches Lächeln nicht verkneifen.

»Und auf diese Weise sind Ihnen tiefe Wahrheiten enthüllt worden?«

»Der heilige Frosch hat mir meinen Tod angekündigt. *Nur der Gott des Steins wird mich retten können.*«

Er hatte das in einem gleichbleibenden Ton gesagt, mit einem melancholischen Gesichtsausdruck.

»Wissen Sie zufällig, um welchen Stein es sich handelt?«

»Leider nicht! Dabei sollte ich ein Interesse daran haben, Licht in diese Prophezeiung zu bringen. Meine Macht erlaubt mir, Warnungen zu erhalten, aber nicht, sie zu entschlüsseln. Allen Kassandras geht das so.«

»Beruhigen Sie sich, die Justiz schützt diejenigen, die auf dem rechten Weg sind. In diesem Zusammenhang: Was würden Sie sagen, wenn ich Ihnen mitteilte, dass ein Zeuge in der Nacht, in der Sie in einen tiefen Schlaf versunken gewesen sein wollen, Schritte auf Ihrem Dachboden gehört hat?«

»Ich würde sagen, Monsieur le Commissaire, dass die Art Ihrer Frage die Antwort schon enthält. Das ist keineswegs unwahrscheinlich, schließlich muss irgendwann jemand meine Sachen gestohlen haben.«

Die Antwort war wie aus der Pistole geschossen gekommen, und Nicolas schien sie plausibel. Naganda hielt seinem Blick stand, ohne das geringste Zeichen von Verlegenheit oder Verwirrung. Eine Bronzestatue.

»Ich überlasse Sie Ihren Überlegungen«, sagte Nicolas. »Und ich schließe Sie ein, nicht weil ich Ihnen misstraue, sondern zu Ihrem Schutz. Haben Sie Geduld, die Wahrheit wird ans Licht kommen. Wenn Sie unschuldig sind, sollte sie Ihnen keine Angst machen.«

Als er die Treppe hinunterging, stieß Nicolas mit einer großen dunklen Gestalt zusammen, die sie hinaufstürmte. Es war Doktor Semacgus, den er nicht gleich erkannt hatte, da er in der Dunkelheit gerade mal das graue Dreieck seines Hutes wahrgenommen hatte.

»Na, Guillaume, wohin wollen Sie denn so schnell? Man könnte meinen, Sie wollten ein Schiff entern!«

»Zum Teufel«, erwiderte Semacgus, »wenn ein Freund mich ruft, eile ich sofort herbei. Bourdeau hat mir Ihre Nachricht übermittelt. Ich habe Vaugirard noch vor Tagesanbruch verlassen. Kein Commissaire in der Rue Montmartre, wo ich das ganze Haus aufgeweckt und erschreckt habe, aber man hat mich informiert, und da bin ich.«

»Gehen wir hier hinein«, sagte Nicolas und schob seinen Freund in die Kammer.

Einer setzte sich auf den Schemel, der andere auf das Bett. Nicolas berichtete von der ungeheuerlichen Entwicklung, die seine Untersuchung genommen hatte, und verschwieg nicht, dass die höchsten Autoritäten des Königreichs sich jetzt sehr für die Vorfälle im Hause Galaine interessierten. Er schilderte die merkwürdigen nächtlichen Ereignisse, Nagandas Trance und vor allem Miettes furchtbaren Anfall.

»Wenn ich Sie nicht so gut kennen würde«, sagte Semacgus, »und nicht wüsste, dass Sie ein Freund der Vernunft und Aufklärung sind, würde ich fürchten, die sagenhaften Zauberkünste Ihrer heimatlichen Bretagne seien Ihnen verspätet zu Kopf gestiegen.«

Er nickte seufzend.

»Obwohl ... Was Sie mir da erzählen, erinnert mich an Phänomene, die ich während meines Dienstes auf den Schiffen des

Königs beobachten konnte. Ich wurde in unseren Kontoren in Indien und Afrika Zeuge sehr eigenartiger Szenen. Erinnern Sie sich an die gute Awa, die in Trance – Sie haben es mir zwanzigmal erzählt – den Tod meines treuen Saint-Louis vorhergesagt hat? Was soll ich Ihnen sagen? Erst einmal müsste ich dieses Dienstmädchen untersuchen. Das könnte uns Aufschluss über diese angebliche Zauberei geben!«

»Das sei Ihnen gestattet. Sie liegt in dem Raum oben, beaufsichtigt von der alten Köchin.«

Sie begaben sich in die Mansarde. An die Wand gedrückt, betete Marie Chaffoureau einen Rosenkranz, dessen Kreuz sie nach jedem Gebet küsste. Nicolas bat sie hinauszugehen. Semacgus näherte sich dem ausgestreckten Körper und betrachtete ihn lange. Er fühlte den Puls, zog ein Lid hoch, spreizte die Beine. Nicolas sah, dass er das Nachthemd hochhob. Der Wundarzt stand reglos da, mit gesenktem Kopf, bevor er Nicolas nach draußen zog und die Köchin bat, wieder die Wache zu übernehmen. Semacgus' großes gerötetes Gesicht hob sich, und seine Augen funkelten vor Ironie und Spott.

»Sie binden mir ja einen schönen Bären auf mit Ihren Jungfrauen! Nicolas, wissen Sie, was mit diesem armen Mädchen los ist? Sie will ihr Kind loswerden.«

Semacgus schlug sich mit der Faust auf die Innenseite der Hand. Und da Nicolas nicht zu verstehen schien, schrie er fast:

»Schwanger, ja, sie ist schwanger, mindestens im fünften Monat!«

VII

Pfingsten

Ich werde nicht mehr viel mit euch reden,
denn es kommt Satan, der Fürst der Welt.

DAS EVANGELIUM NACH JOHANNES 14, 30.

Semacgus rieb sich frohlockend die Hände, als er Nicolas' verblüffte Miene sah.

»Dann sind die beiden jungen Frauen des Hauses also geschwängert worden! Die eine ist unter noch ungeklärten Umständen ums Leben gekommen, und die andere, die ihren Zustand vermutlich verborgen oder nicht bemerkt hat, ist in einen …«

Nicolas zögerte, welches Wort er wählen sollte.

»… undefinierbaren Zustand versetzt worden, für den sich bis jetzt noch keine Erklärung gefunden hat.«

»Verzetteln Sie sich nicht in irgendwelchen Phantasien«, sagte der Wundarzt, wieder ernst geworden. »Sie haben Besseres zu tun. Es gibt keine Phänomene, die der Verstand nicht erklären kann oder muss. Und Ihr fliegendes Dienstmädchen erhebt sich nicht wie ein wandelndes Wunder!«

»Aber die Chronik der Heiligen …«

»Ah, der Bretone kommt wieder zum Vorschein, der Adoptivsohn eines Stiftsherrn! Sie wollen mir doch nicht etwa mit Geschichten von Weibern und Mönchen kommen? Ich sehe diese scheinbar unerklärlichen Ereignisse anders. Wir Doktoren der Medizin – wenn ich mir diesen Titel anmaßen darf, den gewisse Leute mir streitig machen – haben von jeher solche Anfälle bei ungebildeten oder wenig begabten Personen wie Ihrer Küchenmagd beobachtet. Um die Dinge beim Namen zu nennen, Ihre Patientin leidet zweifellos unter Hysterie, deren Manifestationen früher als Übergriffe des Bösen galten.«

»Ich kenne diesen Begriff«, sagte Nicolas, »aber Sie haben nicht gesehen, wie das Bett sich gehoben hat.«

»Verschwenden Sie Ihre Kraft nicht an Dinge, die es nicht wert sind. Im letzten Jahrhundert hat Charles Lepois die Ursache dieser Krankheit im Gehirn situiert. Zur selben Zeit entwickelte der Engländer Tomas Sydenham ein Medikament auf Opiumbasis, genannt Laudanum, dem er eine beruhigende Wirkung zuschrieb und von dem er annahm, dass es diese Anfälle zum Verschwinden bringen würde. Paracelsus hat derartige Wahnanfälle schon vor diesen beiden mit Abweichungen der Vorstellungskraft erklärt. Ich bin ihrer Meinung, der Mensch ist eine Welt für sich. Sein Geist überlistet seine physische Natur, nicht umgekehrt. Davon abgesehen lehne ich jeden schädlichen Einfluss ab, der darauf abzielt, die Herzen zu brechen und die Körper zu beleben. Aber ich muss Ihnen gestehen, dass meiner Meinung nach dieses Haus einen schlechten Einfluss ausübt und dass ich verstehe, wenn dies Ihren Verstand durcheinanderbringt.«

Semacgus' akademischer Vortrag verwirrte Nicolas. Sein Freund, der die Qualen der vergangenen Nacht nicht miterlebt hatte, konnte seine Ratlosigkeit nicht ermessen und die Fragen, die er sich stellte, nicht nachvollziehen. Er ging aufs Ganze.

»Wie auch immer, Guillaume, wir müssen alles tun, um diese Geheimisse aufzuklären. Wenn Sie Zeit haben, tun Sie mir den Gefallen, in die Rue Montmartre zurückzukehren und Monsieur de Noblecourt in meinem Namen zu bitten, mir für die kommende Nacht seinen Hund Cyrus anzuvertrauen. Wenn ich so sehr gebeutelt und heimgesucht werde, dass ich höre, was nicht da ist, und sehe, was nicht existiert, dann nehme ich an, dass ein altes, argloses Tier sich davon nicht wird beeindrucken lassen und dass seine Passivität Ihre Diagnose bestätigen wird. Und da mir der Rat meiner Freunde wichtig ist, bitte ich Sie, wenn Sie zurückkommen, als Wache bei Miette zu bleiben, während ich Pater Grégoire im Kloster der Unbeschuhten Karmeliter besuchen werde. Er wird glücklich sein, mich wiederzusehen. In den letzten Jahren habe ich ihn ziemlich vernachlässigt.«

Semacgus las in Nicolas' Gedanken. Er hob den Arm.

»Nach der Medizin für die Körper die Medizin der Seele. Sie stecken wirklich in Schwierigkeiten ... Nun, ja, ich stehe zu Ihrer Verfügung und gebe die Hoffnung nicht auf, Sie für die Natur und die Wahrheit zurückzugewinnen. Und jetzt eile ich, um mich zu stärken, und ich glaube, das sollten Sie auch tun.«

»Sie haben recht, ich habe in den letzten vierundzwanzig Stunden nichts als ein Omelette gegessen.«

»Das ist nicht sehr nahrhaft. Ich erinnere Sie, dass ein aufmerksamer und scharfsinniger Geist einen vollen Bauch verlangt. Achten Sie darauf.«

Nachdem sein Freund gegangen war und er einen letzten Blick auf Miette geworfen hatte, die friedlich schlief, ging Nicolas ins

Esszimmer hinunter, wo Madame Galaine im Negligé der ganzen Familie Kaffee einschenkte. Die beiden Schwestern schienen sich beruhigt zu haben. Charles hatte seine Perücke abgenommen, man sah, dass nur noch wenige Haare seine Kopfhaut zierten, wodurch er älter wirkte, als er war. Er wandte sich an Nicolas.

»Monsieur le Commissaire, ich möchte eine Bitte äußern. In der Situation, in der wir uns befinden, scheint es mir wichtig, dass meine Familie und ich an einer der Pfingstmessen auf unserer angestammten Bank in unserer Pfarrkirche teilnehmen. Das würde das Gerede zum Schweigen bringen, und der Herr wird vielleicht unsere Gebete erhören, damit in diesem Haus wieder Frieden einkehrt.«

Nicolas stimmte zu und dachte bei sich, dass der Frieden erst wieder einkehren werde, wenn er Élodies Mörder gefunden habe. Er sagte, dass er auf Miette aufpassen würde, sodass alle, einschließlich Marie Chaffoureau, ihre religiösen Pflichten an diesem Feiertag erfüllen könnten.

Als er allein war, trank er eine Tasse Milchkaffee, gegen die sein Magen revoltierte, da sich auf der Oberfläche eine Haut gebildet hatte, etwas, was er seit frühester Kindheit nicht ertragen konnte.

Die Pumpe im Hof verschaffte ihm an diesem schönen Spätfrühlingsmorgen die Freude und Erquickung einer belebenden Morgenwäsche. Im Grunde hatte Semacgus recht: Das körperliche Wohlbefinden hängt von der Zufriedenheit des Geistes ab. Er ging wieder hinauf, um sich zu rasieren und zu frisieren. Schlag neun steckte die Köchin den Kopf durch die Tür und teilte ihm mit, dass die Familie jetzt in die Kirche Saint-Roch

Gewandeten bis zur Tür des Ladens, die von außen abgeschlossen wurde.

Nicolas beschloss, eine Hausdurchsuchung durchzuführen., solange die Familie in der Kirche war. Er konnte sich frei bewegen, da Naganda in seiner Mansarde eingesperrt war und Miette bewusstlos in ihrem Bett lag. Eine bessere Gelegenheit, nach Hinweisen zu suchen, würde sich ihm kaum mehr bieten. Er entschied sich, im Schlafzimmer des Ehepaars Galaine anzufangen.

Es war nicht zugesperrt. Das Bett unter einem staubigen Baldachin aus Halbsamt war ungemacht; Nachtwäsche lag bunt durcheinander auf der Steppdecke. Zwei mit dem gleichen Stoff bezogene Ohrensessel, ein abgewetzter Teppich, ein Tischchen, auf dem eine Wasserkaraffe und zwei silberne Becher standen, sowie ein hoher Schrank, der beinahe die Deckenbalken berührte, bildeten die antiquierte und etwas strenge Einrichtung. Als einziges Zugeständnis an den Zeitgeschmack stach ein prachtvoller Sekretär aus diesem altmodischen Mobiliar heraus. Nicolas war immer wieder aufs Neue überrascht, wenn er Inneneinrichtungen zu sehen bekam. Nach zehn Jahren Polizeiarbeit wusste er den Wert eines Mobiliars ebenso einzuschätzen wie die Frage, inwieweit es zu dem jeweiligen Besitzer passte.

Nicolas begann mit dem Sekretär. Er war nicht verschlossen; die Schubladen und das ausziehbare Schreibpult enthielten Geschäftspapiere, Rechnungen und Korrespondenzen. Er fand auch Schmuck und Schnallen von Männerschuhen. Nichts Interessantes. Nicolas strich über das edle Holz, während er nachdachte. Schließlich zog er eine Schublade heraus und steckte den Arm in das Möbelstück. Er tastete eine Weile herum und spürte unter seinen Fingern ein kleines bewegliches Holzstück. Er drehte es vorsichtig, ein doppeltes Klicken war zu vernehmen, und zwei schmale, säulenförmige Beschläge öffneten sich an der hinteren Seite des Schreibpults und ließen zwei längliche Schubladen herausschnellen. Die eine enthielt ein paar Louisdor, die zweite, parallel dazu, einen Brief mit erbrochenem Siegel, das zwei mit ihren Schwänzen verbundene Biber zeigte – das Firmenzeichen der Familienkürschnerei.

Mit klopfendem Herzen nahm er ihn an sich. Zwei widerstreitende Gefühle regten sich in ihm, die berufsmäßige Neugier und die Skrupel des ehrlichen Mannes, der in die Privatsphäre der Familien eindrang. Aber da er die Grenze nun einmal überschritten hatte, konnte er keinen Rückzieher mehr machen, und jede Unschuld war dahin. Er setzte sich in einen der Lehnsessel und faltete den Brief auseinander. Er war so aufgeregt, dass die Buchstaben vor seinen Augen tanzten und er sich nicht auf die Zeilen einer kleinen spitzen, aber energischen Schrift konzentrieren konnte, deren Tinte zu verblassen begann.

Louisbourg, den 5. Dezember 1750

Mein Bruder,
die Nachricht vom Tod unseres Vaters lässt mich das Unglück ermessen, von seiner Familie getrennt zu sein und jetzt nur noch auf die Kälte eines Bruders zählen zu können, dessen Feindseligkeit, die er mir seit jeher entgegengebracht hat, durch nichts gerechtfertigt ist. Ich wünsche mir von Herzen, dass die Zeit eine Meinungsverschiedenheit auslöschen möge, die ich nie gewollt habe und die ich nicht ansprechen kann, ohne tiefen Kummer zu empfinden.

Dennoch muss ich Ihnen meine Hochzeit und die Geburt meines erstgeborenen Kindes anzeigen. Es ist ein Mädchen, das den zweiten

Vornamen unserer Mutter trägt, Élodie. So weit wir auch voneinander entfernt sind, ich in Neufrankreich und Sie so distanziert und so wenig an brüderlichen Gefühlen interessiert, vertraue ich Ihnen Ihre Nichte an, sollte der Krieg, der immer schlimmer wird, meine Frau und mich dahinraffen. Ein junger Indianer, Naganda, den wir aufgenommen haben und der in meinen Kontoren aufgewachsen ist und mein volles Vertrauen besitzt, hat von mir die Anweisung erhalten, alles zu versuchen, in diesem Fall unsere Tochter nach Frankreich zurückzubringen.

Die letzten Jahre waren erfolgreich, und Sie haben in reichlichem Maße Ihren Anteil an unserem Handel und seinem Erfolg erhalten. Sie sollen wissen, dass ich auf die eine oder andere Weise Spuren meines letzten Willens hinterlassen werde. Unser Notar wird informiert werden, sollte ich in den Ereignissen, die sich ankündigen, ums Leben kommen.

Umarmen Sie unsere Schwestern. Vergessen Sie nicht, dass ich Ihnen Élodie anvertraue. Ihr trotz allem Sie liebender Bruder

Claude

Nicolas schrieb den Text sorgfältig in sein kleines schwarzes Heft und faltete den Brief wieder zusammen, bevor er ihn in die Geheimschublade zurücklegte. Er schob das ganze System in das Furnier aus Edelholz zurück, setzte die große Schublade wieder ein und schloss den Sekretär. Seine weitere Suche verlief ergebnislos. Weder das Zimmer von Élodie – aus dem merkwürdigerweise alle persönlichen Gegenstände entfernt worden waren – noch dasjenige von Jean, dem Sohn, enthielten irgendwelche bedeutsamen Hinweise. In Genevièves Zimmerchen entdeckte Nicolas zwischen Puppen ein zerknittertes Blatt Papier, auf das eine ungeschickte Hand eine merkwürdige Szene gezeichnet hatte. Zwei mit einem weiten Umhang und einem hohen Hut gekleidete Personen, von denen die eine eine Art Gliederpuppe umklammerte und die andere eine Schaufel hielt, schienen einen Art Gigue zu tanzen. Diesmal steckte Nicolas das eigenartige Bild in seinen Anzug. War der zweimal dargestellte Mann Naganda? Alles deutete darauf hin.

Er beendete seine Inspektion im gemeinsamen Schlafzimmer der Schwestern Galaine. Zwei Betten waren zu einem zusammengeschoben worden und nahmen fast den ganzen Platz ein in einem Raum voller Kultgegenstände und Bilder mit religiösen Motiven. Neben zwei Betstühlen und einer kleinen Kommode befand sich ein Alkoven, der als Waschraum diente. In dem Wandschrank hoben die Schwestern die Wäsche auf. Präparierte Vögel fügten der schäbigen Einrichtung eine unheilvolle Note hinzu.

Plötzlich hörte Nicolas das Parkett im Flur knarren. Ihm stockte der Atem. Wer war da? Er vermutete, dass Miette aufgewacht und aufgestanden war. Die Schritte kamen näher, und die Pausen zwischen den Geräuschen deuteten darauf hin, dass sich da draußen jemand sehr vorsichtig anschlich. Sein erster Reflex war, nach einem Versteck zu suchen. Der Wandschrank für die Kleider? Nein, der klassische Zufluchtsort war immer der riskanteste. Der Kamin? Viel zu schmal, um sich darin zu verstecken. Dann fiel sein Blick auf die beiden Betten und die Decke aus Kattun, die fast bis aufs Parkett fiel, und blitzartig kam ihm der Gedanke, sich darunter zu verbergen. Rasch glitt er auf den Boden unter das Bettgestell; er lag auf dem Bauch und hatte so wenig Platz, dass er mit dem Rücken fast das Holz des Bettes berührte. Außerdem wurde sein Atem, der durch die Aufregung schon schneller ging, durch die Stoffmassen behindert, auf denen er lag. Das Geräusch der Schritte war verstummt. Das Blut, das in seinen Ohren rauschte, machte ihn taub. Ein paar Zoll vor seinem Gesicht entdeckte er eine Kolonne Ameisen, die anscheinend von den Stoffen angelockt wurden. Viele Häuser wurden nicht nur von Ratten, Ungeziefer und Flöhen, sondern im Sommer auch noch von diesen Insekten heimgesucht.

Wieder waren die Schritte zu hören, näher diesmal, sehr nah …

Innerhalb des Blickfeldes, das der Bettüberwurf freiließ, sah Nicolas zwei nackte braune Füße auftauchen, die sich vorsichtig vorwärtsbewegten. Das konnte nur Naganda sein; und er ahnte, dass er ebenfalls eine gründliche Durchsuchung des Zimmers vornahm. Würde er auf die Idee kommen, unter den Betten nachzusehen? Nicolas zitterte, als er ihn auf der rechten Seite näher kommen sah. Die Bettdecke wurde hochgezogen, das Bettzeug durchwühlt; dann drang etwas Licht durch Risse im Holz, die Matratze war angehoben worden. Der Indianer trampelte noch eine ganze Weile in dem Zimmer herum und verschwand schließlich. Nicolas wartete noch einen Augenblick, bis es in der Etage wieder ruhig geworden war. Monsieur Galaine sperrte Naganda ein, vergaß aber, dass der Indianer schon einmal durch das Dachfenster entkommen war und dass nichts ihn daran hinderte, es wieder zu tun. Ein Fenster oder eine Tür, die schlecht geschlossen waren, hatten ihm offenbar erlaubt, erneut ins Haus zu gelangen und sich dort ungestört umzusehen. Was konnte er anderes suchen als diesen berühmten Talisman, dieses geheime Stück, dessen Verlust ihm keine Ruhe ließ und von dem sich eine

Perle in der verkrampften Hand von Élodies Leichnam befunden hatte?

Nicolas hoffte, dass er, nachdem Naganda sich umgesehen hatte, noch etwas Aufschlussreiches finden würde. Schließlich hatte er im Unterschied zu dem Indianer gelernt, wie man eine Hausdurchsuchung systematisch durchführte.

Tatsächlich wurde er fündig. Als er mit der Hand über die Unterseite der Kommodenschublade fuhr, spürte er ein kleines Papier, das mit Siegelbrot leicht festgeklebt war. Er löste es vorsichtig und las den Zettel.

Nr. 8

Erhalten als Pfand einen Posten für den rückzahlbaren Wert von achtzehn Livres, fünf Sols, sechs Deniers.

Mit einer Fälligkeitsfrist von einem Monat. Am 31. Mai 1770.

Unterzeichnet: Robillard

Altkleiderhändler, Rue du Faubourg du Temple

Ein Pfandleiher? Ein Wucherer? Ein Weg für die Schwestern Galaine, sich zusätzliche Geldmittel zu verschaffen? Doch nicht der Inhalt der Notiz machte Nicolas stutzig, sondern das Datum. Der 31. Mai 1770 war der Tag nach der Katastrophe auf der Place Louis XV. Das eröffnete eine Reihe von Perspektiven. Er schrieb auch die Quittung ab und klebte sie dann wieder an ihren Platz in der Kommode, indem er das kleine, runde Stück Siegelbrot mit Spucke befeuchtete. Im Wandschrank, den er sich als Nächstes vornahm, fand er ein Paar schmutzige Frauenschuhe, dessen Sohlen Flecken von Kohle oder verbranntem Holz sowie kleine Stückchen von Strohhalmen aufwiesen. Wem der beiden Schwestern gehörten sie? Charlotte, der älteren, oder Camille, der jüngeren? Ohne besonderen Grund fielen ihm die Ameisen wieder ein. Er schlüpfte noch einmal unter das Bett und holte schmale Leinenstreifen hervor, die gelbliche Spuren aufwiesen, auf denen noch ein paar Insekten liefen. Als er sie an seine Nase hielt, wurde ihm fast übel, als er einen starken Geruch von saurer Milch wahrnahm. Warum bewahrten die Schwestern diese schmutzigen Fetzen auf? Eine vage Idee meldete sich von ferne, über die nachzudenken er sich vornahm. Er ließ alles an seinem Platz und verließ das Zimmer.

Miette schlief immer noch, sie hatte sich nicht gerührt. Nicolas ging in Élodies Zimmer, um durch das Fenster die Rue Saint-Honoré zu beobachten, die sich mit sonntäglich gekleideten Parisern füllte. Er sah auch die Familie Galaine aus der Kirche zurückkommen. Ihre Trauer wirkte irgendwie unpassend im strahlenden Sonnenschein, doch die Regeln waren unantastbar. Jeder, der etwas auf sich hielt, kannte die strenge Kleider- und Schmuckordnung für derartige Anlässe. Zu wissen, ob man die schwarze Etaminkappe oder das dunkle Gazetuch trug oder nicht, gehörte zur guten Erziehung. Nur der König trug violette Trauerkleidung und die Königin weiße. Allerdings hatten die Galaines in der Aufregung über das Drama und da der Leichnam immer noch in der Basse-Geôle lag, vergessen, die Pendeluhren anzuhalten, die Möbel schwarz zu überziehen und die Spiegel zu verhängen.

Kurz darauf hörte Nicolas den schlurfenden Gang der Köchin, die wieder ihre Wache am Bett von Miette übernahm. Er nutzte die Gelegenheit, um für einen Moment das Zimmer zu verlassen, denn es gab noch eine Person, die er befragen musste.

Er hörte sie in ihrem Zimmer vor sich hin trällern, unberührt von der Trauer um sie herum. Die kleine Geneviève empfing ihn mit einem Schmollmund, der sie wie ihr Vater aussehen ließ. Auf einem kleinen Kinderschemel sitzend, drehte sie eine ihrer Locken.

»Guten Tag, Mademoiselle«, sagte Nicolas.

»Ich bin keine Mademoiselle. Mademoiselle, das war Élodie. Ich bin Geneviève. Und du?«

»Nicolas. Sie waren krank, glaube ich?«

»O ja! Aber nicht wie Miette.«

»Sie mögen Miette?«

»Ja, aber sie weint zu viel. Ich mag Élodie nicht.«

»Ihre Cousine? Und warum?«

»Sie will nie mit mir spielen. Miette ist sehr krank. Ich glaube, das ist wegen dem Ungeheuer.«

»Welches Ungeheuer!«

Sie näherte sich Nicolas und nahm seine Hand.

»Das Ungeheuer, das sie zum Fest mitgenommen hat.«

»Woher weiißt du das?« Der Commissaire wechselte unversehens in die vertrauliche Anrede. »Du lagst krank im Bett.«

»Nein, nein! Ich bin aufgestanden, bin über das Parkett geglitten und habe zugehört, und ich weiß alles. Ich weiß alles! Es ist so. Ich habe gesehen, dass Miette mit einem Ungeheuer mit weißem Gesicht weggegangen ist. Es hatte einen großen schwarzen Hut, und danach sind die anderen ...«

»Welche anderen?«

»Dieselben.«

»Du willst wohl sagen, sie sind zurückgekommen, nachdem sie weggegangen sind?«

Geneviève begann ihn mit ihren kleinen Fäusten zu schlagen.

»Nein, nein, Sie begreifen wirklich nichts, man musste zählen ...«

Madame Galaine tauchte in der Tür auf.

»Was machen Sie da mit meiner Tochter, Monsieur?«, fragte sie schroff. »Es reicht Ihnen wohl nicht, uns Ihre Gegenwart aufzudrängen, Sie quälen auch noch dieses Kind!«

»Ich quäle niemanden, Madame. Ich habe mit Ihrer Tochter geredet, das ist eine Unterhaltung, die ich früher oder später fortsetzen muss, ob es Ihnen gefällt oder nicht.«

Unbeeindruckt von dem Streit, begann Geneviève erneut mit zusammengepressten Lippen zu summen, ins Leere starrend, von einem Bein aufs andere hüpfend.

Nicolas sah Madame Galaine an. Das Geheimnis, das diese Frau umgab, war nicht das geringste in dieser Untersuchung. Sie war noch jung, aber ihre Schönheit war schon verblasst, gleichsam getrübt durch den Ausdruck von Angst. Woher kam der Schatten, der auf diesem Gesicht lag? War es die Folge einer unglücklichen Ehe, in der die Geringschätzung, mit der sie ihren Ehemann behandelte, die Frustration einer empfindsamen Seele offenbarte? Warum weigerte sie sich hartnäckig, seine Fragen zu beantworten, selbst auf die Gefahr hin, dass die schlimmsten Verdächtigungen auf ihr lasteten? Ja, sagte sich Nicolas, nur ein schwerwiegendes Geheimnis konnte dieses aggressive Verhalten eines gehetzten Tieres rechtfertigen. Er machte einen letzten Versuch.

»Madame, bedenken Sie, dass Sie nichts von mir zu fürchten haben. Ich kann alles hören, alles verstehen und Ihnen helfen. Aber bitte reden Sie, wenn Sie etwas wissen, oder verteidigen

Sie sich wenigstens und sagen Sie mir, was Sie in der Nacht der Katastrophe gemacht haben. Andernfalls könnte Ihr Schweigen als Lüge oder Deckung einer Tat ausgelegt werden.«

Madame Galaine sah Nicolas mit einer fast greifbaren Eindringlichkeit an. Sie öffnete den Mund; Nicolas glaubte bereits, sie wolle etwas sagen. Eine lebhafte Röte färbte ihre Wangen; sie führte ihre Hände an ihr erhitztes Gesicht, dann verhärtete sich ihr Gesichtsausdruck erneut. Nicolas spürte, dass sie beinahe kapituliert und nachgegeben hätte, sich dann aber sofort wieder verschlossen hatte. Sie drückte ihre Tochter krampfhaft an sich und wich ein Stück zurück, wobei sie Nicolas fast hasserfüllt ansah.

Im Flur begegnete er Charles Galaine, der vermutlich ihren Wortwechsel mit angehört hatte, ohne sich einmischen zu wollen. Er bat ihn ohne Umschweife, ihm den Namen des Notars der Familie zu nennen. Der Kürschner blinzelte verblüfft und zögerte. Da Nicolas jedoch nicht lockerließ, sagte er schließlich, es handele sich um Monsieur Jame in der Rue Saint-Martin gegenüber der Rue aux Ours. In diesem Augenblick erschien Semacgus, einen Weidenkorb über den Arm gehängt und Cyrus an der Leine, der verjüngt wirkte und mit dem Schwanz wedelte vor Freude über diesen unerwarteten Ausflug.

»Was für ein Anblick!«, sagte Nicolas, während Charles Galaine sich davonmachte. »Sie sind beladen wie ein Maulesel.«

»Tun Sie Ihren Freunden Gutes, dann werden die Sie auch gut behandeln! Auf dem Rückweg bin ich noch im Hôtel d'Aligre gewesen. Aber gehen wir hinunter …«

In der Küche packte er seine Schätze aus: einen Kapaun mit grobem Salz, Zungen aus Vierzon und eine Flasche Burgunder.

Brot und Krokantkekse vervollständigten das Festmahl. Sie setzten sich ohne weitere Umstände zu Tisch. Der Wundarzt versuchte ein weiteres Mal, Nicolas vor den Nachteilen zu warnen, die eine offizielle Protokollierung von Miettes Anfällen mit sich brächte. »Zum Henker«, fügte er hinzu, »wir sind schließlich nicht im tiefsten Afrika oder in unseren Kontoren in Indien, um die Sache anders zu beurteilen.« Um Nicolas aufzuheitern, den dieses Thema bedrückte, erzählte er ihm das letzte »Wunder«, das vor zehn Jahren in Paris beobachtet worden war. Das Volk hatte sich bei einer Prozession im Faubourg Saint-Antoine eingebildet, dass eine Gipsstatue der Jungfrau Maria, die in einer Nische stand, den Kopf gedreht habe, um den Vorbeizug ihres göttlichen Sohnes zu grüßen. Am nächsten Tag verstopften fünfzigtausend Menschen die Fahrbahn und zündeten Kerzen an zu Füßen der Statue. Dieser Volksauflauf hatte solche Ausmaße angenommen, dass die Polizei nicht wusste, wie sie ihn auflösen sollte.

»Und dann?«, fragte Nicolas amüsiert.

»Dann stellte man fest, dass die Statue am Geschäft eines Lebensmittelhändlers lehnte, dessen Hauptgeschäft der Verkauf von Kerzen war. Und seine Kerzen waren in der Tat schon bald ausverkauft! Schließlich entführte man die Statue, die an einen abgelegenen und geheimen Ort gebracht und eingeschlossen wurde.«

»Das erinnert mich daran«, sagte Nicolas, »dass Monsieur de Sartine mich am 25. April zu den Zeremonien in der Sainte-Chapelle in der Karfreitagnacht geschickt hatte. Ich sollte darüber wachen, dass der Menge, die sich dort versammelt hatte, unangenehme Störungen erspart blieben. Sie wissen ja, dass sich gemäß der Tradition alle Besessenen in diese Kirche begeben, um von den Teufeln geheilt zu werden, die sie quälen. Man berührt sie mit Reliquien des echten Kreuzes. Ich habe beobachtet, dass ihre Schreie sofort aufhörten und ihre Verrenkungen sich beruhigten. Wenn sie die Kirche verlassen, sind sie wieder in ihrem normalen Zustand. Monsieur de Sartine hat mir höhnisch lachend erklärt, dass Bettler dafür bezahlt werden, diese Rolle zu spielen. Aber kann man wirklich glauben, dass ehrenwerte Priester sich zu einer so schamlosen Komödie hergeben würden?«

»Der Kerl lässt nicht locker! Die Priester haben schon ganz andere Dinge gemacht. Besessenheit kommt so häufig vor, dass es nicht notwendig ist, sie künstlich zu erzeugen. Eines der Laster unseres Urteilsvermögens ist, dass wir die Dinge mit ihren Karikaturen verwechseln und die Religion mit dem Aberglauben, vorausgesetzt, die Religion …«

Sie stießen lachend an. Semacgus würde in aller Ruhe die Patientin untersuchen können, während er auf die Rückkehr von Nicolas wartete, der sich eine Kutsche suchte, um sich zum Kloster der Unbeschuhten Karmeliter in der Rue de Vaugirard zu begeben. Doch an diesem Feiertag pflegten sich die Familien gegenseitig in den Vierteln zu besuchen, und es waren nur wenige Wagen unterwegs. Er musste ziemlich lange warten auf der Place du Palais Royal vor dem Château d'Eau zwischen der Rue Fromenteau und der Rue Saint-Thomas-du-Louvre, bis endlich ein Kutscher anhielt. Nicolas hatte somit ausreichend Zeit, dieses zweistöckige Gebäude mit seinem monumentalen ovalen Portal zu betrachten. Diese Konstruktion diente mit ihrer Trompe-l'œil-Malerei als Gegenstück des Palais Royal. Die Pariser machten sich gern den Spaß, einen neuen Domestiken, der frisch aus seiner Provinz gekommen war, loszuschicken, um einen Platz bei dem Schweizer des Château d'eau zu besorgen. In Wirklichkeit befand sich das Gebäude, dessen Funktion dieser Bezeichnung entsprach, am Boulevard du Temple, gegenüber der Rue des Filles-du-Calvaire. Es verfügte über vier Pumpen, in Gang gesetzt von vier Pferden, die alle zwei Stunden ausgewechselt wurden. Diese Maschinen füllten ein Becken, und die Spülwirkung diente dazu, zweimal pro Woche, montags und donnerstags, den großen Abwasserkanal zwischen der Bastille und dem Westen der Stadt zu reinigen, ein Ort, wo der Unrat flussabwärts in die Seine geleitet wurde. Diese Information hatte Nicolas von den Diensten der Polizeipräfektur bekommen, die für die Müllentsorgung zuständig waren.

Als er in die Rue Vaugirard kam, war die große Pfingstmesse bereits beendet. Er warf einen Blick ins Innere der Kirche, die von Weihrauch ganz vernebelt war, und dachte an den verrenkten Körper der Comtesse de Ruissec, der vor neun Jahren auf dem Grund des Brunnens der Toten gefunden worden war. Seine Erinnerungen klammerten sich seit einiger Zeit häufig an die Gesichter Verstorbener. Seine Arbeit bestand darin, die verärgerten Manen der Opfer zu besänftigen, indem er ihre Mörder fand. Ohne zu zögern, setzte er den Weg fort, den er so oft genommen hatte und der ihn zur Klosterapotheke führte. Seit einiger Zeit alterte Pater Grégoire sichtbarer und schneller als früher und verließ sein Labor, in dem er seine Studien über die medizinischen Pflanzen fortführte, nur noch zu den regelmäßigen Messen. Mit besonderer Erlaubnis des Priors hatte er sich an seinem Arbeitsplatz ein Lager bereitet, auf dem er seine schlaflosen Nächte mit

Gebeten und Meditation verbrachte. Nicolas konnte sicher sein, ihn an diesem Ort abseits des Klosterlebens anzutreffen.

Er betrat den großen gewölbten Saal, der ganz von Dämpfen und Aromen erfüllt war. In merkwürdigen Retorten köchelten auf kleiner Flamme Mixturen, deren Farben von opalisierendem Weiß in tiefes Smaragdgrün wechselten. Nicolas erkannte seinen Freund, der in einem großen Sessel der letzten Regentschaft saß. Das Aussehen des Mönchs hatte sich innerhalb kurzer Zeit veränderte. Die Auswirkungen der Krankheit hatten sein volles Gesicht gleichsam abgebeizt, die flachen Stellen freigelegt, sodass die Nase mit ihrem scharfen Rücken aus dem ausgezehrten Gesicht hervorstach. Von dem beleibten Mönch von einst war nichts mehr übrig geblieben. Nicolas sah einen Asketen vor sich, und plötzlich trat das eigentliche Wesens des Mönchs deutlich hervor. Die gefalteten Hände auf der Vorderseite seiner Kutte, durchscheinend und elfenbeinfarben, wirkten wie die einer liegenden Grabfigur. Vermutlich betete er mehr, als dass er schlief. Da er die Anwesenheit eines Menschen spürte, öffnete er die Augen, die sich aber verschleierten, als er Nicolas erkannte.

»Mein Sohn, das ist das Wunder dieses glorreichen Tages, an dem der Herr den Heiligen Geist über seine Jünger herabkommen ließ. Der alte Mann bekommt Besuch von dir!«

Er hob die rechte Hand und segnete Nicolas.

»Mir bleibt nicht mehr viel Zeit«, fuhr er fort. »Jeder Besuch ist eine Freude, die Gott mir noch gewährt.«

»Haben Sie die medizinische Fakultät konsultiert?«

»Mein Sohn, die Fakultät hat nichts damit zu, und alles hat einmal ein Ende. Die medizinischen Pflanzen, die ich immer geliebt habe, stärken mich und helfen mir, das Ende zu erwarten. Ich bete zum Herrn, dass er geruht, mich für würdig zu erachten, mir seine Engel zu schicken, damit sie meine Seele ins Paradies führen. Aber du, der du in der Welt lebst, wie geht es dir?«

Er lächelte mit einer gewissen Scharfsinnigkeit, während er mit den Fingern auf die Lehnen seines Sessels trommelte.

»Du bist nicht nur gekommen, um mich zu begrüßen, du brauchst meine Hilfe. Sprich ohne Furcht, mich zu ermüden. Die Stille belastet mich manchmal, und ich bedarf der Gnade des Wortes, zumal diese Begegnung vermutlich die letzte sein wird, mein guter Nicolas.«

Nicolas spürte, wie die Rührung ihn übermannte. Die schwache Stimme klang ihm vertraut, sie erinnerte ihn an andere Stimmen, diejenige des Stiftsherrn Le Floch und diejenige des Marquis de Ranreuil. Von diesen drei Männern, die sein Leben bestimmt hatten, waren zwei nur noch Schatten, und der dritte entfernte sich nach und nach aus der Welt der Lebenden.

Nicolas fasste sich und versuchte, ohne übertriebenes Zartgefühl das Drama der Rue Royale, den Mord an Élodie, die Verdächtigungen, die auf den Mitgliedern der Familie Galaine lasteten, und die merkwürdigen Manifestationen zu schildern, deren Zeuge er in ihrem Haus geworden war. Er machte keinen Hehl aus seiner Verstörtheit und seiner Verwirrung und verschwieg auch nicht die Hypothesen, an die er sich geklammert hatte, um dem Unverständlichen mit ein wenig rationalem Denken beizukommen. Pater Grégoire hörte ihm mit geschlossenen Augen zu; bei manchen Details pressten sich seine Lippen zusammen, bis sie weiß wurden, als quälte ihn ein unbezwingbarer Schmerz. Er saß einen Augenblick schweigend da, dann deutete er auf ein kleines Fläschchen, das auf einer nahen Anrichte stand. Als Nicolas es ihm reichte, führte er es an seine Lippen, und nach und nach kehrte die Farbe in sein Gesicht zurück.

»Das ist ein *Theriak*, ein Heilmittel, das ich selber hergestellt habe«, erklärte er. »Es gibt mir die Illusion kurzfristiger Besserung.«

Er atmete tief durch.

»Mein Sohn, kein Rat fällt schwerer als der, den du erbittest, und ist zudem äußerst heikel … Wie oft bin ich Zeuge von Fällen gewesen, in denen alles darauf hindeutete, dass das Böse seine Hand im Spiel hatte, und die sich letztlich als eine gewagte Verbindung von Vorspiegelungen herausstellten. Nun existiert das Böse aber in Abhängigkeit vom Guten. Der Gläubige, der damit prahlt, niemals den geringsten Schauder beim Gedanken an den Teufel verspürt zu haben, ist entweder heroisch oder oberflächlich.«

Er bekreuzigte sich.

»Die Heilige Schrift ist diesbezüglich eindeutig. Nicht umsonst warnt Johannes, dass Satan die ganze Welt verführt, und rät Petrus, diesem Gegner, der um uns herumschleicht wie ein brüllender Löwe, fest im Glauben zu widerstehen. Wie groß unsere Furchtlosigkeit oder unsere Blindheit auch sein mag, wir haben allen Grund, seinen Hinterhalt zu fürchten. Der Sohn Gottes ist erschienen, um gegen den gefallenen Engel zu kämpfen.«

In der Ferne wurde eine Tür heftig zugeschlagen. Nicolas kam es so vor, als würden sich die Flüssigkeiten in den Retorten mit neuer Kraft bewegen.

»Pater, wie kann ich die Wahrhaftigkeit und Aufrichtigkeit dieser Manifestationen beurteilen? Wie die unverständliche, aber natürliche Realität von der undurchsichtigen Verführung unterscheiden?«

»Es ist zuallererst eine in sich ruhende Seele nötig. Nur das Reine kann das Unreine bekämpfen. Und dann muss man den Angriff der diabolischen Herrschaft zu erkennen wissen. Höre das jahrhundertealte Wort der Kirche: Die Zeichen der Besessenheit sind bekannt, bestätigt und unveränderlich: ›Sprechen in unbekannter Sprache oder sie verstehen, entfernte oder geheime Dinge enthüllen und über Kräfte verfügen, die das eigene Alter oder die Bedingungen der Natur übersteigen.‹ Du musst diese drei Zeichen ständig im Kopf präsent haben. Wenn du ihnen begegnest, sei auf der Hut, empfiehl Gott deine Seele, der Zweifel existiert nicht mehr, du hast es wirklich mit einem Besessenen zu tun.«

»Bis jetzt habe ich mit meinen eigenen Augen und unzweifelhaft nur das dritte dieser Zeichen festgestellt.«

»Dann warte ab und beobachte, und wenn du bemerkst, dass alle drei zusammen auftreten, kämpfe.«

»Aber wie soll ich kämpfen?«

»Zulässig ist nur die Zuhilfenahme eines Priesters, der den Umgang mit diesen heiklen Fragen gewohnt und von seinem Bischof dazu ermächtigt ist. Er allein kann den Exorzismus durchführen, der die abscheuliche Bestie vertreibt. Wenn das Böse das Opfer heimgesucht, es zur absoluten Hilflosigkeit verdammt und sich seines Willens bemächtigt hat, dann kann man nichts anderes tun, denn der Dämon ist jetzt der Herr über den Geist und den Körper des Besessenen; er spricht mit seiner Stimme und hört mit seinen Ohren.«

»Wenn die Phänomene um das Dienstmädchen im Hause

Galaine schlimmer werden und die Zeichen nicht mehr bezweifelt werden können, wer könnte mir helfen? Sie, Pater?«

»Siehst du denn nicht meinen Zustand?«, sagte Pater Grégoire seufzend und hob die Hände. »Der Exorzismus verlangt eine spirituelle Kraft, die Gott mir noch gewährt, aber auch eine Widerstandskraft und eine Leidenschaft, die ich nicht mehr habe. Nur der Priester, der für diese Zeremonien in der Diözese von Paris zuständig ist, hat das Recht, sie durchzuführen. Damit er einschreiten kann, muss er allerdings die Erlaubnis von Monseigneur *Christophe de Beaumont*, dem Erzbischof von Paris, erhalten. Du bist ihm in deinem Beruf sicher schon begegnet.«

»Ich habe ihn zweimal am Hof gesehen. Seine Majestät hält ihn fern, da er ihn mehrmals in die Verbannung geschickt hat.«

»Das ist leider das Drama unserer Kirche … Ich kenne ihn schon lange, seit einem Aufenthalt in Blois, wo er Generalvikar war. Er ist ein höflicher, korrekter Mann, zeichnet sich aber durch sanfte Starrköpfigkeit aus, ist misstrauisch, beharrlich, zerfressen von Vorurteilen und zu empfänglich für die Ratschläge seiner Umgebung. Sein Scharfsinn besteht darin, keinen zu haben, und daher hat seine Offenheit allzu oft etwas Ungeschicktes. Der Hof ist ein fremdes Terrain, wo er keinen Erfolg haben konnte.«

»Und sonst?«

»Er hatte seine Einsetzung in dieses Amt nie gewollt; das war ein Kelch, den er lange zurückgewiesen hat, zufrieden wie er war mit seinem Bistum in Vienne. Er lebte wie ein Heiliger, nach seinen eigenen Grundsätzen und in gutem Einvernehmen mit seinen Stiftsherren. Als sein Vorgänger starb, hätte niemand gedacht, dass er unter den Kandidaten für die Nachfolge sein würde, und all seine Freunde waren aufs Äußerste überrascht, als er berufen wurde.«

»Und hat er seine Bedenken zum Schweigen gebracht?«

»Seine Majestät hat sich persönlich für ihn ausgesprochen, woraufhin er nicht mehr zurückkonnte. Es fehlte ihm an Weltgewandtheit, und seine Vereidigung in Versailles grenzte ans Lächerliche. Die Tradition verlangte, dass er Mesdames begrüßte und ihnen die Hand küsste, aber er war dermaßen schüchtern, dass er immer weiter zurückwich, je näher sie auf ihn zukamen.«

»Nach meiner Erinnerung hat er Mühe mit dem Gehen.«

»Seine Gesundheit ist kaum besser als meine«, sagte Pater Grégoire mit einem gequälten Lächeln. »Nierensteine, Diurie und Harnsteine quälen ihn in immer wiederkehrenden Anfällen, seit er im Amt ist. Der Kampf gegen die Jansenisten und die Ausweisung der Jesuiten haben ihn nach und nach zermürbt. Isoliert, hat er sich manchmal Hirngespinsten hingegeben, was der eingestandene Anspruch beweist, von einem berühmten Geschlecht abzustammen. Ich könnte mich bei ihm für dich verwenden, aber es wäre klug, vor einer Audienz das *nihil obstat** von Monsieur de Sartine, das heißt, das des Königs, zu bekommen. Als Verteidiger seiner Kompanie sollte er empfänglich dafür sein, dass du von den guten Patres erzogen worden bist.«

»Und wer bekleidet derzeit das Amt des Exorzisten der Diözese?«, fragte Nicolas.

»Pater Guy Raccard, ein eigenartiger und äußerst gelehrter Kollege«, murmelte der Karmeliter. Nicolas' Unsicherheiten waren durch dieses Gespräch nicht zerstreut worden, doch immer-

---

* Es steht nichts im Wege.

hin hatte er einen Ratschlag bekommen, wie er weiter vorgehen konnte. Voller Dankbarkeit verabschiedete er sich von Pater Grégoire, der sich gerade noch rechtzeitig daran erinnerte, dass er ihm einen Brief von Pierre Pigneau de Behaigne, einem apostolischen Missionar in Cochinchina, auszuhändigen hatte. Aus seiner heimatlichen Thièrache gekommen, um im Séminaire des Trente-Trois in Paris zu studieren, hatte er mit Nicolas Freundschaft geschlossen. Gemeinsam hatten sie regelmäßig die *Concerts Spirituels* im Louvre besucht und die Köstlichkeiten der Pâtisserie Stohrer in der Rue Montorgueil genossen.

Nicolas beschloss, zu Fuß nach Hause zu gehen; er musste nachdenken, und das konnte er am besten an der frischen Luft. Die Worte von Pater Grégoire hatten ihm zwar einen Weg aufgezeigt, wie er mit Miettes Wahnsinnsanfällen umgehen könnte, aber sie hatten ihm keinesfalls die Sorge um den Gesundheitszustand des Paters genommen. Ihm wurde bewusst, dass die Generation, die seine Jugend begleitet hatte, langsam verschwand, und mit Bedauern dachte er, dass seine engsten Freunde auch die ältesten waren. Selbst Inspektor Bourdeau hätte sein Vater sein können. Blieben Monsieur de Sartine, jünger, als er wirkte, La Borde, kaum älter als er, und der liebe Pigneau, der jetzt weit weg von Frankreich lebte. Er öffnete den vergilben Brief, der von der Reise ganz fleckig war, und las ihn im Gehen.

Hon Dat, den fünften Januar 1769

Mein lieber Nicolas,
meine geheimnisvolle Abreise im September 1765 muss Sie überrascht haben. Zur harten und fruchtbaren Arbeit des Apostolats einberufen, habe ich weder der Familie noch den Freunden Bescheid gesagt, zu

deren wichtigsten Sie nach wie vor gehören, da ich meine Schwäche und Ihre Freundschaft kenne. Es ist mir sehr schwergefallen, diese Entscheidung zu treffen, ohne Sie davon in Kenntnis zu setzen.

Ich habe mich in Lorient eingeschifft auf einem Schiff der Ostindienkompanie. Nach zahlreichen Abenteuern, die ich Ihnen eines Tages zu erzählen hoffe, bin ich auf Hon Dat angekommen, einer kleinen Insel im Golf von Siam. Anfang Januar 1768 haben die Siamesen uns überfallen, und ich hatte das Glück, die heilige Fastenzeit im Gefängnis verbringen zu dürfen, zum Schandkragen verurteilt, das heißt dazu, ein etwa sechs Fuß großes Brett um den Hals zu tragen. Ich habe dort ein Fieber bekommen, das vier Monate gedauert hat, von dem ich für den Augenblick allerdings geheilt bin.

Ich bitte den Herrn, dass er mir die Gnade gewährt, bald wieder ins Gefängnis zu kommen und dort zu leiden und zu sterben für seinen heiligen Namen. Erinnern Sie sich an mich als einen Freund, der Sie nicht vergisst.

Pierre Pigneau

Apost. Miss.

Was zählten seine eigenen Qualen angesichts einer solchen Glaubensfestigkeit und einer so überwältigenden Selbstverleugnung? Nicolas wurde plötzlich bewusst, wie sehr dieser Freund aus der ersten Zeit in Paris ihm fehlte. Er winkte eine Sänfte mit Rädern heran und beschloss, sich zunächst einmal zum Grand Châtelet bringen zu lassen. Er wollte mit Bourdeau sprechen, um ihm verschiedene Aufträge zu erteilen, die darin bestanden, die Feststellungen zu überprüfen, die er bei der Durchsuchung des Hauses Galaine gemacht hatte. Doch der Inspektor war unauffindbar, und der alte Marie machte ihn darauf aufmerksam, dass Pfingstsonntag sei und Bourdeau sich an diesem hohen Festtag seiner Familie widmen würde. Enttäuscht machte Nicolas sich wieder auf den Weg in die Rue Saint-Honoré, als Jean Tirepot ihn am Ärmel seines Anzugs festhielt.

»Nicht so schnell, Nicolas! Du wirst dich freuen, ich hab für dich gearbeitet. Bourdeau hatte mir euren Wilden beschrieben. Ich kenne ihn gut. Nicht schwer zu erkennen in seiner komischen Aufmachung. Er hat schon die Gewohnheit, sich im Viertel mit seinem dunklen Gesicht herumzutreiben.«

»Schon vor dem Tag des Festes auf der Place Louis XV?«

»Lange vorher! Monatelang. Ein schlaksiger Kerl wie er, den übersieht man nicht. Am Abend der Katastrophe hab ich ihn zweimal gesehen.«

»Zweimal?«

»Wie ich dir sage, und nicht am selben Ort.«

»Das ist nicht so außergewöhnlich.«

»Du machst Witze! Wenn ich dich am Ufer der Seine sehe, reglos an der Brüstung, und wenn ich dir auf dem Weg in die Stadt begegne und dich hundert Meter vor mir auf mich zukommen sehe, ist der Gedanke erlaubt, dass du ein Gespenst bist, das Verstecken spielt, oder dass ihr zwei Personen seid. Wenn du das normal findest, verneige ich mich tief vor deinem Urteilsvermögen.«

Er verneigte sich, und die beiden Eimer, die er im Gleichgewicht an einer Stange hängend trug, knallten auf das Pflaster.

»Also gut. War er allein?«

»Nein, das erste Mal mit einem Mädchen in Lumpen und das zweite Mal mit einem Mädchen in Gelb. Und das ist nicht alles. Am selben Abend plauderten blaue Uniformen – Gardes françaises –, die meine Eimer benutzten, weil sie einen über den Durst getrunken hatten, munter drauflos. Sie beschrieben den Wilden und seinen Hut, der ein Mädchen in einem hellgelben Kleid, das wie am Spieß schrie, in eine Scheune in der Nähe der Gärten der Religieuses de la Conception zog. Mit Sicherheit, sagten sie lachend, hat er das Schätzchen ins Stroh geworfen und sich mit ihr amüsiert.«

»Sie hat wie am Spieß geschrien? Was heißt das?«

»Scheint so, dass sie sich gewehrt und in einem fort Beschimpfungen gebrüllt hat.«

Nicolas dachte nach, die Gedanken schwirrten durch seinen Kopf. Er hatte hier einen ersten Ariadnefaden, der ihm vielleicht erlauben würde, aus dem Irrgarten bloßer Vermutungen herauszufinden und zu Beweisen zu kommen. Genevièves Bemerkungen und ihre Zeichnung, die auf den ersten Blick keinen Sinn ergaben, bekamen plötzlich ein anderes Gewicht, eine besondere Bedeutung. Er musste die Wahrheit umklammern, eingrenzen, sie auf präzise Tatsachen im zeitlichen Verlauf reduzieren und dann Verbindungen herstellen, vergleichen.

»Mein guter Jean«, sagte Nicolas, »wann hast du ihn zum ersten Mal gesehen?«

»Ich bin nicht ganz sicher, aber auf jeden Fall vor dem Feuerwerk, und da ich spüre, dass du mich nach dem zweiten Mal fragen wirst, würde ich sagen, ein paar Augenblicke später.«

»Bist du sicher, dass es nicht dieselbe Person war?«

»Nein, nein! Der erste Wilde war kleiner als der zweite.«

»Gut, ich fasse zusammen. Du hast zwei Individuen gesehen, die dem Wilden ähneln, in Begleitung zweier unterschiedlich gekleideter Mädchen. Du versicherst mir, dass sie nicht ein und derselbe sein können. Und die Gardes françaises? Um welche Uhrzeit haben sie deine Dienste in Anspruch genommen?«

»Nach dem Fest. Es ging schon das Gerücht, dass das Feuerwerk auf dem Platz nicht allzu gut geklappt hat. Aber ich glaube eher, sie bezogen sich auf irgendeine schlüpfrige Sache, die schon eine Weile her ist. In dem Augenblick war es zwei Stunden vor Mitternacht, höchstens.«

»Danke, Jean. Das hilft mir sehr weiter.«

Sie schüttelten sich die Hand, und Nicolas schob ihm eine Fünf-Livres-Münze zu, die Tirepot vor Freude strahlen ließ. Nicolas setzte seinen Weg fort. Wie schade, dachte er, dass Miette noch nicht wieder zu Bewusstsein gekommen war und er sie nicht befragen konnte. Was bedeutet ihre seltsame Zeichnung? Und was steckte hinter dieser absurden Geschichte, dass Naganda zweimal gesehen worden sei, obwohl er schachmatt gesetzt in seiner Mansarde gelegen und man ihm seine Kleider gestohlen hatte? War er ein Phantom?

Nicolas gönnte sich etwas Zeit, bevor er zum *Aux Deux Castors* zurückkehrte. Er musste den Kopf frei bekommen, um klarer über die verworrenen und widersprüchlichen Elemente nachdenken zu können, mit denen er im Zuge seiner Ermittlungen fortwährend konfrontiert wurde.

Als er in die Rue Saint-Honoré kam, setzte sich die Familie Galaine gerade zum Abendessen hin. Er lehnte die Einladung des Hausherrn ab und beruhigte ihn zugleich, dass sich an dem vereinbarten Preis, den er für Kost und Logis zu zahlen beabsichtige, nichts ändern würde. Er fand Semacgus in Miettes Zimmer vor. Der Marinewundarzt machte sich Gedanken über die Art dieser Benommenheit, gegen die er nichts zu unternehmen vermochte. Er vertraute Nicolas Cyrus an und teilte ihm spitzbübisch mit, dass er den Abend und womöglich die Nacht bei der Paulet im *Dauphin couronné* verbringen würde. Auf diese Weise seien sie nicht weit voneinander entfernt, und er würde sofort herbeieilen, sollte Nicolas nach ihm schicken.

In seiner Kammer betrachtete Nicolas die Reste der Mahlzeit, die Semacgus mitgebracht hatte. Er hatte keinen Hunger und ließ Cyrus davon profitieren, dem er auch etwas Wasser in einen Napf goss. Zum Glück hatte sein Freund daran gedacht, ihm Kerzen aus gutem Wachs mitzubringen. Sobald es dunkel wurde, zündete er sie an, zog sich aus und legte sich hin, um zu lesen. Monsieur de Sartine erlaubte ihm, Bücher in der Bibliothek des Hôtel de Gramont auszuleihen, ein Privileg, das umso wertvoller war, weil verbotene oder beschlagnahmte Bücher gesammelt wurden. Er vertiefte sich in den *Essai sur la société des gens de lettres et sur les grands* von d'Alembert. Der Philosoph stellte darin die eitlen Ansprüche des Adels und des Blutes den Tugenden des Talents und der Gleichheit gegenüber. Für ihn musste die Gesellschaft künftig auf der Grundlage des Fortschritts der Wissenschaft und des Handels organisiert werden. Schon bald fiel Nicolas das Buch aus der Hand. Er hörte, wie die Galaines in ihre Schlafzimmer gingen, und ließ den Tag noch einmal Revue passieren, dachte an das von Falten durchfurchte Gesicht von Pater Grégoire, über das sein erschöpfter Geist plötzlich das des Königs legte. Auch er war sehr gealtert.

Er hatte sich mit allerhand Sorgen herumzuschlagen. Die Frömmigkeit hatte in seiner Tochter *Louise-Marie* den Plan reifen lassen, sich den Karmeliterinnen anzuschließen. Im April war sie ihrer Berufung gefolgt und hatte sich mit der Zustimmung ihres Vaters ins Kloster Saint-Denis zurückgezogen, womit sie sich von allem getrennt hatte, was sie mit der Welt und ihrer Würde verbunden hatte. Der Kummer des Königs hielt La Borde zufolge an, und nur die Hochzeitsfeierlichkeiten seines Enkels hatten ihn ein wenig gemildert, doch die Katastrophe des 30. Mai drohte die Sorgen aufs Neue anzufachen.

Cyrus war auf die Matratze gesprungen und schlief vertrauensvoll, eine Pfote auf dem Bein seines Freundes; Nicolas schob sie sanft beiseite. Bevor er einschlief, musste er noch etwas erledigen. Er nahm eine Dose Perückenpuder aus seinem Toilettenbeutel, ging auf Zehenspitzen zur Tür seiner Kammer, öffnete sie, schlich auf den Flur hinaus und zog mit dem Puder einen Halbkreis um den Eingang. Wenn man ihm wirklich einen Streich spielen sollte, würde der Schuldige auf diese Weise Fußspuren hinterlassen. Er kehrte in sein Bett zurück und traf die gleichen Vorsichtsmaßnahmen wie am Abend zuvor gegen das stechende Ungeziefer. Gewiegt von Cyrus' ruhigem Atem, schlief er auf der Stelle ein, nicht ohne vorher noch die Gebete seiner Kindheit gesprochen zu haben, die der Stiftsherr Le Floch und seine Amme ihm beigebracht hatten. Letztere hatte ihm empfohlen, sie niemals zu vergessen, um dem Teufel keine Angriffsfläche zu bieten.

Montag, den 4. Juni 1770, drei Uhr morgens

Heftige Schläge gegen die Tür schreckten Nicolas aus dem Schlaf. Er setzte sich auf und lauschte keuchend und schweißgebadet. Inzwischen war die Stille wieder eingekehrt, die jedoch erneut unvermittelt unterbrochen wurde von einem Winseln, das ihn erschauern ließ: Der arme Cyrus war ebenfalls aufgewacht und zitterte vor Angst. Als Nicolas sich gerade wieder zu fassen begann, prasselte ein neuerlicher Hagel von Schlägen auf die Zimmertür. Es folgte ein Durcheinander von sonderbaren Geräuschen, von Schlagen, Pfeifen, Kratzen, das plötzlich einem dumpfen Schrei Platz machte, der aber sogleich in spöttisches Gelächter umschlug. Nicolas zündete seine Kerze an, trat zur Tür und öffnete sie. Es war niemand zu sehen. Er ging in die Hocke, um den Boden vor der Tür zu beleuchten; die Puderschicht war unversehrt. Abermals hörte er im Zimmer Befremdliches, so etwas wie Sturmgeräusch, und dann lief ihm Cyrus zwischen die Beine. Panisch vor Angst, suchte der Hund einen Ausgang, um zu fliehen. Er legte sich flach auf den Boden und verrichtete sein Geschäft. Dann spürte Nicolas so etwas wie Leere; wer oder was immer für diesen Tumult verantwortlich war, hatte sich entfernt. Im Nachbargarten ertönte der Schrei einen Vogels, der wie eine Befreiung war; wie ein Signal, dass wieder Normalität herrschte. Sollte er Semacgus holen lassen? Nicolas bezweifelte, dass diese neuen Phänomene den Wundarzt mehr beeindrucken würden als die ersten spukhaften Erscheinungen; er würde sich damit begnügen, ihn erneut auszuschelten und Binsenwahrheiten über den menschlichen Geist und das Licht der Vernunft von sich zu geben.

Nicolas legte sich wieder hin, konnte aber nicht mehr einschlafen. Gegen fünf gellte ein unmenschlicher Schrei durch das Haus. Er zog sich eilig an und ging zu Miettes Zimmer, gefolgt von den Männern des Hauses. Vor der Tür fanden sie Marie Chaffoureau bewusstlos auf dem Boden liegend. Im Zimmer schien Miette praktisch nackt auf dem Strohsack, der ein paar Zoll über dem Boden hin und her wogte, unerträgliche Qualen zu erleiden. Vollkommen stumm und mit weit geöffnetem Mund zerkratzte sie sich mit den Fingernägeln und wehrte sich, die Lippen von Speichel bedeckt, mit unglaublicher Kraft gegen einen unsichtbaren Gegner. Nicolas, Charles Galaine und sein Sohn stürzten sich auf sie. Sie kämpften lange, auf die Gefahr hin, dass ihnen ein Auge ausgekratzt würde, um das junge Mädchen daran zu hindern, sich im Gesicht oder an der Brust zu verletzen. Sobald sie eines ihrer Gliedmaßen packten, versteifte sie sich und wurde hart wie eine Eisenstange; kaum wurde sie wieder losgelassen, kehrte ihre Geschmeidigkeit zurück. Am Ende versank sie erneut in ihrer ursprünglichen Reglosigkeit. Nicolas stellte verblüfft fest, dass der Schweiß und der Speichel, die sie bedeckten, zurückflossen und verschwanden wie Wasser, das auf einer weiß glühenden Platte verdampft. Er legte die Hand auf einen ihrer Arme und zog sie augenblicklich zurück, weil sie glühend heiß war. Die Empfindung glich derjenigen einer brennenden Kälte, wie man sie im Winter spürt, wenn man die Hand zu lange auf dem Eis eines Tümpels lässt. Nachdem Miette während des Anfalls kurz vor dem Ersticken gewesen war, atmete sie jetzt wieder ruhig und normal.

Am Ende ihrer Kräfte, rangen auch die Helfer nach Luft. Nicolas fiel auf, dass der Sohn sich wie ein gehetztes Tier verhielt; ständig blickte er um sich, als fürchtete er, das Ziel irgendeines Angriffs zu werden. Nicolas überlegte sich, neue Dispositionen zu treffen, da er der Meinung war, dass nach diesem morgendlichen Anfall unmittelbar nichts weiter passieren würde und die bewusstlose Miette erst wieder im Morgengrauen des nächsten

Tages einen neuen Anfall bekommen würde, wie bei manchen Wechselfiebern, bei denen die Fieberanfälle in regelmäßigen Abständen jeden dritten oder vierten Tag auftreten.

Als er der immer noch bewusstlosen Köchin zu Hilfe kommen wollte, richtete Miette sich im rechten Winkel auf und streckte die Arme aus. Ihre Lider öffneten sich langsam, wie diejenigen eines Automaten von Monsieur de *Vaucanson*. Ihr Kopf drehte sich ruckweise seitlich, als würde er von einem inneren Mechanismus bewegt. Nicolas kam es so vor, als hätten ihre erweiterten Pupillen die Farbe verändert; das matte Graublau, das er in Erinnerung hatte, nahm eine tiefgrüne Färbung an, ähnlich wie die Flüssigkeiten in den Retorten von Pater Grégoire, und Miettes Blick richtete sich mit unangenehmer Intensität auf Nicolas. Vor den drei verblüfften Zuschauern schob sich die Zunge des jungen Mädchens in einer schlangenhaften Bewegung aus ihrem Mund und verlängerte sich unverhältnismäßig, bevor sie schlängelnd wieder eingezogen wurde. Nicolas erinnerte sich an einen anderen Blick, und als hätte diese Erinnerung ein unaufhörliches Räderwerk in Gang gesetzt, hörte er entsetzt, dass Miette mit der Stimme eines Mannes Worte sprach, die ihn vor Schreck erstarren ließen.

»Also, mein Herr Bretone, ich sehe, dass du mich erkannt hast! Ja, du träumst nicht, das sind durchaus die schönen grünen Augen, meine Natternaugen, wie du vor neun Jahren auf der Treppe des Châtelet dachtest. Ja, du kannst zittern; ich bin es, den dein Degen durchbohrt hat.«

Nicolas widerstand dem Drang, zu fliehen und sich die Ohren zuzuhalten, um diese sarkastische Stimme nicht mehr hören zu müssen, die aus dem Jenseits kam. Es war die Stimme von

Mauval, dem gedungenen Mörder mit dem Engelsgesicht von Commissaire Camusot, den Nicolas in Notwehr im Salon des *Dauphin couronné* getötet hatte.

Er fand die Kraft zu schreien: »Wer bist du?«

»Ah, ah! *Antichristos*, das falsche Lamm! Derjenige, der von Irenäus, Hippolyt, Lactantius und Augustinus angekündigt worden ist.«

»Bist du ein Dämon?«

»*In Ja und Nein bestehen alle Dinge!*«, lautete die Antwort.

»Ich verstehe diese Sprache nicht«, sagte Nicolas.

»Das ist Deutsch«, sagte Charles Galaine mit erloschener Stimme. »Es bedeutet, dass alle Dinge in Ja und Nein bestehen.«

»Im Namen des Herrn«, sagte Nicolas und bekreuzigte sich. »Weiche!«

Er erinnerte sich etwas spät der Ratschläge von Pater Grégoire hinsichtlich der Vorsicht, mit der man diesen Krankheitsbildern begegnen müsse. Und jetzt deutete alles darauf hin, dass das, was da mit Miettes Stimme sprach, zu den unaussprechlichen Erscheinungen gehörte. Das Mädchen schwankte wie eine Statue, die erschüttert wird, und stieß einen langen Strahl Spucke aus. Trotz der großen Beklemmung, die er empfand, war Nicolas wider Willen auch fasziniert und begriff, dass der arme Körper des Dienstmädchens sich veränderte, dass er – wie ein Kleid, das beim Altkleiderhändler gelandet ist, um seine Existenz an anderen Körpern fortzusetzen – dazu diente, eine andere trügerische Existenz zu beherbergen.

»Du bedrohst mich«, sagte eine andere Männerstimme, »so wie du mir schon einmal die Stirn geboten hast, du, der du versucht hast, meine Tochter, deine Schwester, zu verführen.«

Nicolas bekam weiche Knie; Miette sprach jetzt mit der Stimme seines Patenonkels, des Marquis de Ranreuil, der zugleich sein Vater war.

»Ja, dein Vater«, fuhr die unbarmherzige Stimme fort. »Und der Mann, der dir den Hund leiht, ich sehe, wie er an deiner Stelle angegriffen wird.«

Nach dieser Aussage fiel Miette zurück. Lange standen sie reglos da, nicht imstande, sich anzusehen oder etwas zu sagen. Nicolas stellte sich Fragen über Fragen. Warum griff diese »Sache« – anders konnte er sie nicht nennen – ihn an und enthüllte Geheimnisse aus seinem früheren Leben, die nur er kannte und die er tief in seinem Herzen bewahrte wie eine Wunde, die sich nicht schloss? Unbestimmt ahnte er, dass diese Besessenheit mit seinem Besuch bei Pater Grégoire zu tun haben musste, dass die Kreatur, die sich durch Miettes körperliche Hülle ausdrückte, in ihm ihren Hauptgegner erkannt hatte, denjenigen, der vielleicht den Blitz schicken und ihn in die äußere Finsternis zurückschleudern würde. Er erschauerte angesichts des Fluches, der gegen den alten Staatsanwalt aus der Rue Montmartre, seinen Freund und Gastgeber, ausgestoßen worden war.

Stimmen und Schritte waren auf der Treppe zu vernehmen; alle stürzten dorthin. Ein alter Mann kam zu ihnen nach oben, gefolgt von Madame Galaine. Mit zerzausten Haaren, pfeifendem Atem und unordentlicher Livree lief der alte Diener von Monsieur de Noblecourt in Nicolas' Arme.

»O, Monsieur Nicolas, Gott sei Dank finde ich Sie! Monsieur de Noblecourt wurde niedergeschlagen. Ein Mordanschlag!«

VIII

Christophe de Beaumont

Mar quirit pidi evidomp
Birniquen collet ne vezomp

Wenn du nur für uns beten willst,
Werden wir niemals sterben.

ANONYMER BRETONE

Nicolas bemühte sich, die Gefühle zu kontrollieren, die ihn übermannten. Er, der bisweilen so kleinmütig war, wenn es darum ging, künftige Ereignisse vorauszuahnen, war in gefährlichen, dramatischen Situationen kaltblütig und entschlossen. Nachdem er Poitevin kurz hatte verschnaufen lassen, befragte er ihn. Monsieur de Noblecourt war sehr früh aus dem Haus gegangen, um seinen gewohnten Morgenspaziergang zu machen, den ihm Monsieur Tronchin, sein Arzt in Genf, dringend empfohlen hatte. Kaum war er durch die Toreinfahrt gegangen, erzählte Poitevin, hatten sich mehrere Individuen – die Einzelheiten des Angriffs hatte ihm der Lehrling der Bäckerei im Erdgeschoss berichtet – auf ihn gestürzt und auf ihn eingeschlagen. Monsieur de Noblecourt war gestürzt, und sein Kopf war gegen einen Grenzstein geprallt. Der Lehrling hatte Alarm geschlagen, und man hatte den ehemaligen Staatsanwalt in sein Zimmer gebracht und einen Arzt aus der Nachbarschaft geholt. Catherine hatte Poitevin gebeten, Nicolas mit dem Wagen aus der Rue Saint-Honoré zu holen. Genaueres über den Zustand seines Herrn konnte er nicht sagen, aber er flehe Monsieur Nicolas an, mit ihm zum Haus von Noblecourt zu fahren.

»Er wird dich auf der Stelle begleiten«, rief eine laute Stimme.

Semacgus war soeben hereingekommen. Er verneigte sich vor Madame Galaine, die ihn irritiert ansah.

»Ich bitte tausendmal um Entschuldigung, Madame, aber ich habe mir erlaubt einzutreten, da die Tür offen stand.«

Er wandte sich an Nicolas.

»Ich hatte recht, nachdem ich die Nacht so überaus angenehm verbracht habe, hierherzukommen, um mich zu erkundigen, ob Ihre Nacht ebenfalls zu Ihrer Zufriedenheit verlaufen ist.«

Nicolas zog ihn zur Seite.

»Guillaume, diese Nacht hat alles übertroffen, was ich Ihnen gestern erzählt habe. Ein Höllenlärm in meinem Zimmer, und Miette hatte einen schrecklichen Anfall. Sie hat mit der Stimme von Toten gesprochen.«

»Wie? Was erzählen Sie mir da?«

»Ich habe jetzt nicht die Zeit, in die Einzelheiten zu gehen. Es muss Ihnen genügen zu wissen, dass durch den Mund dieses Dienstmädchens Mauval – erinnern Sie sich? – und mein Vater, der Marquis de Ranreuil, zu mir gesprochen haben! Und obendrein haben diese Stimmen Geheimnisse enthüllt, die nur ich selbst kennen konnte.«

»Teufel, Teufel!«, sagte Semacgus. »Was hat man Ihnen da zugemutet! Und Cyrus?«

»Er hat extreme Angst gehabt. Ich kann jetzt nicht darüber sprechen. Ich muss in die Rue Montmartre. Ich bitte Sie hierzubleiben. Vermutlich braucht in erster Linie die Köchin Ihre Hilfe; wir haben sie bewusstlos gefunden. Miette wird einen ruhigen Tag haben, wie üblich nach solchen Anfällen. Tja, jetzt reden wir schon von Gewohnheit!«

»Verlassen Sie sich auf mich. Eilen Sie zu Ihrem Freund, ich brenne ebenso wie Sie darauf zu erfahren, wie es ihm geht.«

Nicolas informierte die Galaines über seine vorübergehende Abwesenheit und bat sie, sich in allem, was Miettes Zustand betraf, nach Doktor Semacgus zu richten. Charles Galaine schien mit ihm sprechen zu wollen, besann sich jedoch anders. Unten an der Treppe stieß Nicolas auf die kleine Geneviève, die in ihrem langen Nachthemd auf der letzten Stufe saß.

»Die Miette ist sehr böse«, sagte sie. »Sie hat mich aufgeweckt. Ihre Schreie haben mir große Angst gemacht.«

»Du hörst aber auch alles hier!«

»Es wäre schwierig, sie nicht zu hören.«

»Du bist ein sehr interessantes Mädchen, aber ich muss jetzt schnell woandershin.«

»Das ist ein Fehler. Ich weiß Dinge. Du wirst sie nicht erfahren, du wirst sie nicht erfahren!«

Nicolas zögerte. Sollte er wie geplant umgehend aufbrechen, selbst wenn er damit riskierte, sich nützliche Informationen entgehen zu lassen?

»Geneviève, wenn du Dinge weißt, die wichtig sind, höre ich dir zu, und alles wird unter uns bleiben.«

Der Zusatz war ein geschickter Schachzug, aber auch eine Notlüge, die einen bitteren Nachgeschmack hinterließ.

Die Kleine stand auf, stellte sich auf die Zehenspitzen und flüsterte Nicolas ins Ohr:

»Also, ich hab gehört, dass die Miette zu Élodie sagte, dass sie sich nicht mit etwas belasten will, wegen dem man sie hinauswerfen würde, wenn es entdeckt würde.«

»Und? Was hat Élodie geantwortet?«

»Dass es eine Möglichkeit gibt, was dagegen zu tun, und dass sie ihr dabei helfen wird.«

»Und dann?«

»Das ist alles. Jemand ist gekommen, und ich hab mich aus dem Staub gemacht.«

»Und du hast es niemandem gesagt? … Deinen Eltern?«

»Nein … nein.«

Nicolas spürte ein Zögern bei dem Mädchen.

»Ja, ich verstehe, trotzdem musst du mir alles sagen.«

»Ich habe es Tante Camille und Papa gesagt.«

Sie schien zu bereuen, dass ihr dieses Geständnis entschlüpft war.

»Das ist ganz natürlich«, beruhigte Nicolas sie. »Sonst noch etwas?«

»Élodie, sie hat sehr viel gegessen. Sie hat Sachen mit in ihr Zimmer genommen, obwohl das die Mäuse anlockt. Sie hat sehr, sehr zugenommen. Ich hab sie einmal im Unterrock gesehen. Sie hat mich geschlagen und mir gedroht, sollte ich was sagen.«

»Und hast du was gesagt?«

»Ja, Papa.«

»Und die Schaufel?«, fragte Nicolas, der den rechten Augenblick zu wählen verstand, um den Zeugen zu überrumpeln.

Die Kleine errötete bis an die Haarwurzeln.

»Sie Böser haben meine Zeichnungen genommen!«

»Darum geht es nicht. Du zeichnest sehr gut. Wer ist die Person, die die Schaufel hält?«

Sie zögerte einen kurzen Augenblick, dann sprang sie ins kalte Wasser.

»Ich mag ihn lieber ohne seine Kleidung, wissen Sie, ohne seinen Mantel und seinen Hut. Damit sieht man sein Gesicht nicht mehr, und das macht mir Angst. Eines Nachts habe ich das Holz knacken hören.«

»Das Holz?«

»Das Parkett. Ich hab die Tür geöffnet und bin leise nachschauen gegangen. Der Wilde ist ins Erdgeschoss runtergegangen, ein Paket in der Hand, mit Mantel und Hut und mit einer großen Schaufel.«

»Aber es war doch stockdunkel!«

»Nein, der Mond beleuchtete die Treppe.«

»Bist du ihm gefolgt?«

»O nein, ich hatte zu große Angst. Ich bin schnell in mein Zimmer zurückgekehrt. Vorher hatte ich ihn schon mal mit Élodie keuchen hören. Er hat ihr bestimmt wehgetan, sie stöhnte so.«

»Wann?«

»Eines Nachmittags, sie keuchten beide sehr laut.«

Nicolas fragte nicht weiter nach, aber er musste noch ein Detail klären.

»Die Nacht mit der Schaufel, wann war das?«

»In der Nacht.«

»Ja, ich weiß, aber von heute aus gesehen? Vor zwei Tagen, vor einer Woche, zwei Wochen?«

»Ich glaube … ich glaube, vor einer guten Woche.«

»Danke, Geneviève«, sagte Nicolas. »Du hast mir sehr geholfen, aber du musst mir versprechen, niemandem von unserer Unterhaltung zu erzählen.«

»Auch nicht Tante Camille und Papa?«

»Ihnen auch nicht. Niemandem. Ich möchte nicht, dass jemand anderer davon erfährt. Verstehst du? Das ist sehr wichtig.«

Geneviève senkte langsam den Kopf und zog die Nase hoch. Nicolas dachte, dass dieses Mädchen längst seine Unschuld verloren hatte, aber handelte es sich überhaupt noch um Unschuld? Dieses Haus war so sehr von Wahnvorstellungen und Vortäuschungen falscher Tatsachen erfüllt, dass man mit allem rechnen musste.

Poitevin wartete ungeduldig an der Tür; sie stiegen unverzüglich in den Wagen. Nicolas bemerkte, dass die beiden Gardes françaises, die Wache standen, nicht abgelöst worden waren. Ging man davon aus, dass dieser Schutz mit mehr Gefahren verbunden war, als dass er Sicherheit garantierte, und nur Aufmerksamkeit erregte? Anscheinend hatten die Unruhen der Nacht diesmal nicht die Grenzen des häuslichen Bereichs überschritten. Das Viertel war ruhig und erwachte, ohne etwas mitbekommen zu haben. Im Übrigen machte Nicolas sich keine Illusionen: Das *Verborgene* würde letztlich über die Mauern des Hauses hinausdringen, und bald würden Gerüchte die Befürchtungen aufbauschen und anschließend die Wut auf das Unbekannte, das es bedrohte, schüren. Nichts würde geheim bleiben in der Hauptstadt des Königreichs. Nicolas wusste, dass auf Dauer nichts verborgen blieb. Das *Draußen* und das *Drinnen* vermischten sich ohne deutlich gezogene Grenzen.

Genevièves Enthüllungen ließen ihm keine Ruhe. Wenn sie zutrafen, eröffneten sich neue Fährten. Allerdings neigte sich die Waage weder in die eine noch in die andere Richtung. Die Mitglieder dieser Familie – einschließlich des Ladenjungen und des Indianers, die nicht dazugehörten – schienen sich ausnahmslos alle verdächtig gemacht zu haben. Die Unterhaltung mit dem kleinen Mädchen gab Anlass zu der Vermutung, dass Naganda und Élodie ein Liebespaar gewesen sein könnten und dass der Micmac eine zentrale Rolle in dem Drama der Rue Saint-Honoré spielte.

Nicolas bekam Kopfschmerzen. Er musste das alles eine Zeit lang ruhen lassen wie Hefeteig. Er atmete tief durch, und Poitevin, dem nicht verborgen geblieben war, dass es ihm nicht so gut ging, drückte freundschaftlich seinen Arm. Er schien zu glauben, dass das Wohl seines Herrn allein von Nicolas' Anwesenheit abhing. Nicolas klopfte an das Fensterchen, um den Kutscher zur Eile anzutreiben. Die Straßen um die Markthallen herum begannen sich mit Menschen zu füllen. Der Kutscher bog so abrupt in die Rue des Prouvaires, dass der Kutschkasten hochsprang und wieder herabfiel, wodurch der alte Diener auf Nicolas geschleudert wurde.

In der Rue Montmartre sprang Nicolas aus der Kutsche und überließ es Poitevin, den Kutscher zu bezahlen. Er wurde wie ein Retter empfangen von Marion und Catherine, die in Tränen aufgelöst waren und sich nicht trauten, in Monsieur de Noblecourts Zimmer hinaufzugehen, wo sich Doktor Dienert befand, den man aus der Rue Montorgeuil geholt hatte. Dieser Arzt, Professor an der medizinischen Fakultät der Universität von Paris, genoss einen hervorragenden Ruf. Doch für Nicolas zählten Titel nicht, und seine Berufserfahrung ließ ihn stets das Schlimmste befürchten. Mit Besorgnis näherte er sich dem Zimmer. Was er sah, als er eintrat, beruhigte ihn sofort. Monsieur de Noblecourt saß ohne Perücke und Hut in seinem Lieblingssessel. Ein blutiger Stoffstreifen war um seinen Kopf gewickelt. Fröhlich stieß er mit einem dickbäuchigen, rotgesichtigen, gutmütigen Mann an, und Nicolas erkannte an der Flasche, dass es sich um Malaga handelte. Als er Nicolas sah, deutete der alte Staatsanwalt mit der Hand auf ihn.

»Da kommt Commissaire Le Floch, ich bin gerettet. Wie Sie sehen, mein lieber Nicolas, ist das alles nur ein schlechter Scherz. Nach den Füßen der Kopf, ich mache mich ganz langsam davon, in Etappen.«

»Wir werden ihn behalten, er scherzt«, sagte eine andere Stimme, die eines Mannes, der abseits stand und den Nicolas nicht bemerkt hatte und in dem er seinen Kollegen Fontaine erkannte, einen der Kommissare des Viertels.

»Ich weiß, dass ich mit knapper Not davongekommen bin, dessen bin ich mir sehr wohl bewusst.«

»Sie nehmen das alles ein bisschen zu leicht.«

»Wäre es Ihnen lieber, wenn ich es schwer nähme? Ich habe immer von einem abenteuerlichen Leben geträumt: Soldat, Korsar oder Kommissar, aber leider habe ich mich immer nur mit Akten herumgeschlagen und immer nur Lammkeulen tranchiert. Endlich passiert mir mal was! In meinem Alter! Dafür opfere ich gern ein paar Tropfen Blut.«

»Dieser Trank wird genügen«, sagte der Arzt, »um Sie wiederherzustellen, und ein mehrmaliges Einschmieren der blauen Flecke, mit denen Sie übersät sind, mit kampferhaltigem Biberfett.«

Der Arzt bot Nicolas ein Glas an.

»Aber trinken Sie das hier, Monsieur le Commissaire. Meiner Treu, Sie sind blasser als ein bewusstlos geschlagener Staatsanwalt!«

»Daran erkenne ich seine Zuneigung«, sagte Noblecourt lachend. »Es hat durchaus seinen Reiz, nur so halb zu sterben, man erkennt seine Freunde. Mein lieber Nicolas, ich verspreche, Ihnen Bescheid zu sagen, wenn es so weit ist.«

»Wir wollen Sie nicht anstrengen. Sie brauchen Ruhe und Erholung, um Ihr … Medikament zu genießen. Ich muss weiter, aber ich würde mich gern mit Ihnen unterhalten, Fontaine, wenn Sie einverstanden sind. Doktor, ich verabschiede mich und vertraue Ihnen unseren Freund an.«

Monsieur de Noblecourt winkte ihm fröhlich zu und hielt Doktor Dienert sein leeres Glas hin, hochbeglückt über diese Gelegenheit, mit dem Segen der Medizinerzunft Genüssen zu frönen, die seine Gicht ihm eigentlich verbot.

Unter dem Eingangsportal teilte Nicolas dem Kollegen Fontaine mit, was Poitevin ihm anvertraut hatte. Er klopfte an die Tür der Backstube und kam mit einem etwa zwölfjährigen barfüßigen Bäckerlehrling wieder, überall voller Mehl und ganz verlegen wegen seiner mit Brotteig verschmierten Hände.

»Jean-Baptiste«, begann Nicolas, »Poitevin hat mir gesagt, dass du Zeuge des Angriffs auf Monsieur de Noblecourt warst. Kannst du uns das erzählen?«

»Ich hab auf Pierre gewartet, der sich verspätete. Das ist der Bäckerjunge ...«

Der Lehrling hielt inne und blickte hinter sich, um sich zu vergewissern, dass ihm niemand sonst zuhörte.

»Er kommt morgens immer betrunken an, und ich führe ihn zur Pumpe, um ihn aufzuwecken. Na ja, ich hab auf ihn gewartet und gehört, dass die Haustür aufging. So früh am Morgen dachte ich natürlich, dass Sie das seien, der da herunterkommt. Aber es war der alte Monsieur, der leise vor sich hin sang. In diesem Augenblick kamen drei Männer aus der Dunkelheit herbeigelaufen. Sie haben mit Stöcken auf ihn eingeschlagen. Der alte Mann hat sich an ihnen festgeklammert. Sie haben ihn zurückgestoßen, und er ist auf diesen Grenzstein gefallen.«

Er deutete mit dem Finger darauf.

»Ich dachte, er wäre tot. Derjenige, der die Gruppe kommandierte und der eine Uniform trug, sagte: ›Verdammt, das ist nicht der Richtige. Das ist nicht der Kommissar.‹«

Nicolas suchte um den Eingang herum den Boden ab, eine Hand in seiner Tasche. Plötzlich bückte er sich und hob etwas auf. Er reichte Commissaire Fontaine einen kleinen glänzenden Gegenstand.

»Das könnte einem der Angreifer gehören. Noblecourt hat sich vermutlich festgeklammert und das beim Fallen abgerissen.«

»Merkwürdiges Ding. Haben Sie eine Ahnung, was das sein könnte?«

»Oh, eine Art Schmuck, Verzierung ... Jean-Pierre sprach von einer Uniform.«

Fontaine gab Nicolas den Gegenstand zurück.

»Ich nehme an, mein lieber Kollege, dass es Ihnen zusteht, diesen

Fall zu verfolgen. Er betrifft Sie in mehr als einer Hinsicht. Man hat sich in der Person geirrt, es sollte Sie treffen.«

»Sie sind zu liebenswürdig, ich danke Ihnen. Ich werde Sie auf dem Laufenden halten.«

»Ich habe was gut bei Ihnen, und grüßen Sie Monsieur de Sartine von mir.«

Nicolas lächelte. Man unterstellte ihm einen Einfluss, von dem er nie Gebrauch gemacht hatte, weder zum Vorteil noch zum Schaden seiner Kollegen. Er stieg wieder in die Kutsche, die gewartet hatte, und befahl, ihn in die Rue Neuve-Saint-Augustin zum Hôtel de police zu fahren. Beruhigt, was Monsieur de Noblecourts Zustand betraf, musste er jetzt den Polizeipräfekten sprechen, ihm die Umstände erklären und ihn überzeugen, die Unterstützung des Königs zu gewinnen, damit der Erzbischof von Paris eingeschaltet und der Prozess in Gang gesetzt werden konnte, in dessen Verlauf über die rituellen Maßnahmen in Fällen erwiesener Besessenheit entschieden wurde. Seine Gedanken überraschten ihn, ihm war, als löste sich das Jahrhundert Voltaires und der Enzyklopädisten plötzlich in Illusionen auf und stieße die Stadt und ihre Einwohner in vergangene Zeiten zurück. Und doch hatte er das nicht geträumt, was er gerade in der Rue Saint-Honoré erlebt hatte. Seine Muskeln taten ihm immer noch weh von der Anstrengung, die es ihn gekostet hatte, Miette auf ihrem schwebenden Strohsack festzuhalten.

Seine Gedanken kehrten zu dem Attentat auf den alten Staatsanwalt zurück. Die Sache war sonnenklar. Kommandant Langlumé musste einen starken Groll gegen ihn hegen, der vermutlich noch verstärkt wurde durch die ersten Ergebnisse der Untersuchung der Katastrophe auf der Place Louis XV, und er hatte beschlossen, sich zu rächen. Deshalb hatte Nicolas so getan, als hätte er auf dem Boden die Metallspitze gefunden, die im Schloss der Tür zum Dachboden des Hôtel des Ambassadeurs Extraordinaires gesteckt hatte. Die Wut, die in ihm aufstieg, wenn er daran dachte, dass der harmlose Noblecourt in diese Geschichte hineingezogen worden und sein Leben bedroht gewesen war, hatte ihm dieses Täuschungsmanöver eingegeben, das eine strenge Moral missbilligte. Seine einzige Rechtfertigung war, dass er Langlumé nicht auf andere Weise überführen konnte. Dennoch musste er sich, um seine Seele nicht mit sinnlosen Gewissensbissen zu belasten, daran erinnern, dass Monsieur Noblecourt nur knapp dem Tod entronnen war und dass, wenn sein Kopf nur ein wenig härter auf den Grenzstein aufgeschlagen wäre, der Kommandant der Stadtwache sich für ein Verbrechen hätte verantworten müssen.

Es geschah alles sehr schnell. Sartine war nicht im Hôtel de police und würde erst am nächsten Tag nach Paris zurückkommen. Nicolas fand den Wallach vor, den die Grande Écurie in Versailles ihm zur Verfügung gestellt hatte und der noch nicht wieder abgeholt worden war. Er nahm sich die Zeit, eine kurze Nachricht für Bourdeau zu schreiben und ihm verschiedene Aufträge zu erteilen. Dann überquerte er die Seine und ritt zu den Unbeschuhten Karmelitern, wo er dem entsetzten Pater Grégoire die Abenteuer der vergangenen Nacht erzählte. Überzeugt von Nicolas' Bericht, schrieb dieser einen Brief für den Erzbischof von Paris, in dem er ihm Nicolas empfahl und für die Aufrichtigkeit seiner Worte bürgte. Er segnete den Commissaire ein weiteres Mal, bevor er vor der Jungfrau aus weißem Marmor, dem Stolz des Klosters, zu beten begann.

Nicolas ritt über Meudon und Chaville quer durch den Wald zur Straße nach Versailles und erreichte nach einer Stunde die Place d'Armes. Er war ebenso erschöpft wie sein dampfendes Pferd, das vor Freude, in seinen Stall zurückzukehren, wieherte. Nachdem er es einem Stallburschen übergeben hatte, begab er sich unverzüglich zum Flügel der Minister, überzeugt, dass Monsieur de Sartine dort mit Monsieur de Saint-Florentin, dem Minister der Maison du roi, anzutreffen war. Er hatte sich nicht geirrt, ein Diener bestätigte es ihm inmitten des Lärms der Bittsteller, die sich massenhaft eingestellt hatten in der Hoffnung auf eine Audienz oder ein kurzes Wort zwischen Tür und Angel. Nicolas stand in dem Ruf, vom Minister geschätzt zu werden, und alle Türen öffneten sich ihm. Nach kurzem Warten wurde er hineingeführt. Monsieur de Saint-Florentin und der Polizeipräfekt saßen an einem kleinen Spieltisch und gingen einen Stapel Dokumente durch, unter denen Nicolas die Polizeiberichte über die in Paris wohnenden Ausländer erkannte.

»So was, so was«, sagte Monsieur de Saint-Florentin, »da kommt ja unser guter Monsieur Le Floch! Ich gehe davon aus, dass Sie uns nicht ohne Grund stören? Welcher widrige Wind führt Sie hierher?«

Nicolas war ein Meister darin, sich knapp und bündig, aber dennoch klar auszudrücken. Der Minister hörte ihm zu, den Blick ins Leere gerichtet und das Kinn auf seine Faust gestützt. Und Sartine gelang es nicht, obwohl er gleichmütig wirkte, seinen rechten Fuß ruhig zu halten. »Deshalb«, sagte Nicolas abschließend, »bitte ich untertänigst darum, in diesem außergewöhnlichen Fall Seine Eminenz, den Erzbischof von Paris, einzuschalten. Wenn ich mir erlauben darf ...«

»Erlauben Sie sich, erlauben Sie sich.«

»Wenn wir nicht so vorgehen, riskieren wir, dass die Kirche sich das Recht anmaßt, die Angelegenheit allein zu regeln, zumal die Sache schon nicht mehr geheim ist.«

»Gut erkannt, gut erkannt. Was denken Sie, Sartine?«

»Ich neige dazu zu denken, dass Monsieur Le Floch uns ein weiteres Mal ein X für ein U vormacht, aber da er letztlich doch jedes Mal recht behält, empfehle ich, ihm in dieser Angelegenheit freie Hand zu lassen, falls der König es befiehlt. Außerdem werden wir«, fügte er mit einer bedeutsamen Geste hinzu, »falls die Sache schiefläuft, nicht den Erzbischof gegen uns haben, denn er wird gezwungen sein, mit uns an einem Strang zu ziehen. Das ist der einzige Grund, der mich überzeugt, denn ich glaube nicht an den Teufel und seine Kindereien. Sollte das Weihwasser sie jedoch vertreiben, sollten wir uns nicht den Spaß verderben! Trotzdem misstraue ich der Person. Erinnern Sie sich an die Affäre der *Gazette ecclésiastique?*«

»Ich erinnere mich nur zu gut daran, aber rufen Sie mir die Ereignisse zur Erbauung – das ist das rechte Wort – unseres Commissaires in Erinnerung.«

Nicolas hütete sich zu sagen, dass er seinen Chef bereits etliche Male diese Affäre erzählen gehört hatte.

»Es ist eine Tatsache«, begann Sartine, »dass ich es geschafft hatte, mir einen Schriftsteller, der für diese Zeitschrift arbeitete, zu verpflichten. Er brachte mir die Korrekturfahnen, in denen er auf meinen Wunsch die allzu satirischen Passagen strich. Monseigneur de Beaumont gelang es, eine dieser Fahnen in die Hand zu bekommen, und er entdeckte meinen ergebenen Diener. Er bat den König um einen Haftbefehl, bekam ihn, und die unverzüglich übersandte Lettre de cachet wurde ihm ausgehändigt. Er ließ sie in Paris durch einen Beamten seines Offizialats vollstrecken. Ich erfuhr sofort davon und eilte zum König, um mich zu beschweren. Ich gestand ihm, dass nur durch Vermittlung der eingesperrten Partei verhindert werden könne, dass die *Gazette écclésiastique* in unseren religiösen Unruhen zu einem Instrument der Gärung sowohl unter den Jansenisten als auch in der molinistischen Partei der Jesuiten würde. Ich machte ihm vor allem klar, wie gefährlich es sei, die Vollstreckung der Lettres de cachet in Paris in andere Hände als diejenigen des Polizeipräfekten zu legen.«

»Augenblicklich«, unterbrach Saint-Florentin ihn, »ließ der König mich rufen und befahl mir, eine weitere Lettre de cachet abzuschicken, um den Gefangenen zu befreien, und beauftragte mich, dafür zu sorgen, dass zukünftig die Vollstreckung seiner Befehle genau nach den Vorschriften erfolgen. Nun ja, für diese Angelegenheit haben wir eine Position bezogen, die mir klug zu sein scheint. Jetzt müssen wir nur noch den König finden. Er hat heute Morgen im Großen Park gejagt. Ich verfüge über eine ganze Kette von Mittelsmännern, die mich über seine Rückkehr informieren.«

Er betätigte eine kleine Klingel. Ein Diener erschien, dem er Anweisungen erteilte. Ohne sich weiter um Nicolas zu kümmern, setzte er die Durchsicht der Dokumente fort, die Sartine ihm reichte. Er begleitete seine Lektüre mit kurzen Kommentaren, die der Polizeipräfekt mit der Feder notierte. Auf diese Weise ließen sie das ganze geheime Leben der Hauptstadt Revue passieren – insbesondere die Anwesenheit von Ausländern in den Unterkünften und Hotels, die stets verdächtigt wurden, mit ausländischen Mächten unter einer Decke zu stecken. Der Diener kam zurück und flüsterte dem Minister ein paar Worte ins Ohr.

»Gut, gut, Seine Majestät hat gerade das Tor der Reservoirs passiert. Ich denke«, sagte er und erhob sich, »wir werden ihm ohne Vorwarnung eine Nachricht zustecken können.«

Unten an der Treppe wurden sie von einem Schwarm Bittsteller umlagert, die ein Amtsdiener mit einer Rute zurückzudrängen versuchte. Der Kopf von Monsieur de Saint-Florentin verschwand für einen Augenblick unter einer Wolke von Gesuchen, die seine Perücke umschwirrten wie weiße Schmetterlinge. Nachdem sie den Marmorhof durchquert hatten, betraten sie die Großen Gemächer. Bei seinem ersten Besuch in Versailles 1761 hatte Nicolas denselben fast initiatorischen Weg genommen. Er war über diese Stufen gegangen, durch dieses Vestibül, durch diese langen Korridore und dieses Labyrinth aus Fluren, um endlich wie heute in einen Saal von beträchtlichen Ausmaßen zu gelangen, der ebenerdig auf den Park ging. Er füllte sich nach und nach mit Höflingen, blauen Jungen und Dienern, die Handtücher in einem Schiff aus Korbweide trugen. Monsieur de La Borde empfing sie. Der König näherte sich, und ein undeutlicher Lärm von Schritten, Rufen und feierlichen Ansagen wurde laut und hallte wider von den hohen Wänden. Der Erste Kammerdiener erkundigte sich nach den Gründen für dieses ungewöhnliche Erscheinen des Ministers und seiner Leute. Nicolas erzählte ihm den Fall in wenigen Worten. La Borde verzog das Gesicht; Madame du Barry erwarte ihren Herrn und Gebieter im Kleinen Kabinett. Er erinnerte seinen Freund daran, dass die neue Favoritin von anderem Kaliber als die Pompadour sei, schön, jung und temperamentvoller als die Marquise. Sie verlangte vom König Aufmerksamkeiten, denen die Erregung der Jagd förderlicher sei als die schweren Abfolgen mitternächtlicher Gelage. Daher liebe der König es nicht, zu dieser Stunde privilegierter Intimität gestört zu werden. An die Stelle der ruhigen Unterhaltung und der Erfrischungen von einst seien andere Spiele getreten. Endlich erschien der Monarch in seinem blauen, mit goldenen Borten geschmückten Anzug. Er schlug mit dem Griff seiner Peitsche auf seine Schenkel. Anscheinend war die Jagd erfolgreich gewesen, er lächelte. Doch Nicolas bemerkte erneut seinen krummen Rücken. Gezeichnet von seinen sechzig Jahren, sah man dem König jetzt sein Alter an, und seine Vertrauten machten sich Sorgen wegen der Exzesse, welche die leidenschaftliche Jugend seiner Geliebten einem müden und verbrauchten Organismus zumutete.

Das übliche Zeremoniell begann, sobald Ruhe eingekehrt war. Ludwig XV. machte Saint-Florentin ein Zeichen, worauf dieser zu ihm ging und sich auf die Zehenspitzen stellte, um ihm relativ lange etwas ins Ohr zu flüstern. Der König blinzelte und sah zuerst den Polizeipräfekten an und dann Nicolas, den er mit jenem freundlichen Gesichtsausdruck bedachte, welchen er immer für den kleinen Ranreuil hatte, wenn er ihn bei den Defilees im Spiegelsaal zufällig erkannte. Der Minister beendete sein vertrauliches Flüstern. Der König hob die Hand, und La Borde näherte sich, um Befehle entgegenzunehmen.

»Seine Majestät wünscht allein zu bleiben«, sagte La Borde und deutete auf die kleine Gruppe, die der Minister und seine beiden Begleiter bildeten.

Die Menge der Höflinge zögerte. Ein dumpfes Gemurmel

stieg von der enttäuschten Versammlung auf. Der König runzelte gebieterisch die Stirn. Die Flut zog sich zurück mit neugierigen oder feindseligen Blicken auf die Privilegierten, zu deren Gunsten das übliche Protokoll umgestoßen wurde.

»Du bleibst«, sagte der König zu einem kleinen geschminkten alten Mann, den seine roten Absätze größer machten und in dem Nicolas sofort den Maréchal Duc de Richelieu erkannte. »Wo es Teufeleien gibt, hast du deinen Platz!«

»Sire, die Bourbonen haben stets Angst vor dem Teufel gehabt, das ist bekannt.«

»Ja«, entgegnete der König, »weil sie ihn nicht so wie du gesehen haben.«

Der Alte verneigte sich lachend.

»Ja, meine Herren, als Botschafter in Wien hat mein Cousin, den Sie hier sehen und der mich, wohlgemerkt, repräsentierte, die verwerfliche Laune gehabt, sich in die Gesellschaft einiger schlimmer Geisterbeschwörer einführen zu lassen, die ihm versprachen, ihm Beelzebub zu zeigen.«

Der König senkte die Stimme und bekreuzigte sich.

»Sire, ihn zu benennen ist, als würde man ihn rufen.«

»Schweig, Libertin! Er ließ sich also auf dieses Hirngespinst ein, meine Herren. Es gab eine nächtliche Zusammenkunft, aber einige der Anwesenden redeten. Es kam zum Skandal, der ganz Wien spaltete. Nun, Richelieu, der kleine Ranreuil, den Sie hier sehen …«

»Ich kenne ihn«, sagte der Maréchal mit einem Lächeln, das sein falsches Gebiss entblößte.

»… hat mit seinen eigenen Augen eigenartige Manifestationen und Anfälle von Besessenheit gesehen. Er bittet mich zu erlauben, dass der Erzbischof von Paris einen Exorzismus anordnet. Was sagst du dazu, Richelieu?«

»Ich sage, dass man, wenn man die Wahl hat, bei einem erwiesenen Fall nichts zu tun oder einen zulässigen und von der Kirche erlaubten Versuch zu unternehmen, besser die zweite Möglichkeit wählt, so ungewiss der Ausgang auch sein mag. Andernfalls wird der Erzbischof im Hinterhalt lauernd abwarten und jedes Mal versuchen, uns eine Retourkutsche zu verpassen. Ich hatte ein derartiges Problem in meiner Zeit in Guyenne zu lösen. Ich habe die Gerüchte und den Volksaufruhr im Keim erstickt, mit Weihwasser und Kerzenwachs.« Der König schlug noch immer die Peitsche gegen sein Bein, widersprüchliche Gedanken schienen auf ihn einzustürmen.

»Ranreuil, haben Sie ihn wirklich gesehen?«

»Sire, ich bitte um Verzeihung, wen?«

»Den ... na ja, Ihr Strohsack hat sich doch nicht von allein bewegt!«

»Ich kann versichern, dass er schwebte, sich heftig über dem Boden bewegte, man hätte vier Hände darunterhalten können, und dass das junge Mädchen Latein und Deutsch sprach und dass ...«

»Und dass?«

»Dass der Marquis de Ranreuil, Ihr verstorbener Diener, durch ihren Mund geredet und Geheimnisse angesprochen hat, die nur ich kenne.«

»Gut!«, sagte der König. »Da wir keine andere Wahl haben, erlaube ich Ihnen, dem Erzbischof die Frage zu stellen. Saint-Florentin, veranlassen Sie alles Notwendige, Sie verfügen über genügend blanko unterschriebene Briefe. Damit Commissaire

Le Floch ungehinderten Zugang zu Seiner Eminenz in Paris haben kann. Aber Ranreuil, Sie schulden mir einen ausführlichen Bericht, Sie erzählen so gut.«

Und mit dieser liebenswürdigen Bemerkung wandte der König ihnen den Rücken zu und gab sich in die Hände seiner Diener. Nicolas begleitete seinen Dienstherrn in den Flügel der Minister. Monsieur de Saint-Florentin schrieb ein paar Worte auf eine Blankovollmacht, versiegelte sie und drückte sorgfältig seinen Stempel in das Wachs. Als es getrocknet war, reichte er Nicolas wortlos das Schreiben. Dieser wollte gerade den Hof des Schlosses verlassen, als Sartine ihn ganz außer Atem einholte. Er schärfte Nicolas noch einmal ein, dass er in der Sache auf dem Laufenden gehalten zu werden wünsche, und ermahnte ihn, darauf zu achten, in dieser so heiklen Situation kluge Entscheidungen zu treffen. Offensichtlich konnte die Absprache mit der Kirche für Sartine nur zu risikoreichen Ergebnissen führen, auch wenn die Anfänge auf dem seltenen Einverständnis zwischen ziviler und geistlicher Macht beruhten. Er ermahnte ihn, so aufrüttelnd dieser Fall auch sein mochte, nicht die Auswirkungen der Untersuchung auf die Katastrophe von der Place Louis XV zu vergessen. Nicolas nutzte die Gelegenheit, seinen Chef über den Angriff auf die Person von Monsieur de Noblecourt zu informieren.

Sartine reagierte dermaßen empört darauf, dass Nicolas sich ermächtigt glaubte, ihm die Sache mit der Metallspitze zu enthüllen. Der Polizeipräfekt schwieg und sah ihn neugierig an. Nicolas fügte hinzu, dass er sich bewusst sei, die Grenzen überschritten zu haben, indem er vergessen habe, was Monsieur de Sartine ihm bei seinem Eintritt in die Polizei eingeschärft habe, dass nämlich von seiner Genauigkeit das Leben und die Ehre von Menschen abhängen werde, die, selbst wenn sie das schlimmste Lumpengesindel seien, vorschriftsgemäß behandelt werden müssen, und dass er deswegen, sich seines Fehlers bewusst, den König um seine Entlassung bitten werde, sobald der Fall, mit dem er gegenwärtig befasst sei, als aufgeklärt gelten könne.

Sartine lächelte. Sicher, er verstehe seine Skrupel, und sie würden die Wertschätzung, die er ihm entgegenbringe, sogar noch steigern, aber das alles sei nichts als Kinderei. Wie könne man einem Mann eine gerechte Behandlung zubilligen, der die Unfähigkeit der Stadtverwaltung und den Tod so vieler Unschuldiger zu verantworten habe und der nur durch Zufall nicht zum Mörder eines alten Mannes geworden sei? Verfüge man denn über ein Mittel, ihn zu überführen, ja oder nein? Man müsse es benutzen, um welchen Preis auch immer, das verlange die Gerechtigkeit, und er, der Polizeipräfekt, übernehme die Verantwortung dafür und entlaste ihn von jeder Schuld und Reue. Er verpflichtete Nicolas nachdrücklich, den Kommandanten Langlumé zu verhaften, dessen wiedergefundene Metallspitze sicher dazu beitragen werde, seine Schuld zu beweisen, zumindest in den Augen der Richter.

Leichten Herzens machte Nicolas sich daher auf den Rückweg nach Paris, nachdem die Grande Écurie ihm erneut ein Pferd zur Verfügung gestellt hatte – eine kräftige und feurige graugelbe Stute. Der Ritt verlief problemlos; Nicolas spürte weder seine Müdigkeit noch seinen Hunger. Um fünf Uhr ritt er durch die Porte de la Conférence. Eine halbe Stunde später ließ er sein Pferd in der Obhut des diensthabenden Laufburschen des Châtelet. Dann ließ er sofort die Häuser des Pont-au-Change rechts liegen und ging den Quai des Gesvres entlang. Dieser Erdwall über dem Fluss, der von einer Galerie überwölbt wurde, führte zum Pont Notre-Dame. Die Seine war hier eine schreckliche Kloake, in die vier Abwasserkanäle ihren Schlamm entleerten, in der das Blut der Schlachtereien landete und in die alle Latrinen ihren Unrat abluden. Nicolas musste sich ein Taschentuch auf die Nase pressen, um diese üblen Ausdünstungen nicht einatmen zu müssen. Die Hitze des Sommers machte sich bereits bemerkbar, und der Fluss, nicht mehr angeschwollen von den Frühlingshochwassern, überschwemmte nicht mehr die stinkenden Bögen dieser Brücke. Nicolas drang in das Quartier de la Cité vor, das zu Sartines Leidwesen immer noch »die überraschende Ansammlung einer großen Anzahl von Häusern« war. Keines stand in einer Reihe, und ihre Anordnung schuf überall Ecken, Winkel und Engpässe. Nicolas überquerte den engen Vorplatz von Notre-Dame und hob den Klopfer einer mit Nägeln und Eisenstangen verstärkten Tür, durch die man das erzbischöfliche Palais betrat, ein mittelalterliches Gebäude mit Türmchen auf der Südseite der Kathedrale.

Ein livrierter Diener öffnete ihm und fragte nach dem Grund seines Besuchs. Ihm wurde fast schlecht, als er hörte, dass Nicolas seinen Herrn unverzüglich zu sprechen wünsche. Er schickte sich gerade an, ihn abzuweisen, als eine schmächtige Person im kurzen Gewand eines Geistlichen aus dem Dunkel des Vestibüls auftauchte. Es war einer der Sekretäre des Prälaten, und Nicolas hielt es nicht für nötig, ihm seinen Rang mitzuteilen und in wessen Namen er es wagte, die Ruhe des Hausherrn zu stören.

»Haben Sie irgendeinen offiziellen Auftrag für Ihre Mission?«, fragte der Sekretär.

»Ich habe zwei Schreiben für Seine Eminenz.«

Der andere streckte seine Hand aus mit der gespielten Unschuld desjenigen, der ein Ding wagt, ohne wirklich daran zu glauben.

»Monsieur«, sagte Nicolas kühl, »ich werde sie nur persönlich ihrem Adressaten aushändigen. Aber ich bin bereit, Sie das Siegel eines der Schreiben sehen zu lassen.«

Er zeigte ihm das Schreiben des Königs, das mit den drei Lilien des französischen Wappens gesiegelt war.

»Monsieur«, sagte der Sekretär daraufhin, »bedenken Sie, dass es sehr spät ist, dass Sie unangemeldet auftauchen und dass Monseigneur sehr erschöpft ist von den Pfingstzeremonien. Daher schlage ich vor, dass Sie Ihre Briefe hierlassen. Ich werde sie ihm morgen geben, und wir werden sehen, wie er darauf reagieren wird.«

»Monsieur, es tut mir sehr leid, aber ich muss den Erzbischof sprechen. Das ist ein Befehl des Königs.«

Das noch jugendliche Gesicht errötete. Nicolas konnte wie in einem offenen Buch die Fragen lesen, die seinem Gesprächspartner durch den Kopf schwirrten. Allerdings war Monseigneur de Beaumont bereits dreimal verbannt worden, und unter diesen Umständen war es berechtigt, mit allem zu rechnen …

»Es geht nicht etwa darum, Monsieur …«

Nicolas ließ ihn den Satz nicht beenden.

»Beruhigen Sie sich, Monsieur, ich kann Ihnen sagen, dass es nur um eine Angelegenheit geht, die in der geistlichen Zuständigkeit Ihres Herrn liegt, und dass er in keiner Weise bedroht ist, falls es das ist, was Sie vermuten.«

»Gott sei Dank! Gut, ich werden sehen, ob Monseigneur Sie empfangen kann. Er wollte gerade in Gesellschaft eines Besuchers zu Abend essen.«

Der kleine Geistliche zog sich zurück und ließ Nicolas mit einem mürrischen und misstrauischen Diener allein. Er musste nicht lange warten, bis er wortlos aufgefordert wurde, eine große Treppe aus dunklem Holz hinaufzugehen. Im ersten Stock diente ein großes Vorzimmer, an dessen Wänden Porträts von Kardinälen und Erzbischöfen hingen, wohl diejenigen der Vorgänger, wie Nicolas vermutete, als Wartezimmer. Der Sekretär kratzte an einer Tür, öffnete sie, murmelte ein paar Worte, trat beiseite und ließ ihn eintreten.

Nicolas war beeindruckt von der ebenso nüchternen wie prunkvollen Ausstattung des karg möblierten Raums. Die Decke, deren Balken Wappen schmückten, verlor sich in der Dunkelheit. In einem Kamin mit Renaissancemotiven loderte ein Feuer, das nicht so recht zur Jahreszeit passte. Eine riesige Kreuzabnahme – als großer Liebhaber der Malerei und unermüdlicher Besucher der Kirchen schätzte Nicolas, dass dieses Bild aus dem vorigen Jahrhundert stammte – erdrückte das Zimmer mit seinen Hell-Dunkel-Effekten. Ein Orientteppich in Rottönen bedeckte den Boden.

Der Erzbischof saß in einem großen Sessel am Feuer, neben einem Tisch, auf dem ein großer Leuchter thronte, dessen Kerzen brannten. Ein zweiter Sessel stand ihm gegenüber. Nicolas fand die Pose des Prälaten ein wenig theatralisch. In violetter Soutane und Beffchen, den Oberkörper halb bedeckt von einem wattierten Umhang, starrte er ins Feuer, das Kinn auf die linke Hand gestützt, während die rechte das Kreuz des Ordens vom Heiligen Geist streichelte, dessen blau schillerndes Band, unter den beiden Flügeln des Beffchens hindurchführend, um seinen Hals hing. Er trug es, als wäre es ein Brustkreuz. Er wandte sich

Nicolas zu, dem sogleich sein fast bleiches Gesicht und die geröteten Augen auffielen. Zwei große bittere Falten umrahmten einen Mund mit wohlgeformten Lippen und führten zu einem etwas spitzen Kinn, das durch seine Schlaffheit und sein Grübchen einen Kontrast zur hohen Stirn und dem fast weißen, weitgehend natürlich frisierten Haar bildete. Er reichte Nicolas die Hand, und dieser verneigte sich und küsste sie.

»Man sagte mir, Monsieur le Commissaire Le Floch, dass Sie mir Befehle des Königs zu übermitteln haben.«

Der Erzbischof hatte das gesagt, als verstünde es sich von selbst, und in seiner Stimme schwang ein gutes Quäntchen Ironie mit.

»Monseigneur, ich habe Ihrer Eminenz nur zwei Schreiben zu übergeben. Das eine kommt von Seiner Majestät und das andere von Pater Grégoire, einem Unbeschuhten Karmeliter aus der Rue de Vaugirard. Ich will Ihnen nicht verhehlen, dass sie sich beide auf denselben besorgniserregenden Gegenstand beziehen.«

Er reichte die Schreiben Christophe de Beaumont, der in seinem Ärmel nach einer Brille suchte und die beiden Briefe öffnete, beginnend mit dem des Königs, den er sofort wieder zusammenfaltete und in seinen Ärmel steckte. Derjenige von Pater Grégoire wurde sehr rasch gelesen und ins Feuer geworfen.

»Der Brief von Pater Grégoire hätte genügt«, sagte der Erzbischof. »Ich habe die größte Wertschätzung für ihn, und er versorgt mich häufig mit wirksamen Medikamenten für meine Krankheiten. Viel wirksamer, muss ich sagen, als diejenigen, mit denen mich die Herren von der Fakultät benommen machen. Monsieur le Commissaire – oder sollte ich sagen Monsieur le

Marquis? –, ich nehme es als liebenswürdige Aufmerksamkeit, dass Seine Majestät Sie zu mir geschickt hat.«

Nicolas verzichtete auf eine Antwort, da er die Adelsmarotte des Prälaten kannte und seinen Stolz auf die uralte Herkunft seiner Familie – die Beaumonts du Repaire –, die er, wie es hieß, fast auf die Sintflut zurückführte.

»Aber glaubt Seine Majestät wirklich«, fuhr Beaumont fort, »dass ich von dieser Sache nichts weiß? Der Pfarrer von Saint-Roch hat meine Leute längst davon in Kenntnis gesetzt. Hätte der König nicht beschlossen zu handeln, um die Ordnung in seiner Stadt aufrechtzuerhalten, hätte ich es selbst für die Seelenruhe meiner Schäfchen getan.«

Und als spräche er zu sich selbst, fügte er hinzu:

»Jahrhundert der Auszehrung, in dem dieses arme verirrte Volk, auf Abwege geführt durch so viele verdammenswerte Beispiele, den Weg sucht, ohne ihn zu finden, und nicht mehr auf den guten Hirten hört! Leider kühlt die Nächstenliebe ab, und Meinungsverschiedenheiten verunsichern die Kirche. Wo also wäre die Wahrheit vollkommen geschützt? Und was den Gehorsam betrifft … Bei politischen Unruhen ist die gute Partei immer diejenige des Königs, bei kirchlichen Dissonanzen und in Fragen der Doktrin ist die gute Partei immer die der Erzbischöfe.«

Der Blick, der sich erneut in den tanzenden Flammen verloren hatte, richtete sich wieder auf Nicolas.

»Gehen wir der Reihenfolge nach vor, bitte. Und um den Punkt, um den es geht, besser zu verstehen, muss ich Sie genauer kennenlernen. Sie haben einst eine gute Erziehung in Vannes in einem renommierten Haus erhalten.«

Nicolas fasste das nicht als Frage auf.

»Glauben Sie an den Teufel, mein Sohn?«

»Ich glaube an die Lehren der heiligen Kirche. Mein Amt verpflichtet mich dazu, das Böse aufzuspüren. Aber das, was in der Rue Saint-Honoré geschehen ist, erschüttert all meine Gewissheiten und übersteigt das menschliche Vorstellungsvermögen.«

Die Hand des Erzbischofs umklammerte die Taube des Heiligen Geistes.

»Gott bedient sich manchmal des Niedrigsten und Verachtenswertesten, was es in der Welt gibt, und sogar einiger Dinge, die es nicht gibt, um diejenigen zu zerstören, die es gibt.«

Er richtete sich auf. Nicolas hatte ihn sich nicht so groß vorgestellt. Seine Körperfülle beeindruckte im Prunk des Bischofsgewands. Allerdings bildeten der Oberkörper und der Hals einen merkwürdigen Winkel mit dem Rest; Beaumont hatte sichtlich Mühe, sich gerade zu halten. Auch schien er beim Gehen Probleme zu haben. Nicolas merkte es, als der Prälat ein paar Schritte machte, um den Klingelzug zu bedienen, und sich mit einem Seufzer der Erleichterung wieder in den Sessel fallen ließen.

»Ich hatte mir meine Meinung über diese Angelegenheit schon gebildet, bevor Sie kamen. Ich wollte nur sehen, ob der König beschließen würde, dass seine Leute eingreifen, und wer dazu bestimmt werden würde.«

Nicolas spürte hinter diesen Worten die ganze Macht einer Kirche, als würde seine Tätigkeit im Dienst der Polizei des Königreichs beobachtet, beurteilt und durchschaut.

»Pater Grégoire bürgt für Ihre … Ehrlichkeit, um einen weltlichen Ausdruck zu benutzen. Er versichert mir, dass Sie sich dieser ernsten und verwirrenden Angelegenheit annehmen, indem Sie die Kraft der Vernunft mit der Befolgung der Gebote unserer heiligen Kirche verbinden. Ich habe Ihr Kommen nicht heute Abend erwartet, aber ich wusste, dass Sie mit dem König unmittelbar nach seiner heutigen Jagd gesprochen haben.«

Nicolas wusste das Feingefühl dieser Worte zu schätzen. Wie konnte man besser klarmachen, dass der Erzbischof seine Augen und Ohren überall hatte, selbst am Hof, und das bis in die unmittelbare Umgebung des Herrschers.

»Daher«, fügte der Erzbischof hinzu, »habe ich vorausschauend die Initiative ergriffen. Als mein Sekretär mir meldete, dass Sie hier seien, wollte ich gerade mit Pater Raccard zu Abend essen, meinem verlängerten Arm in den Regionen der Finsternis, dem Exorzisten der Diözese.«

In diesem Augenblick trat der Sekretär durch eine Tür ein, die hinter einem Wandteppich verborgen gewesen war, den er hochhielt, um einen hochgewachsenen Mann hereinzulassen, der eine echte Naturgewalt zu sein schien. Nicolas schätzte, dass er auf die fünfzig zuging. Nach hinten gekämmtes, leicht ergrautes Haar gab den Blick auf ein Gesicht frei, dessen Züge eher auf ein militärisches als ein kirchliches Amt deuteten. Offensichtlich interessierte sich Pater Raccard nicht sonderlich für sein Äußeres, wie seine Soutane bewies, die so abgewetzt und so oft gewaschen und gestopft worden war, dass sie grünlich schimmerte und die Borten stellenweise den Einlagefaden sehen ließen. Unter den zu kurzen Ärmeln kamen Reste zerrissener und vergilbter Spitzenmanschetten hervor, die den Blick auf dicke Hände lenkten, deren Finger mit braunen Haarbüscheln bedeckt waren. Die ganze Erscheinung erinnerte Nicolas an einen Holzfäller, der im Park des Château de Ranreuil gearbeitet und dessen Aussehen ihn bei jeder Begegnung aufs Neue erschreckt hatte. Sanfte braune Augen richteten sich auf Nicolas, und der Mund deutete ein Lächeln an, das den Schreck abmilderte, den die Erscheinung des Exorzisten auslöste.

Beaumont stellte sie einander vor. Er schien immer stärker zu leiden und saß zusammengesunken in seinem Sessel, womit er zeigte, dass seine gemessen-feierliche Haltung einer schmerzvollen Willensanstrengung zu verdanken war.

»Meine Söhne, ich lasse Sie Ihren Kampf vorbereiten. Er erfordert und verlangt eine klare Seele, aber auch die einfache Kraft der Wahrheit. Empfangen Sie meinen Segen.«

Seine rechte Hand hob sich, und er sprach mit echt empfundener Feierlichkeit die Segensworte. Raccard nahm Nicolas bei der Schulter und schob ihn zur Tür. Der Erzbischof schien eingeschlafen zu sein, doch das Zucken seiner Gesichtszüge bewies, dass ihn gerade wieder Schmerzen quälten. Der Sekretär bemühte sich um ihn, ohne sich weiter um die Besucher zu kümmern. Diese gingen hinaus auf den Vorplatz von Notre-Dame, der bereits in Dunkelheit getaucht war.

»Sollen wir in die Rue Saint-Honoré gehen?«, fragte Nicolas. »Ich werde Ihnen unterwegs meine Beobachtungen mitteilen.«

»Nein, Sie haben mich vom Abendessen mit dem Erzbischof abgehalten! Ehrlich gesagt habe ich nichts versäumt. Seine Gesundheit erlaubt ihm nur Wurzeln und Grünzeug. Aber Sie müssen wissen, dass die Aufgabe, die uns erwartet, einen gesunden und gut genährten Körper verlangt. Der Exorzismus, den wir übrigens nur selten praktizieren, so sehr sind die extremen Fälle eine Ausnahme, erfordert körperliche Kraft und eiserne Ausdauer. Ich schlage Ihnen also Folgendes vor: Ich wohne bloß ein paar Schritte entfernt und werde was für uns kochen. Allerdings, mein lieber Commissaire, müssen Sie über die Unordnung bei mir hinwegsehen.«

Pater Raccard nahm Nicolas in die Rue aux Févres mit, wo sie in ein windschiefes Haus traten. Die Stufen der Treppen knackten, und es war stockfinster, weil man in diesen alten Gemäuern, die wie Zunder brannten, nichts so sehr fürchtete wie ein Feuer. Nicolas hörte, wie sich ein Schlüssel in einem Schloss drehte. Der Pater zündete ein Streichholz an; die schwache Flamme durchquerte einen Raum und setzte sich auf eine Kerze. Der Anblick, der sich ihm bot, verschlug Nicolas den Atem. Eine unbeschreibliche Unordnung herrschte in dem Zimmer, das lang und unregelmäßig war wie der Gang eines Schiffes. Die Decke mit ihren verzogenen Balken wölbte sich nach unten, und es gab keine parallele oder rechtwinklige Linie. Das Innere war wie eine Höhle, deren Wände mit Regalen bedeckt waren, in denen unzählige Bücher standen, von denen manche sehr alt zu sein schienen. Auf einem Tisch mit gedrechselten Beinen, der voller Manuskripte und Papiere war, hielt eine schwarze Katze Wache. Ihre grünen Augen fixierten Nicolas mit ruhiger Gleichgültigkeit.

Raccard verschwand und begann herumzuwirtschaften, um seinen Herd anzuzünden. Vor den Augen seines Gastes brachte er Käse aus dem Piemont zum Schmelzen, den ein befreundeter Dominikaner aus Turin ihm regelmäßig mit der Postkutsche schickte. Er fügte Butter und gemahlenen Pfeffer hinzu und bestrich große Brotscheiben damit. Dann lief er ins Zimmer zurück und räumte eines des Bücherregale frei, wodurch ein Versteck voller staubiger Fläschchen zum Vorschein kam. Er ging wieder in die Kammer, in der sein Herd stand, und wärmte eine Suppe auf, die Nicolas schmecken werde, da sie aus Gemüsen bestehe, die mit einem Enten-Confit gekocht worden seien, das aus einer Provinz komme und der er einen Schuss Vieille Prune hinzufügen werde, um ihr, wie er sich ausdrückte, mehr Substanz und eine besondere Note zu verleihen.

Das Abendessen war köstlicher, als Nicolas an einem so merkwürdigen Ort erwartet hatte. Und der alte Wein, ein charaktervoller Burgunder des Hospices de Beaune, löste die Zungen. Nicolas schlug Pater Raccard vor, er solle sich erst ausruhen. Sie könnten sich am nächsten Tag in der Rue Saint-Honoré treffen. Der Exorzist lehnte diesen Vorschlag ab; der Teufel, wenn er es denn wirklich sei, warte nicht. Je schneller der Kampf beginne, desto größer wären die Chancen, den Schaden zu begrenzen. Außerdem wünsche Seine Eminenz, dass die Angelegenheit so schnell wie möglich geregelt werde und keine Unruhe unter den Gläubigen auslöse mit all den katastrophalen Folgen, die derartige Manifestationen stets nach sich ziehen. Man müsse »über ihn herfallen«, und da die Besessenheit nachts und frühmorgens auftrete, wolle er schon heute Abend vor Ort sein. Er nahm aus einem Wandschrank einen Handkoffer, in den er ein großes Brevier, seine Stola, eine Flasche Weihwasser, ein Kruzifix und eine kleine Silberdose sowie einen Buchsbaumzweig und Kerzen packte.

»Das ist nötig, aber keineswegs ausreichend«, erklärte Pater Raccard. »Alles ist hier.« Er deutete auf seinen Kopf und sein Herz.

»Sind Sie in der Lage, sich dem Dämon zu stellen? Kann man Sie überraschen, Sie aus der Fassung bringen, wenn man Ihnen verdrängte Ereignisse oder vergessene Handlungen enthüllt?«

»Das ist bereits geschehen, Pater«, erwiderte Nicolas. »Und das hat mich von seiner Macht überzeugt, aber nicht von seinem Einfluss auf mich.«

»Gut, aber Hochmut ist nicht angebracht. Dieser Dämon schleicht sich durch alle unsere Schwachstellen ein, sogar durch unsere Tugenden. Wenn Sie sich nicht stark genug fühlen, lassen Sie es sein oder verstopfen Sie sich die Ohren wie Odysseus mit Wachs! Obwohl ich vermute, dass der Dämon imstande ist, in unserem Inneren zu reden. Seine Gebete zu sprechen ist immer noch der beste Schutz.«

Sie traten in die Nacht hinaus und gingen zügig los. Da sie keinen Wagen fanden, mieteten sie die Dienste eines Laternenträgers, der ihnen den Weg leuchtete. Nicolas konnte es sich, ein wenig selbstgefällig, nicht verkneifen, seinen Begleiter darauf aufmerksam zu machen, dass Monsieur de Sartine auf seine Initiative hin 1768 einen Tag-und-Nacht-Dienst von Regenschirm- und Laternenträgern geschaffen hatte. Die Tagelöhner, die diese Aufgabe übernahmen, trugen eine Laterne, auf deren Türchen ihre Nummer eingestanzt war. Natürlich waren sie im Sicherheitsbüro registriert und dienten, was Nicolas nicht verhehlte, der Polizei als nützliche Hilfskräfte. Auf dem Quai de la Mégisserie folgten ihnen eine Weile drei zwielichtige Gestalten, doch die Statur des Geistlichen und Nicolas' Degen sowie das Auftauchen einer Patrouille der Nachtwache schreckten sie schließlich von einem Überfall ab. In der Rue Saint-Honoré öffnete ihnen Semacgus mit noch lebhafterer Gesichtsfarbe als sonst die Tür.

»Sie kommen gerade recht!«, rief er. »Ich ruhte mich ein wenig in Ihrer Kammer aus, als ich einen merkwürdigen Lärm hörte. Kurz darauf hat Miette einen Anfall bekommen.«

Der Wundarzt wirkte gealtert und verstört.

»Sie hat mit der Stimme von Madame Lardin gesprochen!«, fuhr er fort. »Wir mussten sie auf ihrem Lager festbinden.«

IX

Exorzismus

In diesem Kampf steht Christus nicht dazwischen, Er ist ganz auf unserer Seite. Wenn wir in die Schranken getreten sind, hat Er uns gesalbt und den anderen angekettet.

JOHANNES CHRYSOSTOMOS

Semacgus schilderte ihnen die Ereignisse der frühen Nachtstunden. Er bestätigte Nicolas' vorangegangene Berichte. Der Wundarzt war so mitgenommen von dem, was er erlebt hatte, dass er an sich selbst zu zweifeln begann und davon sprach, einen Kollegen zu konsultieren, um seinen Gesundheitszustand überprüfen zu lassen. Er verlor sich in den unwahrscheinlichsten Mutmaßungen, um eine Erklärung zu finden, die seine Angst und sein Grübeln erträglicher machte. Nicolas hütete sich, seine Zufriedenheit über diese Kehrtwendung zu zeigen, war aber beruhigt, die Last der Ungewissheit von jetzt an mit seinem Freund teilen zu können.

Was Pater Raccard anbelangte, so rieb er sich die Hände in einer Art Vorfreude, wie ein alter Soldat, der sich zum Sturm auf die Festung anschickt. Seine gute Laune hatte eine aufmunternde Wirkung auf den Marinewundarzt. Nicolas, der immer sehr genau auf die Warnsignale seiner stets wachen Sinne achtete, vernahm erneut, seit er das Haus der Galaines betreten hatte, das Geräusch von Nagandas Trommel. Ohne sich weiter damit aufzuhalten, kam ihm flüchtig der Gedanke, dass zwischen diesen Praktiken des Wilden und dem Drama, das sich in Miettes Zimmer wiederholte und Körper und Geist des Dienstmädchens den Foltern einer dunklen und bedrohlichen Macht unterwarf, ein Zusammenhang bestehen könnte.

Schreie drangen aus dem zweiten Stock. Kurz darauf stürmte der Sohn Galaine schweißgebadet die Treppe herunter. Sein Hemd war zerrissen, und die Haare klebten ihm am Kopf. Er brüllte mehr, als er sprach. Miette habe sich befreit. Eine unbekannte Macht habe die Gurte zerrissen, die sie auf ihrem Lager festhielten. Pater Raccard beruhigte seine Schäfchen. Er öffnete seinen Koffer und holte seine Stola heraus – die er küsste und um seinen Hals legte –, außerdem die Flasche Weihwasser und die übrigen liturgischen Gegenstände. Dann zündete er die Kerzen an und verteilte sie an die Anwesenden, zu denen sich die anderen Mitglieder der Familie gesellt hatten. Der Pelzhändler und die Köchin waren vor der Tür von Miettes Mansarde geblieben, die niemand zu betreten wagte. Der Exorzist bat um einen Teller, in den er etwas Weihwasser goss. Er begann zu beten, tauchte den Buchsbaumzweig hinein, besprengte die vier Himmelsrichtungen und befahl allen niederzuknien. Mit lauter und fester Stimme sprach er die erste Verwarnung.

»Ich beschwöre dich, uralte Schlange, beim Richter der Lebenden und der Toten, beim Schöpfer der Welt, der die Macht hat, dich in die Hölle zu stürzen, weiche auf der Stelle aus diesem Haus. Verfluchter Dämon, Er befiehlt es dir. Derjenige, dem alle Winde, das Meer und der Sturm gehorchen, Er befiehlt es dir. Derjenige, der dich aus den himmlischen Höhen in die Abgründe der Erde gestürzt hat, Er befiehlt es dir. Derjenige, der die Macht hat, dich zurückweichen zu lassen, Er befiehlt es dir. Höre also, Satan, und zittere. Weiche von hier, besiegt, kriechend und beschworen im Namen unseres Herrn Jesus Christus, der kommen wird, um über die Lebenden und die Toten zu urteilen. Amen.«

Er fuhr mit dem Besprengen fort und ließ alle das Vaterunser beten. Entsetzliche Schreie begleiteten das dumpfe Gemurmel der Gebete. Auch Charles Galaine und die Köchin schlossen sich verängstigt der Gruppe an. Der Geistliche bat um glühende Kohle, die eilig aus dem Herd in der Küche geholt und auf einem kleinen Rechaud aus Terrakotta gebracht wurde. Er legte kreuzförmig den Weihrauch darauf, den er der kleinen Silberdose entnahm. Das Erdgeschoss füllte sich mit Rauch.

»Exorzieren Sie aus der Ferne?«, fragte Semacgus.

»Keineswegs. Ich versuche dieses Haus zu reinigen. Anschließend werden wir uns die Patientin vornehmen.«

Er faltete die Hände und fuhr fort:

»Ich beschwöre dich, Dämon, von diesem Ort zu weichen, niemals hierher zurückzukehren, denen, die hier wohnen, keine Angst mehr zu machen und sie mit keinem Fluch zu belegen. Möge der allmächtige Gott, der Schöpfer aller Dinge, dieses Haus mit all seinen Nebengebäuden heiligen, damit jedes Gespenst, jede Bosheit, jede Verschlagenheit, jede diabolische List und jeder niederträchtige Geist daraus verschwindet.«

Erneut segnete er das Haus.

»Mit diesem Zeichen befehlen wir ihm, augenblicklich und für immer all seine Schikanen einzustellen, auf dass all seine Einflüsse und Trugbilder verschwinden und die Schreckensherrschaft dieser Giftschlange aufhört. Bei dem, der kommen wird, um über die Lebenden und die Toten zu urteilen, der die Welt durch das Feuer reinigen wird. Amen.«

Es schien so, als würden oben die Möbel fliegen und gegen die Wände des Hauses stoßen. Heftige dumpfe Schläge erschütterten das Gebäude.

Pater Raccard rieb sich die Hände.

»Der Kerl reagiert! Das ist ein guter Anfang. Gehen Sie jetzt alle in Ihre Zimmer. Ich werde dort oben meines Amtes walten, nur in Gegenwart von Monsieur le Commissaire und Monsieur …«

Er deutete auf Semacgus. Nicolas stellte sie einander vor.

»Ein Vertreter der Ärzteschaft«, sagte Raccard, »ist willkommen bei dem Kampf, den uns der Unaussprechliche mit Sicherheit liefern wird. Monsieur Le Floch hat mir von Ihrer Skepsis erzählt. Seien Sie unser vernünftiges Gewissen – jetzt, da wir von der Realität der Phänomene überzeugt sind.«

»Sie können sich auf mich verlassen, Pater«, versprach Semacgus mit fester Stimme.

Es erfüllte Nicolas mit Erleichterung, dass die beiden Männer, der eine ein langjähriger Freund und der andere ein frischer Bekannter, sich so problemlos näherkamen. Doktor Semacgus' Gesicht erhellte sich, und er fügte lachend hinzu:

»Der Wolf jagt sich besser mit vereinten Kräften.«

»Wenn es sich nur um einen Wolf handelte! Leider ist der Teufel ein durchtriebener Schelm, durchdrungen von Hass. Er macht sich rückhaltlos über die armen Menschen lustig und amüsiert sich damit, den Schmeichler und Dummkopf zu spielen, um seine Opfer besser verwirren zu können. Vater der Lüge, ist sein Name Legion, und er ist stets darauf bedacht, Fallen zu stellen und die Spuren zu verwischen! Aber ich verspreche Ihnen, ihn zappeln zu lassen.«

Er packte seine Instrumente zusammen und übergab den Rechaud Semacgus.

Sie stiegen alle drei die Treppe hinauf, wo die Köchin sich an die Wand des Treppenabsatzes lehnte und wie betäubt Miette betrachtete, die über ihrem Lager schwebte und sie aus rot glühenden Augen ansah, ein böses Lächeln auf den Lippen.

»Oh, die Unartige!«, sagte Pater Raccard. »Zählen Sie auf mich, ich werde ihr das schon austreiben!«

Er näherte sich Miette, deren erstarrter Blick ihm folgte, wobei ihr Kopf sich drehte wie der einer Puppe beim Sarazenenturnier. Er legte ihr die Hand auf den Kopf. Der Körper schwankte wie eine Seifenblase zwischen zwei Luftströmen. Das Mädchen begann leise zu knurren wie ein Tier, das seine Wut unterdrückt.

»Ja, ja, bereite dich darauf vor, deinen Herrn kennenzulernen und ihm zu gehorchen, glaub mir.«

Miette öffnete den Mund und bespuckte ihn kräftig. Ohne eine Regung wischte sich der Priester das Gesicht mit dem Ärmelaufschlag ab. Aus dem gequälten Körper drang jetzt eine Männerstimme.

»Mönch, ich muss lachen! Erinnere dich, dass du keinerlei Macht über mich hast.« Pater Raccard leerte erneut den Inhalt seines Koffers auf einem Tischchen aus. Semacgus stellte den mit glühenden Kohlen gefüllten Rechaud darauf. Der Geruch des gesegneten Weihrauchs erfüllte den Raum. Miettes Knurren steigerte sich in einem Crescendo bis in ohrenbetäubende Höhen. Ihr Hals bog sich nach hinten, der Kopf fast rechtwinklig zum Körper, und sie schrie sich die Seele aus dem Leib, als kämpfte sie gegen die berauschende Wirkung des Dufts.

»Das ist nicht zu glauben!«, sagte Semacgus. »Schauen Sie nur, wie die Muskeln und das Fleisch sich dehnen.«

»Oh, ich habe Schlimmeres gesehen«, knurrte Raccard. »Besessene, die sich um ein Viertel ihrer Größe verlängerten.«

»Ist das Illusion oder Vorspiegelung falscher Tatsachen? Unterliegen wir einem Einfluss, der uns ein X für ein U vormacht?«

»Nein! Es handelt sich zwar um beunruhigende, spektakuläre Phänomene, die aber durchaus real sind und angesichts derer wir einen kühlen Kopf bewahren müssen.«

Er nahm seine Stola und legte sie über Miettes Gesicht. Die wie Krallenpfoten gekrümmten Hände des jungen Mädchens versuchten sie zu packen. Die Fingernägel knisterten auf der Seide und zerkratzten ein aufgesticktes silbernes Kreuz. Der Körper fiel schwer auf das Bett zurück.

»Das zeigt Wirkung, hm, Schelmin?«, sagte der Exorzist. »Hab keine Angst, wir werden dich von deinem ungebetenen Besucher befreien.«

Nicolas bewunderte die Ruhe des Paters, der unter diesen haarsträubenden Umständen seine Kaltblütigkeit, seinen Humor und seinen Mut bewahrte. Indes waren seine flinken, durchdringenden Augen wachsam wie die eines Jägers, der ein gefährliches Wild jagt und seine Richtungsänderungen und Haken vorhersieht.

»Sie beide, halten Sie sie fest, indem Sie sie mit Ihrem ganzen Gewicht niederdrücken. Egal, ob sie sich wehrt und ein paar

Blessuren bekommt. Verhindern Sie unter allen Umständen, dass sie sich Ihrer Umklammerung entzieht.«

Semacgus und Nicolas stellten sich zu beiden Seiten von Miette auf. Ihre Haut kam Nicolas eiskalt vor, der angenommen hatte, sie würde vor Fieber glühen. Sie stöhnte leise. Der Pater legte seine Stola wieder auf ihr Gesicht und setzte das Ritual fort. Nach einigen Minuten stillen Gebets erhob er die Stimme.

»Herr, Gott der Tugend, empfange die Gebete, die wir, wenn sie auch unwürdig ist, für deine Dienerin Ermeline an dich richten, damit du geruhst, ihr die Vergebung ihrer Sünden zu gewähren und sie dem Dämon zu entreißen, der sie bestürmt und unterdrückt. Heiliger Gott, ewiger Vater, wirf einen gütigen Blick auf deine Dienerin, die von einem schmerzlichen Kummer gequält wird ...«

Ein Röcheln drang tief aus Miettes Innerem. Wider Erwarten verband es sich für einen Augenblick mit dem vorangegangenen Stöhnen, dann schwoll es an und übertönte es. Zum Entsetzen der Anwesenden produzierte der leidende Körper zwei unterschiedliche Schreie, einen tiefen und einen hohen. Pater Raccard sah, dass seine Helfer der Panik nah waren. Er begann wieder Weihwasser zu verspritzen.

»Weiche, weiche, verabscheuungswürdige Bestie, kehr zurück in deine Höhle. Zurück, zurück, zurück!«

Er sah Semacgus und Nicolas an.

»Und Sie, lassen Sie sich nicht verunsichern, das sind nur ein paar seiner einleitenden Streiche, die unsere Verteidigungsmechanismen lahmlegen, unseren Willen schwächen und unseren Glauben missbrauchen sollen. Erinnern Sie sich, dass das Reich, die Kraft und die Herrlichkeit in uns sind!«

Jetzt gab Miette keinen Schrei mehr von sich, aber reichlich Speichel, der Nicolas an das unpassende Bild der Schnecken erinnerte, die Catherine in ihrer Küche in der Rue Montmartre in die Brennnesseln tauchte, floss wie ein ununterbrochener Fluss und überschwemmte nach und nach ihre arme Brust.

»Ich beschwöre dich, Dämon«, begann Raccard erneut, »bei demjenigen, der am dritten Tage auferstanden ist, diese Dienerin Gottes zu verlassen und zu fliehen, mit all deinen Ungerechtigkeiten, deinen Flüchen, deinen Zaubersprüchen, deinen Ligaturen und all deinen Aktionen. Bleib nicht hier, verabscheuungswürdiger Geist. Für dich ist der Tag des ewigen Gerichts gekommen, an dem du und deine abtrünnigen Engel für alle Ewigkeit in ein Feuerinferno gestürzt werdet.«

Plötzlich wurden die beiden Freunde gegen die Wände der Mansarde geschleudert. Miettes dünne Arme, die stahlhart geworden waren, waren unter ihren Fingern angeschwollen, und sie hatten gespürt, wie sie mit einer unwahrscheinlichen Kraft abgewehrt wurden.

»Er wehrt sich, er wehrt sich!«, brüllte Raccard.

Obwohl sein Leben reich an Dramen und grauenhaften Ereignissen gewesen war, sollte sich die Szene, die jetzt folgte, für immer in Nicolas' Gedächtnis einprägen und ihn bis zu seinem Tod verfolgen. Pater Raccard ächzte und stöhnte wie ein Holzfäller, der einen großen Baum fällt, kämpfte und bot seine ganze Kraft auf, um den Dämon zu vertreiben, der Miette in seiner Gewalt hatte. Es schien, als würden alle Muskeln und Sehnen sich vervielfachen und den Körper des Dienstmädchens panzern. Das Gesicht des Paters war puterrot, der Schweiß lief ihm in die Augen, die Adern auf der Stirn und den Schläfen schwollen bläulich an und schienen jeden Augenblick platzen zu wollen. Und während dieses ganzen Kampfes ergoss Miette mit kreischender Stimme eine Flut von Obszönitäten, die Raccard unbeeindruckt ließen, Nicolas und Semacgus jedoch entsetzten. Jetzt brüllte der Pater, um die Stimme des Dämons zu übertönen.

»Wer du auch bist, hochmütiges und verfluchtes Wesen, das du trotz der Anrufung des göttlichen Namens mit deinen Schikanen gegen dieses Geschöpf nicht aufhörst und Unanständigkeiten ausspuckst, glaube ja nicht, dass du vor dem Zorn des Allerhöchsten geschützt bist, denn das Feuer, der Hagel, das Eis und der Geist der Stürme werden dein Teil des Kelchs sein.«

Miette keuchte jetzt wie ein Tier, das außer Atem und in die Enge getrieben ist. Er streckte ihr das Kruzifix entgegen. Je mehr er den heiligen Gegenstand ihrem Gesicht näherte, desto mehr drückte sich das Dienstmädchen in sein Lager, pfiff und spuckte wie eine Katze und verbreitete einen widerlichen Geruch.

»Ich exorziere dich, verabscheuungswürdiger Geist! Weiche aus diesem Geschöpf Gottes! Nicht ich Sünder befehle es dir, sondern das unbefleckte Lamm. Über dich triumphierend, eilen sie herbei, die Erzengel und die Engel, die Apostel, die Märtyrer, die Beichtväter und die Jungfrauen. Deine teuflischen Kräfte verlassen dich. Gib deinem Opfer die Kraft seiner Gliedmaßen und die Unversehrtheit seiner Sinne zurück. Tauche weder wenn sie wach ist noch wenn sie schläft auf und störe sie nicht in ihrer Suche nach dem ewigen Leben. Verfluchter Satan, erkenne dein Urteil an. Ich verjage und reiße dich aus dieser Dienerin. Allmächtiger Gott, mach, dass dieser vom Dämon besessene Körper durch deine Gnade von nun an vollständig von der teuflischen Bosheit befreit wird. Bei Jesus Christus, unserem Herrn, der kommen wird, um über die Lebenden und die Toten und das Jahrhundert durch das Feuer urteilen wird. Amen.«

Erschöpft ließ Pater Raccard sich nach hinten gegen die Wand sinken. Die Anwesenden spürten, dass so etwas wie ein glühender und stinkender Hauch durchs Zimmer ging. Die Scheibe des kleinen Fensters zerbrach, und Stille kehrte in der Mansarde ein. Miette lag ruhig da, anscheinend befreit von der Besessenheit, die in den letzten Tagen ihr Normalzustand gewesen war. Die Ausscheidungen, mit denen sie bis zum Höhepunkt ihrer Krise bedeckt gewesen war, verschwanden, als würden sie verdunsten. Nicolas bemerkte, dass Nagandas Trommel nicht mehr in diesem obsessiven Rhythmus geschlagen wurde. Miette bewegte sich plötzlich mit geschlossenen Augen. Mit steifem Körper stand sie auf, und ohne die drei Männer eines Blickes zu würdigen, öffnete sie die Tür, verließ das Zimmer und ging die Treppe hinunter. Nicolas nahm einen Kerzenleuchter und eilte ihr hinterher, nachdem er die anderen aufgefordert hatte, ihm zu folgen, und einen Finger auf seine Lippen gelegt hatte, um ihnen zu bedeuten, so leise wie möglich zu sein. Er wollte vermeiden, das zu stören, was ein Anfall von Schlafwandeln zu sein schien und vermutlich die Folge der Besessenheit.

Sie begegneten niemanden. Alle Mitglieder der Familie hatten sich in ihren Zimmern eingeigelt. Im Erdgeschoss ging das Dienstmädchen in die Küche und öffnete eine Rundbogentür aus durchbrochenem Holz, hinter der eine Treppe steil nach unten führte. Sie fanden sich alle in einem recht geräumigen Keller wieder, in dem Ballen aus Sackleinen lagerten, die dem strengen Geruch nach zu urteilen, der die Luft erfüllte, Felle enthielten, die für den Handel des Hauses Galaine bestimmt waren. Miette blieb vor einem von ihnen stehen, fiel auf die Knie und begann zu weinen, wobei sie die Hände faltete, als würde sie beten; dann brach sie plötzlich zusammen. Der Priester und Semacgus eilten zu ihr, um ihr Hilfe zu leisten. Nicolas schob den Ballen zur Seite; unter ihm war der Boden aus gestampfter Erde vor Kurzem bewegt worden, vermutlich aufgegraben und dann wieder glatt geklopft worden. Er suchte sich ein Werkzeug, fand aber nur sein Taschenmesser. Er kratzte die noch recht lockere Erde an der verdächtigen Stelle auf, bevor er ein paar Scheffel mit den Händen entfernte. Schon bald spürten seine Finger ein Stück Stoff, und Verwesungsgeruch stieg auf und vermischte sich mit dem strengen Geruch der Lederwaren. Vorsichtig setzte er seine Arbeit des Freilegens fort und holte schließlich eine kleine längliche Masse hervor, die in Lumpen gehüllt war: der bereits in Verwesung übergegangene, in seinen Windeln zusammengerollte Körper eines Neugeborenen. Nicolas erschauderte. Etwas Schrecklicheres hatte er noch nicht gesehen, seit er für Sartine arbeitete.

Miette hatte das Bewusstsein zurückerlangt, doch laut Semacgus hatte sie vollkommen den Verstand verloren. Sie war unfähig zu sprechen und erst recht, auf die Fragen zu antworten, die ihr gestellt wurden. Nicolas musste sich etwas einfallen lassen. Zunächst würde Pater Raccard Miette, für die im Augenblick nichts getan werden konnte, in ihr Zimmer zurückbringen. Der Exorzismus war erfolgreich gewesen; jetzt musste man die Kranke, die in ein Tief gefallen war, sich ausruhen lassen und auf das süße Erbarmen des Herrn vertrauen.

Vielleicht würde ihr Verstand zurückkehren. Semacgus würde eine erste Untersuchung des Leichnams vornehmen; anschließend würde er in die Basse-Geôle gebracht, wo Sanson die Autopsie vornehmen würde. Sie waren die Einzigen, die von der Entdeckung wussten. Zwei verdächtige Todesfälle in dem Haus waren zu viel; man musste die ganze Hausgemeinschaft verhaften und isoliert voneinander in Einzelhaft ins Gefängnis des Châtelet stecken. Die Köchin und Geneviève, das kleine Mädchen, würden als Einzige im Haus bleiben dürfen. Dorsacq, der Ladenjunge des Geschäfts, würde bei Tagesanbruch festgenommen werden.

Nicolas hörte plötzlich durch das Kellerfenster auf der Höhe der Rue Saint-Honoré eine Stimme, die ihn rief; er erkannte Bourdeau. Der Inspektor verfügte über die unschätzbare und fast magische Eigenschaft, immer in dem Augenblick zu erscheinen, wenn seine Anwesenheit am nötigsten war. Nicolas ging hinauf und begrüßte ihn. Bourdeau schien es sehr eilig zu haben, ihm verschiedene Informationen zu geben, doch Nicolas unterbrach ihn in seinen Erklärungen und setzte ihn knapp über die außergewöhnlichen Vorfälle ins Bild, die sich im Haus ereignet hatten. Bourdeau blinzelte hochnäsig und spöttisch, was Nicolas ärgerte, der ihn zusammenstauchte und ihm befahl, die Nachtwache zu rufen, einen Kordon um das Haus zu bilden, Kutschen kommen zu lassen und die Galaines ins Châtelet zu bringen. Dorsacq müsse ebenfalls bei Tagesanbruch verhaftet und auf der Stelle zu den anderen gebracht werden. Um alles Übrige könne man sich später kümmern. Und, fügte er hinzu, die Spötter sollten sich besser zurückhalten, sie hätten keine Ahnung, da sie nicht gesehen hätten, was er gesehen habe, und man solle nicht, als Krönung des Ganzen, kommen und ihm kleinlaut mitteilen, der eine oder andere der Verdächtigen habe sich das Leben genommen. Man müsse sie alle engmaschig überwachen.

Bourdeau, der sich ins Fäustchen lachte, warf ein, dass manche Assistenten immer mehr den Ton ihrer Chefs annähmen und dass Commissaire Le Floch sich angewöhne, mit der größten Ungeniertheit und Lust zu »sartinisieren«. Diese Bemerkung entspannte die Atmosphäre, und Nicolas wurde von einem nervösen Lachanfall geschüttelt unter dem erschrockenen Blick von Semacgus, der mit dem kleinen Leichnam in den Armen zu ihnen kam.

Bourdeau verschwand, um Nicolas' Anweisungen auszuführen. Der Leichnam des Neugeborenen war ihm für die Überführung in die Basse-Geôle übergeben worden. Nicolas dachte erneut an Naganda. Eine unbestimmte Vorahnung quälte ihn. Warum hatte das Trommeln aufgehört? Eine innere Stimme riet ihm, sich nicht zu beunruhigen, es habe einfach nur aufgehört, weil das Ritual, das der Indianer vollzogen hatte, zu Ende gewesen war. Er wollte Gewissheit haben und bedeutete Semacgus, ihm zu folgen. Sie gingen in den Dachboden hinauf. Nicolas öffnete die Mansardentür und hob den Kerzenleuchter, den er in der Hand trug. Nagandas lebloser Körper lag auf dem Boden, mit einem Messer im Rücken. Semacgus eilte zu ihm, kniete nieder und fühlte seinen Puls. Lächelnd hob er den Kopf.

»Er lebt, er lebt! Er atmet. Wir müssen ihn hier wegholen, die Waffe scheint kein lebenswichtiges Organ getroffen zu haben. Die Stiche wurden sehr ungeschickt ausgeführt. Gefährlich wäre es, wenn die Spitze die linke Lunge getroffen hätte, was zur Folge hätte, dass sich Blut in die Lunge ergießt, woran unser Mann ersticken könnte. Helfen Sie mir, Nicolas.«

Sie hoben den großen Körper hoch und legten ihn auf den Strohsack. Semacgus war wie verwandelt. Er zog sein Jackett und seine Weste aus.

»Besorgen Sie mir ein Stück Stoff und Wein oder Essig.«

Nicolas ging in sein Zimmer hinunter und kam kurz darauf mit einer der kleinen Phiolen mit Karmelitergeist zurück, mit denen Pater Grégoire ihn mit rührender Regelmäßigkeit versorgte. Semacgus wusch sich die Hände.

»Wir werden niemals genau wissen, wie viele Soldaten und Seeleute gestorben sind, weil sie mit schmutzigen Händen behandelt worden sind. Man kann nicht so recht erklären, woran das liegt, aber es ist so.«

Es ging darum, die Waffe herauszuziehen, ohne die möglichen Verletzungen zu verschlimmern und ohne eine Blutung auszulösen, welche die Lunge des Opfers schädigen würde. Im Licht der Kerze verlief die Operation problemlos, erleichtert durch Nagandas Bewusstlosigkeit. Die Klinge war durch einen Muskel gegangen und dann gegen eine Rippe gestoßen. Ein neues Hemd von Nicolas wurde zerrissen und machte sich ganz gut als vorübergehender Verband. Die Wunde blutete nicht mehr. Sie drehten den Verletzten um, der wieder zu sich kam. Der Wundarzt goss ein paar Tropen Karmelitergeist auf seine Lippen, die ihn das Gesicht verziehen ließen und vollends aufweckten.

»Ich …«, sagte er, einen Schrei unterdrückend. »Was ist mit mir passiert?«

»Es ist eher an uns, Ihnen diese Frage zu stellen«, sagte Nicolas.

»Ich habe einen starken Schmerz im Rücken gespürt, und dann nichts mehr.«

»Man hat Ihnen richtiggehend ein Messer zwischen die Schulterblätter gerammt. Sie waren vermutlich mit einer Ihrer seltsamen Zeremonien beschäftigt, und ich habe gehört, wie Ihr Trommeln aufhörte. Das hat mich irritiert und kam mir komisch vor. Wie eine Ahnung ...«

»Es stand geschrieben, dass Sie die Hand des Schicksals sein und mir das Leben retten würden. Der heilige Frosch hatte es vorhergesehen. Vermutlich sind Sie, ohne es zu wissen, *der Sohn des Steins*.«

»Ihr Retter steht hier, es ist Doktor Semacgus.«

»Ich glaube, Nicolas«, sagte dieser, »dass Sie Ihre Fähigkeit, die Ereignisse vorherzusehen, unterschätzen. Wenn wir nicht eingegriffen hätten, wäre Monsieur tot. Und *der Sohn des Steins* ist Ihnen wie auf den Leib geschrieben.«

»Wie das?«

»Haben Sie mir nicht erzählt, dass der Stiftsherr Le Floch, Ihr Vormund und Adoptivvater, Sie auf dem Grabstein der liegenden Grabfigur der Seigneurs de Carné in der Stiftskirche in Guérande gefunden hat? Damit ist ein ganz klares Rätsel jetzt gelöst. Aber diesmal haben wir es weiterhin mit dem Unerklärlichen zu tun. Das wird zur Gewohnheit. Tja, man kann sich dran gewöhnen!«

»Naganda, haben Sie jemanden besonders im Verdacht?«

»Mir ist in diesem Haus niemals etwas anderes als Feindseligkeit und Drohungen begegnet«, sagte der Indianer.

»Haben Sie dem, was Sie mir bereits anvertraut haben, nichts hinzuzufügen?«

»Nein, nichts.«

»Es ist sehr wichtig, mir alles zu sagen. Falls Ihnen noch etwas Interessantes einfällt, zögern Sie nicht, mich zu rufen. Ach übrigens, behaupten Sie immer noch, fast einen Tag lang schachmatt gesetzt gewesen zu sein und geschlafen zu haben?«

»Dabei bleibe ich.«

»Gut. Leider muss ich Ihnen mitteilen – und das hat nichts mit unserem Gespräch zu tun –, dass die Bewohner dieses Hauses in Einzelhaft genommen werden in einem Staatsgefängnis.«

Semacgus machte eine verneinende Bewegung und deutete mit dem Finger auf die Verletzung.

»In Anbetracht Ihrer Verletzung«, fuhr Nicolas fort, »werden Sie ins *Hôtel-Dieu* gebracht, um dort die Behandlung zu bekommen, die sie erfordert. Die Wahrheit dürfte schon bald ans Licht kommen. Besitzen Sie eine Schaufel?«

Naganda blickte ihm in die Augen.

»Ich habe keine, aber Sie werden eine in dem Schuppen im Hof finden, unter den Gartengeräten und einer Schubkarre, die zum Transport der Ballen mit Fellen dient, wenn sie eintreffen.«

Nicolas ließ den Indianer in der Obhut von Semacgus. Er ging wieder in den Laden hinunter, um auf Bourdeau, die Nachtwache, die Polizisten und die Wagen zu warten. Es war das erste Mal, dass er in Ruhe über die Ereignisse der Nacht nachdenken konnte. Er hatte den Schock noch nicht verarbeitet, den die Umstände in ihm ausgelöst hatten, die so heftig und verrückt gewesen waren, dass sie ihn immer noch beschäftigten. Er wusste nicht, was er von dem Sturm halten sollte, der sich in diesem Haus durch Miettes Besessenheit erhoben hatte. Während sich das Fieber der Krise immer mehr abschwächte, kehrte die Vernunft zurück und mit ihr die Argumente der Logik und die Einflüsterungen der Skepsis. Gewiss, er hatte nicht geträumt, und seine Gefährten ebenfalls nicht, aber er musste wieder festen Boden unter die Füße bekommen, denjenigen der Tatsachen, der Beweise und des alltäglichen Lebens.

Jedenfalls hatte Miettes Krise, was immer sie auch ausgelöst haben mochte, seinen Ermittlungen eine neue Richtung gegeben. Nur durch sie hatte er herausgefunden, dass in diesem Haus vermutlich ein ungeheuerlicher Kindsmord begangen worden war. Man konnte annehmen, dass die Ursache für Miettes Anfälle das verstörte Gewissen eines jungen Mädchens in anderen Umständen gewesen war, das vielleicht an der Ermordung eines Neugeborenen mitgewirkt hatte. Das eine erklärte das andere, und Nicolas neigte durchaus zu der Ansicht, dass die Mittäterschaft bei einer so barbarischen Tat möglicherweise zu seelischer Zerrüttung und den merkwürdigen Manifestationen führten, die daraus resultierten. Allerdings musste man sicher sein, dass das Neugeborene vorsätzlich Maßnahmen ausgesetzt worden war, die zu seinem Tod geführt hatten. Nur die Öffnung der Leiche würde näheren Aufschluss geben können. Jedenfalls schien es sicher zu sein, dass Élodie, ein hübsches und leichtsinniges Mädchen, umgeben von zahlreichen Verehrern, ein Kind bekommen hatte. Hatte sie selbst dieses Verbrechen beschlossen, oder war es ohne ihr Wissen begangen worden? Wer waren die Anstifter oder die Komplizen, falls es sie gegeben hatte?

Montag, den 5. Juni 1770

Nicolas war im Sessel des Ladens eingeschlafen. Bourdeau weckte ihn eine Stunde später, indem er ans Schaufenster klopfte. Sogleich entwickelte sich eine lebhafte Geschäftigkeit im Haus. Zwei Tragen wurden gebracht, eine für Naganda und die andere für Miette. Nicolas wollte sie nicht im Haus zurücklassen und hoffte, sie würde wieder zu sich kommen und aussagen. In diesem Fall würde man sorgfältig darauf achten müssen, dass sie mit niemandem als der Polizei Kontakt hatte. Die Familie Galaine, die sich in ihren Höhlen verkrochen hatte, wurde zusammengerufen. Kurz darauf kam ein Polizist mit Dorsacq, unordentlich gekleidet und mit zerzaustem Haar. Nicolas hielt ihnen einen kleinen Vortrag, ohne die Resultate der Exorzismussitzung und den makabren Fund im Keller zu erwähnen. Er gab ihnen zu verstehen, dass er es zum gegenwärtigen Zeitpunkt seiner Untersuchung hinsichtlich der Wahrheitsfindung für unabdingbar halte, dass sie voneinander getrennt und in einem Zuchthaus bis zum Ende seiner Ermittlungen in Einzelhaft genommen würden. Diejenigen, die sich nichts vorzuwerfen hätten, müssten sich ja eigentlich über eine Maßnahme freuen, die zweifellos den Fortgang und die Klärung des Falls beschleunigen würde. Was die anderen betreffe … Da ihr Mann völlig niedergeschlagen war und schwieg, machte Madame Galaine sich zum Anwalt ihrer Familie, lebhaft unterstützt von ihren beiden Stieftöchtern. Sie sprach von Rechtsverweigerung und protestierte energisch gegen die Willkür des Commissaires, dessen Voreingenommenheit in dieser Angelegenheit offensichtlich sei. Sie werde sich an die Gerichte wenden und die Ihren auffordern, sich das nicht gefallen zu lassen und sich gegen ihre skandalöse Entführung zu wehren. Sie erhielt die Antwort, man habe alle Macht, über ihr Schicksal zu entscheiden, und was sie Willkür nenne, sei nichts anderes als der Wille des Königs, der durch seinen Kommissar handele, und jede Diskussion komme einem Aufstand gleich.

Der Aufbruch war tumultuös und fand unter Protestgeschrei statt. Ein langer Zug von Kutschen und zwei Kastenwagen, worin die Kranken waren, machte sich auf den Weg zum Châtelet und zum Hôtel-Dieu. Bevor er ebenfalls die Rue Saint-Honoré verließ, unterhielt Nicolas sich noch einen Augenblick mit der Köchin und vertraute ihr Geneviève an. Marie Chaffoureau versicherte ihm, dass er sich keine Sorgen zu machen brauche, schließlich habe sie schon den Vater und die Tanten großgezogen. Die brave Frau fürchtete, allein zu bleiben in einem Haus, das seit Tagen vom Bösen heimgesucht worden war, doch Nicolas konnte sie schließlich davon überzeugen, dass die Gefahr vorüber sei und seine Männer rund um die Uhr in der Nähe seien, um für jede Eventualität gewappnet zu sein. Ihr Bedürfnis, ihr Herz auszuschütten, und ihr Bemühen, seinen Aufbruch hinauszuzögern, brachten sie dazu, sich voller Rührung über die Vergangenheit auszulassen und ein paar Anekdoten über die Kindheit von Camille und Charlotte zu erzählen. Nicolas unterbrach sie nicht. So erzählte die Köchin ihm, mitgerissen von ihren Erinnerungen, dass in ihrer Jugend ein schlimmer Zwist die beiden Schwestern gegeneinander aufgebracht habe. Es sei um eine Liebesrivalität gegangen, und ihr heftiger Streit habe letztlich ihren gemeinsamen Verehrer angewidert.

Anschließend ging Nicolas zu Geneviève hinauf. Sie saß in ihrem Bett und drückte eine Stoffpuppe an ihr Herz. Dicke Tränen liefen ihr über die Wangen. Er versuchte sie zu trösten, indem er ihr mit einfachen Worte und ohne auf Einzelheiten einzugehen die Situation erklärte. Er deckte sie zu, und sie schlief fast sofort ein. Cyrus, der ihn begleitet hatte, spielte lustlos mit einer Papierkugel und kaute sie mit seinen alten Zähnen. Nicolas zog sie ihm aus dem Maul, und nachdem er sie auseinandergefaltet hatte, näherte er sie seinem Kerzenleuchter. Zu seiner Verblüffung und mit einer Art unbändigen Freude entdeckte er eine

Schrift, die ihm bekannt war. Es war diejenige von Claude Galaine, Élodies Vater, gestorben in Neufrankreich. Es handelte sich um seinen letzten Willen, geschrieben auf ein Stück Pergament, das gefaltet und nochmals gefaltet worden war. Darin war eindeutig verfügt, dass sein Vermögen, das am Ende des Dokuments aufgeführt war und aus beträchtlichen angelegten Kapitalmassen und Grundbesitz bestand, an die einzige Tochter fallen sollte. Trotzdem hätte sie nur die Nutznießung bis zur Geburt ihres männlichen Erstgeborenen, welcher der Erbe wäre; sollte sie ledig sterben, würde das Erbe dem männlichen Erstgeborenen von Charles Galaine zufallen. Das eröffnete interessante Perspektiven. Jetzt kam es vor allem darauf an herauszufinden, wer im Besitz dieses Dokuments war und wer davon Kenntnis erlangt haben könnte. Nicolas suchte unter dem Spielzeug des kleinen Mädchens und stieß auf eine Halskette aus schwarzen Perlen, die mit der identisch waren, die in Élodies Hand gefunden worden war; zweifellos stammte das alles von dem Gegenstand, der Naganda gestohlen worden war. Vermutlich hatten die Perlen Geneviève so gut gefallen, dass sie sie aufgefädelt hatte, um sich daraus einen Schmuck zu machen.

Nicolas bedauerte, sie wecken zu müssen. Das kleine Mädchen streckte sich mit einem schmollenden Gesichtsausdruck. Auf seine Fragen schwieg sie zunächst, dann begann sie zu weinen. Ja, sie habe dieses Papier und die Perlen im Nähkasten ihrer Tanten gefunden. Der Kasten habe ein Stopfei aus Mahagoni enthalten, und dieser Gegenstand habe ihr sehr gefallen, denn er sei hohl und man könne ihn aufschrauben. Normalerweise würden die Tanten die Stecknadeln und Nähnadeln dort hineintun. Als sie es das letzte Mal geöffnet habe, habe sie ein mehrmals gefaltetes Papier und schwarze Perlen darin gefunden. Nicolas versuchte zu erfahren, wie lange diese Entdeckung zurücklag. Ein oder zwei Tage, die Kleine erinnerte sich nicht mehr so genau. Eine Sache machte Nicolas allerdings stutzig. Er hatte das Zimmer der beiden Schwestern durchsucht, dieses kleine Möbelstück aber nicht bemerkt. Er verlangte eine Erklärung und erfuhr, dass es nicht immer in dem Zimmer sei, sondern von Camille und Charlotte zu den Näharbeiten in den verschiedenen Zimmern und Stockwerken mitgenommen wurde. Er beruhigte das Mädchen und entfernte sich, nachdem sie erneut eingeschlafen war.

Er kehrte in sein Zimmer zurück, um seinen Koffer zu holen. Weder von Semacgus noch von Pater Raccard war etwas im Haus zu hören; vermutlich hatten sie ihre Patienten begleitet. Der stets vorausschauende Bourdeau hatte ihm einen Wagen geschickt. Nicolas befahl, ihn in die Rue Montmartre zu fahren. Er wollte einerseits Cyrus zu seinem Herrchen zurückbringen – der alte Hund, der im Übrigen ausgelassen und munter war, hatte eine gute Mahlzeit und ein wenig Ruhe verdient – und sich andererseits frisch machen und sich nach Monsieur de Noblecourts Befinden erkundigen. Als er die Toreinfahrt des alten Hauses erreichte, drang aus der Bäckerei der köstliche Duft der ersten, frisch aus dem Ofen kommenden Brote. Nachdem er durch das Hoftor gegangen und den Kutscher gebeten hatte, auf ihn zu warten, hörte er eine leise, schüchterne Stimme, die ihn rief. Das war der junge Bäckerlehrling.

»Monsieur Nicolas, ich muss Ihnen etwas sagen. Als ich heute Morgen gefegt habe, habe ich ein Ding aus Metall gefunden, das gleiche, das Sie gestern aufgehoben haben. Ich habe es aufbewahrt, weil ich dachte, das würde Sie interessieren.«

Er hielt ihm eine kleine goldene Metallspitze hin, die mit derjenigen identisch war, die er in dem Schloss des Dachbodens des Hôtel des Ambassadeurs Extraordinaires gefunden hatte.

»Eine größere Freude hättest du mir nicht machen können!«, rief Nicolas.

Er kramte in seiner Tasche, holte eine Handvoll Kupfermünzen heraus und schenkte sie dem Jungen, der sie errötend nahm.

»Hast du Monsieur de Noblecourt schon die Brötchen hinaufgebracht?«

»Noch nicht. Ich wollte Ihre Rückkehr abwarten.«

»Willst du mein Glück vollkommen machen? Füge zu den weichen Brötchen noch ein paar Croissants und Brioches hinzu. Heute könnte ich die ganze Bäckerei verschlingen und den Bäckerjungen noch dazu!«

Der Junge machte sich lachend davon. Der anbrechende Tag tauchte den alten Hof in ein ungewisses Licht. Das Quadrat des Himmels verfärbte sich von Blauschwarz ins Perlgraue. Vögel zwitscherten und schüttelten sich neben einer Pfütze. Ein neuer Tag folgte auf das Grauen der Finsternis. Würde er die Wahrheit ans Licht bringen? Würde es ihm, dem Commissaire, gelingen, die Schuldigen zu entlarven, indem er einen Zusammenhang zwischen den mühsam im Laufe der Ermittlungen gesammelten, bunt zusammengewürfelten Indizien herzustellten? Würde er von einer flüchtigen und irrationalen Vision erleuchtet, welche diese Indizien wie die Würfel in einem Becher mischten und in einer neuen Ordnung so herausschleuderte, dass die Lösung zum Vorschein käme?

Die Entdeckung dieser neuen Eisenspitze befreite Nicolas von allen Skrupeln. Trotz des *nihil obstat* von Monsieur de Sartine, der ihm sozusagen eine Art administrativer Absolution erteilt hatte, war er bislang nicht sicher gewesen, ob es ihm überhaupt zustand, Langlumé eines Verbrechens zu überführen. Die Vorsehung, diese immanente Gerechtigkeit, hatte jedoch entschieden. Das Gesetz würde nicht nur das Attentat auf einen alten Mann bestrafen, sondern auch die Kränkung eines Staatsbeamten, der auch die königliche Autorität repräsentierte.

Im Haus Noblecourt herrschte bereits reges Treiben. Nach einer guten Nacht war der alte Staatsanwalt im Morgengrauen aufgewacht, noch ein wenig mitgenommen von dem gewalttätigen Angriff, dessen Opfer er am Tag zuvor geworden war. Doch er wirkte munter und voller Vorfreude bei dem Gedanken, seine übliche strenge Diät mit dem Segen der Ärzteschaft unterbrechen zu können. Er hatte seine Schokolade bestellt und wartete auf seine weichen Brötchen. Als Nicolas in sein Zimmer trat, beobachtete der alte Mann in einem amarantroten Mantel, ein Tuch aus Madras um den Kopf gewickelt, das seine Verbände verbarg, ungeduldig Marions kleine und Catherines große Schritte, die gemeinsam den Tisch am Fenster deckten, das auf die Straße ging. Cyrus legte sich kläffend und winselnd seinem Herrchen zu Füßen.

»Ah, mein alter Gefährte«, sagte Noblecourt halb ironisch, halb gerührt, »du musst ganz furchtbare Abenteuer mit Nicolas erlebt haben. Du gehst ohne einen Blick, aber du kehrst zurück, glücklich, wieder hier zu sein!«

Er wandte sich zu Nicolas und deutete mit einer theatralischen Geste auf seine Aufmachung.

»Finden Sie nicht, dass ich ein großer *Mamamouchi* bin? *Quid novi,* mein guter Freund? Sie wirken erschöpft. Nehmen Sie Platz und erzählen Sie mir alles haarklein.«

Catherine stellte ein großes Tablett mit der Schokolade, den Tassen, den Brötchen, Croissants und Brioches sowie drei Gläsern mit Marmelade ab.

»Ich glaube, wir müssen Catherine zuerst bitten, Cyrus ein gutes Futter zu machen, in der Rue Saint-Honoré hat er nichts bekommen.«

Bei diesen Worten wurde der Hund munter und eilte auf seinen alten Pfoten in die Küche.

»Und zudem haben Sie ihn auch noch halb verhungern lassen! Aber was sehe ich? Croissants und Brioches!«

»Die sind für Nicolas, nicht für Sie, Monsieur«, brummte Catherine. »Seien Sie vernünftig. Die Brötchen genügen.«

»Schon gut, schon gut. Du kannst gehen.«

Mürrisch vertrieb er sie, wie man eine Fliege vertreibt. Kaum hatte sie ihm den Rücken zugedreht, rundete sich seine Hand über einer Brioche, die er, nachdem er sie geöffnet hatte, mit einem reichlichen Löffel Kirschmarmelade füllte, unter dem strengen Blick von Nicolas, der mit einem Bericht begann. Als er schwieg, lehnte sich der alte Staatsanwalt gesättigt in seinem Sessel zurück und faltete nach einem Blick auf die Rue Montmartre die Hände.

»Hätte mir ein anderer als Sie das erzählt, ich hätte ihm niemals geglaubt«, sagte er. »Sicher, unser Glaube verlangt von uns, dass wir tausend Berichte über das Leben von Heiligen glauben. Kann es sein, dass es eine andere Seite, eine Kehrseite der Medaille, ein unheilvolles und finsteres Spiegelbild unseres Lebens gibt? Die Kirche ermuntert uns, es zu glauben, und es freut mich zu erfahren, dass der für die Exorzismen zuständige Mann, dieser Pater Raccard, offensichtlich ein vernünftiger Mann ist und keiner dieser schrecklichen Kleingeister, die der Inquisition nachtrauern und das arme, diesem Wahnsinn ausgesetzte Opfer nach wie vor den Flammen des Scheiterhaufens übergeben. Ich würde ihn gern kennenlernen. Wir werden den Maréchal de Richelieu und ein paar Schöngeister einladen und bei ein paar guten Flaschen diskutieren. Was für eine Aussicht!«

Während er sprach, drehte er schlitzohrig das Ende eines Hörnchens.

»Haben Sie sich die wichtigen Fragen gestellt?«, fuhr er fort. »War das Mädchen wirklich besessen? Oder haben wir es mit einer Kranken zu tun, wie unser Freund Semacgus zunächst annahm? Im ersten Fall, warum sollte der Böse sich für ein armes Dienstmädchen interessieren? Vom Standpunkt der Kirche aus vermutlich, weil sie dem Dämon die Gelegenheit bot, sich ihrer Seele zu bemächtigen. Und wenn das so ist, ziehen Sie daraus sofort die Schlussfolgerungen. Diese Miette steht im Mittelpunkt Ihrer Untersuchung. Im zweiten Fall, wenn das arme Mädchen krank ist, dann führen uns die Schlussfolgerungen, die ihr Zustand nahelegt, zu der gleichen Erklärung. Was für schreckliche Ereignisse, was für eine unerträgliche Verantwortung oder welche schwerwiegende Komplizenschaft konnten sie in diesen Zustand geistiger Zerrüttung stürzen? Für mich steht sie im Mittelpunkt von allem. Bringen Sie sie zum Reden.«

»Leider«, sagte Nicolas seufzend, »hat sie den Verstand verloren, und es ist nicht gesagt, dass sie ihn wiederfindet. Das ist meine Sorge, und Sie haben den Finger genau auf den wunden

Punkt gelegt. Wenn eine gewisse Anzahl von Tatsachen zusammenkommt, bin ich trotz allem gezwungen, die Hunde in entgegengesetzte Richtungen loszulassen, und ich hechele dem einen oder anderen der Verdächtigen hinterher. Eindeutige Beweise fehlen mir noch, aber zurzeit habe ich Grund, sie alle zu verdächtigen. Ehrlich gesagt, verfügt keiner von ihnen über ein Alibi für den Zeitpunkt des Mordes an Élodie. Was den Kindsmord betrifft, vorausgesetzt, es handelt sich tatsächlich um einen solchen, wird es schwierig sein, den Täter zu überführen.«

»Und Ihr so erstaunlicher Naturmensch aus Neufrankreich? Er ist entlastet, wenn ich mich nicht irre, denn man hat versucht, ihn zu ermorden. Sie werden doch nicht etwas behaupten wollen, dass er auf der Liste Ihrer Verdächtigen steht?«

»O doch! Seine Verletzung ist kein Beweis, und sie ist sehr ungeschickt ausgeführt worden. Missglückt, kaum wirklich verletzt! Ist das nicht merkwürdig? Selbst wenn es wirklich ein Attentat auf sein Leben sein sollte, würde es alles und nichts beweisen. Es ist möglich, dass einer seiner Komplizen ihn loswerden wollte. Und ich habe meine Zweifel, was Nagandas Alibi betrifft, denn es scheint mir, dass auch er Gründe hatte, sich den Tod von Élodie zu wünschen.«

»Verstricken Sie sich nicht in allzu komplizierte Gedankengänge. Ich würde es mir nicht verzeihen, wenn meine Fragen Ihre Überlegungen in einem Fall verwirren, in dem schon zu viele Hypothesen herumschwirren. Jedes Verbrechen, das weiß ich aus Erfahrung, ist eine komplizierte Maschine mit drei oder vier Bewegungszentren. Lassen Sie nichts außer Acht, aber bleiben Sie einfach und offen für das Offensichtliche. Wer profitiert von dem Verbrechen? Was sind seine üblichen Triebfedern?

Natürlich, Eigennutz und Leidenschaft. Nehmen Sie Ihre Verdächtigen auseinander, wie Sie es mit einer Pendeluhr machen würden; das fehlende Teil wird ganz von allein auftauchen.«

»Sie haben recht«, murmelte Nicolas. »Je mehr man über einen Fall redet, desto mehr verworrene Elemente fügt man ihm hinzu und desto undurchschaubarer wird er.«

»Genau! Die Fackel der Wahrheit verdunkelt sich, wenn sie zu heftig bewegt wird. Beeilen Sie sich, ausgehend von dem, was Sie wissen, einen Schlachtplan aufzustellen. Hören Sie auf Ihre Intuition. Ich beobachte seit Jahren, dass sie Ihnen häufiger den Weg weist, als Sie in die Irre führt. Ihr Herz ist bewegt, bevor Ihr Verstand nachdenkt.«

Das zweite Ende des Croissants wurde rasch verschlungen. Der Rest verschwand, als Cyrus zurückkam und es unter dem zornigen Blick seines Herrchens fraß.

»Ah, der kleine Schlawiner!«, rief Nicolas lachend. »Er riskiert es, in Ungnade zu fallen, so sehr liegt ihm die Gesundheit seines Herrchens am Herzen. Ich werde mir daran ein Beispiel nehmen und gehen, damit Sie sich ausruhen können.«

Er stand auf, und nachdem er Monsieur de Noblecourt eine rasche Besserung gewünscht hatte, nahm er die noch übrigen Croissants und Brioches an sich und ging in sein Zimmer. Als er ein paar Augenblicke später wieder aufbrechen wollte, klopfte jemand an die Zimmertür, und Bourdeau steckte sein fröhliches rotes Gesicht durch den Türspalt. Nicolas dachte auch diesmal wieder, dass man seinem Assistenten nicht ansah, wie tief- und scharfsinnig er in Wirklichkeit war. Das lag auch daran, dass der Inspektor nur selten aus seiner Deckung ging und sich seine Zurückhaltung bewahrte. Die Augenblicke, in denen er Nicolas die verborgenen Seiten seiner vielschichtigen Persönlichkeit enthüllt hatte, waren selten und kostbar.

»Alles ist geregelt«, sagte er. »Alle Mitglieder der Familie Galaine sind in Einzelhaft. Sechs sichere Kerkerzellen zu finden war nicht einfach.«

»Sind sie *à la pistole* in einer bezahlten Zelle untergebracht?«

»Keineswegs. Das würde ein ständiges Kommen und Gehen bedeuten. Sie sind in verschärfter Einzelhaft, aber das wird keine Probleme machen, Sie werden den Fall längst vorher abgeschlossen haben.«

»Danke für Ihr Vertrauen! Unser Gefängnissystem ist unerträglich und trägt kaum zur Wahrheitsfindung bei. Die wahren Herren dort sind der Concierge, die Kerkermeister und ihre Diener und die Türklappenöffner, mit denen die Gefangenen täglich Kontakt haben. Und ich rede nicht von den Boten, die ständig zwischen drinnen und draußen hin und her wechseln. Ich habe ein paar Gedanken zu diesem Thema aufgeschrieben, die ich irgendwann Monsieur de Sartine unterbreiten werde. Und Miette? Und Naganda?«

»Letzterer im Hôtel-Dieu. Aber ich musste laut werden. Die Kranken liegen zu viert in einem Bett, da kann sich das Ungeziefer ausbreiten. Ich habe ein paar Écus springen lassen, um ein mieses Zimmer für den Indianer zu bekommen. Ich habe einen Polizisten dort als Wache eingesetzt. Das alles wird Kosten verursachen …«

Er wedelte mit einem Papier.

»Machen Sie mir einen Bericht, den ich unterschreiben werde. Sie wissen ja, wie streng die Duvals, diese Drachen des Kabinetts von Monsieur de Sartine, in diesen Dingen sind, der Sohn ebenso wie der Vater.«

»Frankreich wird am Papierkram sterben.«

»Und Miette?«

»Unmöglich, sie ins Hôtel-Dieu einzuweisen. Charenton und *Bicêtre* sind viel zu weit weg. Ich habe sie mit entsprechenden Anweisungen im Kloster der Lazaristen in der Rue du Faubourg-Saint-Denis untergebracht. Auch dort kommen Kosten auf uns zu: Eine Nonne kümmert sich um sie.«

»Vorübergehend, sehr vorübergehend. Zumindest hoffe ich das. Gegenüberstellung und abschließende Zuspitzung stehen kurz bevor.«

»Was das Übrige betrifft, so habe ich Ihnen wichtige Dinge zu sagen, die Sie mich in der Rue Saint-Honoré nicht ausführen ließen.«

»Ich hatte es eilig, mein Lieber, sehr eilig. Ich hatte Ihren Wunsch durchaus bemerkt, und ich bin sehr gespannt, was Sie mir mitzuteilen haben.«

»Rabouine hat seine Aufgabe nach seiner Rückkehr aus Versailles sehr gut erledigt. Ich bin mit dem Brief, den Sie Ihren Anweisungen hinzugefügt haben, zu Robillard gegangen, dem Altkleiderhändler in der Rue du Faubourg-du-Temple. Ein unbeschreiblich widerwärtiges und schmutziges Loch. Dort landen die uralten abgelegten Klamotten der möblierten Unterkünfte. Ich musste ihn ein bisschen in die Mangel nehmen, aber schließlich hat er die verpfändeten Gegenstände rausgerückt. Ein komisches Sammelsurium, das Sie mit Sicherheit interessieren wird.«

»Ich höre, spannen Sie mich nicht auf die Folter.«

»Dann sind Sie nachher nur umso glücklicher«, sagte Bourdeau lachend. »Er hat mir zwei dunkle Mäntel gegeben, zwei Hüte und zwei Masken aus weißer Pappe. Ach ja, ich vergaß, und ein Apothekerfläschchen. Dieses zusammengewürfelte Zeug war ihm in aller Eile am Morgen des 31. Mai, in den ersten Morgenstunden gebracht worden. Also am Morgen der Katastrophe auf der Place Louis XV.«

»Und wer hat es ihm gebracht?«

»Ein junger Mann.«

»Ohne weitere Erklärungen?«

»Ja. Sind Sie enttäuscht?«

»Keineswegs. Aber das macht die ganze Sache erneut kompliziert. Haben Sie wenigstens irgendeine Personenbeschreibung?«

»Völlig nichtssagend. Die Bude ist dunkel, schlecht beleuchtet morgens, und Robillard hat nichts gesehen. Im Übrigen verlangt sein Beruf Diskretion, denn vom Altkleiderhändler zum Hehler ist es nur ein Schritt. Es ging alles sehr schnell. Was ihn überrascht hat, war, dass er es mit einer Person zu tun hatte, die viel zu vornehm für seinen Laden war und die ihm, ohne über den Preis zu diskutieren, Kleider von guter Qualität überlassen hat, die viel mehr wert waren.«

»Dann war es also ein Mann«, sagte Nicolas nachdenklich. »Na ja, warum nicht? Oder eine als Mann verkleidete Frau. Alles ist möglich.«

»Es tut mir leid«, sagte Bourdeau, »dass ich keine aufschlussreicheren Nachrichten für Sie habe.«

»Kein Problem, Pierre, Sie können nichts dafür. Die Karte, die ich mir zurechtgeschnitten hatte, passt nicht für das gesamte Spiel, das ist alles. Wir dürfen nicht vergessen, dieses Fläschchen untersuchen zu lassen. Semacgus wird uns diesbezüglich nützliche Dienste leisten können. Was die anderen Beweisstücke betrifft, sorgen Sie dafür, dass sie in unserem Bereitschaftsbüro im Châtelet eingeschlossen bleiben. Sonst noch was?«

»Als ich das *Aux Deux Castors* heute Nacht verließ, stieß ich auf Monsieur Nicolas, der das Haus überwachte.«

»Monsieur Nicolas? Seit wann nennen Sie mich Monsieur Nicolas?«

»Nein, nicht Sie natürlich. Sie kennen ihn, diesen Drucker, der selbst schreibt und fortwährend den Zensoren die Stirn bietet.«

»Ah, Restif, *Restif de la Bretonne*! Er hat lange die Sittenpolizei beschäftigt. Er ist ein sehr lüsterner Strolch, unersättlich sogar.«

»Sie wissen, dass er uns nichts abschlagen kann und uns gelegentlich als unentgeltlicher Informant dient. Wir schließen die Augen vor vielen Dingen ... Ich habe ihn gefragt, was er da tue. Er wirkte verlegen, hat auf das Geschäft gedeutet und albern lachend das Weite gesucht. Ich hatte keine Zeit, ihm zu folgen, da ich diese ganze Karawane von Wagen auf den Weg bringen musste. Aber ich bin nach wie vor überzeugt, dass da ein Geheimnis dahintersteckt, und da ich ihn kenne, schließe ich nicht aus, dass er irgendeine Intrige mit einer Bewohnerin des Hauses Galaine angezettelt hat.«

»Wenn man den Ruf der Person bedenkt, scheint mir das durchaus wahrscheinlich. Pierre, besorgen Sie mir seine Adresse. Wenn ich mich nicht irre, wohnt er nicht sehr weit von der Rue de Bièvre entfernt. Tagsüber kann man ihn zu Hause antreffen, denn er geht nur nachts aus. Ist das alles?«

»Nein! Ich bin beim Notar von Galaine gewesen. Er ist ebenfalls verschlossen wie eine Auster. Aber diese Kerle knicken ein, sobald man ein bisschen laut wird. Federfuchser!«

»Monsieur l'Inspecteur«, sagte Nicolas würdevoll, »Sie vergessen sich. Wissen Sie, dass Sie mit einem ehemaligen Notariatsangestellten sprechen?«

»Gott sei Dank, dass Sie da rausgekommen sind! Kurz, der Mann hat geredet. Es ist kein Testament in seiner Kanzlei hinterlegt worden, aber er verfügt über einen Brief von Claude Galaine, in dem er ihm mitteilt, dass sein letzter Wille sich in den unschuldigen Händen – dieses Adjektiv war ihm wichtig – eines Indianers vom Stamm der Algonquin befinde, der beauftragt sei, ihn zu gegebener Zeit publik zu machen.«

Nicolas rieb sich die Hände. Zu Bourdeaus großer Überraschung holte er ein kleines gefaltetes Papier aus seiner Tasche, das er triumphierend hin und her schwenkte.

»Da haben wir das Testament! Es war in dem Ei und davor hing es um Nagandas Hals.«

Er drehte eine Pirouette, packte den Inspektor an der Schulter und schob ihn ins Treppenhaus.

X

Licht und Wahrheit

Endlich viertens, alles vollständig zu überzählen und im Allgemeinen zu überschauen, um mich gegen jedes Übersehen zu sichern.

DESCARTES

In der Rue Montmartre erklärte Nicolas, auf dem Trittbett des Fiakers balancierend, Bourdeau seinen Schlachtplan. Er müsse zunächst den Lieutenant criminel sprechen, um eine Gegenreaktion auf eine so ungewöhnliche Untersuchung zu vermeiden. Monsieur de Sartine würde er vermutlich nicht sprechen können, da er die Nacht in Versailles verbracht habe und sich auf dem Rückweg befinde. Auf diese Weise abgesichert, beabsichtige er, sich anschließend zum Couvent des Religieuses de la Conception begeben, wo zwei Gardes françaises den Bericht über eine Szene zwischen einem Mädchen in gelbem Satin und einer Person, die Naganda sein könnte, situiert hatten. Mit etwas Glück hoffe er dort irgendeinen Hinweis zu finden, so klein er auch sein möge, der dazu beitragen könne, die Dinge voranzutreiben.

Bourdeau solle währenddessen versuchen, Semacgus zu finden. Dieser könne nicht sehr weit weg sein, da auch er von dem Bedürfnis besessen sei, mehr zu erfahren. Außerdem müsse Sanson in die Basse-Geôle für die Öffnung der Leiche des Neugeborenen bestellt werden. Der Marinewundarzt sei ein willkommener Helfer bei dieser Operation. Da der Henker am Vormittag eine Hinrichtung auf der Place de Grève durchführen müsse, müsse die Sache auf den Nachmittag verschoben werden. Darüber hinaus habe er Sartine Bericht zu erstatten, sobald der aus Versailles zurück sei, und noch vor Einbruch der Nacht Restif de la Bretonne zu befragen, der dem Inspektor zufolge in einer möblierten Unterkunft in der Rue de la Vieille-Boucherie auf dem linken Seine-Ufer wohne. Er bedaure, dass ihm bei alldem keine Zeit bleibe, den Sieur Langlumé, Kommandant der Stadtwache, festzunehmen.

Der Kutscher brachte Nicolas zum Grand Châtelet. Er wurde in das Büro des Lieutenant criminel geführt, der gerade seine Paradeuniform anzog. Denn eine der Aufgaben dieses Staatsbeamten bestand darin, den Hinrichtungen beizuwohnen. Seine Laune war dementsprechend, und er empfing Nicolas mit aufgewühlter Miene; die deutlich sichtbare Angst, die ihn quälte, ließ ihn in der Wertschätzung von Nicolas steigen, der überzeugt war, dass ein Mensch, den der Tod eines anderen erschütterte, nicht ganz schlecht sein konnte. Nicolas' Erklärungen schienen ihn nicht zu schockieren. Sein einziger Kommentar war, dass der Wille des Königs über den Regeln und Gepflogenheiten stehe und dass ja sowieso jeder tue, was er wolle, dass der normale Lauf der Dinge gestört sei und dass er kein Mitspracherecht mehr habe bei einer so ungewöhnlichen Vorgehensweise, wie er sie in seinem ganzen Leben noch nicht erlebt habe.

Er echauffierte sich immer mehr und wurde zunehmend unfreundlicher. Doch bald schien ihm bewusst zu werden, dass er es mit jemandem aus der Umgebung des Königs zu tun hatte: Er besann er sich, mäßigte seine Worte und schrieb seine Gereiztheit der Müdigkeit und einer vorübergehenden Nervosität zu. Kurz, er gab schließlich seine Zustimmung zu allem, was Nicolas vorschlug, sowohl was das Verbrechen in der Rue Saint-Honoré als auch was den Fall Langlumé betraf. Nicolas wurde zugebilligt, dass eine Sitzung, dessen Datum noch zu bestimmen wäre, mit der Familie Galaine im Audienzsaal des Polizeipräfekten organisiert werden sollte, in deren Verlauf, dafür würde er sich verbürgen, die Schuldigen bezeichnet und einwandfrei überführt werden würden. Angesichts des besonderen Charakters der Untersuchung und der von Seiner Majestät und vom Erzbischof von Paris autorisierten sakramentalen Handlungen wolle er diese Sitzung hinter verschlossenen Türen abhalten, um keine Informationen durchsickern zu lassen, die das Volk beunruhigen und die öffentliche Ordnung bedrohen könnten.

Monsieur Testard du Lys stimmte auch diesem Vorschlag zu und erinnerte, als wollte er sich vor sich selbst rechtfertigen, ein wenig schulmeisterlich daran, dass der Urgroßvater des Königs Ende des vorigen Jahrhunderts, als eine furchtbare Giftmordwelle den Hof und die Stadt erschüttert habe, einen außerordentlichen Gerichtshof eingesetzt habe, *Chambre ardente* genannt, der mit solchen Fällen zu tun gehabt habe, zu denen, fügte er, die Stimme senkend, hinzu, noch furchtbare Anklagen gegen die Geliebte des Königs hinzugekommen seien, die verdächtigt worden sei, die Abhaltung von schwarzen Messen unterstützt zu haben. Nicolas machte gute Miene zum bösen Spiel, da er der Meinung war, dass die beiden Situationen nichts anderes gemeinsam hatten, als den Gang einer Untersuchung geheim zu halten, die skandalöse Vorgänge betraf.

Zum Schluss beruhigte sich der Lieutenant criminel wieder und sagte bewegt, dass es ein großes Glück sei, in der Polizeipräfektur Staatsbeamte zu haben, die so sehr darauf bedacht seien, ihn nach seiner Meinung zu fragen. Er empfahl Nicolas, auf diesem Weg weiterzugehen, und fügte hinzu, dass er immer ein offenes Ohr für ihn haben würde und dass er seines Wohlwollens sicher sein könne. Mit einem Gefühl wechselseitigen Respekts verabschiedeten sie sich voneinander.

Als Nicolas das Büro verließ, kam der alte Marie ganz außer Atem auf ihn zu. Der Amtsdiener teilte ihm mit, dass Monsieur de Sartine, der unerwarteterweise bereits in der Nacht zurückgekommen sei, ihn unverzüglich zu sehen wünsche. Er gab einem Kutscher die Anweisung, ihn zum Hôtel de police zu fahren, wo ein nervöser Lakai ihm sofort bei seiner Ankunft anvertraute, dass sein Herr miserabler Laune sei. Der Anblick seines Chefs, der hinter seinem großen Schreibtisch saß, beruhigte Nicolas. Er war mit seinen Perücken beschäftigt, was ein gutes Zeichen war. Diese Übung ließ häufig darauf schließen, wie der Tag werden würde. Gegenwärtig rollte er zwischen seinen Fingern die Locke eines grauen Perückenmodells mit dunkleren Reflexen, die nach jedem Auseinanderziehen wieder die ursprüngliche Form annahm, wie eine gut geölte Feder.

»Schauen Sie sich, mein lieber Nicolas, dieses außergewöhnliche Modell aus künstlichem Haar an. Ich habe es aus Palermo bekommen, wo es ein ehemaliger Jesuit, der aus Portugal vertrieben wurde, entwickelt hat. Jetzt muss man sehen, ob diese

Perücke den Anforderungen standhält und ob sie bei wiederholtem Tragen und täglichem Frisieren ihre ursprüngliche Qualität bewahrt.«

Sartine legte das Modell zur Seite und wandte sich Nicolas zu.

»Also, Monsieur le Commissaire, wie weit sind Sie mit dem Erzbischof und den grotesken Zeremonien, die Sie genehmigt haben wollten? Die Sache zieht sich hin, und Seine Majestät, von der ich gerade komme …«

Er seufzte, als würde diese Feststellung ihn betrüben, denn er ließ anklingen, dass der alte König wieder einmal bis spät in die Nacht gefeiert hatte.

»Kurz, der König hat mir noch einmal eingeschärft, eine Angelegenheit zügig zum Abschluss zu bringen, die den Staat betrifft und in der die geistliche Macht sich nur in den vorgegebenen Grenzen einmischen darf und wo sichergestellt sein muss, dass das alles strengster Geheimhaltung unterliegt. Sollte ein skandalsüchtiger Schreiberling davon Wind bekommen, werden sofort alle illegalen Druckereien in Frankreich, in Navarra und vor allem in London und Den Haag Schmähschriften und Lieder verbreiten.«

Nicolas erahnte den Gedanken, der in den Worten seines Chefs durchklang. Allerdings war es notwendig, die Sache so hinzudrehen, dass Monsieur de Sartine das Gefühl hatte, die gewünschte Entscheidung sei von ihm getroffen worden, und dass er sie darüber hinaus auch beschränkten Untergebenen schmackhaft machen würde, die weder ihre Bedeutung noch ihre Notwendigkeit begriffen.

»Monsieur, ich habe die Freude, Ihnen mitzuteilen, dass der Exorzismus vollzogen worden ist. Erfolgreich, glaube ich. Er hat zu dem Fund der Leiche eines Neugeborenen im Keller des Hauses Galaine geführt. Ich gehe von Kindsmord aus und führe die letzten Ermittlungen durch. Ich hoffe sie noch heute erfolgreich abzuschließen und die Verdächtigen öffentlich mit meinen Schlussfolgerungen zu konfrontieren, in Ihrer Gegenwart und der des Lieutenant criminel.«

Das einfach so hingeworfene Wort »öffentlich« hatte die Wirkung einer Lunte an einem Pulverfass.

»Was heißt ›öffentlich‹! Sie reden Unsinn. Haben Sie nicht gehört, was ich gerade gesagt habe? Muss ich Ihnen, der Sie so viele Jahre auf dem stürmischen Meer des Verbrechens gesegelt sind, wirklich auf die Sprünge helfen? Sind Sie nicht mehr imstande, in einem so heiklen Fall auf den Kompass zu blicken und das Ruder zu halten?«

»Ich verstehe, Monsieur, dass Sie eine Sitzung hinter verschlossenen Türen wünschen. Doch angesichts der Anzahl der Verdächtigen muss sie in Ihrem Audienzsaal im Châtelet stattfinden. Und es wäre wünschenswert, den Lieutenant criminel nicht zu informieren.«

»Er kann es nicht lassen. Monsieur Testard du Lys nicht einzuladen wäre ein Verstoß gegen die Regeln einer Vorgehensweise, für die er selbst, äh … er selbst uns … vollkommen freie Hand gelassen hat.«

Plötzlich erhellte sich sein strenges Gesicht, und er begann zu lachen, wobei er einen Teil der Locken der Perücke durcheinanderbrachte, mit der er immer noch spielte.

»Bei Gott, ich wunderte mich schon ein wenig über die allzu blödsinnigen Äußerungen, die ich von Ihnen nicht gewohnt bin! Ich sehe, dass wir uns einig sind, Sie Schlitzohr. Sitzung hinter verschlossenen Türen in meinem Audienzsaal mit dem Lieutenant criminel, der uns, hoffe ich, zu lange Kommentare ersparen und sich damit begnügen wird, die Sitzung zu leiten.«

»Das war für eine gute Sache«, sagte Nicolas lachend.

»Monsieur le Commissaire, ich nehme es Ihnen nicht übel. Die Wahrheiten, die man am wenigsten hören möchte, sind diejenigen, auf die es am meisten ankommt. Um auf unseren Fall zurückzukommen, mir fehlt die Zeit, um Ihnen zuzuhören und darüber zu diskutieren. Sie versichern mir, dass wir morgen zum Abschluss kommen werden und dass der Teufel – oder was sich für ihn ausgab – nicht mit von der Partie sein wird. Stellen Sie sich die Wirkung in meinem Hof vor, selbst bei verschlossenen Türen!«

»Monsieur, nur die Unwissenheit beruhigt. Ich für meinen Teil hoffe, dass ich den Fall erfolgreich zum Abschluss werde bringen können.«

»Gut. Und wohin führen Sie Ihre Schritte?«

»In eine Scheune und dann in die Basse-Geôle, wo wir überprüfen werden, ob wirklich ein Kindsmord vorliegt.«

»Sanson wird Sie dabei unterstützen, nehme ich an? In ebendiesem Augenblick führt er eine Hinrichtung durch.«

»Wir werden ihn am Fuß des Schafotts abholen!«

»Also dann bis morgen, um fünf Uhr nachmittags. Seien Sie genau und treffen Sie alle notwendigen Vorkehrungen. Anschließend, wenn alles so läuft, wie Sie sich das erhoffen, erwartet der König einen eingehenden mündlichen Bericht. Aber darauf verstehen Sie sich ja ausgezeichnet.«

Monsieur de Sartines gute Laune erstrahlte jetzt im hellsten Licht. Nicolas nahm an, dass das Souper am Vorabend in Gesellschaft des Königs viel dazu beigetragen hatte. Ohne sich weiter um ihn zu kümmern, beeilte sich der Polizeipräfekt, eine längliche Schachtel zu öffnen, aus der er behutsam eine in Seidenpapier gehüllte prächtige, in fahlgelben Tönen gehaltene Perücke holte, die auf einem Kopf aus lila Samt saß. Ganz seiner Leidenschaft hingegeben, deutet er auf sie.

»Was für eine Pracht! Das ist eine Spezialität von Friedrich Strubb, einem Meister aus Heidelberg. Welcher Glanz! Welche Leichtigkeit! Welche Sinnlichkeit! Waidmannsheil, Nicolas.«

Dieser zog sich zurück, befriedigt, in jeder Hinsicht erreicht zu haben, was er wollte. Er verließ das Hôtel de police, eine Opernarie des alten Rameau pfeifend. Er machte ein paar Schritte, gefolgt von seiner Kutsche. Ein strahlender Tag kündigte sich an, und dieses reiche Viertel mit seinen zahlreichen Grünflächen atmete eine Jugendlichkeit und Sorglosigkeit, die von den Farben der Blumenhändlerinnen noch gesteigert wurden. Der Duft, der von ihren Ständen aufstieg, kämpfte gegen die stets starken Gerüche der Stadt, von der man in der Ferne die morgendlichen Geräusche der belebteren Viertel wahrnahm. Es war noch zu früh, um in die Basse-Geôle zu fahren. Das Klügste war, sich auf dem kürzesten Weg in die Rue Royale zu begeben, wo sich das weite Viereck des Couvent des Religieuses de la Conception befand. Er bummelte noch eine Weile herum zwischen den neuen Häusern des Viertels und stieg dann wieder in seine Kutsche.

Eine große Umfassungsmauer kündigte das gesuchte Kloster an. Nicolas ging um sie herum; auf dem Gelände befanden sich alte Häuser mit Sackgassen. Am Ende eines schmalen, von blühendem Flieder gesäumten Weges tauchte endlich eine alte, halb eingestürzte Scheune auf, die sich auf ein noch älteres Gebäude stützte. Ein Holzgatter führte auf einen Gemüsegarten, der am Rand einer Baumgruppe endete. Dieser ländliche Ort, der sich wie durch ein Wunder mitten in der Stadt erhalten hatte, war erfüllt von Vogelgesang. Die Holztür der Scheune öffnete sich quietschend. Drinnen befanden sich Gartengeräte, ein alter Karren und Reste eines Heuhaufens aus der letzten Saison. Nicolas setzte sich auf einen Holzblock, hob einen Halm auf und begann geometrische Formen auf den Boden zu zeichnen. Er ließ seinen Geist schweifen. Plötzlich verfingen sich die Enden des kleinen Zweigs auf dem heubedeckten Boden in einem schmutzigen Stück Stoff, das er vorsichtig hochhob. Es handelte sich offensichtlich um ein dünnes Taschentuch aus Perkal. Nicolas schüttelte es, damit die Erde und die Pflanzenreste, die es bedeckten, zu Boden fielen. Unter seinen Fingern spürte er die dünnen Rippen einer Stickerei. Der Stoff trug zwei ineinandergeschlungene Initialen, die ein C und ein G bildeten. Dieses Taschentuch hatte möglicherweise der Familie Galaine gehört, in der mehrere Mitglieder die gleichen Initialen hatten: Claude, gestorben in Neufrankreich (in diesem Fall konnte es seiner Tochter Élodie gehören), Charles Galaine, der Pelzhändler, und die beiden Tanten des Opfers, Camille und Charlotte …

Dieser Hinweis, gefunden an dem Ort, an dem vage, aber immerhin glaubwürdige Zeugen die Szene einer wütenden Élodie situiert hatten, die von einer Person mit sich gerissen worden war, die möglicherweise Naganda war, wurde schon allein dadurch zu einem wichtigen Beweisstück. Nicolas steckte es in seine Tasche, bevor er niederkniete, um jeden Quadratzentimeter

Boden gründlich abzusuchen, doch er entdeckte nichts weiter. Er blickte auf seine Uhr. Es wurde höchste Zeit, ins Châtelet zurückzukehren für die Öffnung der Leiche des Neugeborenen, von der er sich Aufschluss erwartete. Er fand seinen Kutscher schlafend in der warmen Junisonne vor. Das Pferd hatte sich mit dem Wagen von der Straße in Richtung Graben entfernt und tat sich an einem Beet knospenden Löwenzahns gütlich.

In der Basse-Geôle fand Nicolas Bourdeau und Semacgus in leiser Unterhaltung vor. Es verwunderte ihn nicht, sie über einen Wein aus den Reben von Suresnes reden zu hören, den eine Schenke bei den Schranken in der Gegend von Vaugirard als besondere Spezialität anbot. Auf dem Tisch der Leichenöffnungen lag unter einem kleinen Stück Stoff der geschundene Leib, der in dem Keller in der Rue Saint-Honoré gefunden worden war. Bourdeau teilte ihm mit, dass Sanson in Kürze da sein würde; als man ihm mitgeteilt hatte, was man von ihm erwartete, hatte er versprochen, die Formalitäten abzukürzen – Semacgus musste laut lachen, als er den Ausdruck hörte –, die notwendigerweise auf eine Hinrichtung folgten, und unverzüglich zu ihnen zu kommen.

Kaum hatte der Inspektor seinen Satz beendet, erschien der Henker auch schon. Nicolas hatte den Eindruck oder die Illusion, einen anderen Mann vor sich zu haben. Stand er noch unter dem Einfluss dessen, was er über seinen Freund erfahren hatte? Vielleicht lag es an der traditionellen Kleidung seines Amtes; Sanson trug die rote, mit einer schwarzen Leiter und einem schwarzen Galgen bestickte Jacke und die blaue Hose, außerdem einen Zweispitz und einen Degen. Sein gewöhnlich blasses Gesicht wirkte fahl und hart, ein Eindruck, der noch verstärkt wurde durch seine Augen, die ins Leere starrten. Als er sich ihrer Gegenwart bewusst wurde, schüttelte er sich, als erwachte er aus einen Albtraum, und begrüßte sie mit seinem üblichen förmlichen Ton.

Nicolas wollte ihm wie immer die Hand reichen, doch ein zugleich gebieterischer und Mitleid erregender Blick, in dem er so etwas wie eine flehentliche Bitte las, veranlasste ihn, darauf zu verzichten. Die Anwesenden sahen beklommen zu, wie Sanson sich an einem Brunnen aus Kupfer ausgiebig die Hände wusch. Ruhig wandte er sich zu ihnen mit einem armseligen Lächeln.

»Verzeihen Sie meine Reserviertheit, aber das ist ein besonderer Tag.«

Nicolas ergriff das Wort.

»Deswegen sind wir Ihnen umso dankbarer, dass Sie aus Freundschaft bereit sind, Ihre Talente in den Dienst der Gerechtigkeit zu stellen.«

Sanson bewegte seine Hand, als wollte er eine lästige Fliege verscheuchen. Nicolas bedauerte sofort, dieses Wort benutzt zu haben.

»Oh, meine Talente … Hätte Gott mir doch die Gnade erwiesen, mich nur ihnen widmen zu können … Doch wenden wir uns lieber dem Fall zu, der uns interessiert.«

»Ein neugeborenes Kind oder ein totgeborener Fötus, gefunden in einem Keller, gehüllt in Tücher und begraben. Vermutlich seit mehreren Tagen. Sagen wir, zwischen acht und vier.«

»Ich verstehe. Das Ziel dieser Leichenöffnung ist, nehme ich an, festzustellen, ob ein Kindsmord vorliegt.«

»Das ist in der Tat unsere Absicht.«

»Das Wichtigste ist zunächst einmal,«, sagte der Henker, »sich zu vergewissern, ob der Fötus nach der Geburt gelebt hat.«

»Ja, mein lieber Kollege«, mischte Semacgus sich ein. »Nur dann kann das Verbrechen nach der Geburt begangen worden sein. Wir müssen also nachweisen, dass der Fötus geatmet hat.«

»Andernfalls«, sagte Bourdeau belehrend, »bleibt uns immer noch die Hypothese einer kurz vor Ende der Schwangerschaft vorgenommenen Abtreibung.«

»Meine Herren«, sagte Sanson mit seiner sanften Stimme, »die Antwort auf diese beiden relevanten Fragen beruht auf der Untersuchung des Brustkorbs und der Lunge und nebenbei auch des Herzens, der Arterien- und Venenkanäle, des Zustands der Nabelschnur und des Zwerchfells.«

»Meine Herren, meine Herren«, rief Nicolas, »Sie reden klug und gelehrt, aber ich verfüge nicht über Ihre Kenntnisse. Bitte sprechen Sie einfach und verständlich für einen armen Zuhörer wie mich.«

»Sehen Sie, Nicolas«, sagte Semacgus, »die Lungen vergrößern beim Atmen ihr Volumen. Sie verändern ihre Lage und Farbe und verdrängen das Zwerchfell. Ihr Gewicht wird durch das Blut, das durch sie fließt, vergrößert, und ihr spezifisches Gewicht wird geringer, weil sie durch die Luft geweitet werden. Ich erspare Ihnen die Details und eine vertiefte Darstellung des Phänomens. Machen wir uns an die Arbeit. Da mein Instrumentenkoffer in Vaugirard ist, habe ich mir denjenigen des Bezirkswundarztes im Châtelet ausgeliehen. Er hat ihn mir wohl oder übel zur Verfügung gestellt, wobei die Erwähnung des Namens von Kommissar Le Floch Wunder gewirkt hat!«

Er deutete auf den Lederkoffer, der geöffnet im Licht der Fackeln funkelte. Aus einer schwarzen Stofftasche holte er ein Glasgefäß mit einer Gradeinteilung an der Seite. Dann legte er sein Jackett ab, während Sanson seinen Zweispitz abnahm und seine Uniformjacke auszog und Bourdeau seine Pfeife anzündete. Nicolas holte fast instinktiv die kleine Tabakdose aus seiner Tasche und sah voller Entsetzen dem Beginn der Leichenöffnung zu. Wer immer ihn beobachtet hätte, hätte unweigerlich bemerkt, wie sehr dieser Anblick ihn innerlich aufwühlte. Diese beiden Männer, die er nur allzu gut kannte mit all ihren Qualitäten, ihren Schwächen und sogar ihren Lastern, arbeiteten hier in dieser widerwärtigen Gruft, über ein armes verwesendes Ding gebeugt und unverständliche Worte murmelnd. Er schloss die Augen, als winzige Organe herausgenommen, gewogen, seziert und untersucht wurden. Dann, nach langen Untersuchungen, die Nicolas endlos vorkamen, und nachdem die Lungen des Säuglings in das mit Wasser gefüllte Gefäß getaucht worden waren, wuschen die beiden Männer sich schließlich die Hände und tauschten noch leise ein paar Bemerkungen aus, bevor sie sich Nicolas zuwandten.

»Also, meine Herren«, sagte dieser, »was schlussfolgern Sie, wenn die Untersuchung überhaupt eine Schlussfolgerung erlaubt?«

Semacgus antwortete:

»Der Fötus hat geatmet, davon sind wir überzeugt.«

»Wir schließen die Möglichkeit aus«, ergänzte Sanson, »dass er bei der Geburt gestorben ist.«

»Die Lungen sind insgesamt leicht dunkelrot, aber leichter als Wasser.«

»Gut, ich höre Ihnen zu. Aber wenn alles darauf hindeutet, dass der Fötus nach der Entbindung gelebt hat, können Sie dann bestimmen, ob der Tod auf natürliche Weise eingetreten ist oder ob er durch irgendeine Art von Gewalt herbeigeführt worden ist, und wenn ja, was für eine Art von Gewalt?«

Nach langem Schweigen faltete Sanson die Hände.

»Wir haben die Missbildung, eine häufige Todesursache, ausgeschlossen, denn das Kind war normal und sogar gut entwickelt. Wir wissen nichts über die Umstände und die Schwierigkeit der Geburt, aber es ist nichts davon zu entdecken auf einem Körper, der nicht in perfektem Zustand ist. Es deutet auch nichts auf Ersticken hin.«

»Also?«

»Also … Wir vermuten eine Nabelschnurblutung. Die Nabelschnur wird nicht abgebunden, und das führt zum Tod. Die Rechtsprechung geht davon aus, dass derjenige, der es darauf ankommen lässt, sich des Kindsmordes strafbar macht. Wir glauben sogar, dass das Abbinden vom Mörder durchgeführt wurde, nachdem er das Blut hat fließen lassen, um es nicht als Mord aussehen zu lassen. Das würde erklären, dass Sie keine blutigen Tücher und keine Blutspuren in der Erde gefunden haben, in der der Körper ruhte und in der Sie ihn entdeckt haben.«

»Das alles ist grauenhaft«, sagte Nicolas.

Semacgus nickte.

»Ja, sicher. Aber für einen gestörten Geist macht man sich nicht schuldig, wenn man das Neugeborene ausbluten lässt. Der Verbrecher hat das Gefühl, der Natur ihren Lauf zu lassen und keine furchtbare Tat zu begehen. Wir dagegen sind der Meinung, dass ein Kindsmord begangen wurde an einem Neugeborenen, das geatmet hat.«

»Meine Herren, ich danke Ihnen noch einmal. Bevor wir auseinandergehen, noch eine letzte Bitte. Bourdeau, haben Sie das

Apothekerfläschchen mitgebracht, das bei dem Altkleiderhändler gefunden wurde?«

Der Inspektor kramte in der Tasche seines Anzugs und holte den Gegenstand heraus.

»Wäre es Ihnen möglich«, fragte Nicolas, »mir zu sagen, was es enthalten haben könnte?«

Semacgus nahm das Fläschchen, entfernte den Glasstöpsel und hielt es an seine Nasenlöcher. Er rümpfte die Nase, während er konzentriert daran roch. Er reichte es Sanson, der es ihm gleichtat.

»Das ist ganz klar«, murmelte der Henker.

»Es bleiben unsichtbare Kristalle haften. Mit etwas Wasser vielleicht …«

Semacgus ging zu dem Brunnen und ließ einen dünnen Wasserstrahl über einen Finger laufen. Als nur noch ein paar Tropfen übrig waren, ließ er sie die Glaswand hinunterlaufen. Er schüttelte das Fläschchen und verschloss es wieder. Dann bat er Bourdeau, seine Pfeife anzuzünden. Als der Tabak rot glühte, drückte er das Fläschchen ein paar Augenblicke darauf.

»Das setzt die Abkochung und die Amalgamierung in Gang.«

Er öffnete das Fläschchen wieder, roch daran und reichte es Sanson, der zustimmend nickte.

»Laudanum.«

»Schlafmohnsaft, betäubend und einschläfernd«, ergänzte Semacgus.

»Die Risiken?«, fragte Nicolas.

»Mehrere. Tiefer Schlaf von unterschiedlicher Dauer, je nachdem, wie viel man eingenommen hat. Einer Überdosis kann zum Tod führen. Wiederholter übermäßiger Konsum führt zum Stumpfsinn.«

Semacgus sah Sanson fragend an, der nickte. Er fuhr fort:

»Das hängt natürlich vom Alter und vom Gesundheitszustand der Person ab, die es benutzt.«

»Das ist alles sehr klar, meine Freunde. Ihre Schlussfolgerungen und Ihre letzten Erklärungen sind sehr erhellend. Ich werde Sie jetzt verlassen müssen, die Fortsetzung der Ermittlungen führen mich an andere Orte. Bourdeau, morgen um fünf Uhr nachmittags allgemeines Erscheinen hinter verschlossenen Türen im Audienzsaal von Monsieur de Sartine in Gegenwart des Lieutenant criminel. Sorgen Sie dafür, dass auch Naganda und Miette dorthin gebracht werden. Und es wäre gut, wenn auch Marie Chaffoureau, die Köchin, dort erscheinen würde.«

»Nicolas«, schlug Semacgus vor, »wie wäre es, wenn wir uns in einer der Kaschemmen stärken würden, die unser guter Bourdeau so liebt?«

»Kaschemme vielleicht«, erwiderte Bourdeau pikiert, »aber man kann dort anständig und angenehm essen. Sie haben oft genug selbst diese Erfahrung gemacht, Doktor.«

»Gewiss! Nehmen Sie mir meine Bemerkung nicht übel. Sie haben die Dankbarkeit meines Bauchs. Also, Nicolas?«

»Das ist ganz mein lieber, guter Semacgus, aber die Zeit drängt. Ich muss da noch jemand ganz Bestimmten erwischen, bevor der Tag zu Ende geht. Danach würde es höllisch schwer, ihn vor dem Morgengrauen ausfindig zu machen.«

Nicolas reichte Sanson die Hand, die er diesmal ohne Zögern schüttelte. Auf der Schwelle drehte er sich noch einmal um, um Semacgus und Bourdeau daran zu erinnern, dass er am nächsten Tag bei der großen Sitzung auf sie zähle. Er hatte einige Schwierigkeiten, seinen Kutscher zu finden, der weggegangen war, um sich zu stärken, und erschöpft eingeschlafen war, die Nase in seinem Essen. Der diensthabende Junge ging ihn holen und brachte ihn zurück, wobei er die Gelegenheit nutzte, um ihn herunterzuputzen. Ihm wurden sogleich ein paar heftige Hiebe mit der Peitsche als Bestrafung für seine Frechheit angedroht. Nicolas' ruhige und stumme Anwesenheit beruhigte die Streithähne. Der Wagen machte sich auf den Weg in die Rue Saint-Honoré.

Dass er jetzt von einem Kindsmord ausgehen musste, war schockierend. Auch wenn er darauf schon gefasst gewesen war. Was das Fläschchen betraf, das er in seiner Tasche spürte, sprach die Tatsache, dass es verborgen und als Pfand eingesetzt worden war, Bände. Es war sonnenklar, dass dieses Indiz mit dem merkwürdigen Zustand in Verbindung gebracht werden musste, über den Naganda sich beklagt hatte. Welchen Wahrheitsgehalt konnte man dagegen den Aussagen eines Zeugen beimessen, bei dem alles dafür sprach, dass er log, Tatsachen verschwieg und seine Handlungen falsch darstellte, ohne genau anzugeben, was er zu der fraglichen Zeit gemacht hatte. Das Geschäft mit dem Schild *Aux Deux Castors* kam bald in Sichtweite. Die Köchin öffnete ihm, und da sie vermutlich seit dem frühen Morgen keinen Gesprächspartner gehabt hatte, ließ Marie Chaffoureau ihrem Rededrang freien Lauf. Genau darauf hatte Nicolas spekuliert.

Es sei nicht leicht, erklärte sie, auf ein kleines Mädchen aufzupassen, das seinem Alter so weit voraus sei und auf die Fragen, die man ihm stelle, nicht antworte, einen aber selbst mit sehr lästigen quälte. Genevièves Benehmen erinnere sie an ihre Tanten im gleichen Alter. Sicher, Camille und Charlotte seien nicht so schlau, und eine von ihnen habe Jahre gebraucht, um zu lernen, einen Knoten zu binden, auch heute noch könne sie ihn nur verkehrt herum, eine Schwäche, die sie sich bewahrt habe. Nicolas ließ sie reden, ohne Ungeduld zu zeigen. Er unterbrach sie nur, als sie behauptete, sie habe Geneviève am frühen Morgen, da das Kind nach dieser schrecklichen Nacht, an die sie sich mit Grauen erinnere, nicht habe einschlafen können, ein wenig gezuckerte Milch mit einem guten Löffel Orangenblütenwasser zu trinken geben müssen. Das sei ein hervorragendes Mittel, um die Angst zu beruhigen und einzuschlafen, das ihre Tanten übrigens auch benutzen würden, die es sich bei einem Apotheker in der Nähe besorgten. Er bat sie, das Fläschchen sehen zu dürfen. Es war vollkommen identisch mit dem, das bei dem Altkleiderhändler gefunden worden war. Da es jedoch nicht etikettiert war, war es unmöglich, es von einem Fläschchen zu unterscheiden, das woanders herstammte. Er fragte, welche der beiden Schwestern an dieses Medikament gewöhnt war. Marie Chaffoureau versicherte ihm, dass es sich um Camille, die Jüngere, handele. Nicolas notierte sich dieses Detail in seinem kleinen Heft. Er dankte der Köchin und bat sie, sich am nächsten Tag im Grand Châtelet einzufinden. Er spürte, dass sie durcheinander war. Sie mache sich Sorgen, Geneviève allein im Haus zu lassen. Das sei kein Problem, wenn man es recht überlege, könne sich die Anwesenheit des kleinen Mädchens als recht nützlich erweisen. Er versprach, einen Wagen zu schicken, und dankte der Köchin noch einmal für ihr Omelette vom Abend zuvor.

Die Informationen, die er erhalten hatte, erlaubten ihm, problemlos das Geschäft des Apothekers zu finden, bei dem die Familie Galaine so gute Kunden waren. Die Apotheke befand sich nur ein paar Schritte entfernt, an der Ecke der Rue de la Sourdière und der Rue Saint-Honoré. Als er die Tür öffnete, ertönte in der

Ferne ein Glöckchen. Der Laden kam ihm riesig vor. In der Mitte thronte ein monumentaler Tresen aus geschnitztem Holz. Regale zogen sich an den Wänden bis zur Decke hinauf, gefüllt mit Reihen verschiedener Gefäße, unter denen die reich geschmückten und mit lateinischen Namen beschrifteten Steinguttöpfe dominierten. Nicolas bewunderte auch Gefäße aus Elfenbein, Marmor, Jaspis, Alabaster und farbigem Glas. Nach langen Minuten erschien ein kleiner Mann in den Fünfzigern, gekleidet in schwarze Seidenserge und mit einer grauen gepuderten Perücke auf dem Kopf. Unter dicken, schwarz gefärbten Augenbrauen sahen ihn kleine blaue Augen ausdruckslos an.

»Der Herr wünscht? Entschuldigen Sie, dass Sie warten mussten, ich habe einen Gehilfen überwacht, der die Pillen vergoldete. Das ist eine heikle Sache, die meine ganze Aufmerksamkeit erfordert.«

»Nicht weiter schlimm. Nicolas Le Floch. Ich bin Polizeikommissar im Châtelet und möchte Sie bitten, mir liebenswürdigerweise einige Auskünfte zu erteilen, die ich für eine Untersuchung brauche, die ich durchführe.«

Die Augen seines Gesprächspartners leuchteten auf.

»Clerambourg, Apotheker, zu Ihren Diensten. Es ist mir zu Ohren gekommen, dass es bei einem meiner Nachbarn, einem Pelzhändler, Unruhen gegeben haben soll …«

Er drückte diese Hypothese im Ton einer bedauerlichen Feststellung aus.

»Sie tragen keine Robe?«, bemerkte der Apotheker.

»Nein, Sie sind kein Verdächtiger. Es handelt sich um ein freundschaftliches Gespräch. Ich möchte ein Detail überprüfen.«

»Welches, Monsieur?«

Nicolas holte das Fläschchen aus seiner Tasche und reichte es dem Apotheker, der es mit zwei Fingern nahm, als würde es sich um ein giftiges Tier handeln.

»Und, Monsieur le Commissaire?«

»Stammt dieses Fläschchen aus Ihrer Apotheke?«

»Ich nehme an, dass man das behauptet hat.«

Nicolas antwortete nicht. Der Apotheker drehte den Gegenstand.

»Ich glaube ja.«

»Könnten Sie etwas genauer sein?«

»Nichts leichter als das! Es handelt sich um ein Exemplar aus einer Serie von Fläschchen, die speziell für mich geblasen werden. Sie verfügen über einen kleinen Glaswulst, der unverwechselbar ist und den Sie bei keinem meiner Kollegen finden werden.«

»Und der Grund für diesen Glaswulst?«

»Das will ich Ihnen sagen, Monsieur le Commissaire … Ich benutze dieses Modell für die heiklen Produkte, deren innere Anwendung sich als gefährlich erweisen könnte.«

»Aber ist die Verschreibung bei solchen Produkten nicht gewöhnlich das Ergebnis der gründlichen Konsultation des Arztes und des Apothekers, die zur Ausstellung eines Rezepts und anschließend zu einer Zubereitung führt, die von einem Ihrer Gehilfen dem Patienten gebracht wird?«

»Gewöhnlich gehen wir in der Tat so vor. Allerdings verlangt der Patient häufig selbst nach gefährlichen Produkten … und Kunde ist Kunde. Und außerdem sind wir nicht die Einzigen, die sie damit beliefern. Die Herren Gemischtwarenhändler …«

Der Ton wurde scharf und ungehalten.

»... wollen ebenfalls unsere Zubereitungen vertreiben. Sie verkaufen ebenso gefährliche, ja sogar tödliche Produkte. Wir führen seit Jahren Prozesse gegen sie vor den königlichen Gerichten.«

Nicolas unterbrach ihn.

»Ich verstehe. Was unser Fläschchen betrifft, was enthielt es und wer hat es bei Ihnen gekauft, falls Ihr Gedächtnis Ihnen erlaubt, sich daran zu erinnern?«

»Der letzte Kauf der Familie Galaine, denn ich nehme an, um sie handelt es sich, betraf ein Produkt, das maßvoll und vernünftig angewendet keine besondere Gefahr darstellt.«

»Um welche Substanz handelt es sich?«

Der Apotheker zögerte einen Augenblick.

»Um eine neue Substanz, Laudanum. Ein Extrakt aus dem Saft des Schlafmohns. Es lindert den Schmerz, hilft beim Einschlafen und beruhigt den Kranken.«

»Kann es ihn in eine längere Benommenheit versetzen?«

»Ja, gewiss, vor allem wenn die vorgeschriebene Dosis überschritten wird.«

»Um auf meine Frage zurückzukommen, wer hat es bei Ihnen gekauft?«

Der Apotheker zog ein in Kalbsleder gebundenes großes Verkaufsregister unter seinem Tresen hervor, in dem er blätterte, wobei er bei jeder Seite seinen Finger befeuchtete.

»Hm. Da haben wir's! Der 27. Mai. Es ist alles vermerkt, sehen Sie. 27. Mai, Monsieur Jean Galaine, ein Fläschchen Laudanum. Ich erinnere mich sehr gut, dass der junge Mann mir versichert hat, er wolle Zahnschmerzen damit lindern. Sie sind Nachbarn, und Charles Galaine ist ein ehrbarer Kaufmann, sehr geachtet in der kleinen Welt der Berufsverbände, obwohl es Gerüchte gibt, dass er in Geldschwierigkeiten sei, vorübergehend vermutlich. Ich hoffe, dass ich Sie zufriedenstellen konnte, Monsieur le Commissaire. Niemand ist mehr als ich um die Sicherheit unserer Stadt besorgt.«

»Ich danke Ihnen. Ihre Informationen werden mir eine wertvolle Hilfe sein.«

In seiner Kutsche, die den Quais in Richtung Pont-Neuf folgte, dachte Nicolas über die Aussagen des Apothekers nach, die einen seiner Verdächtigen belastete, nämlich Jean Galaine, der sich immer ausweichend verhielt, dessen Verhältnis zu seiner Cousine nach wie vor in Dunkel gehüllt war und der nicht nachweisen konnte, was er in der Nacht des Verbrechens gemacht hatte. Er also war es, der die Substanz gekauft hatte, mit der Naganda schachmatt gesetzt worden war. In Nicolas stieg der Verdacht auf, dass all diese Galaines in der Ausführung ihrer Mordtat sowie darin, ihre Schandtat mit einem geduldig gewebten Schleier aus Unwahrheiten und falschen Fährten zuzudecken, unter einer Decke steckten. Was würde Restif de la Bretonne ihm mitteilen können, dessen Anwesenheit vor dem *Aux Deux Castors*, davon war er überzeugt, nicht zufällig war?

An der Place du Pont Saint-Michel ließ Nicolas den Kutscher links in die Rue de la Huchette abbiegen. Semacgus' Vorschlag fiel ihm wieder ein und löste ein leichtes Hungergefühl aus, das sich umso stärker bemerkbar machte, als es bisher unterdrückt worden war. Nicolas, der ein ausgezeichneter Kenner der Hauptstadt war, wusste sehr gut, dass man in dieser Straße zu jeder Tages- und Nachtzeit gebratenes Geflügel bekommen konnte. Es briet an Spießen, die sich ununterbrochen über der Glut drehten.

Der letzte Botschafter der *Hohen Pforte* hatte die Straße wegen der köstlichen Düfte, von denen sie erfüllt war, bezaubernd gefunden.

Nicolas ließ seinen Wagen anhalten, schob die Scheibe herunter und bestellte bei einem Küchenjungen, der seine Equipage bewunderte, ein halbes Huhn, das ihm sogleich auf eingeöltem Papier mit etwas grobem Salz und einer neuen Zwiebel gebracht wurde. Er verschlang es mit ungeheurem Appetit und stellte, während er an die Vorlieben seines Chefs dachte, fest, dass die Flügel des Huhns richtig gebraten in der Tat ein königliches Gericht waren. An einem Springbrunnen an der Ecke der Rue du Petit-Point stillte er seinen Durst und wusch sich Hände und Mund.

Die Rue de la Vieille-Boucerie blieb dagegen unauffindbar in diesem Labyrinth von Gässchen, Collèges und Sackgassen. Nicolas schickte den Kutscher weg und setzte seine Suche zu Fuß fort. Er irrte einige Zeit umher und ließ sich in falsche Richtungen schicken, bis er auf Umwegen schließlich sein Ziel erreichte. Man zeigte ihm ein schäbiges Haus, wo ihm ein schmutziges Weibsbild mitteilte, der Taugenichts, den er suche, wohne jetzt im Collège des Gesvres, ein paar Straßen weiter im Quartier des Écoles. Mit Mühe entdeckte er schließlich ein ziemlich verfallenes Gebäude. Ein alter Mann, der im Hof alte Papiere aufspießte, spreizte die fünf Finger seiner linken Hand auf seine Frage, in welchem Stock »Monsieur Nicolas« wohne. Die wackligen Stufen inmitten von Abfall hinaufzusteigen brachte ihn völlig außer Atem. Eine offene Tür gab den Blick frei auf einen fast leeren Raum, dessen ganze Einrichtung aus einem Feldbett, einem Tisch und einem Strohstuhl bestand. Ein junges Mädchen, fast noch ein Kind, in Chenille gehüllt, wusch sich die Beine in einer angeschlagenen Schüssel. Sie warf ihm einen zugleich schelmischen und fragenden Blick zu.

»Suchen Sie Papa Nicolas?«

»In der Tat, Mademoiselle. Sind Sie seine Tochter?«

Sie kicherte.

»Ja und nein, und noch vieles andere.«

Das passte, dachte er, sehr gut zu gewissen Gerüchten, die der Polizei und insbesondere dem zuständigen Inspektor der Sittenpolizei in der Polizeipräfektur zu Ohren gekommen waren.

»Sie werden ihn hier nicht finden, er ist bereits gegangen.«

»Und wo könnte ich ihn finden? Wären Sie so freundlich, es mir zu sagen?«

»Warum nicht? Da Sie mich so nett fragen. Er ist eingeladen bei Mademoiselle Guimard, die heute Abend ein großes Fest in der Chaussée-d'Antin gibt. Aber er wird wohl erst gegen zehn Uhr dort sein, weil er vorher noch zahlreiche Besorgungen in der Stadt zu erledigen hat.«

»Wäre es zu viel verlangt, Sie zu fragen, wann er heute Nacht nach Hause zu kommen gedenkt?«

»Verlangen Sie, verlangen Sie, ich bin es gewohnt ... Ich glaube nicht ... Ich bin sogar sicher. Er wird bestimmt ein anderes Paar kleiner Füßchen finden ...«

Sie lachte schelmisch.

»Was bedeutet das?«, fragte Nicolas.

»Nichts, ich weiß, was ich sage. Er kommt nie vor Tagesanbruch nach Hause. Wir könnten zusammen auf ihn warten ...«

Sie sagte das so dahin, mit einem einladenden Blick und Hüftschwung.

»Ich habe«, sagte Nicolas, »leider sehr dringende Geschäfte, aber ich danke Ihnen für das Angebot.«

Sie deutete einen Knicks an, wie eine Schauspielerin am Ende der Vorstellung, und wandte sich ohne ein weiteres Wort wieder ihrer Toilette zu.

Nicolas setzte in umgekehrter Richtung seine Wanderung durch das Gewirr der Gässchen fort, um seinen Kutscher zu finden. Es hatte gerade halb fünf geschlagen, und Restif zu finden war ein Ding der Unmöglichkeit. Nicolas war überzeugt, dass er, wenn er gesagt hatte, er begäbe sich zu der Guimard, der berühmtesten Tänzerin der Oper, tatsächlich der Einladung einer so bedeutenden Göttin folgen würde, die stets von einem Hof von Anbetern und Bewunderern umgeben war. Er vergegenwärtigte sich die Akte der Dame, in die er kürzlich aus reiner Neugier Einsicht genommen hatte, als er durch einen Bericht erfahren hatte, dass sein Freund La Borde die Tänzerin beschützte. In der Tat hatte der Erste Kammerdiener des Königs eine anhaltende Vorliebe für die jungen und hübschen Schülerinnen der Académie royale de musique. Marie-Madeleine Guimard hatte als Ballerina debütiert und sorgte seit zehn Jahren für glänzende Abende in der Oper. Ein paar mächtige Persönlichkeiten, der Bischof von Orléans, der Maréchal de Soubise – der Verlierer von Rossbach –, hatten sich für sie ruiniert. Es hieß, sie habe bei dem Architekten Ledoux Pläne für ein Haus und ein Privattheater auf einem langen, schmalen Grundstück bestellt, das in der Rue de la Chaussée-d'Antin lag. Man würde dort ein Fries bewundern können, das die Krönung von Terpsichore, der Muse des Tanzes, in einer Prozession auf einem von Cupidos, Bacchanten, Grazien und Faunen gezogenen Wagen darstellte. Da mit dem

Bau noch nicht begonnen und auch noch keine Genehmigung erteilt worden war, vermutete Nicolas, dass die Guimard einen Empfang an dem Ort gab, den sie für ihr Palais ausgesucht hatte.

Nach reiflicher Überlegung beschloss er, in die Rue Montmartre zurückzukehren, um sich umzuziehen und anschließend in die Rue de la Chaussée-d'Antin zu begeben, wo die wahrscheinliche Anwesenheit von Monsieur de La Borde ihm den Zutritt erleichtern würde. Einen Augenblick war er versucht, die Zeit, die ihm blieb, dazu zu nutzen, den Kommandanten Langlumé festzunehmen, aber es war keineswegs gesagt, dass er ihn zu Hause antreffen würde, und er hielt es für nicht unmöglich, dass er damit nur einen persönlichen Groll befriedigen wollte. In der Rue Montmartre erfuhr er, dass Monsieur de Noblecourt, der sich müde gefühlt hatte, den vereinten Ermahnungen von Marie und Catherine nachgegeben hatte und dass ihm ein reinigender Kräutertee verordnet worden war, um die Folgen der übertriebenen Diät zu bekämpfen, die von einem Arzt erlaubt worden war, den die beiden Gevatterinnen zum Teufel wünschten. Sie nutzten diese Ruhe, um Kirschmarmelade zu machen, deren säuerlicher Geruch durch das ganze Haus zog. Nicolas, der es als Kind geliebt hatte, den Schaum von den Einmachtöpfen abzuschöpfen, bedauerte, dass er keine Zeit dafür hatte. Er gab ihnen Bescheid, dass er sich am Brunnen im Hof mit reichlich Wasser nackt waschen würde. Sie protestierten, indem sie argumentieren, mit diesem törichten Benehmen würde er das Schamgefühl verletzen und Aussatz bekommen. Nur Poitevin, der normalerweise schwieg, unterstützte ihn, indem er behauptete, dass das, was für die Pferde gut sei, den Menschen schon nicht schaden würde. Diese Bemerkung löste großes Gelächter aus, und Nicolas verließ die Küche, vertrieben von den beiden halb begeisterten, halb wütenden Frauen.

Nach dem erfrischenden Bad ging er hinauf, um sich anzuziehen. Er betrachtete sich einen Augenblick im Spiegel. Er war nicht mehr der junge Mann, der vor zehn Jahren aus der Bretagne hierhergekommen war. Sein Gesicht hatte sich verhärtet. Die Narben, die ihn seit seiner Jugend zeichneten und weitere aus jüngerer Zeit, betonten die Seriosität einer angenehmen Physiognomie, in der sich erste Falten zeigten. Aber er wirkte, so schien ihm, immer noch jünger als die dreißig Jahre, die er jetzt alt war. Er bot das Bild eines Mannes, dem die Prüfungen, durch die er gegangen war, kaum etwas hatten anhaben können. Da war allerdings ein weißes Haar, das ihn störte.

Er wählte einen dunkelvioletten Satinanzug und eine Krawatte aus Brügger Spitze, die er lustvoll durch seine Finger gleiten ließ, um ihre Leichtigkeit zu spüren. Er band sein Haar mit einem Band zusammen, dessen Farbe zu seinem Anzug passte, und schmückte seine Schuhe mit funkelnden Silberschnallen. Schließlich war er nicht eingeladen, und er wollte in einer Kleidung erscheinen, die zu seinen Gunsten sprach. Die Anwesenheit von La Borde rechtfertigte diese besondere Sorgfalt; er durfte einem Freund, dessen Urteil in der eleganten Pariser und Versailler Welt als maßgeblich galt, keine Schande machen.

Um zehn Uhr traf Nicolas seinen Kutscher wieder, der sich ausgeruht und das Pferd gewechselt hatte. Die Rue de la Chausséed'Antin war nicht weit von der Comédie Italienne entfernt, in der er vor Jahren einmal ermittelt hatte. In Richtung Les Porcherons, im Süden der Butte Montmartre, hatte sich das Viertel seinen ländlichen Charakter bewahrt. Die Rue de la Chaussée-d'Antin begann auf Grundstücken zu expandieren, die durch den Verkauf von Besitztümern religiöser Orden frei geworden waren. Noch war da nur ein weiter Raum um ein paar verstreute Häuser inmitten von Gärten und Sümpfen. Doch die Gegend zog bereits die Reichen an, die dort ihre glänzenden Wohnsitze errichteten.

Er irrte eine ganze Weile umher, bevor ein Gedränge von Kutschen und Lakaien mit Fackeln seine Aufmerksamkeit erregte. An der Chaussée war inmitten eines Obstgartens ein langes Holzgebäude mit Trompe-l'œil-Ornamenten errichtet worden. Unter dem antiken Portal beleuchteten mit Bändern geschmückte Schwarze den Einzug der Gäste. Eine stumme Menge, die von Dienern auf Distanz gehalten wurde, beobachtete die Prachtentfaltung. Nicolas stieg aus seiner Kutsche und näherte sich. Ein Majordomus sammelte die mit goldbraunen Bändern zusammengebundenen Einladungen ein. Er sah Nicolas misstrauisch an. Dieser wollte sich nicht auf sein Amt berufen und fragte ihn, ob Monsieur de La Borde da sei. Diese Frage schien zusammen mit der Eleganz seiner Kleidung ein Sesam-öffne-dich zu sein, jedenfalls ließ der Mann ihn hinein. Das Gebäude verfügte über mehrere reich möblierte und blumengeschmückte Salons. In zwei Halbkreisen führten sie zu einem großen Empfangsraum, der auf den Garten offen war, was durch die Milde dieser Juninacht möglich war. Opulente Büfetts boten verschiedene Speisen und Pyramiden aus Früchten. Eine Armee von Dienern hockte vor Eiskübeln und öffnete Champagnerflaschen oder Wein der Domaine de la Romanée-Conti und reichte den Gästen, die sich vor ihnen drängten, Sektflöten oder Gläser. In dieser schreienden und lachenden Menge machte Nicolas schließlich einen Kreis von Verehrern aus, der eine Göttin in einer durchsichtigen, goldgesprenkelten Seidenrobe umringte. Er erkannte die Guimard. In der ersten Reihe ihrer Höflinge empfing Monsieur de La Borde als Hausherr. Er stieß einen Freudenschrei aus, als er Nicolas bemerkte.

»Lieber Nicolas, ich träume wohl! Madeleine hatte mir nicht gesagt, dass Sie kommen. Was für eine schöne Überraschung!«

»Leider, mein Lieber, bin ich nicht eingeladen und nur dank meines guten Aussehens und Ihres Namens hereingekommen. Ich suche einen Mann, den ich befragen möchte. Sie kennen ihn vermutlich. Ein sonderbarer Mensch, Autor, Drucker, unverbesserlicher Marschierer und vieles mehr.«

»Und wie ich ihn kenne! Das ist Restif. Er ist heute Abend eingeladen, um dem Fest Würze zu geben, da er sehr redegewandt und originell in der Konversation ist, die sein Aussehen bei Weitem übertrifft.«

Die Tänzerin näherte sich mit einem halb lächelnden, halb verärgerten Gesichtsausdruck.

»Mein Freund, Sie vernachlässigen mich.«

Sie begrüßte Nicolas.

»Guten Abend, Monsieur. Verdanke ich Ihnen diese Vernachlässigung?«

»Meine Liebe, ich stelle Ihnen Nicolas Le Floch vor, der rechte Arm von Monsieur de Sartine. Der König ist ganz verrückt nach ihm.«

»Was Sie nicht sagen! Ich kenne Monsieur vom Hörensagen. Der Maréchal de Soubise …«

La Borde verzog das Gesicht.

»… der seinen Vater kannte, den Marquis de Ranreuil, sprach in den höchsten Tönen von ihm. Die verstorbene Marquise de Pompadour war ihm, heißt es, verpflichtet wegen besonderer Dienste.«

Nicolas verbeugte sich.

»Madame, Sie sind zu gütig …«

»Ich habe ihn eingeladen«, sagte La Borde. »Er ist ein Mann, den man nicht übergehen darf.«

»Das liegt mir fern. Ich heiße Sie herzlich willkommen, Monsieur.«

»Ich danke Ihnen, Mademoiselle. Ich wage zu gestehen, dass ich Sie seit Langem bewundere. Ihr Charme auf der Bühne wie auf dem gesellschaftlichem Parkett und der perfekte Ausdruck Ihres Spiels sind unnachahmlich.«

Sie lächelte und reichte ihm beide Hände, die er küsste. Monsieur de La Borde dankte ihm mit einem Blick, bat ihn, ihn zu entschuldigen, und folgte ihr.

Die Zeit wurde Nicolas, der zwischen den Gruppen hin und her lief, die Ohren spitzte und berühmte Gäste beobachtete, nicht lang. Ein junges Mädchen hängte sich bei ihm ein. Sie war eine jüngere Kollegin der Guimard und vertraute ihm ohne übertriebene Scheu an, dass sie hoffe, einen Gönner zu finden, reich natürlich, aber auch jung und gutaussehend. Nicolas musste sie enttäuschen. Er blieb in der Nähe des Salons, der zum Eingang hin lag. Gegen halb zwölf bemerkte er eine merkwürdige Gestalt, die der Beschreibung entsprach, die man ihm von Monsieur Nicolas gegeben hatte. Er kam in leicht angespannter Haltung herein und wirkte verstört. Er hatte Mühe zu gehen. Unter den buschigen Brauen, die ihm ein abstoßendes Aussehen verliehen, lugten lebhafte Augen hervor. Er hatte ein langes Gesicht mit einer leichten Hakennase, und der dichte, bereits ergraute Bart wurde durch einen leuchtend roten Mund konterkariert. Der Vorarbeiter einer Manufaktur des Faubourg Saint-Antoine, so vermutete Nicolas. Der Commissaire stellte sich vor ihn; erschreckt wich die Person zurück.

»Monsieur, keinen Skandal«, sagte der kleine Mann. »Ich werde bezahlen, man kann sich immer gütlich einigen.«

»Darum geht es nicht. Sind Sie Monsieur Nicolas Restif de la Bretonne? Ich bin Polizeikommissar im Châtelet und bitte Sie, Monsieur, mir ein Gespräch zu gewähren, das ich für notwendig erachte.«

Restif seufzte; die genaue Berufsbezeichnung von Nicolas schien ihn zu beruhigen, und er zog ihn zu zwei goldenen, mit Damast überzogenen Ohrensesseln.

»Sie wissen ja, dass ich der Polizei nichts abschlagen darf.«

»Das wissen wir. Deswegen erwarten wir auch viel von Ihnen. Sie sind heute Morgen seltsamerweise verschwunden, als Inspektor Bourdeau Sie vor dem Geschäft eines Pelzhändlers in der Rue Saint-Honoré gesehen hat. Ein merkwürdiges Benehmen, für das wir eine Erklärung erwarten.«

»Darf ich mit der größten Offenheit reden?«

»Das empfehle ich Ihnen und bitte Sie darum.«

»Nun denn! Nun denn! Ich liebe die Frauen, wie Sie wissen.«

Er wirkte nachdenklich, als spräche er zu sich selbst.

»Was gibt es Reizenderes als einen kleinen Frauenfuß in seinem Pantoffel? Ja, in seinem Pantoffel. Sie hat so schöne Füße, ich wollte sie wiedersehen, deswegen lauerte ich vor ihrem Haus. Tja, Monsieur, das ist alles.«

»Gut. Aber von wem sprechen Sie?«

»Na, von der Händlerin natürlich, Madame Galaine. Sie wollte ihren Namen nicht nennen. Aber ich bin ihr gefolgt und habe sie gefunden. Ich habe ihn ihr übrigens genannt, als wir uns wiedersahen.«

»Sie geben also zu, ein Verhältnis mit dieser Frau gehabt zu haben?«

»Ja, gewiss, Monsieur. Und ich habe es nicht gehabt, ich habe es immer noch. Und das in jeder Hinsicht. Zumindest seit ein paar Monaten, nach dem Ende einer Krankheit, die mich von der Bühne meiner Vergnügungen ferngehalten hat. Ich bin übrigens nicht der Einzige, der sie aushält.«

»Wollen Sie mir damit sagen, Monsieur, dass Sie bezahlt haben für die ... Dienste von Madame Galaine?«

»Monsieur le Commissaire, ich muss Ihnen nichts über das Leben erzählen.«

»Würden Sie sagen, dass sie sich ... zum Vergnügen oder aus Gewinnsucht opferte?«

»Na, aus Gewinnsucht natürlich! Oder genauer – sie hat es mir einmal unter Tränen anvertraut –, aus ihrem Wunsch heraus, Geld für ihre kleine Tochter zurückzulegen, da ihr Mann energielos auf den sicheren Konkurs zusteuert. Ich verlangte nicht viel, sie sah über meine kleinen Manien hinweg. Wie gesagt, sie hat noch andere Kunden, wodurch sie ihr Polster nach und nach vergrößert. Was für ein Engel! Welche Selbstlosigkeit!«

Auf eine solche Enthüllung war Nicolas nicht gefasst gewesen.

»Eine wichtige Frage«, sagte er nach einer Pause. »Am Abend der Katastrophe auf der Place Louis XV, wo waren Sie da?«

»Mit ihr in meiner Behausung im Collège de Presles. Wir haben zuerst an einer Table d'hôte gegessen und sind dann zu mir gegangen. Danach … ist sie eingeschlafen und hat mich sehr spät oder besser gesagt sehr früh am nächsten Morgen verlassen.«

»Von wann bis wann?«

»Zwischen achtzehn Uhr dreißig und drei Uhr morgens.«

»Eine letzte Frage, Monsieur. Sie scheinen nicht gerade in Geld zu schwimmen. Wie konnten Sie dieser Frau ›helfen‹?«

»Warum bin ich so arm? Das ist die Antwort! Ich gebe das Geld für mein Vergnügen aus, Monsieur!«

Rufe und Vivats unterbrachen sie. Sie folgten einer Bewegung der Menge, die sie in den Empfangsraum schob. Monsieur de La Borde beendete im Hemd, auf einem Tisch stehend, ein Glas in der Hand, die Lektüre eines eigenen Gedichts zu Ehren der Guimard.

Äsop sagte zu Recht
Dass ein ständig gespannter Bogen
Mit Sicherheit zerbräche
Wenn der unsere sich ausruht,
Mesdames, so aus gutem Grund
Wie uns scheint
Die Wirkungen dieser Ruhe werden Sie sehen
Wir sorgen für ein Danach
Für neue Erfolge
Und wir entspannen ihn bewusst
Um ihn danach umso besser spannen zu können.

Donnernder Applaus brach los, und das Fest kam nun erst in Schwung und nahm da und dort eine durchaus schlüpfrige Wendung.

»Schauen Sie«, sagte Restif und deutete auf die Festgesellschaft, »schauen Sie, Monsieur le Commissaire, was die Welt regiert. Darf ich zu dieser Schönen dort gehen?«

»Das steht Ihnen frei, Monsieur. Amüsieren Sie sich.«

Nicolas nahm Reißaus, er wollte nichts mehr sehen und hören. Er fand sich auf der Straße wieder, wo das Volk immer noch versuchte, einen Blick auf die noble Gesellschaft zu erhaschen. Die Müdigkeit ließ traurige Gedanken in ihm hochkommen. Diese Epoche riskierte, verurteilt zu werden, denn es gab kein Interesse, das nicht verachtet, keine Ehre, die nicht mit Füßen getreten, keine Würde, die nicht geopfert, und keine Pflicht, die nicht beschmutzt wurde, um die Leidenschaften zu befriedigen. Die Flucht ins Vergnügen entehrte die Besten. Und wer war er, um über die anderen und seine Freunde zu urteilen? Schließlich hatte das Schicksal ihn in die Arme eines leichten Mädchens geführt, das gerade eine Karriere als Puffmutter eingeschlagen hatte, um die Nachfolge der berühmten Paulet anzutreten? Ja, wer war er, dass er sich erlauben könnte, den Stab über die menschlichen Irrungen zu brechen?

XI

Anhörung

Allein Seine Majestät ist im Vollbesitz
der Rechtsprechung, und die Richter erhalten
nur von Ihr ihre Stellung und die Macht,
sie auf ihre Untertanen anzuwenden.

MAUPEOU

Dienstag, den 6. Juni 1770

Nicolas stand früh auf. Er wollte einen Augenblick allein sein, um einen kurzen Bericht zu schreiben, von dem je ein Exemplar an den Polizeipräfekten und an den Lieutenant criminel gehen sollte. Er verbrachte einen Gutteil des Vormittags in der Bibliothek von Monsieur de Noblecourt, und als er gegen elf seine Arbeit beendet hatte, beschloss er, an die frische Luft zu gehen, um über die entscheidende Sitzung am Abend nachzudenken. Das Laufen versetzte ihn in eine Art unbewusster Hochstimmung, die seine Gedanken beflügelte. Die Ergebnisse dieses euphorischen Schubs speicherte er gleichsam ab, um sie bei Bedarf wieder hervorholen zu können, wie Reservemunition, die jederzeit zur Verfügung steht in der furchtbaren Arbeit, die zur Aufklärung des Verbrechens führte. Er ging zügig in Richtung Tuilerien und ließ seiner Vorstellungskraft freien Lauf, die durch das abwechslungsreiche Schauspiel der Straße angeregt wurde.

An diesem schönen Junitag bot der Garten einen angenehmen Anblick. Die große Allee wurde gesäumt von zwei Reihen junger Frauen in heller Kleidung mit, da und dort, Kindern, die Fangen spielten. Seit Kurzem beobachteten die Polizisten der Sittenpolizei die Prostituierten, die auf gemieteten Stühlen die strategischen Punkte besetzten. Von dort aus lockten sie die Passanten mit Blicken an, vor denen sowohl die Kühnsten als auch die Schüchternsten zu Boden blickten. Sie warteten am Vormittag darauf, dass ihnen jemand ein Mittagessen spendierte, und das klappte fast immer. Der Kommissar des Viertels hatte mit Nicolas darüber gesprochen und darauf hingewiesen, dass die Enklave der Tuilerien außerhalb seiner Zuständigkeit liege, da die königlichen Gärten der Prévôté de l'Hôtel unterstehe. Und die Beamten dieser Institution schienen viel weniger streng zu sein als die Männer der Polizei. Es ging tatsächlich das Gerücht, dass sie sich leicht bestechen ließen und es nicht verschmähten, sich in Naturalien dafür bezahlen zu lassen, dass sie die Augen verschlossen vor dem verwerflichen Gewerbe dieser Dienerinnen der Venus.

Diese Überlegungen führten ihn zu seinem Gespräch mit Restif de la Bretonne und dessen überraschenden Geständnis zurück. Madame Galaine widmete sich also auch diesem Gewerbe! Die ehrenwerte Frau eines Pelzhändlers hatte nur diesen entehrenden Ausweg gefunden, um angesichts des zu erwartenden

Ruins ihres Hauses die Zukunft ihres Kindes zu sichern. Nicolas konnte es einfach nicht fassen, und doch erwies sich sein Informant, der sehr enge Verbindungen zur Polizei hatte, gerade durch seine Laster als glaubwürdig. Nicolas fragte sich, ob seine eigene Naivität, die durch den jahrelangen Kontakt mit einer obszönen Realität nicht wenige Kratzer erhalten hatte, ihm einen dieser Streiche spiete, bei denen sie auf den winzigen Rest von Unschuld setzte, den er sich bewahrt hatte. Aber Tatsache war, dass Madame Galaine, deren Jugend noch nicht ganz verblüht war, in einem regelmäßigen und friedlichen Gewerbe einer ganzen Menge braver, ruhiger Bürger Vergnügen bereiten konnte, die sich von dem vulgären Auftreten ihrer Kolleginnen abgestoßen fühlten. Auf diese Weise hatte sie sich vermutlich eine Stammkundschaft geschaffen und Woche um Woche scheinheilig ihre stille Reserve vermehrt. Mit dem Ehepaar Galaine ging es offensichtlich den Bach runter; dem Ehemann fielen die regelmäßigen Abwesenheiten seiner Frau kaum auf. Theater- und Opernbesuche dienten seiner Ehefrau als Alibi.

Was Dorsacq anbelangte, den Ladenjungen, so spielte er im besten Fall die undankbare Rolle eines Galans und im schlimmsten die eines Zuhälters, der für Geld und vielleicht auch Gunstbezeugungen Kunden für die Schöne warb. Aus dieser erstaunlichen Nachricht ergab sich, dass Madame Galaine, eine der Verdächtigen, plötzlich ein Alibi hatte, was allerdings nicht zwangsläufig bedeutete, dass sie gänzlich unschuldig an den in der Rue Saint-Honoré begangenen Verbrechen war. Es gab immerhin Mittäterschaften, die schlimmer waren als die Taten selbst.

Nicolas' Gedanken schweiften weiter, folgten den kleinen weißen Wolken, die in Richtung der Boulevards oberhalb der

Place Louis XV zogen, wo die Überreste des Feuerwerkpavillons fast verschwunden waren. Die Gestalt einer Wolke, die schmaler als die anderen war, erinnerte ihn an den Angriff auf Naganda. Er sah wieder die Waffe, die Semacgus vorsichtig aus dem Rücken des Indianers entfernt hatte, eines dieser *eustaches* genannten Küchenmesser, wie sie zu Hunderten um die Halles verkauft wurden; sein Holzgriff und der einzige Niet waren unverkennbar. Er warf sich vor, dass er im Chaos dieser verrückten Nacht nicht weiter diese Tat untersucht hatte, die, obwohl sie keine Konsequenzen für Nagandas Leben gehabt hatte, dennoch ein Verbrechen war und sich in die Abfolge von Taten einreihte, die seit Élodies Verschwinden bei den Galaines begangen worden waren.

Bei genauerem Nachdenken und vorbehaltlich weiterer Überprüfungen kam Nicolas zu dem Schluss, dass der Mordversuch zeitgleich mit dem Aufhören des Getrommels stattgefunden haben musste. Doch er vermochte nicht eindeutig zu bestimmen, wer in diesem Augenblick wo gewesen war. Nach dem ersten Exorzismus im Erdgeschoss hatte Pater Raccard allen befohlen, in ihre Zimmer zu gehen. Dadurch konnten alle Mitglieder der Familie Galaine verdächtigt werden, kurz in den Dachboden hinaufgegangen zu sein, und während er selbst, Semacgus und der Exorzist die Besessene umringt hatten, hätte jeder von ihnen Naganda erdolchen können. Da die Waffe mit Sicherheit aus der Küche stammte, würde er Marie Chaffoureau befragen müssen, um diesen besonderen Punkt zu klären.

Die Vorbereitung der Sitzung im Grand Châtelet bereitete ihm Sorgen. Es genügte nicht, die Verdächtigen vorzuladen; er musste auch dafür sorgen, die Beweisstücke entsprechend in Szene zu setzen. Dafür waren ein paar Besorgungen und die Mithilfe des alten Marie und Bourdeaus nötig. Nicolas ging die Gegenstände durch, die Teil des großen Gerichtsspektakels sein würden, das er zu inszenieren beabsichtigte und dessen Wirkung auf die Anwesenden nicht zu unterschätzen war. Zuallererst würde er die Sachen von Élodie Galaine zusammensuchen: ihr gelbes Satinkleid, ihr strohgelbes Oberteil, ihr Korsett aus weißer Seide, zwei Unterröcke, graue Strümpfe sowie die in ihrer Hand gefundene schwarze Perle und die Heureste. All das würde ergänzt werden durch Nagandas Ausgehkleidung, das Apothekerfläschchen, die unter dem Bett der beiden Schwestern Galaine gefundenen Bandagen, das Taschentuch mit den Initialen CG, den Brief von Claude Galaine an seinen Bruder, das Testament, die neu aufgefädelte Halskette aus schwarzen Perlen und schließlich das Küchenmesser, mit dem Naganda verletzt worden war. Er überlegte, ob ein oder zwei Schneiderpuppen, bekleidet mit den Sachen der jungen Frau und des Indianers, nicht unpassend wirken und selbst die gefestigsten Charaktere erschüttern würden.

Zum ersten Mal seit dem Exorzismus kehrten die Erinnerungen an die verrückten Manifestationen zurück, deren Zeuge er geworden war. Bis jetzt hatte er versucht, sie zu verdrängen, so zu tun, als gehörte nichts von alldem zur realen Welt. Ein Teil seiner selbst weigerte sich, an die Existenz dieser Phänomene zu glauben, die ihn allein schon durch die Erinnerung daran wieder zu verfolgen drohten. Es bestand auch die Gefahr, dass Miette erneut in Trance zurückfiel. Was er in ihrem Zimmer in der Rue Saint-Honoré empfunden hatte, schien ihm mit einer Warnung verbunden zu sein, einer Aufforderung, seine Untersuchung fortzusetzen, obwohl die Manifestationen von Miettes Besessenheit ganz offensichtlich die Anwesenheit des Bösen enthüllten und keineswegs auf die Lösung des Rätsels abzielten. Der Beweis dafür war übrigens, dass, nachdem der Exorzismus vollzogen worden war, eine beruhigte, befreite und schlafwandlerische Miette sie selbst in den Keller zu der Stelle geführt hatte, wo das ermordete Neugeborene versteckt worden war.

Nicolas setzte sich auf die Terrasse des Couvent des Feuillants und genoss die Junisonne. Ein pausbäckiges Weibsbild trat näher und verlangte zwei Sols für die Miete seines Stuhls. Er döste vor sich hin, umgeben vom Gurren der Tauben auf den großen Kastanien. Schrilles Kindergeschrei übertönte das ferne Geräusch der Kutschen, die in schnellem Trab die Place Louis XV überquerten. In diesem entrückten Halbschlaf, nicht zuletzt die Folge der Anstrengungen der letzten Tage und der schlaflosen Nächte, ruhte er sich eine Weile aus. Dann erhob er sich und kehrte zum Châtelet zurück.

Er fand den alten Marie in seiner Mansarde, wo er ganz allein ein Ragout mit Eiern und Speck auf großen Scheiben frischen Brotes aß. Er lud Nicolas ein, sein Mahl mit ihm zu teilen, und fügte hinzu, dass es dazu ein neues Bier gebe, das ein Ausschank in der näheren Umgebung gerade bekommen hatte. Nicolas ließ sich leicht überreden und hörte sich amüsiert die Beschwerden seines Gastgebers an, der überzeugt war, dass das Lendenstück, das am Morgen in seiner feuerfesten Form in den Ofen des benachbarten Bäckers gekommen war, an Gewicht und Größe verloren habe. Der Alte vermutete betrügerische Absichten. Nicolas beruhigte ihn; er erinnerte sich, dass seine Amme Fine in Guérande immer, wenn sie ihre berühmte Ente mit Äpfeln zum Braten wegbrachte, das Gleiche zu sagen pflegte. Also tröstete er den alten Mann, indem er bemerkte, nichts sei besser für diese rustikalen Gerichte als die intensive, aber gleichmäßige Hitze des Brotofens und dass das Ergebnis die im Übrigen hochgradig eingebildeten Nachteile bei Weitem aufwiege. Sie sprachen über ihre heimatliche Bretagne, und der alte Marie bestand darauf, dass sie mit seinem berühmten Rachenputzer, diesem ehrwürdigen hochprozentigen *Lambig* anstießen, der in den Eingeweiden brannte und Tote aufweckte. Nicolas musste akzeptieren, aus Angst, ihn zu verärgern; allerdings gelang es ihm, einen Teil davon heimlich über eine Scheibe Brot zu gießen. Anschließend traf er zusammen mit dem Amtsdiener die notwendigen Vorkehrungen, damit die Beweisstücke, die in einem Schrank im Bereitschaftsbüro aufbewahrt wurden, nach seinen Wünschen angeordnet wurden. In einer nahe gelegenen kleinen Schneiderwerkstatt liehen sie dann gegen eine anständige Entlohnung zwei Schneiderpuppen aus.

Bourdeau tauchte überraschend auf. Nicolas informierte ihn über die letzten Ergebnisse der Untersuchung und bat ihn, den Altkleiderhändler, bei dem die verpfändeten Beweisstücke gefunden worden waren, zur Anhörung zu bringen. Danach begab er sich mit seinem kleinen schwarzen Heft in der Hand in den Audienzsaal des Polizeipräfekten, um nachzudenken. Er wollte sich überlegen, wie er die Sitzung am besten führen könnte, um zu einem Ergebnis zu gelangen. Sein Glaube an die Vernunft gab ihm die Gewissheit, dass der Schlüssel für den Fall schon auftauchen werde, wenn er die Ergebnisse der Untersuchung ausbreiten würde. Gleichwohl war er sich bewusst, dass allein die Intuition die Wahrheit an den Tag bringen könnte.

Gegen halb fünf wurden die Fackeln in dem großen gotischen Saal angezündet, in den das Tageslicht nur durch schmale Fenster drang. Ein abgewetzter Wandteppich bildete das französische Wappen ab, und auf einer Estrade warteten zwei Sessel auf die Richter. Bewacht von Polizisten, würden die Verdächtigen auf der linken Seite Platz nehmen. Nicolas würde in schwarzer Robe und Perücke vor ihnen stehen, an einem Tisch, auf dem die Beweisstücke lagen, flankiert von zwei Schneiderpuppen, die die Kleider von Naganda und Élodie trugen. Die Schatten dieser Figuren bewegten sich hin und her und verbanden sich mit dem Flackern der Flammen zu einem schaurigen Bild.

Die Beschuldigten kamen herein, bedrückt und stumm. Nur die beiden Schwestern schienen empört zu sein, dass sie hier erscheinen mussten, und zeigten eine süffisante Miene. Nachdem sie sich gesetzt hatten, hörten sie nicht auf, Nicolas verächtlich anzusehen und sich leise zu unterhalten, als wollten sie ihn provozieren. Madame Galaine trug ihre übliche Gleichgültigkeit mit dem Ernst einer Gläubigen zur Schau, die einer langweiligen Predigt zuhört. Vater und Sohn Galaine senkten niedergeschlagen den Kopf. Miette, fast schön, die jetzt allein gehen konnte, lächelte engelsgleich: Aus ihrem Gesicht waren die Spuren des Bösen verschwunden. Naganda, auch er wiederhergestellt, obwohl noch ein wenig behindert beim Gehen, beobachtete die Szene mit der Neugier eines Reisenden, der fremde und unverständliche Gebräuche entdeckt. Marie Chaffoureau presste ängstlich ihre Hände zusammen, und ihre kleinen Augen richteten sich auf jede Ecke dieses Theaters, ohne bei einer zu verweilen. Dorsacq versuchte sich von den Galaines fernzuhalten, als wollte er sich von der Familie distanzieren. Bourdeau und Semacgus standen hinten im Saal, wo sich kurz darauf Pater Raccard zu ihnen gesellte.

Kurz vor fünf wurden die Türen des Saals geschlossen. Der alte Marie in seiner schwarzen Amtsdieneruniform kündigte die Richter an, die Platz nahmen. Die Hermelinstreifen an ihrer Robe, die denen des Krönungsmantels der Bourbonen nachempfunden waren, sollten symbolisch an die königliche Autorität erinnern. Nach einem Blick auf Nicolas ergriff Monsieur de Sartine das Wort.

»Ich erkläre im Namen des Königs diese Anhörung, einberufen vor meinem Gerichtshof, in Gegenwart des Lieutenant criminel der Vicomté et Généralité de Paris für eröffnet. Diese besondere Vorgehensweise wurde verlangt und befohlen von Seiner Majestät angesichts der in vielerlei Hinsicht außergewöhnlichen Umstände, die diesen heiklen Fall umgeben, bei dem es, wie ich erinnern darf, um einen Mord und einen Mordversuch geht. Monsieur le Commissaire au Châtelet, Secrétaire du roi en ses conseils, Sie haben das Wort.«

Sartine hatte sorgfältig vermieden, den Kindsmord zu erwähnen, dessen Nachricht sich noch nicht verbreitet hatte. Alle Blicke richteten sich bereits auf Nicolas, als aus heiterem Himmel Charles Galaine aufstand und mit schriller Stimme das Wort ergriff.

»Monsieur le Lieutenant général, ich möchte nachdrücklich und feierlich vor Ihrem Gerichtshof in meinem Namen und dem meiner Familie Protest einlegen gegen ein widersinniges Verfahren, in dessen Verlauf meine Familie grundlos eingesperrt und vor Gericht gestellt wurde, ohne zu wissen, was man ihr vorwirft, und ohne jede Hoffnung, irgendeinen Rat in Anspruch nehmen zu können. Ich appelliere an die Gerechtigkeit des Königs!«

In diesen Sätzen war der pedantische Charakter eines Vertreters einer Pariser Händlerzunft spürbar, der Debatten und Prozesse der Geschworenen gewohnt und sich nicht zum ersten Mal gegen die scheinbare Willkür der Mächtigen empörte. Die beiden Schwestern erhoben sich ebenfalls und stießen unverständliche Drohungen aus. Monsieur de Sartine schlug mit der flachen Hand auf die Lehne seines Sessels. Sein blasses Gesicht lief rot an.

»Monsieur«, erwiderte er in gleichmütigem Ton, »Ihr Protest ist nicht unzulässig. Der König handelt einzig durch seine Gerichtsbarkeit, deren Bürgen und Vollstrecker wir sind. Die Rechte, die Sie verlangen, werden Ihnen gewährt werden, sobald wir Gewissheit erlangt haben über die Schuld des einen oder die Unschuld des anderen. Meine Anwesenheit und die des Lieutenant criminel bestätigen in ausreichender Weise die Seriosität dieser vorbereitenden Anhörung. Der normale Gang des Verfahrens wird am Ende dieser Sitzung wieder seinen Lauf nehmen und ihre Ergebnisse berücksichtigen.«

Die beiden Schwestern Galaine schrien noch immer.

»Ich bitte Sie, Monsieur«, fuhr Sartine fort, »Ihre Schwestern zu beruhigen, bevor ich andere Maßnahmen ergreife, um dieser Sitzung die gebotene Würde zu verleihen.«

»Allerdings ...«

»Das reicht, Monsieur Galaine. Das Wort hat Commissaire Le Floch. Mögen die Debatten, die beginnen, uns über die finstere Angelegenheit aufklären.«

Nicolas faltete die Hände, atmete tief ein und drehte den Kopf zu den beiden Richtern.

»Wir erscheinen heute hier«, begann er, »um den letzten Akt

einer häuslichen Tragödie zu schreiben, die mit der Katastrophe auf der Place Louis XV verbunden ist. Zu den unschuldigen Opfern, die durch Unfähigkeit einiger Beamten und ein unerforschliches Schicksal ums Leben kamen, ist der besondere Fall von Élodie Galaine hinzugekommen, deren Leiche unter Bürgern gefunden wurde, die in der Nacht vom 30. auf den 31. Mai gestorben sind. Sie fiel jedoch einem Verbrechen zum Opfer, das verschleiert werden sollte. Identifiziert von Charles Galaine, ihrem Onkel, und ihrem Cousin ersten Grades Jean Galaine, wurde der Leichnam auf meinen Befehl hin in die Basse-Geôle gebracht, wo erfahrene Ärzte feststellten, dass das junge Mädchen erwürgt worden war und dass es zudem gerade ein Kind zur Welt gebracht hatte. Auf Befehl des Polizeipräfekten wurde sofort eine Untersuchung an ihrem Wohnsitz in der Rue Saint-Honoré eingeleitet, wo ihr Onkel ein Pelzgeschäft besitzt. Von Anfang an wurde deutlich, dass keiner der Bewohner des Hauses nachweisen konnte, was er zum mutmaßlichen Zeitpunkt des Mordes gemacht hatte. Daher hätte jeder von ihnen einen Anschlag auf das Leben von Élodie Galaine verüben können.«

Erneut erhob sich Charles Galaine.

»Ich wiederhole meinen Protest. Aus der Erklärung von Commissaire Le Floch wird klar, dass er nicht in der Lage ist, den genauen Zeitpunkt des mutmaßlichen Mordes an meiner Nichte zu bestimmen. Wie soll unter diesen Umständen diese Sitzung, die dem geltenden Recht widerspricht, zur Wahrheit führen und die Rechte meiner Familie wahren?«

»Monsieur«, sagte Sartine, »Sie werden jede Gelegenheit bekommen, einzugreifen, zu befragen, befragt zu werden, zu beweisen und Gegenbeweise zu liefern, anzugreifen und Gegenangriffe zu starten. Für den Augenblick befehle ich Ihnen, Commissaire Le Floch die Gelegenheit zu geben, vor diesem Gerichtshof die wesentlichen Elemente dieses heiklen Falls darzulegen.«

Nicolas fuhr fort, indem er in allen Einzelheiten die Ergebnisse seiner Ermittlungen ausbreitete. Ohne sich über seine Feststellungen näher zu äußern, zählte er sie einfach auf, wie eine traurige Bestandsaufnahme der menschlichen Schandtaten. Die Informationen über Élodies Mutterschaft oder die angenommene von Miette lösten Beklemmung aus. Alle hörten der langen Vorrede aufmerksam zu, und es herrschte eine solche Stille, dass man in den Pausen des Redners das Knistern der Fackeln und Kerzen vernahnm, deren schwärzlicher Rauch spiralförmig zur gewölbten Decke emporstieg. Nicolas hütete sich wohlweislich, über Miettes Besessenheit zu sprechen, deren Erwähnung dazu führen könnte, dass diese Anhörung ausuferte und die Bahnen der Vernunft verließ.

»Meine Herren«, sagte er schließlich etwas lauter, »mit Ihrer Erlaubnis werde ich eine letzte Befragung der Zeugen und Verdächtigen vornehmen.«

»Tun Sie das, Monsieur le Commissaire«, erwiderte Sartine nach einem höflichen Blick zum Lieutenant criminel.

»Ich werde natürlich mit Charles Galaine beginnen, dem Familienoberhaupt und Vormund von Élodie, der Tochter seines älteren Bruders Claude, der in Neufrankreich starb. Monsieur, haben Sie ergänzende Erklärungen darüber abzugeben, was Sie in der Nacht vom 30. auf den 31. Mai getan haben?«

Charles Galaine erhob sich mühsam.

»Ich habe meinen Erklärungen nichts hinzuzufügen oder zurückzunehmen. Außerdem halte ich meinen Protest gegen das, was mir zugemutet wird, aufrecht.«

»Das steht Ihnen frei. Geben Sie zu, dass Sie über die Absicht Ihres Bruders informiert waren, seine Nachfolge durch den aufgefundenen Brief zu regeln?«

»Es handelt sich um einen privaten Brief.«

»Sie kannten also die Verfügungen. Haben Sie das Testament Ihres Bruders gelesen, und wenn ja, wann und von wem wurden Sie darüber informiert?«

Galaine warf einen Blick auf seine Frau und seine Schwestern.

»Nein.«

»Wussten Sie, dass Ihre Nichte schwanger war?«

»Ich wäre niemals darauf gekommen.«

»Wie ist das möglich?«

»Den Mädchen ist heutzutage vieles zuzutrauen. Schlechte Beispiele gibt es genug. Die Kleidung kann, nehme ich an, verbergen, was andernfalls offensichtlich wäre.«

»Und der Zustand Ihres Dienstmädchens?«

»Ebenso.«

»Wie erklären Sie ihre Situation?«

»Bei der einen durch eine nachlässige Erziehung in einem halb wilden Land, wo sie vermutlich den schlimmsten Beispielen und den heimtückischsten Einflüssen ausgesetzt war.«

»Wirklich? Bei den Nonnen, die sie in Québec erzogen?«

Der Händler antwortete nicht.

»Und die andere?«, fuhr Nicolas fort.

»Sie wäre nicht das erste Dienstmädchen, das sich über Sitte und Anstand hinwegsetzt. Das geschieht heutzutage leider häufig.«

»Sie haben mir beteuert, dass Ihre Schwestern Élodie auf das Fest begleitet hatten. Halten Sie diese Erklärung aufrecht?«

»Ja, gewiss.«

»Und doch widersprechen sie Ihnen.«

»Der Tod ihrer Nichte hat sie sehr bewegt und völlig durcheinandergebracht.«

»Das heißt, Monsieur, kein Alibi. Eine Nacht, in der niemand zu Ihren Gunsten aussagen kann, eine Nacht voller Geheimnisse, in der niemand Ihnen begegnet ist, in der Sie ausreichend Gelegenheit hatten, Ihre Nichte zu ermorden, ihren Körper im Chaos der Katastrophe zurückzulassen und sich dann ganz unschuldig nach ihr zu erkundigen. Monsieur, Sie sind in mehr als einer Hinsicht verdächtig. Sie, der ungeliebte Sohn, der darunter gelitten hat, dass Ihr Vater Ihren älteren Bruder vorzog, der brillanter, unternehmungslustiger und anziehender war. Sie, der Schüchterne, der zur Gewalt neigt, wurde stets dominiert von den Frauen in seiner Umgebung: Mutter, Amme, Ihre beiden Frauen. Sie, der Sie mir den Brief Ihres Bruders, des verhassten Bruders, verschwiegen haben. Sie, der Sie wussten oder ahnten, dass der Beutel, den Naganda um den Hals trug, ein wichtiges Schriftstück enthielt. Sie, dem Ihre kleine Tochter Geneviève, der herumschwirrende Geist des Hauses und das unschuldige Werkzeug der Perversion, erzählte, was sie gesehen und gehört hat. Ja, wirklich, alles klagt Sie an, Monsieur!«

»Ich protestiere! Welches Motiv sollte ich haben, meine Nichte zu ermorden?«

»Na, Eigennutz, nichts als Eigennutz! Ein ehrbarer Händler, Angehöriger einer der großen Zünfte, gut beleumundet, der sich auf gewagte Spekulationen mit Moskowien eingelassen hat und kurz vor dem Bankrott steht – könnte ein solcher Mann nicht versucht sein, das abzuwenden, um sein Haus und seine Familie nicht in seinen Ruin mit hineinzuziehen?«

Charles Galaine versuchte zu protestieren.

»Schweigen Sie, Monsieur! Sie wussten, dass Ihr Bruder in Frankreich ein bedeutendes Vermögen gewinnbringend angelegt hat und dass zwischen diesem Geld und Ihnen nur ein armes junges Mädchen stand. Widerstehen Sie da der Versuchung? Ohne Unterstützung und Ratgeber war Élodie Ihnen praktisch ausgeliefert. Ist das nicht ein ausreichendes Motiv? Wir wissen durch das Testament, dass das erste männliche Kind dieses Mädchens der Erbe von Claude Galaine gewesen wäre.«

»Aber wenn ich an dieses Vermögen gedacht hätte, hätte mein Sohn nur Élodie zu heiraten brauchen!«, murmelte Charles Galaine.

»Élodie heiraten! Pfui, Monsieur, pfui! Sie gehen ganz schön leichtsinnig mit den Empfehlungen unserer heiligen Mutter Kirche um. Ein Cousin ersten Grades! Und dazu noch ein Mädchen, das kurz davor ist, Mutter zu werden …«

»Und wer sagt Ihnen, dass dieses Kind nicht dasjenige meines Sohnes war?«

Jean Galaine stand auf, bleich im Gesicht.

»Nein, Vater, sagen Sie so etwas nicht!«

»Sehen Sie«, sagte Nicolas, »sogar Ihr Sohn, von dem ich immer angenommen habe, dass er in Ihre Nichte verliebt war, protestiert gegen diese Idee. Und außerdem, ist Ihnen nicht in den Sinn gekommen, dass das Kind, das da auf die Welt kommen würde, alles widerlegen hätte können?«

Monsieur de Sartine mischte sich ein.

»Was wollen Sie da unterstellen, Monsieur le Commissaire?«

»Nichts anderes, Monsieur, als dass das Neugeborene schon allein durch sein Ausehen hätte deutlich machen können, dass es nicht von Jean Galaine oder irgendeinem anderen jungen Mann aus Paris gezeugt worden war.«

»Was ist der Grund für diese Behauptung?«

Nicolas spielte seinen ersten Trumpf in dem komplizierten Spiel der Anhörung aus.

»Weil alles darauf hindeutet, dass Élodies Kind auch das von Naganda war. Eine gemeinsame Kindheit, gemeinsam durchlittenen Prüfungen, eine lange Ozeanüberquerung inmitten der Gefahren des Seekriegs, dann die Feindseligkeit, mit der ihnen im Haus Galaine ohne Unterlass begegnet wurde, hatten sie einander so nahegebracht, dass … Schließlich war sie keine zwanzig, und er ist fünfunddreißig. Sehen Sie darin ein Hindernis? Selbst Tugendhaftere hätten nicht widerstanden.«

Nicolas und die beiden Richter waren die Einzigen, welche die Tränen bemerkten, die über das unbewegte Gesicht des Indianers liefen.

»Wir werden darauf zurückkommen und Naganda um eine eingehende Erklärung bitten, diese sogar von ihm verlangen müssen. Aber befassen wir uns zunächst mit der Familie Galaine. Heben wir uns Ihren Fall für später auf, Monsieur. Wenden wir uns zunächst Ihrem Sohn zu. Hier haben wir es mit der gleichen Verdunkelung von Gründen zu tun, mit der gleichen Unmöglichkeit, einen kohärenten Bericht über diese schicksalhafte Nacht zu geben, in der sich die Abenteuer in den Armen einer Prostituierten, unerwartete Begegnungen mit Gefährten von Ausschweifungen, einer Lücke von mehreren Stunden und schließlich eine verspätete Rückkehr nach Hause zu einem widersprüchlichen Faktengemisch zusammengeballt haben. Wie viele Unsicherheiten, wie viele Dunkelzonen, die zwangsläufig Anlass für Zweifel und Argwohn bieten! Ich kann Ihre Gedanken hören, meine Herren: ›Was könnte das Motiv dieses jungen Mannes gewesen sein, und welches Motiv könnte ihn veranlasst haben, das Leben seiner Cousine zu zerstören?‹ Ist er einer solchen Tat schuldig? Diese Motive existieren, starke und schwerwiegende. Doch zunächst möchte ich dem Verdächtigen eine Frage stellen. Jean Galaine, waren Sie in Ihre Cousine Élodie verliebt? Lassen Sie sich mit der Antwort Zeit, denn von Ihrer Aufrichtigkeit wird mit größter Wahrscheinlichkeit Ihr Heil abhängen, es sei denn, was Gott verhüten möge, ich hätte mich geirrt.«

Jean Galaine richtete sich auf und antwortete mit einer fast unhörbaren Stimme, die am Ende vollends versagte.

»Monsieur le Commissaire, ich muss wahrheitsgemäß antworten, dass ich vom ersten Tag an in maßloser Liebe für Élodie entbrannt bin, aber nichts und niemand hätte mich veranlassen können, ihr Böses zu wollen.«

»Und dennoch, Monsieur«, sagte Nicolas, »sind Sie in keiner beneidenswerten Situation. Sohn aus einer ersten Ehe, hassen Sie Ihre Stiefmutter, die Ihren Hass erwidert unter dem Deckmantel der Gleichgültigkeit. Hoffnungslos verliebt in Ihre Cousine ersten Grades, zermürbt und zerstört diese unmögliche Liebe Sie. Ihre Verbindung, vorausgesetzt sie wäre bereit, einen Blick auf Sie zu werfen, würde einen Dispens erfordern, der manchmal großen und adligen Häusern gewährt wird, die einen Kirchenfürsten im Stammbaum haben. Eine wahnsinnige Liebe, die sich von Phantasien und Frustrationen nährt! Eine umso schmerzlichere Liebe, als Sie von der Beziehung erfahren oder sie erraten haben, die – nehmen wir es einmal an – Élodie und den Indianer verband. Leidenschaft kann zum Verbrechen führen, wenn zu diesem starken Motiv das des Eigennutzes hinzukommt, denn für Sie war es wie für Ihren Vater von Vorteil, wenn sie sterben würde. Aber zu Ihrer Entlastung habe ich gesehen, dass Sie als Einziger aus der Familie wirklich über den Tod Ihrer Cousine betroffen waren. Ich habe sogar in Ihren Gedanken gelesen, als Sie Ihren Vater angesehen und verdächtigt haben, diesen Mord begangen zu haben.«

»Monsieur le Commissaire«, rief Sartine, »bleiben Sie innerhalb der Grenzen Ihres Falls, ohne die Spekulationen zu bemühen, die Sie möglicherweise angestellt haben.«

»Ich werde mich bemühen, Monsieur, aber die Wahrheit kann nur zutagetreten in der fruchtbaren Mischung von nachprüfbaren Tatsachen und intuitivem Wissen. Der Zweifel hinsichtlich Jean Galaine bleibt daher bestehen.«

Nicolas holte Luft, ging durch den Raum und näherte sich Madame Galaine.

»Madame, Sie haben mir meine undankbare Aufgabe besonders schwer gemacht. Was für ein Schicksal! In diesem Haus in der Rue Saint-Honoré scheinen die Rollen falsch verteilt zu sein. De facto sind Sie die Hausherrin. Sie helfen Ihrem Mann und vertreten ihn in seinen Geschäften. Sie haben ihm eine Tochter geschenkt. Aber es kommt mir so vor, als seien Sie eine Fremde in Ihrem eigenen Haus. Sie erfreuen sich weder der Liebe noch der Nachsicht der anderen Familienmitglieder. Ihr Stiefsohn? Feindselig. Ihre Schwägerinnen? Voller Hass. Naganda? Für Sie ist er ein Möbelstück, Sie sehen ihn nicht einmal. Dorsacq, der

Ladenjunge? Mit ihm treiben Sie ein kokettes Spiel, dessen Sklave er zu sein scheint. Sie leben in ständiger Angst in diesem Haus! Jeden Tag denken Sie darüber nach, was Sie erwartet neben einem verunsicherten und schwachen Mann, den Sie nicht schätzen und der dem verderblichen Einfluss seiner Schwestern ausgesetzt ist. Sie haben entdeckt, dass er sein Geschäft in den Ruin führt, was Ihr Überleben, aber vor allem das Ihrer Tochter Geneviève bedroht, deren Zukunft Ihnen am Herzen liegt, denn Sie sind eine gute Mutter. Und es gibt eine Hoffnung: das Vermögen von Claude Galaine. Nur es gibt da ein Hindernis, das zwischen diesem und Ihrem Mann steht: die arme Élodie. Und auch hier, Madame, was soll man von Ihrer Hartnäckigkeit halten, mit der Sie verschweigen, was Sie in einer entscheidenden Nacht gemacht haben? Ich beschwöre Sie ein letztes Mal feierlich, Ihr Gewissen zu erleichtern.«

Madame Galaine sah ihn an, ohne zu antworten.

»Würden Sie freundlicherweise Ihr Gedächtnis bemühen«, beharrte Nicolas. »Man muss nicht aus dem Collège d'Harcourt oder de Presles kommen, um sich an eine so nahe Vergangenheit zu erinnern.«

»Was ist das für ein Collège de Presles, das ich nicht kenne?«, fragte der Lieutenant criminel.

Madame Galaine erhob sich mit gerötetem Gesicht; Nicolas' Schachzug hatte sein Ziel erreicht, sie hatte sofort begriffen, was seine rätselhafte Äußerung andeutete.

»Madame, es liegt nur an Ihnen«, fuhr Nicolas fort. »Wenn Sie dem Herrn Polizeipräfekten etwas anzuvertrauen wünschen, bitten Sie ihn, dass Sie näher treten dürfen und er Sie anhört.«

Neugierig geworden, beriet sich Monsieur de Sartine mit seinem Nachbarn und bedeutete Nicolas, zu ihm zu kommen.

»Was bedeutet das, Monsieur le Commissaire? Ihr sonst immer so präzises Gedächtnis ließ solche Mehrdeutigkeiten nicht erwarten.«

Nicolas trat noch näher an die beiden Richter heran, deren Köpfe sich zu ihm beugten.

»Das bedeutet, meine Herren, dass das Alibi dieser Frau auf einer unehrenhaften Tätigkeit beruht, die sie nicht öffentlich eingestehen kann. Aus diesem Grund möchte ich, dass Sie sie vertraulich anhören.«

Der Polizeipräfekt winkte Madame Galaine zu sich, und diese enthüllte unter Tränen leise, was Nicolas bereits bei seiner Begegnung mit Restif de la Bretonne erfahren hatte. Unter den neugierigen Blicken ihres Mannes und dessen Schwestern kehrte sie an ihren Platz zurück. Nach einer Ermutigung durch Monsieur de Sartine ergriff Nicolas erneut das Wort.

»Meine Herren, Sie werden nach der vertraulichen Mitteilung, die Ihnen soeben gemacht wurde, zu dem Schluss kommen, dass Madame Galaine faktisch nicht des Mordes an ihrer angeheirateten Nichte verdächtigt werden kann, auch wenn nichts sie von einer eventuellen Komplizenschaft bei der Vorbereitung dieses Verbrechens freispricht. Und da wir von Madame Galaine sprechen, wäre es da nicht zweckdienlich, das Verhalten von Monsieur Dorsacq, dem Ladenjungen des Geschäfts in der Rue Saint-Honoré, zu untersuchen? Er bekennt sich ganz offen dazu, der edle Ritter besagter Dame zu sein. Sicher, er gehört nicht zur Familie, doch sein Anstellungsverhältnis führt zwangsläufig dazu, dass er mit ihr die Mahlzeiten einnimmt. Er ist also ein junger Mann, der offensichtlich das Vertrauen von Meister Galaine genießt. Er kann sich große Hoffnungen machen. Er hat ein

Vertrauensverhältnis zu seiner Chefin, er begleitet sie, beschützt sie, geht mit ihr ins Theater, und das alls mit dem stillschweigenden Einverständnis des Ehemanns, dem er auf diese Weise eine Rolle abnimmt, die ihn belastet. Hegt er indiskrete Gefühle für die Hausherrin? Ich glaube nicht. Ich bin im Gegenteil der Meinung, dass ihre Beweggründe sich ergänzen und dass sie beide auf Verstellung beruhen. So scheint er seiner Chefin den Hof zu machen …«

»Monsieur«, entrüstete sich Charles Galaine, »Sie beleidigen mich. Wie können Sie annehmen …«

»Ich sagte: *Er scheint*«, entgegnete Nicolas. »Zwischen Schein und Sein besteht ein Unterschied. Er scheint, sagte ich, seiner Chefin den Hof zu machen, als wollte er damit etwas verschleiern, das nicht in die Öffentlichkeit gehört. Ich nehme an, dass er in verschiedene Abenteuer verstrickt ist. Ist er verliebt in Élodie, die junge Tochter des Hauses? Wenn sie seine Gefühle erwiderte, würde ihm das Eingang in die Familie verschaffen. Hat er von Élodies Hoffnungen erfahren? Alles ist möglich, und der Verdacht lastet auch auf ihm. Als Antwort auf unsere Fragen gibt er hartnäckig vor, er wolle die Ehre einer Dame nicht aufs Spiel setzen. Hält das stand, wenn man Gefahr läuft, eines Kapitalverbrechens beschuldigt zu werden, das unausweichlich mit einer Hinrichtung auf der Place de Grève endet? Und doch will er nicht preisgeben, was er in dieser Nacht gemacht hat. Erlauben Sie mir, meine Herren, vor Ihnen eine kleine Gegenüberstellung vorzunehmen, die, so hoffe ich, neue Perspektiven für unseren Fall eröffnen wird.«

Nicolas rief Bourdeau und gab ihm Anweisungen. Der Inspektor ging zu dem jüngsten Polizisten. Er bat ihn, seine Perücke abzunehmen und die Jacke auszuziehen, und legte sie auf das Parkett vor die beiden Richter; dann forderte er Jean Galaine und Louis Dorsacq auf, zu beiden Seiten Aufstellung zu nehmen.

»Meine Herren« fuhr Nicolas fort, »ich bitte Sie, das Erscheinen eines Zeugen zu erlauben.«

Die Tür des Audienzsaals öffnete sich, und der alte Marie führte im vollen Bewusstsein seiner Wichtigkeit einen kleinen, schmächtigen, halb kahlköpfigen Mann herein. Er trug eine Brille mit einem Stahlgestell, hinter dem verängstigte Augen die feierliche Versammlung betrachteten. Ein abgewetzter Anzug aus schwarzem Ratiné, zu große, ausgetretene Schuhe ohne Schnallen, boten ein jämmerliches Bild.

»Kommen Sie näher«, sagte Nicolas, »Monsieur ...?«

»Robillard, Jacques, Monsieur, zu Ihren Diensten.«

»Nennen Sie uns Ihren Beruf.«

»Ich bin Altkleiderhändler in der Rue du Faubourg-du-Temple.«

»Monsieur Robillard, Sie haben Inspektor Bourdeau gegenüber erklärt, am frühen Morgen des 31. Mai 1770 als Pfand für eine Summe von achtzehn Livres, fünf Sols und sechs Deniers Kleidungsstücke und Gegenstände erhalten zu haben, von denen sich einige in diesem Raum befinden. Bestätigen Sie den Erhalt und erkennen Sie sie wieder?«

»Ich bestätige beides, Monsieur, das ist die reine Wahrheit. Zwei identische Kleidungen aus Mantel und Hut in guter Qualität. Es hat mich überrascht, dass der Mann mit so wenig zufrieden war. Und ein Apothekerfläschchen. Ich habe nicht weiter diskutiert, das können Sie sich denken. Ein gutes Geschäft für mich, denn man sieht sie niemals wieder und kann über die Pfandgegenstände frei verfügen.«

»Hier sehen Sie, Monsieur Robillard, drei Männer von hinten.

Ich bitte Sie, um sie herumzugehen und mir zu sagen, ob Sie Ihren Kunden von neulich wiedererkennen.«

Nicolas betete zum Himmel, dass der Zeuge nicht den Mund öffnete, um zu wiederholen, was er bereits Bourdeau gesagt hatte, nämlich, dass er nicht auf die Gesichtszüge seines Kunden geachtet habe und daher keine genaue Beschreibung geben könne. Er hoffte, dass ihm irgendein Detail aufgefallen war, und sagte sich, dass er diese Karte ausspielen müsste, so unsicher sie auch sein mochte. Noch bevor Robillard zu den drei jungen Männern gehen konnte, drehte Louis Dorsacq sich um und machte drei Schritte auf Nicolas zu.

»Monsieur le Commissaire«, sagte er leise, »bevor dieser Mann mich wiedererkennt, ziehe ich es vor, Ihnen zu sagen, dass ich diese Gegenstände verpfändet habe, um fällige Spielschulden zu bezahlen.«

Nicolas hatte das Gefühl, dass man ein weiteres Mal versuchte, die Justiz an der Nase herumzuführen.

»Das ist eine sehr interessante Kehrtwendung! Dennoch, sagen Sie uns ganz genau, wo Sie dieses Sammelsurium herhaben, das Sie ohne jede Diskussion und ohne jedes Handeln für die lächerliche Summe von achtzehn Livres verpfändet haben. Zudem wirft Ihr Geständnis weitere Fragen auf. Wem schuldeten Sie diese Summe?«

»Befreundeten Spielern.«

»Das nenne ich eine präzise Antwort! Aber ich beharre auf konkreten Angaben: Wo haben Sie die verpfändeten Gegenstände gefunden?«

Ganz offensichtlich versuchte Dorsacq verzweifelt, plausible Umstände zu konstruieren. Aber Nicolas, der zumindest über die wahrscheinliche Herkunft von Nagandas Kleidung und des Apothekerfläschchens informiert war, ließ sich davon nicht täuschen.

»In der Küche ...«

»Wie, in der Küche?«

»Ja, ich habe sie am Morgen in der Küche gefunden, unordentlich über den Boden verstreut ...«

»An welchem Morgen?«

»Am Morgen der Katastrophe auf der Place Louis XV. Ich glaubte, diese Gegenstände sollten weggeworfen werden, und habe sie an mich genommen, was ich jetzt bedauere.«

»Und das Apothekerfläschchen?«

»Das lag ebenfalls da.«

»Wenn die Gegenstände Ihrer Chefs herumliegen, finden Sie es also ganz normal, sie zu stehlen. All das ist absolut wahrscheinlich und glaubhaft; der Gerichtshof dürfte einigermaßen verblüfft sein! Was suchten Sie übrigens so früh im Geschäft? Sschließlich wohnen Sie nicht dort.«

»Ich war wegen der Sommerinventur gekommen.«

Nicolas wollte noch nicht alle Trümpfe, über die er verfügte, aus dem Ärmel ziehen. Für den Augenblick genügte es, die offenkundigen Lügen Dorsacqs festzuhalten. Es war nicht nötig, die Dinge vor dem Ende der Befragung aller Verdächtigen zu überstürzen. Er nutzte seinen Vorteil also nicht weiter aus und verabschiedete den Altkleiderhändler, der unter zahlreichen Verbeugungen und Grüßen in die Runde hinausging. Die beiden jungen Männer nahmen wieder ihre Plätze auf der Bank ein. Nachdem er sehr lange nachdenklich geschwiegen hatte, wandte Nicolas sich Naganda zu.

»Monsieur, Ihre Situation macht mich ratlos. Wie alle hier ...«

Mit einer weiten Handbewegung deutete er auf die Galaines, die vor ihm saßen.

»... haben Sie mich belogen. Ich weiß aus Erfahrung, dass es Lügen für die gute Sache gibt, fromme Lügen, aber was für mich zählt, ist: Sie haben mich belogen. Sie sind ein Kind der Neuen Welt, entwurzelt, hierher versetzt, gestrandet an den Ufern eines alten Königreichs unter merkwürdigen oder feindseligen Leuten, die nicht verstehen, dass man etwas anderes als Pariser sein kann, ohne Unterstützung, ohne Freunde, sich selbst überlassen. Und dann werden Sie wie ein Verbrecher eingesperrt, außer Gefecht gesetzt, betrogen, wie Sie uns berichten, und schließlich versucht man auch noch, Sie zu töten. Wie könnte man für Sie und Ihre beklagenswerte Situation nicht das reinste Mitgefühl empfinden? Und doch haben Sie gelogen. An dem Punkt, an dem wir angelangt sind, bitte ich Sie, sich klarzumachen, was Sie noch retten können. Erinnern Sie sich, dass die Gerechtigkeit allein auf der Wahrheit gründet. Wenn Ihnen, wie Sie behaupten, die Erinnerung an Élodie teuer ist, dann machen Sie den letzten Schritt im Gedenken an sie. Ansonsten bleiben Sie auf Ihrem Irrweg, auf dem Sie allen Vorurteilen gegen Sie Nahrung geben, auf dem die Verdachtsmomente gegen Sie immer erdrückender werden, und am Ende wird, das prophezeie ich Ihnen, der unerbittliche Lauf des Gesetzes Sie zermalmen. Denn glauben Sie ja nicht, dass es keine Motive gibt, die gegen Sie sprechen.«

Der Indianer machte eine verneinende Bewegung, als wolle er protestieren, doch Nicolas Le Floch fuhr ungerührt fort.

»Überlegen wir einen Moment. Élodie, diese junge Frau, der nachgesagt wird, sie sei leichtfertig, unüberlegt, kokett gewesen und habe die Avancen der jungen Männer nicht zurückgewiesen – wie hätte ihr Verhalten Sie nicht herausfordern sollen, immerhin liebten Sie Élodie ja. Vielleicht war das Opfer tatsächlich nicht vernünftig? Es gibt Zeugenaussagen. Meine Worte lassen Sie gleichgültig, Naganda? Wie Sie meinen. Überlegen Sie dennoch, dass diese Elemente – ich erweise Ihnen die Ehre, jede Unterstellung persönlichen Interesses auszuschließen – das Aufkommen eines heftigen Eifersuchtsgefühls erklären können, zumal das heftiger bei jemandem ausfallen muss, der wie Sie einem Stamm von Kriegern angehört, bei dem diese Art von Affront, wenn man den Reiseberichten glaubt, blutig geregelt wird.«

»In meinem Stamm«, rief Naganda und hob stolz den Kopf, »tötet man keine jungen Mädchen!«

»Eine Bemerkung, die ich gern höre, wäre sie begleitet von der Wahrheit, die ich seit so vielen Tagen von Ihnen erwarte.«

»Monsieur le Commissaire«, erwiderte Naganda, »ich will mit aller Klarheit antworten und mein Schicksal in Ihre Hände legen. Sie haben mich immer mit der Achtung behandelt, die ich von den Bewohnern dieses Königreiches erwartet habe, von dem ich seit meiner Kindheit geträumt habe. Befragen Sie mich.«

»Schön«, sagte Nicolas lächelnd. »Sie sagten, Sie seien vom Nachmittag des 30. bis zum Nachmittag des 31. Mai praktisch bewusstlos gewesen. Bestätigen Sie Ihre Erklärungen?«

»Ich bin auf böswillige Weise durch ein Getränk bewusstlos gemacht worden, das mir am Nachmittag des 30. von der Köchin serviert worden war. Ich habe stundenlang sehr tief geschlafen. Als ich aufwachte, war es dunkel, mein Talisman und die Halskette, an der ich ihn trug, waren verschwunden, und ich hatte Kopfschmerzen. Ich war eingesperrt, und meine Kleidung war gestohlen worden. Ich bin ein erstes Mal über das Dach geflohen. Stundenlang irrte ich in der Nacht umher. Die Leute wirkten verrückt und achteten nicht auf mich. Sie schrien, sie rannten, Kutschen rasten in vollem Galopp an mir vorbei. Ich vermutete, dass irgendetwas Schlimmes passiert sei, und machte mir große Sorgen, weil ich wusste, dass Élodie auf das Fest gehen wollte und dass ihre Entbindung kurz bevorstand. Da ich in meinem Zustand nichts tun konnte, bin ich nach Hause zurückgekehrt. Erst am nächsten Tag bin ich wirklich geflohen, da ich um mein Leben fürchtete.«

»Gut. Damit geben Sie also die Beziehung zu, die Sie mit Élodie Galaine verband, die, wie Sie aussagten, von Ihnen schwanger war. Hatten Sie nicht erfahren, dass sie bereits entbunden hatte?«

»Zu keinem Zeitpunkt. Seit einigen Tagen hatte man mich daran gehindert, sie zu sehen, indem man behauptete, sie wäre krank. Ich kam fast um vor Angst, sobald ich daran dachte. Daher habe ich nichts von der Geburt gewusst, von der Sie sprechen. Ich liebte Élodie. Wir hatten uns auf dem Schiff, das uns nach Frankreich brachte, verlobt. Die ganze Zeit hatte sie ihren Zustand, so gut sie konnte, verborgen. Das Leben in der Familie wurde unerträglich, und wir hatten vor, gleich nach der Geburt zu fliehen und nach Neufrankreich zurückzukehren. Sie hatte ihren Schmuck und ein paar wertwolle Gegenstände, die von ihren Eltern stammten, verpfändet …«

Nicolas verstand endlich, warum er keine persönlichen Gegenstände der jungen Frau gefunden hatte.

»Sie wusste ebenso wenig wie ich, dass sie die Erbin eines

großen Vermögens war«, fuhr der Indianer fort. »Ich sage Ihnen die Wahrheit, als würde ich vor Monsieur de Voltaire aussagen, dem Apostel der Gerechtigkeit. Ich weiß nichts anderes. Was alles Übrige betrifft, so praktizierte ich die Riten meines Volkes, damit die Geister Élodies Seele besänftigen und ihren Mörder überführen. Ich habe gesprochen.«

Der Polizeipräfekt machte Nicolas ein diskretes Zeichen, dass er über diesen besonderen Punkt hinweggehen solle, der die Debatte zu direkt zu den dämonischen Aspekten von Miettes Besessenheit lenken würde.

»Welche Gefühle löste der Ruf, der Élodie angehängt wurde, in Ihnen aus?«

»Wir hatten beschlossen, alle hinters Licht zu führen. Daher spielte sie eine Komödie. Sie las die Theaterstücke von Monsieur de Marivaux und lernte die anzüglichen Dialoge auswendig. Wir lachten gemeinsam über die Versuche von Jean Galaine und Louis Dorsacq, die sich abmühten, sie zu verführen. Élodie schockierte desgleichen ihre Tanten durch frivole und zweideutige Bemerkungen, die bestätigten, was sie über sie denken mochten. Hinter diesem Vorhang aus Verstellungen waren wir – zumindest bildeten wir es uns ein – verborgen und sicher.«

»Ist das alles? Haben Sie dem Gerichtshof sonst noch etwas anzuvertrauen?«

»Ich will gern demjenigen, der mir das Leben gerettet hat, alles enthüllen!«

»Glauben Sie nur das nicht, Ihre Verletzung war nicht tödlich.«

»Wären Sie nicht hochgekommen, hätte das Leben mich mit meinem Blut verlassen.«

Semacgus, dem Nicolas einen Blick zuwarf, nickte zustimmend.

»Gut. Ich höre.«

»Da der Mann des Steins mich gerettet hat, habe ich gesehen, wie Élodie getötet wurde von …«

Monsieur de Sartine wurde erneut unruhig und unterbrach den Indianer zu Nicolas' Leidwesen.

»Monsieur le Commissaire, verirren wir uns nicht auf Nebenwegen. Fahren Sie bitte fort.«

Naganda setzte sich wieder. Nicolas nahm das Apothekerfläschchen zwischen zwei Finger und ließ es vor den Blicken der Verdächtigen hin und her wandern, während er ihre Reaktionen beobachtete. Sie folgten seinem Spielchen, ohne mit der Wimper zu zucken.

»Wer von Ihnen kennt dieses Fläschchen?«

Die Hände von Jean Galaine und Charlotte, der älteren Schwester, hoben sich. Wen sollte er zuerst befragen? Er ahnte, was Jean antworten würde, da er sich gemeldet hatte. Bestimmt würde er seinen Besuch bei dem Apotheker in der Rue Saint-Honoré gestehen. Nicolas entschied sich daher für Charlotte.

»Mademoiselle, was können Sie mir darüber sagen?«

»Um ganz ehrlich zu sein, Monsieur le Commissaire, es ist meine Schwester, meine Schwester Camille. Sie hat den Verstand verloren, schläft sehr schlecht und trinkt Arznei, die der Apotheker für sie zubereitet hat, aus genau solchen Fläschchen,.«

»Das ist richtig, Monsieur le Commissaire«, warf die Jüngere ein, »ich schlafe schlecht und benutze Orangenblüten, um schlafen zu können.«

»Darf ich Sie darauf aufmerksam machen, dass man dieses Produkt bei allen Gemischtwarenhändlern kaufen kann. Warum bemühen Sie Ihren Apotheker?«

»Aus Gewohnheit, und die Wirksamkeit ist höher. Ich fürchte, dass die Gemischtwarenhändler sie verdünnen. Einmal …«

Nicolas unterbrach sie.

»Kaufen Sie das schon lange?«

»Seit ungefähr drei Wochen, vielleicht länger. Ich gebe der Katze Milch und gleichzeitig einen kleinen Löffel in meine Tasse – und selbst das nicht jeden Abend.«

»Haben Sie sich in den letzten Tagen eine andere flüssige Arznei besorgt?«

Charlotte ergriff das Wort, als sie sah, dass ihre Schwester zögerte.

»Aber ja, Camille! Du verlierst wirklich den Verstand bei all diesem Tohuwabohu! Jean hat dir ein Fläschchen bei Mâitre Clerambourg, unserem Nachbarn, geholt. Das schmeckte gut, und du wolltest, dass ich es auch nehme.«

Camille sah ihre Schwester verdattert an, ohne zu wissen, was sie antworten sollte.

»Wenn du es sagst … Aber ich weiß wirklich nicht, warum das wichtig sein soll!«

Nicolas wandte sich an Jean Galaine.

»Monsieur, bestätigen Sie das?«

»Absolut. Ich habe auf Bitten meiner Tanten hin ein Fläschchen Laudanum gekauft.«

»Ihrer Tanten, sagen Sie? Welcher genau?«

»Das weiß ich nicht.«

»Wie können Sie das nicht wissen?«

»Die Bitte ist mir von der Köchin übermittelt worden, der ich das Fläschchen übrigens auch gegeben habe.«

Endlich, dachte Nicolas, ein neues Element aus erster Hand.

Diese Marie Chaffoureau, die kein Wässerchen trüben konnte, hatte ihre Rolle in dieser ganzen Geschichte verschwiegen.

Er wandte sich der Köchin zu.

»Was bedeutet das, Marie, und warum haben Sie mir diesen besonderen Punkt verschwiegen? Wir hatten doch ausführlich über diese Fläschchenfrage gesprochen. Wer hat Sie beauftragt, das Laudanum kaufen zu lassen, das eine sehr gefährliche Substanz ist?«

»Erwarten Sie nicht von mir, dass ich das Vertrauen meiner Herrschaft missbrauche«, knurrte die Köchin.

»Falsche Antwort, Marie Chaffoureau. Also wer, Camille oder Charlotte Galaine?«

»Es lag ein Zettel in der Küche.«

»Und wo befindet sich dieser Zettel?«

»Ich habe ihn in den Herd geworfen, er ist nur noch Asche.«

Man verstrickte sich immer mehr in die Spitzfindigkeiten der Zeugen, die Schuldige sein konnten und nach Lust und Laune den Gang der Gerechtigkeit erschwerten. Nicolas entfernte sich von der Bank der Zeugen und betrachtete einen Augenblick lang die beiden Schneiderpuppen und die Beweisstücke: Papiere, Gegenstände, Kleidung, Kleid, Oberteil, Korsett. Plötzlich fiel ihm ein, dass Élodie Galaines Schuhe nicht gefunden worden waren. Er bemerkte, dass Monsieur de Sartines Perücke gefährlich von vorn nach hinten glitt, ein Zeichen von großer Verärgerung. Er verscheuchte diese Vision und konzentrierte sich auf jedes einzelne Beweisstück.

Und da kam ihm die Erleuchtung. Ja, das konnte der Weg der Wahrheit sein, es sei denn, er würde durch einen absurden Zufall auf zwei identische Fälle stoßen. Eine Stimme wiederholte ihm die im richtigen Augenblick aufgetauchte Zeugenaussage, die jeden Zweifel ausräumte. Er sah deutlich die Taktik vor sich, zu der er greifen musste, auch wenn es riskant war. Wie all seine Vorgehensweisen in letzter Zeit würde auch sie auf eine Art Spiel hinauslaufen. Zwar ließ sich dadurch nicht alles erklären, aber ein großer Schritt wäre getan.

Nicolas hob den Kopf, rief Bourdeau zu sich, und flüsterte ihm etwas ins Ohr. Dieser nickte und verließ unverzüglich den Audienzsaal. Während er auf seine Rückkehr wartete, fuhr Nicolas fort, die Zeugen zu befragen und den Kreis der Fragen nach und nach immer enger zu ziehen, ohne allzu sehr ihr Misstrauen zu wecken. Der Polizeipräfekt riss ihn aus seinen Überlegungen.

»Werden wir, Monsieur le Commissaire, noch lange auf die Schlussfolgerungen dieser sich lang dahinschleppenden Vernehmungen warten müssen? Ich unterbreche die Sitzung für fünf Minuten. Der Lieutenant criminel und ich wünschen Sie auf der Stelle in meinem Büro zu sprechen.«

Die beiden Richter verließen den Saal durch die rückwärtige Tür, hinter der ein kleiner Korridor zu Sartines Büro führte; Nicolas folgte ihnen. Kaum waren sie eingetreten, herrschte sein Chef, der auf und ab lief, ihn in dem kühlen und konzentrierten Ton an, den er bevorzugte, wenn er seine Wut zu unterdrücken versuchte.

»Es reicht nicht, Monsieur le Commissaire, Dinge vor uns auszubreiten, die zu nichts führen, wie diese Fläschchen oder dieser Indianer, der Unsinn faselt, und anderen Blödsinn. Jeder Verdächtige ist ein potenzieller Schuldiger oder Unschuldiger. Bis jetzt herrscht reichlich viel Dunkelheit in Ihrer Präsentation der disparaten Elemente dieses Falls. Worauf wollen Sie hinaus?«

»Ja«, unterstützte ihn der Lieutenant criminel, »worauf wollen Sie hinaus? Ich hielt Sie für schneller, Monsieur, Sie enttäuschen mich. Das sind die Risiken einer fehlgeleiteten Vorgehensweise. Ah, ich bedaure die Umstände und den Druck, die mich verleitet haben ...«

Monsieur de Sartine schnitt ihm ungeduldig das Wort ab.

»Monsieur Testard du Lys hat vollkommen recht. Entweder schließen Sie den Fall innerhalb der nächsten Stunde erfolgreich ab, oder wir schicken diese Leute zurück in den Kerker und leiten ein adäquateres und vielleicht effizienteres Verfahren ein.«

»Meine Herren«, sagte Nicolas, »ich bin mir inzwischen sicher, den Fall erfolgreich zum Abschluss zu bringen.«

Monsieur de Sartine betrachtete ihn mit einem Anflug von Rührung.

»Angesichts Ihrer Vergangenheit will ich Ihnen gern glauben. Gehen wir in die Sitzung zurück.«

XII

Auflösung

Was unmöglich uns schien,
das ist möglich für Gott.

EURIPIDES

Die Anhörung wurde fortgesetzt. Nicolas ging zur Bank der Verdächtigen, nachdem er festgestellt hatte, dass Bourdeau noch nicht zurückgekehrt war.

»Ich möchte mich noch einmal damit beschäftigen, was gewisse Mitglieder der Familie Galaine zur fraglichen Zeit gemacht haben«, erklärte er.

Er blieb vor Camille und Charlotte stehen.

»Sie bestätigen also«, sagte er zu Camille, »in der Nacht vom 30. auf den 31. Mai das Haus nicht verlassen zu haben?«

»So ist es, Monsieur le Commissaire, und außerdem hat die Katze …«

»Nein, nicht die Katze, Mademoiselle. Es geht um Sie und die beiden Morde.«

Das kleine blutleere Gesicht schien durch die Aufregung noch schmaler zu werden. Sie suchte den Blick ihrer älteren

Schwester, die den Kopf zur anderen Seite drehte. Nicolas zog sein kleines Heft zurate.

»Sie haben mir beide erklärt, dass Sie Ihrer Nichte geholfen haben, sich für den Abend anzukleiden, weil …«

Die Schwestern stimmten mit erstaunlicher Einträchtigkeit zu.

»… Sie ihre Kleidung zu hell fanden!«

»Es kam uns so vor«, sagte Camille.

»Und so ließen Sie sie letztlich allein ausgehen?«

»Nein, nicht allein«, sagte Charlotte. »Die arme Miette hat sie begleitet.«

»Es ist sehr traurig«, bemerkte Nicolas, »dass die arme Miette sich in einem Zustand befindet, der es nicht erlaubt, Ihre Angaben zu bestätigen.«

Er machte ein paar Schritte auf den Ladenjungen zu.

»Monsieur Dorsacq, Sie müssen mir helfen. Für die Gegenstände, die Sie wegen besagter Spielschuld verpfändet haben, haben Sie sicher eine Quittung erhalten? Das ist üblich.«

»Ich weiß nicht … Ja … Gewiss …«

»Gut. Wem haben Sie sie gegeben?«

»Das weiß ich nicht.«

»Doch, Sie wissen es ganz genau. Zufällig habe ich sie gefunden. Sie ist der Person ausgehändigt worden, die Sie, entgegen Ihrer Aussage, beauftragt hat, diese Kleider zu dem Altkleiderhändler in der Rue du Faubourg-du-Temple zu bringen. Würden Sie mir doch noch den Namen dieser Person sagen, oder wollen Sie, dass der Henker das Problem mit einer peinlichen Befragung löst, die in der allgemeinen Prozessordnung für des Mordes Angeklagte vorgesehen ist?«

»Monsieur le Commissaire, es tut mir leid …«

»Na kommen Sie, seien Sie tapfer und unternehmen Sie eine letzte kleine Anstrengung, um aufrichtig zu sein.«

»Ich bin gezwungen worden.«

»Wenn man gezwungen wurde, ist Druck auf einen ausgeübt worden. Wer hat Sie bedroht und aus welchem Grund?«

Der junge Mann schien kurz davor, in Tränen auszubrechen.

»Ich habe mich ein wenig mit Miette amüsiert«, brachte er schließlich heraus.

»Was heißt das, Monsieur?«

»Leider muss ich befürchten, dass sie von mir schwanger ist.«

»Haben Sie sie geliebt? Was für Absichten hatten Sie?«

»Keine. Ich habe mich mit ihr amüsiert.«

»Liebten Sie eine andere?«

»Nein.«

»Doch. Sie hofften aus Verlangen oder aus Gewinnsucht, Élodie Galaine zu verführen. Kommen Sie, geben Sie es zu. Vermutlich sind Sie, weil Sie verschmäht worden sind und aus Eifersucht und Wut darüber, dass Ihnen die Chance entgeht, in diese Familie einzutreten, darauf verfallen, sie zu töten.«

Dorsacq nahm seinen Kopf zwischen die Hände und schüttelte ihn wie wild.

»Nein, nein! Niemals!«

»Also, wer hat Sie dann erpresst? Wer? Wer?«

»Mademoiselle Charlotte.«

»Wie, Mademoiselle Charlotte? Und unter welchem Vorwand? Reden Sie!«

»Sie ist Donnerstagmorgen zu mir in den Laden gekommen. Ich war die ganze Nacht herumgeirrt. Ich hatte Élodie nicht gefunden, mit der ich reden wollte. Ich war wütend und gedemütigt. Mademoiselle Charlotte sagte mir, was ich mit der Kleidung, den Hüten und dem Fläschchen machen sollte. Sie zu einem Altkleiderhändler bringen, sie verpfänden und ihr die Quittung bringen.«

»Ja, auf diese Weise waren sie aus der Schusslinie der Ermittlungen, konnten aber bei Bedarf wieder auftauchen. Aber wie konnte sie Sie dazu zwingen?«

»Sie wusste, dass ich was mit Miette hatte. Sie hat gedroht, alles Monsieur Galaine zu verraten und mich hinausschmeißen zu lassen, wenn ich nicht gehorchen würde. Wenn ich hingegen täte, was sie wolle, würde sie ihren Einfluss geltend machen, damit ich als Bewerber um die Hand von Élodie akzeptiert würde. Ich weiß nicht, wie sie von meiner Lage erfahren hat.«

»Ich weiß es«, sagte Nicolas. »Eine Zeugin, die zu jung ist, um hier zu erscheinen, aber sozusagen der Geist des Hauses Galaine ist, lauscht ständig an den Türen und durchsucht Möbel und Schubladen. Diese Zeugin – Geneviève Galaine – wiederholt und enthüllt ihrem Vater manchmal, ihren Tanten immer, was sie hört und findet. Durch sie kommt alles heraus, wird alles zerstört und korrumpiert, und aus ihrer Unschuld erwuchs das Verbrechen. Aber wir greifen vor. Charlotte Galaine, geben Sie zu, den Ladenjungen des Geschäfts erpresst zu haben?«

Es war Camille, die antwortete.

»Nein«, sagte die kleine Frau hastig, »das war keine Erpressung. Ich werde Ihnen alles erzählen. Ich wollte es Ihnen schon neulich Morgen sagen, aber Sie hören nicht zu, Sie unterbrechen. Die Katzen …«

»O nein! Nicht die Katzen.«

»Doch! In der Nacht sind alle Katzen grau.«

»Und?«

»Am Abend des Festes fürchteten meine Schwester und ich, dass allzu viele Kavaliere unsere Nichte belästigen könnten. Daher …«

Sie lachte, und ihr Lachen klang wie eine knatternde Ratsche.

»Wir haben uns einen Roman ausgedacht, eine Art Karnevalsspiel. O ja! Einen ganz unschuldigen Streich. Es ging darum, dass Élodie Miettes Kleider anzog und Miette diejenigen von Élodie. Wie ich Ihnen sagte, musste verhindert werden, dass der Wilde sie begleitete. Und wir hatten recht, nach dem, was wir später erfahren hatten. Mithilfe der Köchin, die uns ergeben ist, wurde er in einen Tiefschlaf versetzt, und wir stahlen seine Kleidung. Wir haben ihn also eingeschläfert. Wir hatten uns eine identische Kopie seiner Kleidung besorgt. Miette würde mit der als Naganda verkleideten Köchin ein paar Minuten vorher das Haus verlassen, und die Kavaliere würden ihnen folgen. Und anschließend sollte Élodie mit Charlotte losgehen, die ebenfalls als Naganda verkleidet war. Zwei Wilde, zwei Élodies. Das war ein schlechter Streich!«

»Und wer waren die beiden Wilden?«

»Ich sagte es doch gerade: meine Schwester Charlotte und die Köchin, Marie Chaffoureau.«

»Dann hat Ihre Schwester also gelogen, sie ist mit Élodie ausgegangen?«

»Ja, wie oft soll ich es Ihnen noch wiederholen!«

Charlotte erhob sich.

»Monsieur le Commissaire, das ist alles erfunden. Sie ist ausgegangen. Schon wieder spielt ihr armer Kopf ihr Streiche. Sie hat nichts als falsche Ideen im Kopf. Sie ist ein kaputter Automat. Mein armes Mädchen!«

»Was sagt Marie Chaffoureau dazu?«, warf Sartine ein. »Monsieur le Commissaire, haben Sie die Aussage abgeglichen, die ihr Alibi bestätigte?«

»Gewiss, Monsieur, aber nur hinsichtlich der mutmaßlichen Tatzeit, nicht, was den Rest des Abends betrifft. Die beiden Versionen können in Einklang gebracht werden. Marie Chaffoureau, was haben Sie zu antworten?«

»Die Kleine musste beschützt werden!«, schluchzte die Köchin. »Die Kleine musste beschützt werden!«

Nicolas schüttelte sie, weil sie nicht aufhörte, diesen Satz zu wiederholen. Aber es half alles nichts, und er spürte, dass er im Augenblick nichts weiter von ihr erfahren würde. Was konnte er tun, um seine Offensive voranzutreiben? Das Beste war, den Gegner mit einem Hagel von Argumenten zu bestürmen, unter dem er benommen zusammenbrechen würde. Er würde also alles auf eine Karte setzen. Er kehrte an seinen Platz unter den schmalen Fenstern zurück.

»Meine Herren«, sagte er, »Sie haben mir befohlen, den Fall erfolgreich zum Abschuss zu bringen. Ich werde Ihnen eine Geschichte erzählen, die eines häuslichen Dramas, das sich ereignet hat in dem engen Raum eines Handelshauses. Zwei im Unglück verbundene Menschen, getrennt von ihrer Familie in einem Landstrich, in dem Krieg herrscht und in dem der Engländer unseren Platz eingenommen hat und die Kinder der Besiegten und die indianischen Verbündeten des Königs mit seiner Rache verfolgt. Diese beiden gewöhnen sich daran, die Liebe, die sie niemand anderem schenken können, auf sich selbst zu übertragen. Wer würde den ersten Stein auf sie werfen? Und da gehen sie von Bord in einem feindlichen Land nach einer schrecklichen Überfahrt. Sie kommen in eine Familie, die vermutlich von dem angenehmen Gedanken beherrscht wird, dass der ältere Bruder und die Seinen im Zusammenbruch Neufrankreichs umgekommen sind. Kühler Empfang, geheuchelte Gefühle, Unverständnis und Verachtung für den ›Wilden‹, alles trägt dazu bei, diese Kinder noch näher zusammenzuschweißen, sofern das noch möglich war. Die Folge dieser Situation: die Hoffnung auf ein Kind und der Wunsch, einer feindseligen Familie zu entfliehen und zu heiraten und endlich den Talisman zu öffnen, den Naganda um den Hals trägt und der offensichtlich ein Geheimnis enthält, das Élodies weiteres Schicksal betrifft. Über all das reden sie ohne Misstrauen. Sie ahnen nicht, dass die Unschuld sie belauscht und ausspioniert und ihre Worte, ihre Gesten und ihre Hoffnungen herumerzählt.«

»Und wer wusste über den Zustand von Élodie Galaine Bescheid?«, fragte Sartine.

»Dazu komme ich jetzt, Monsieur. Zuallererst Charles Galaine, der Onkel. Spricht er mit seiner Frau darüber? Ich weiß es nicht. Charlotte und Camille ohne jeden Zweifel. Die Köchin, das versteht sich von selbst. Damit sind bereits eine Menge Leute in das Geheimnis eingeweiht. Zwei junge Männer scharwenzeln um Élodie herum: Dorsacq und Jean Galaine. Aus taktischen Gründen nimmt sie ihnen nicht ihre Hoffnung. Aber sie lässt sich von der Zuneigung täuschen, die ihre Tanten ihr entgegenbringen. Was sagte sie über sie, Naganda?«

»Sie fand sie sehr merkwürdig, rechnete ihnen aber hoch an,

dass sie die Einzigen gewesen seien, die sie freundlich aufgenommen haben.«

»Élodie glaubte also, sie könnte ihnen vertrauen. Dann kommt der Augenblick ihrer Entbindung, am Ende einer schwierigen Schwangerschaft, die sie geheim halten musste. Wer hilft ihr dabei? Miette? Leider kann sie uns darauf keine Antwort geben. Die Tanten. Ich stelle ihnen die Frage.«

»Wir wussten es vage«, sagte Camille mit einem zweifelnden Gesichtsausdruck, »aber das alles ist geschehen, ohne dass wir informiert wurden.«

»Meine Schwester hat ausnahmsweise einmal recht«, sagte die Ältere.

Nicolas beschloss, ein Ablenkungsmanöver zu starten und ihnen Lügen aufzutischen.

»Dann haben also«, fuhr er fort, »weder Élodie noch Miette mit Ihnen darüber gesprochen? Absolutes Stillschweigen umgab die Geburt? Sie wussten nicht einmal, dass sie stattgefunden hatte und mit welchem Ergebnis? Sie wussten nicht, dass das kleine Mädchen, das vor ein paar Tagen auf die Welt gekommen war, unverzüglich von Miette nach Suresnes zu einer Amme gebracht worden war? Dem Kind geht es gut, und obwohl seine Mutter ohne Testament gestorben ist, steht außer Zweifel, dass ein Gerichtshof es als Erbin des Vermögens Ihres Bruders Claude anerkennen wird.«

Die beiden Richter machten kein Hehl aus Ihrer Überraschung über Nicolas' Worte. Charles erhob sich ganz plötzlich.

»Das ist alles falsch! Alles falsch. Das Kind ist ein Bastard! Was erzählen Sie da?«

»Wen nennen Sie Bastard? Eine unehelich geborene Tochter?«

»Nein, nein!«, brüllte Charlotte. »Ein Junge, der Junge! Das ist ein abgekartetes Spiel, das Mädchen kann nicht erben. Sie ist nicht Élodies Tochter. Unsere Nichte hat einen Sohn geboren. Ich habe ihn gesehen, mit meinen eigenen Augen gesehen.«

»Sie haben ihn gesehen? Wir sind entzückt und würden gern mehr darüber erfahren. Bei welcher Gelegenheit? Als er zu seiner Amme gebracht wurde?«

»In Wirklichkeit kam er in ein Heim für Findelkinder.«

»Halten Sie es nach dem, was ich Ihnen über Naganda und Élodie erzählt habe, für wahrscheinlich, dass sie ihr Kind weggeben wollten?«

»Élodie wollte es«, sagte Charlotte. »Ein Band mit der Hälfte einer Medaille war an der Windel befestigt und ein Papier, auf dem stand, dass man beabsichtige, ihn bald wieder zurückzuholen.«

»Was für Details! Was Sie alles wissen für jemanden, der so unbeteiligt an dem Ereignis war! Wo befindet sich dieses Heim für Findelkinder?«

»Das war Élodies Geheimnis, und jetzt könnte nur Miette Ihnen darüber Auskunft geben.«

»Schade, noch einmal, dass sie es nicht tun kann. In Wahrheit kommt Ihnen nichts gelegener. Meine Herren, Élodie hat entbunden, und sie gibt ihr Kind weg. Wie wahrscheinlich ist das?«

Nicolas stellte sich erneut vor die beiden Schwestern. Er sah, dass Bourdeau hereinkam, ein in Seidenpapier gewickeltes Paket unter dem Arm, und fuhr fort:

»Warum haben wir unter diesen Umständen in Ihrem Zimmer, unter Ihrem Bett, um genau zu sein, diese Stoffstreifen gefunden, die mit größter Wahrscheinlichkeit dazu gedient haben, Élodies Milchfluss zu unterdrücken?«

»Diese Streifen«, sagte Camille, »sind entfernt worden, als wir Élodie für das Fest angekleidet haben.«

»Schön. Ich fahre fort. Dieses Kind – dieser Sohn, um die Wahrheit zu sagen –, dieser Erbe, dieser edle Sohn des Algonquin ist von uns gefunden worden.«

Der ganze Saal schien an Nicolas' Lippen zu hängen.

»Ja, gefunden. Tot, ermordet. Begraben im im Keller des Hauses *Aux Deux Castors*, ermordet auf die schrecklichste Weise, indem die Nabelschnur durchschnitten, aber nicht abgebunden wurde. Der kleine Körper ist ausgeblutet ...«

Madame Galaine brach in Tränen aus.

»Ich hoffe«, sagte Nicolas, »dass diese Tränen Ausdruck des Entsetzens einer Mutter sind. Meine Herren, ich werde jetzt schwerwiegende Anklagen erheben müssen.«

Nicolas entfernte sich erneut von der Familie Galaine.

»Ich klage Charlotte und Camille, eine oder alle beide, an, sehr wohl von Élodies Schwangerschaft gewusst zu haben. Ich klage eine oder alle beide an, dass sie, vermutlich mit der Hilfe von Miette und Marie Chaffoureau, der Köchin, die lebende Frucht der Liebe zwischen Élodie und Naganda durch Ausbluten getötet haben, wie die Ärzte später zweifelsfrei feststellten, und den Leichnam schließlich im Keller vergruben, versteckt unter Tierfellen. Und warum, werden Sie sagen, haben sie dieses Neugeborene getötet? Weil es sich um einen Jungen handelte und die beiden Schwestern, oder eine von ihnen, fürchteten, dass er der Erbe eines großen Vermögens werden könnte. Vermutlich ließen sie die unglückliche Mutter glauben, dass das Kind an einer

Krankheit gestorben ist. Außerdem brachten sie Élodie dazu, ein paar Tage nach der Entbindung auf dem Fest zu erscheinen, um die Irreführung perfekt zu machen.«

»Auf welche präzisen Fakten gründen Sie derart schwere Anschuldigungen?«, fragte Monsieur Testard du Lys.

»Auf die Zeugenaussage der kleinen Geneviève, die sieht, wie eine seltsame Gestalt mit einer Schaufel in den Keller geht.«

»Die Zeugenaussage eines Kindes!«

»Aber eines Kindes, das genau beobachtet und berichtet.«

»Und welche Rolle spielt Miette?«

»Die eines armen, etwas einfältigen Mädchens, das ebenfalls schwanger ist und damit rechnen muss, jederzeit auf die Straße gesetzt zu werden. Das scheint mehr als ausreichend. Ich stelle auch fest, dass ein paar Tage vor dem 30. Mai die Schwestern, oder eine von ihnen, über eine identische Kopie von Nagandas Kleidung verfügen, mit dem Ziel, dass der Indianer später beschuldigt werden konnte, Élodie ermordet zu haben. Und jetzt kommen wir auf Naganda zurück. Man muss sich seines Talismans bemächtigen, der ein Geheimnis enthält. Es ist ein Kinderspiel für die Köchin, den Indianer schachmatt zu setzen. Als er schläft, wird er unverzüglich ausgeraubt. Man zerreißt seine Halskette, öffnet den Talisman und entdeckt darin das Testament von Claude Galaine, das später in Camilles Stopfei gefunden wird, ein Testament, das festlegt, dass das Vermögen an das erste männliche Kind von Élodie gehen soll. Man beglückwünscht sich sicherlich zu den extremen Maßnahmen, die man ergriffen hat, um dies zu verhindern.«

»Wohin führen Sie uns, Monsieur le Commissaire?«, warf Sartine ein. »Was für ein Roman!«

»Auf das Fest, Monsieur, auf das Fest. Nichts erklärt sich ohne mehrere Akteure. Man kleidet Miette in gelben Satin und zieht Élodie Miettes Kleidung an. Camille – oder Charlotte – schleppt das arme Mädchen in eine Scheune des Couvent des Filles de la Conception. Dafür gibt es Augenzeugen: die Gardes françaises. Und dort erwürgt man sie. Miette, allein gelassen von Marie Chaffoureau, begibt sich zum vereinbarten Treffpunkt, der von langer Hand ausgesucht worden war, was nebenbei den Vorsatz beweist. Und jetzt stellen Sie sich die folgende abscheuliche Szene vor: Miette entledigt sich Élodies Kleider, zieht dem Leichnam ihre eigenen aus, und eine der Schwestern Galaine kleidet den armen leblosen Körper wieder an. Man legt eine Perle aus Obsidian in die Hand des Opfers. Alle kehren nach Hause zurück. Ein Zeuge hat zwei Nagandas gesehen, was Zweifel an den späteren Verdächtigungen aufkommen lässt und sie zugleich bestätigt. Und nun geschieht das Unvorhersehbare.«

»Ich muss Sie erneut fragen, Monsieur le Commissaire«, sagte der Lieutenant criminel. »In Ihrem Bericht lese ich den Tagesablauf der Köchin, und ich stelle fest …«

»Er ist exakt. Nachdem sie mit Miette das Haus verlassen hat, trennt sie sich sehr bald von ihr, kehrt in die Rue Saint-Honoré zurück und eilt zu ihren Freundinnen, um mit ihnen Bouillotte zu spielen, verlässt sie aber schon bald wieder.«

»Gut.«

»Das Unvorhersehbare geschieht durch die Katastrophe auf der Place Louis XV. Der Couvent de la Conception befindet sich nicht weit von der Rue Royale entfernt. Miette sieht die leblosen Körper, die vor der Garde-Meuble abgelegt werden, aber vermutlich kommt ihr nicht sofort der Gedanke, dass sie das nutzen könnte. Sie kehrt nach Hause zurück. Dort erfährt sie, dass Naganda aufgewacht ist und dass er laut der Köchin vielleicht das Haus verlassen hat. Ihm das Verbrechen aus Gründen der Eifersucht unterschieben zu können scheint nicht mehr so sicher wie vorher. Es muss etwas geschehen. Am frühen Morgen gehen die Schuldige und Marie Chaffoureau erneut in die Nacht hinaus. Zum Glück ist die Umgebung des Klosters menschenleer. Sie bringen den Leichnam durch die Rue Saint-Honoré zur Garde-Meuble. Niemand wundert sich darüber, Panik und Entsetzen sind auf dem Höhepunkt. Niemand bemerkt ihre merkwürdige Last. Der Leichnam, der auf die Haufen der Opfer geworfen wird, wird anschließend eingesammelt und auf den Cimetière de la Madeleine gebracht, wo Charles und Jean Galaine ihn am Vormittag identifizieren. Allerdings ist die Nacht noch nicht vorbei für Sie, Camille, oder für Sie, Charlotte. Sie müssen sich die Kleidung von Naganda vom Hals schaffen, da man sie nicht mehr in die Mansarde zurückbringen kann. Sie überlegen verzweifelt. Was sollen Sie tun? Das Haus verlassen würde zu lästigen Fragen führen. Da taucht Louis Dorsacq auf, aus Gründen, die er uns vorhin erklärt hat. Die Schuldigen, oder die Schuldige, die sein Geheimnis kennen, benutzen ihn sogleich und schicken ihn mit dem Mittel der Erpressung zu dem Altkleiderhändler in der Rue du Faubourg-du-Temple.«

»Beweise, Beweise!«, rief Sartine ungeduldig.

»Ich komme dazu, Monsieur, ich habe noch Beweisstücke, um das Verbrechen aufzuklären. In jener Scheune des Klosters habe ich abgesehen von dem Heu auf Élodies Körper auch ein Taschentuch im Schlamm gefunden.«

Nicolas nahm es vom Tisch mit den Beweisstücken und schwenkte es vor den Augen aller.

»Initialen CG, fein gestickt. CG, das kann vieles bedeuten. Claude Galaine, Élodies Vater, in diesem Fall könnte das Taschentuch Élodie gehört haben; oder Charles Galaine, aber auch Charlotte oder Camille Galaine. Wer unter den lebenden Anwesenden erkennt sein Taschentuch wieder?«

Er bewegte das kleine Quadrat aus Stoff hin und her. Der Pelzhändler erklärte, dass er keines besitze; ein Polizist überprüfte es auf ein Zeichen von Nicolas hin. Charlotte holte ihres hervor, es war aus Spitze und trug keine Initialen. Camille Galaine zeigte ebenfalls ihres vor. Es war absolut identisch mit dem auf dem Boden der Scheune gefundenen, gleiche Machart, gleiche Initialen.

»Mademoiselle«, sagte Nicolas, »wie erklären Sie die Anwesenheit Ihres Taschentuchs in dieser Scheune?«

»Ich erkläre sie nicht.«

Monsieur de Sartine machte Nicolas ein Zeichen, der zu ihm eilte.

»Sie binden uns da einen ganz schönen Bären auf, Nicolas! Vorhin die Bandagen unter einem Bett und jetzt … Ein weiteres Indiz, das einfach so vor Ihren Füßen auftaucht wie Pilze nach einem Herbstregen. Erkennen Sie keine Absicht dahinter?«

»Ganz genau, Monsieur. Diese Indizien sind nicht unschuldig dorthin gekommen, sondern damit sie gefunden werden, wie Sie am Ende meiner Beweisführung feststellen werden.«

Er ging an seinen Platz zurück und ergriff erneut das Wort.

»Ich bitte Sie, Camille Galaine, zu mir zu kommen.«

Camille stand auf, warf ihrer Schwester einen erschrockenen Blick zu, die sie ansah, ohne sie zu sehen. Bourdeau ging zu den beiden Schneiderpuppen. Er entfernte die Kleider des Indianers, öffnete vorsichtig das in Seidenpapier gewickelte Paket und nahm zwei Korsetts heraus, die er den Puppen anlegte.

»Hier haben Sie zwei Korsetts oder Schnürleibchen«, fuhr Nicolas fort, »also zwei Kleidungsstücke, die direkt über dem Hemd getragen werden und den Rumpf von den Schultern bis zu den Hüften umfangen. Sie sind in etwa identisch mit demjenigen, das wir an der Leiche von Élodie Galaine gefunden haben. Meine Herren, ich möchte Camille und Charlotte Galaine auffordern, dieses Kleidungsstück zu schnüren.«

Camille nahm die beiden Enden der Bänder und schnürte ohne besondere Gefühlsregung das erste Korsett, dann kehrte sie zur Bank zurück. Ihre ältere Schwester stand auf.

»Ich protestiere gegen diese Komödie, die der Erinnerung an unsere arme Nichte unwürdig ist!«

»Protestieren Sie«, sagte Monsieur de Sartine, den die Wendung, welche diese Anhörung nahm, mehr und mehr zu faszinieren schien, »aber ich fordere Sie auf zu gehorchen.«

Charlotte Galaine näherte sich der zweiten Schneiderpuppe und verknotete die Schnüre, wobei sie mehrmals von vorn anfangen musste. Dann eilte sie an ihren Platz zurück. Daraufhin nahm Nicolas mit einer Art Respekt Élodies Korsett.

»Zum Zeitpunkt der Leichenöffnung war es so eng geschnürt, dass ich dachte, das sei in der Absicht geschehen, die Brüste an der Milchproduktion zu hindern. Wir mussten die Schnüre mit dem Skalpell durchtrennen. Jetzt ordnet sich alles in meinen Gedanken, und ich verstehe, warum das Korsett, das der Leiche von Élodie angelegt wurde, so fest geschnürt werden konnte, weil nämlich kein Atmen seine Schnürung störte.«

Angesichts dieses grauenhaften Bildes ging ein Seufzer des

Entsetzens durch den Saal. Auf Nicolas' Aufforderung hin erhoben sich die beiden Richter aus ihren Sesseln und näherten sich den beiden Schneiderpuppen.

»Vergewissern Sie sich selbst, Monsieur, ob die Knoten identisch sind oder sich unterscheiden. Hier der von Camille; er ist nicht identisch mit dem Original. Derjenige von Charlotte ist dagegen seine genaue Kopie.«

»Ich verstehe Ihre Argumentation nicht, Monsieur le Commissaire«, sagte Sartine. »Was bedeutet diese Feststellung beim jetzigen Stand unserer Anhörung?«

»Ich verstehe Ihre Ratlosigkeit«, erwiderte Nicolas, »aber es ist so, dass eine Zeugin, die auch eine Schuldige ist, Marie Chaffoureau, mir viele Dinge anvertraut hat, in der Hoffnung, auf diese Weise ungestraft davonzukommen. Sie war sehr gesprächig und hat mir insbesondere erzählt, dass Charlotte Galaine lange Zeit unfähig gewesen ist, einen Knoten zu binden.«

»Und?«

»Wenn ihr ein Knoten gelungen ist, hat sie ihn verkehrt herum gemacht. Ich ziehe meine Schlüsse daraus. Charlotte Galaine, ich habe die traurige Ehre, Sie anzuklagen, Élodie Galaine, Ihre Nichte, durch Erwürgen umgebracht zu haben.«

Die alte Jungfer erhob sich fuchsteufelswild.

»Ausgeburt des Teufels, den du in unser Haus gebracht hast, erkennst du denn nicht, dass Camille, meine Schwester, die Schuldige ist?«

Nicolas lächelte.

»Dieser Ausbruch bestätigt nur meine Anklage«, sagte er. »Wenn man sich zu sehr bemüht, etwas zu beweisen, beweist man nichts. Der Apotheker beliefert Camille. Die Quittung des

Altkleiderhändlers finden wir unter Camilles Bett. Das Taschentuch gehört Camille. Wenn Charlotte etwas stört, ist es Camille. Nun ist mir bei meinen Ermittlungen ein winziges Detail aufgefallen. Als ich Sie zum ersten Mal befragte, Charlotte Galaine, haben Sie weiße venezianische Masken erwähnt. Dummerweise hat Ihre Schwester Camille sich nicht an sie erinnert und war erstaunt. Wenn Sie Komplizen gewesen wären, hätten Sie ihr niemals widersprochen. Ich behaupte nicht, dass Camille Galaine völlig unschuldig an diesem Drama ist, aber es gibt keinen Beweis für ihre Mittäterschaft bei diesem Verbrechen.«

Camille weinte.

»Warum beschuldigt meine Schwester mich?«, fragte sie schluchzend. »Sie hat mir versichert, dass dieses arme Kind tot geboren worden sei, dass man alles tun müsse, um es heimlich zu beerdigen, aus Angst vor einem Skandal. Das war alles.«

»Wir schweifen ab«, sagte Sartine. »Kommen Sie zum Schluss!«

»Meine Herren«, begann Nicolas, »um diesen Beweis zu vervollständigen, erinnere ich daran, dass ich am Morgen der Katastrophe auf der Place Louis XV bei meinem ersten Besuch bei den Galaines Camille sorgfältig gekleidet und geschmückt vorfand, während Charlotte offensichtlich nicht die Zeit gefunden hatte, sich vernünftig zurechtzumachen. Allerdings war die Nacht auch lang, schwierig und ereignisreich gewesen, sie hatte einen Körper tragen und eine Leiche ankleiden müssen … Aber, werden Sie sagen, die Motive? Da gibt es natürlich das des Eigennutzes. Charlotte liebt ihren Bruder, sie ist bereit, alles zu tun, um ihm aus der Patsche zu helfen. Es geht darum, eine Gefahr und ein Hindernis in Gestalt von Élodie Galaine zu beseitigen. Aber es gibt ein zweites Motiv, dasjenige, das die Mörderin dazu bringt, eine Rachelust zu befriedigen, die sie seit Langem umtreibt. Dieselbe Zeugin, deren unvorsichtige Zunge sich zu kompromittierenden Äußerungen hat hinreißen lassen, erzählte mir, dass eine Rivalität in Liebesdingen die beiden Schwestern in ihrer Jugend auseinandergebracht hat. Der Streit war so heftig, dass der erschrockene Verehrer die Flucht ergriffen hat, da er sich weder für die eine noch für die andere entscheiden wollte. Während Camille an ihrem Zölibat Gefallen fand, hat sich Charlotte niemals davon erholt. Sie war es, die Élodie und ihr Kind unter Mithilfe von Miette und Marie Chaffoureau umbrachte und das Komplott in allen Details plante und organisierte. Ich füge hinzu, dass die Köchin als Hüterin des Hauses nicht nur tatkräftig Charlotte in der Ausführung des Verbrechens, von dem hier die Rede war, unterstützt hat, sondern dass auch der Angriff auf Naganda auf ihr Konto geht. Sie war die Einzige, die Zugang zu der Mansarde des Indianers hatte … Für sie war Naganda der böse Geist, der Schande über das Haus Galaine gebracht hatte. Seine Ermordung zielte auch darauf ab, das Motiv der Eifersucht wieder ins Spiel zu bringen. Überdies scheint es mir angebracht, sich über die Rolle von Monsieur Charles Galaine, dem Pelzhändler, Gedanken zu machen. Ist er nicht, was das schreckliche Schicksal seiner Nichte betrifft, schuldig, ohne es zu sein, Komplize, ohne es zu sein, und verantwortlich, ohne es zu sein? Die Gerichte werden es klären. So, meine Herren, ich bin fertig.«

Die Stille, die sich über den Audienzsaal gesenkt hatte, wurde nur durch Camille Galaines Weinen gestört. Charlotte murmelte zusammenhanglose Worte, und Marie Chaffoureau lächelte, sie schien nicht zu verstehen, was da mit ihr passierte. Nach einem zustimmenden Zeichen von Monsieur de Sartine erhob sich der Lieutenant criminel.

»Ich danke Commissaire Le Floch für seine meisterhafte Beweisführung, die er mit hinreichenden und notwendigen Indizien und Annahmen stützte. Am Ende dieser außerordentlichen Sitzung befehle ich im Namen des Königs, dass die mutmaßlich Schuldigen Charlotte Galaine und Marie Chaffoureau und Charles Galaine für weitere Auskünfte im königlichen Gefängnis des Châtelet inhaftiert werden. Das normale Verfahren wird seinen Gang gehen. Ich befehle, dass das Mädchen Ermeline Godeau, genannt Miette, in einem Zuchthaus untergebracht wird; sie wird sich für ihre Taten zu verantworten haben, falls ihr Verstand zurückkehrt. Die anderen Zeugen halten sich zur Verfügung der Justiz, werden aber auf freien Fuß gesetzt.«

Naganda war der Einzige, der zu Nicolas kam, um ihm zu danken. Madame Galaine schien mit ihm sprechen zu wollen, besann sich jedoch und grüßte ihn mit einem armseligen gezwungenen Lächeln. Pater Raccard näherte sich ihm und legte ihm die Hand auf die Schulter.

»Monsieur Le Floch, Sie haben ihn ein zweites Mal niedergestreckt.«

»Wen, Pater?«

»Denjenigen, dessen Name Legion ist.«

Mittwoch, den 7. Juni 1770

Die Verhaftung Langlumés wurde bei einem Abendessen vorbereitet, das Bourdeau bei Ramponneau im Weiler Les Porcherons spendiert hatte und bei dem reichlich Wein geflossen war. Was hier besprochen wurde, geschah am Tag darauf. Der Morgen dämmerte, als eine Kutsche und vier Reiter vor einem prächtigen hohen Haus in der Rue du Pourtour Saint-Gervais im Viertel des Hôtel de Ville hielten. Vor den erstaunten Blicken eines Wasserträgers und eines Kellners, der ein Tablett von Bavaroises, begleitet von Oublies auslieferte. Nicolas, der seine Amtsrobe trug, und Bourdeau schritten durch das Portal. Im ersten Stock betätigten sie den Türklopfer einer massiven, mit Kupfernägeln verzierten Eichentür. Eine alte Frau mit Mantille und Wollschal öffnete ihnen. Sie stellte sich als Mutter des Kommandanten vor, fragte die Ankömmlinge nach dem Grund ihres Überfalls und erklärte, ihr Sohn schlafe noch, aber sie würde ihn wecken. Die breiten Ärmel seiner Kleidung störten Nicolas, der sie, mehr Reiter als Staatsbeamter, unaufhörlich hin und her bewegte. Kurz darauf waren schlurfende Schritte zu vernehmen. Der Kommandant tauchte auf, mit abgespanntem Gesicht. Sein Nachthemd war notdürftig unter einem weißen Morgenrock aus Pikee verborgen. Er zuckte zusammen, als er Nicolas erkannte.

»Ach, Sie sind es! Sie wagen es, mich so früh zu stören! Was wollen Sie hier?«

Nicolas schwenkte ein Papier.

»Sie sind doch Kommandant Langlumé von der Stadtwache?«

»Ja, und Sie werden schon sehr bald die Rechnung dafür bekommen!«

»Ihre Aufregung ist sinnlos, Monsieur. Auf Befehl des Königs werden wir Sie in die Bastille bringen. Sie können die Lettre de cachet einsehen, wenn Sie wollen.«

»Ein gemeiner Racheakt!«, sagte Langlumé. »Und wessen werde ich beschuldigt?«

Nicolas holte die Metallspitzen hervor.

»Erinnert Sie das an etwas?«

»Allerdings, Monsieur, ein unschuldiger Scherz auf Kosten eines armseligen Bastards von Kommissar.«

»Notieren Sie«, sagte Nicolas unbeeindruckt zu Bourdeau. »Der Beschuldigte wird rückfällig und beleidigt einen Kommissar des Châtelet in Ausübung seines Amtes.«

»Das war spöttisch gemeint.«

»Keineswegs, Monsieur, und Sie werden sich dafür zu verantworten haben. Und da wir schon dabei sind, was sagen Sie zu dieser zweiten Metallspitze?«

»Nichts. Davon gibt es Tausende in Paris.«

»Aber nur einige sind für Maître Vachon, Schneider und Ausstatter von Monsieur Langlumé, hergestellt worden. Daher wäre ich Ihnen verbunden, wenn Sie mir Ihre Uniform zeigen würden. Weigern Sie sich nicht, sie ist ein Beweisstück, das wir beschlagnahmen müssen.«

Nicolas und Bourdeau folgten dem Kommandanten in sein Zimmer, wo er eine Truhe öffnete. Bourdeau stieß ihn beiseite, es gab fast so etwas wie einen Kampf zwischen den beiden Männern. Schließlich hielt der Inspektor die Uniform wie eine Trophäe hoch. Nicolas näherte sich, um die Tressen zu überprüfen; zwei Metallspitzen, die mit denen identisch waren, die sich in seinem Besitz befanden, fehlten.

»Kommandant, ich teile Ihnen mit, dass auf Befehl des Lieutenant criminel eine Voruntersuchung gegen Sie eröffnet wurde wegen versuchten Mordes an Sieur Aimé de Noblecourt, ehemaliger Staatsanwalt des Königs.«

»Sie machen sich über mich lustig, hoffe ich!«, rief der Kommandant. »Wer ist dieser Noblecourt, den ich weder aus Vanves noch aus Charenton kenne?«

»Sie werden feststellen, Monsieur, dass zwei Metallspitzen an Ihrer Uniform fehlen. Mit der ersten wurde die Tür zum Dachboden des Hôtel des Ambassadeurs Extraordinaires blockiert. Diese schändliche Tat hat einen Beamten des Königs daran gehindert, die ersten Hilfsmaßnahmen während der Katastrophe auf der Place Louis XV zu organisieren. Die zweite Metallspitze wurde unter dem Portal des Hôtel de Noblecourt in der Rue Montmarte vor zwei Tagen gefunden. Den Zeugen zufolge wurde er einem der Angreifer abgerissen, als man auf das Opfer einschlug.«

»Die abscheulichen Kerle, sie sollen Stockschläge erhalten, Monsieur!«

»Heißt das, dass eigentlich ich gemeint war? Und ein alter Mann musste unter den Folgen der Verwechslung leiden.«

Der Kommandant richtete sich zu seiner ganzen Größe auf.

»Monsieur Jérôme Bignon, Prévôt des marchands, wird Ihre Anschuldigungen nicht anerkennen«, sagte er, »und ich freue mich schon auf die Blamage, die Ihnen blüht.«

»Das werden wir sehen. Bis dahin, Monsieur, wird Inspektor Bourdeau Sie in die Bastille bringen.«

Nicolas kehrte in die Rue Montmartre zurück, wo er Monsieur de Noblecourt, der hocherfreut war und mit seinem Spott nicht hinter dem Berg hielt, die Details der Verhaftung Langlumés erzählte. Am späten Vormittag wurde ihm ein Schreiben mit dem Wappen Sartines gebracht. Sein Chef teilte ihm mit, dass er noch am selben Abend zum Souper in die Kleinen Gemächer des Königs eingeladen sei. Seine Majestät wünsche von Nicolas persönlich den Bericht über die Untersuchung und vor allem die Schilderung der Exorzismussitzung zu hören. Also verbrachte Nicolas den Rest des Vormittags damit, seine Kleidung zu wählen und sich vorzubereiten. Um ein Uhr fuhr seine Kutsche an Saint-Eustache vorbei und steuerte geradewegs auf das linke Ufer des Flusses zu.

Als Nicolas mit seinem Bericht fertig war, betrachtete jeder den Commisaire. Nicolas hatte versucht, sich kurz zu fassen, hatte amüsante Bemerkungen mit ernsteren Beobachtungen vermengt und vermieden, die teuflischen Manifestationen im Hause Galaine allzu sehr zu dramatisieren. Er beschrieb sie im Ton eines Naturforschers, der soeben eine neue Art entdeckt hat. Die Damen zitterten, und die Männer brachen in gezwungenes Gelächter aus, oder aber ihre Mienen verdüsterten sich. Ludwig XV., aufmerksam und wohlwollend, hatte ihn mehrmals unterbrochen und nachgefragt, wobei seine Fragen seine bekannte Vorliebe für makabre Details durchscheinen ließen. Nicolas' lebendiger Bericht hatte den Monarchen jedoch nicht bekümmert, der sich jeden Abend aus den Zwängen der Etikette davonstahl, um in entspannter Atmosphäre ein Privatmann im Kreis seiner Freunde zu sein. Hier konnte er fern von jeder repräsentativen Pflicht ein paar Stunden Ruhe genießen, lebhaft plaudern und die freiesten Gespräche befeuern und Kontroversen auslösen, die zu beenden er sich vorbehielt, wenn sie die erlaubten Grenzen überschritten.

In seinen Gemächern endlich der Inquisition des öffentlichen Lebens entzogen, war der König frei, seinen wahren Charakter zu zeigen, diese Mischung aus Fröhlichkeit und Melancholie ohne Affektiertheit und den krampfhaften Wunsch zu gefallen. Der Reiz dieser Abende lag in der Auswahl der Gäste und in ihrer Atmosphäre exquisiter und subtiler Urbanität. Nicolas' Bericht hatte trotz des brutalen Themas durch sein Maß, seine geschliffene Ausdrucksweise und seinen ironischen Unterton den Genuss des Königs noch gesteigert.

»Monsieur de Ranreuil ist ein ausgezeichneter Erzähler«, sagte der König. »Das war schon der erste Eindruck, den ich 1761 von ihm hatte. Es war sehr kalt, und …«

Nicolas bewunderte das Gedächtnis des Herrschers. Man hätte wetten können, dass er die Marquise de Pompadour erwähnen würde, doch im letzten Augenblick hatte er darauf verzichtet. Die Anwesenden, Madame de Flavacourt, Madame de Valentinois und die Maréchale de Mirepoix auf der Seite der Frauen, Marquis de Chauvelin, Sartine und Richelieu auf der Seite der Männer, hörten dem Monarchen mit Respekt und Zuneigung zu.

»Wenn der König mir erlaubt, ihm eine Frage zu stellen«, sagte Richelieu.

Er wartete die Antwort nicht ab.

»Hat der König den Teufel gesehen?«

Ludwig XV. lachte.

»Ich sehe ihn jeden Tag, das reicht mir! Als Kind glaubte ich allerdings, den kleinen Mann zu sehen, der, wie es hieß, durch die Korridore der Tuilerien irrte. Ich erzählte dem Maréchal de Villeroy, meinem Hauslehrer, ganz unschuldig davon. Hocherfreut über die Furcht, die ich geäußert hatte und auf die er sich zu stützen hoffte, bestärkte er mich ich diesem Glauben, und ich war so erschrocken, dass ich nicht mehr schlafen konnte. Ich beschloss, mit meinem Cousin *Philippe d'Orléans*, damals Regent, darüber zu reden. Er wurde furchtbar wütend.«

Eine Tür öffnete sich. Der König drehte sich um; innerhalb eines Augenblicks war er wieder distanziert und kühl geworden. Wer erlaubte sich hereinzukommen, ohne von einem Amtsdiener angekündigt worden zu sein? Sein Gesicht entspannte sich und heiterte sich auf, als er die strahlende Erscheinung einer jungen Frau sah, bei der es sich, wie Nicolas begriff, nur um die neue Favoritin handeln konnte, die Comtesse du Barry.

Was für ein herrlicher Anblick, dachte Nicolas, und was für ein Kontrast zu der feinen Dame aus Choisy, die am Ende so krank und erschöpft war! Die junge Frau trug einen Reifrock aus weißem Satin, verziert mit einem silbernen Netz mit grünen und rosa Metallplättchen. Kleine gestickte Rosen übersäten das Kleid. Diamantenschmuck bedeckte kaskadenartig die ganze Person. Jeder ihrer Schritte erlaubte kurze Blicke auf die Spitze ihrer Unterröcke.

»Oh, Madame«, sagte der König und beugte sich zu ihr, »Rosen ohne Dornen.«

Die schlanke Gestalt deutete einen Knicks an und nahm in einem Lehnsessel Platz. Ihr blondes natürliches Haar umrahmte gleichmäßige und anmutige Gesichtszüge, die sich durch einen Glanz auszeichneten, der betont wurde durch einen sinnlichen Mund und mandelförmige blaue Augen, die einen vorbehaltlos anblickten und einen schmachtenden Charme ausstrahlten. Die ganze Person war eine jugendliche und verführerische Erscheinung. Es hieß, sie sei gütig und zuvorkommend. Dennoch hatte Monsieur de Sartine sich eine gewisse Verbitterung bewahrt aufgrund eines Streits mit der Dame, die zwar vielleicht über die

Lieder, die sie verspotteten, lachte, aber nicht vergaß, demjenigen gram zu sein, der dafür zuständig war, ihr Erscheinen zu verhindern oder sie zu konfiszieren.

»Madame«, sagte der König, »Sie haben soeben eine Erzählung verpasst, die viele Autoren erblassen ließe. Der kleine Ranreuil, von dem ich Ihnen erzählt habe, hat uns sehr amüsiert … oder erschreckt, je nachdem.«

»Dann«, sagte die Comtesse, »verdient er meinen Dank, wenn er Ihre Majestät amüsiert hat.«

Der König stand auf und lud Madame de Flavacourt, die Maréchale de Mirepoix und Monsieur de Chauvelin zu einer Partie Whist ein. Der Duc de Richelieu nahm Nicolas beim Arm und führte ihn zu der Favoritin.

»Madame, ich rate Ihnen, dieses Herz zu gewinnen. Er ist seines Vaters würdig, ganz Le Floch, der er vorgibt, bleiben zu wollen.«

»Für den Dienst Seiner Majestät, Monseigneur. Bei der Polizei – bedenken Sie das – könnte der Marquis de Ranreuil nur scheitern.«

»Oh, oh«, sagte der alte Maréchal, »das werde ich Sartine sagen, er wird entzückt sein. Also, Madame, wie steht es mit Ihren Gemächern?«

»Ich bin aus denjenigen im Brunnenhof in die gezogen, die Lebel in der Nähe der Kapelle zurückgelassen hat, und ich warte auf die der Petits Cabinets. Ich sammle, ich trage zusammen, ich raube die Liebhaber aus. Lackarbeiten, Elfenbeinstücke, Mineralien und Gebäck, denen meine besondere Vorliebe gilt, haben keine Geheimnisse mehr für mich.«

»Mineralien? Vor allem Diamanten, nehme ich an.«

»Sie sind geboren, um im Fluss dahinzugleiten, Monsieur le Maréchal.«

»Da haben Sie sich viel vorgenommen! Was sagt Choiseul dazu?«

»Er rümpft seine hässliche Nase!«

»Wissen Sie«, fuhr Richelieu fort, »dass der gute Chauvelin seine Wohnung im Schloss aufgegeben hat und dass Seine Majestät die Güte hatte, sie dem Maréchal d'Estrées zu überlassen? Chauvin übernahm die Gemächer der Marquise de Durefort. Allerdings war er so großzügig, ihr die Kosten für die Renovierungsarbeiten zu erstatten, die sie hatte vornehmen lassen, damit sie ihre alte Pracht behielten.«

Die Comtesse wandte sich Nicolas zu, der unter dem Feuer ihres Blickes erzitterte. Die heisere Stimme des Königs war zu vernehmen, welche die gelungenen Stiche kommentierte und sich über Chauvelin lustig machte.

»Monsieur«, sagte sie, »*man* hat mir gesagt, auf Ihre Ergebenheit könne man sich verlassen, nichts käme dem Eifer gleich, mit dem Sie dem König dienen und denen, die ihm nahestehen.«

»Das ist zu gütig, Madame.«

»*Man* hat mir gesagt, dass eine gewisse Dame Sie sehr schätzte und dass Sie ihr Dienste geleistet haben, die man nur nach dem Ausmaß Ihrer Treue beurteilen kann.«

»Madame, der Dienst für den König ist unteilbar.«

»Ich bin überzeugt, Monsieur le Marquis, dass Sie eines Tages den Wunsch haben werden, etwas zu tun, das mir Freude macht.«

»Ich verdanke alles Seiner Majestät, Madame. Daher können Sie auf meinen Eifer und meine Verbundenheit mit jenen zählen, die ihm lieb und teuer sind.«

Die Favoritinnen folgten einander, dachte er, aber sie glaubten alle, sie könnten sich die Gunst des Königs verdienen, indem sie ihm, Nicolas, einen Titel gaben, auf den er verzichtet hatte und der ihm nichts bedeutete. Der Abend verlief wie ein Traum und belohnte ihn für all seine Anstrengungen. Der König sprach mehrmals privat mit ihm in dieser wohlwollenden Offenheit, deretwegen diejenigen, die ihm nahestanden, ihn so liebten. Nicolas hätte sein Glück am liebsten mit ganz Frankreich geteilt. Als er wieder in Sartines Kutsche saß, hatte er das Gefühl, noch einmal eine Szene zu erleben, die er bereits vor zehn Jahren erlebt hatte. Der Polizeipräfekt, der unter seiner höflichen Kühle die Dinge spürte, lächelte und flüsterte ihm ins Ohr:

»Möge das Schicksal uns stets diese glücklichen Rückfahrten aus Versailles schenken!«

Nantes, den 18. August 1770

Ein langer, schriller Pfiff begleitete Nicolas, während er das Fallreep der *Orion* hinunterging, und er blieb einen Augenblick stehen; die Jolle, die ihn zum Quai zurückbringen sollte, bewegte sich auf den Wellen auf und ab. Er wählte den Augenblick, da Plattform und Dollbord auf einer Ebene waren, um in das Boot zu springen. Naganda, der an der Reling stand und dessen langes Haar im Wind flatterte, winkte ihm zu. Schon bald verbarg ein Wäldchen auf einer kleinen Insel der Loire das Boot.

Seit dem Abschluss des Falls in der Rue Sainte-Honoré hatten sich die Ereignisse überstürzt. Charlotte Galaine und Marie Chaffoureau, die der Verbrechen, die ihnen zur Last gelegt wurden, überführt worden waren, würden bald, wie die Prozessordnung es verlangte, dem letzten Verhör vor dem Urteil auf der Anklagebank unterworfen werden. Die Strenge des Gesetzes ließ ihnen keine Chance, dem Galgen zu entkommen, nachdem sie sich öffentlich schuldig bekannt hatten. Die anderen Akteure des Dramas waren entlastet worden. Charles Galaine, auf dem der schwere Verdacht der passiven oder aktiven Komplizenschaft lastete, wurde der peinlichen Befragung unterworfen, ohne den Mund aufzumachen. Allerdings verlor er das Bewusstsein, noch bevor der Henker kam und mit seiner Arbeit begann. Die Kollegen der Händlerzunft hatten sich für ihn eingesetzt, und er wurde mangels Beweisen auf freien Fuß gesetzt. Er hatte sofort das Schiff nach Schweden genommen, wo er seine Geschäfte wieder aufnehmen wollte.

Die entehrte Madame Galaine hatte sich von ihrem Mann getrennt und sich in ein Kloster in Compiègne zurückgezogen. Die durch ihr verwerfliches Gewerbe zusammengesparte Rücklage hatte ihr die Türen zu einem friedlichen Refugium geöffnet, wo sie geschützt vor der Welt die Erziehung ihrer Tochter überwachen würde.

Bei den Verhören und der peinlichen Befragung hatte Camille Galaine unverständliches Zeug von sich gegeben. Jetzt vegetierte sie in dem Haus in der Rue Saint-Honoré vor sich hin und wirkte noch sonderbarer als zuvor. Sie nahm Dutzende von Katzen auf und redete, eingehüllt vom Gestank ihrer Exkremente, mit dem Teufel.

Miette schien ihren Verstand für immer verloren zu haben, sodass ihr eine grauenvolle Zukunft im Zuchthaus bevorstand.

Dorsacq versprach, sein Kind anzuerkennen. Durch die außergewöhnlichen Ereignisse im Hause Galaine von einem abergläubischen Entsetzen gepackt, behauptete er, er sei von einer heilsamen Gnade berührt worden und habe den Wunsch, seine Leichtfertigkeit wiedergutzumachen.

Naganda hatte beschlossen, in die Neue Welt zurückzukehren, um die Nachfolge seines Vaters an der Spitze der Konföderation der Micmac-Stämme anzutreten. Monsieur de Sartine hatte sich überrascht gezeigt, dass Nicolas seinen Vorteil nicht genügend ausgenutzt und den Indianer nicht eher gedrängt hatte, Informationen preiszugeben, die seiner Meinung nach den Abschluss der Untersuchung beschleunigt hätten.

»Wie«, hatte der Polizeipräfekt gerufen, »Sie verfügen über einen wichtigen Zeugen, und Sie lassen ihn tun und lassen, was er will, und dulden, dass er nach Belieben aus seiner Mansarde entfliehen kann!«

Nicolas versuchte ihm klarzumachen, dass bei diesem ungewöhnlichen, von Absurdität und Irrationalität geprägten Kriminalfall ein allzu grob angefasster Zeuge nicht unbedingt ein guter Zeuge gewesen wäre und dass seine Anwesenheit im Hause Galaine eines der entscheidenden Elemente der komplizierten Alchimie von Ursachen und Folgen dieses Dramas gewesen sei.

Sein Chef stimmte ihm murrend zu. Mit einem säuerlichen Lächeln fügte er einen sibyllinischen Kommentar hinzu, von dem Nicolas haften blieb, dass man »was immer man auch tut, das Monument stets auf seine Weise wieder aufbaut«.

Wider Erwarten befahl der König, der nie etwas vergaß und dessen Neugier durch Nicolas' Bericht geweckt worden war, dass man ihm den Indianer vorstelle. Nicolas sollte sich noch lange an den erstaunlichen Dialog zwischen dem Herrscher und dem Micmac erinnern, der sich trotz der Verträge immer noch als dessen Untertan betrachtete. Der junge Dauphin wohnte dieser Unterredung bei. Zur großen Überraschung seines Großvaters durchbrach er seine übliche Stummheit und überschüttete Naganda ohne jede Schüchternheit mit Fragen, wobei er gute geografische und kartografische Kenntnisse bewies.

Mit einer liebenswürdigen Bemerkung dankte er auch Nicolas für seine Untersuchung der Katastrophe vom 30. Mai.

Eine zweite Audienz war gefolgt, nur in Gegenwart von Nicolas, im Cabinet secret des Königs. Kurz darauf hatte Sartine ihm die Entscheidungen mitgeteilt, die sich aus diesem erstaunlichen Zusammentreffen von besonderen Umständen ergeben hatten.

Beeindruckt von seinen Talenten, hatte der König beschlossen, Naganda in seine Dienste zu nehmen. Er würde sich als Bordschriftsteller einschiffen und heimlich am Sankt-Lorenz-Golf an Land gebracht werden. Denn Ludwig XV. wollte über die Situation in der ehemaligen Besitzung informiert bleiben. Verbindungen mit treuen Stämmen, von denen manche, wie die Micmac, den Kampf gegen die Engländer fortsetzten, sollten gepflegt werden. Ein Mitarbeiter des Außenministeriums weihte Naganda in die subtilen Geheimnisse der Verschlüsselung ein, und ihm wurde ein persönlicher Code zugeteilt. Ein ungefährer Zeitplan für Treffen wurde festgelegt, um die regelmäßigen Kontakte mit einem Boot der Fischerflotte zu erleichtern, welche die Neufundlandbank frequentierte. Zum Schluss schenkte der

König Naganda seine Ausrüstung und eine Tabakdose mit seinem Porträt. Dieser hatte sich voller Elan in die Vorbereitungen seiner Reise gestürzt, hocherfreut, weiterhin dem Königreich dienen zu können.

Am 10. August hatte er Paris in Begleitung von Nicolas verlassen. Sartine hatte seinen Stellvertreter mit den entsprechenden Briefen und Befehlen des Duc de Praslin, Marineminister, ausgestattet, die den Indianer dem Schiffskapitän empfehlen sollten. Sie waren in einer gemieteten Berline in kleinen Etappen an der Loire entlang nach Nantes gefahren. Naganda hatte fortwährend von der Schönheit der Städte, durch die sie kamen, und den blühenden Landschaften geschwärmt. Lange Gespräche hatten sie einander nähergebracht, und Nicolas war aufs Neue überrascht von der Bildung und Neugier seines Reisebegleiters. Nach seiner Ansicht über den Mörder von Élodie gefragt, hatte dieser nicht geantwortet. Nicolas ahnte, dass seine Antwort der Bemerkung von Pater Raccard am Ende der außerordentlichen Anhörung geähnelt hätte, und ließ es dabei bewenden.

Als sie nach Nantes kamen, war Naganda überrascht von der Baufälligkeit der ältesten Viertel, in denen die Straßen so eng waren, dass die Berline mehrmals rückwärtsfahren musste, um einen breiteren Weg zu suchen. Hohe, nahe zusammengerückte Häuser mit Sprossenfenstern beherrschten die Straßen. Sie stiegen im Hôtel Saint-Julien an der Place Saint-Nicolas ab. Es erwies sich als alt, schmutzig und voller Ungeziefer, wie die meisten, in denen sie seit der Abfahrt aus Paris übernachtet hatten. In einem Gasthaus am Ufer der Erdre tröstete sie die Zartheit einer gebratenen Ente, zu der sie einen Wein aus Ancenis tranken, zumindest ein wenig über diese Unbilden hinweg. Am nächsten Morgen gingen sie an Bord eines Schiffes mit zwei Decks, dessen Aussehen verändert worden war, damit es für ein Sklavenschiff auf dem Weg zur afrikanischen Küste gehalten werden konnte und so die englischen Schiffe täuschte, die dort kreuzten. Seine fünfzig Kanonen waren heimlich in La Rochelle an Bord gebracht worden. Naganda und Nicolas wurden vom Kapitän freundlich empfangen. Dann nahte der Moment des Abschieds. Der Indianer dankte Nicolas für seine Unterstützung und sprach den Wunsch aus, ihn eines Tages in seiner Heimat empfangen zu können.

Jetzt betrachtete Nicolas vom Jardin des Capucins aus, der auf einem hohen Felsen lag, die Landschaft. Der breite Fluss teilte sich in mehrere Arme mit kleinen Inseln, die teils unbewohnt und teils von baufälligen Häusern bedeckt waren. Zwischen ihnen tauchten da und dort Schiffsmasten auf. Vor ihm erstreckte sich eine eintönige Landschaft mit Feldern, Herden, Mühlen, Sümpfen und fernen dunklen Wäldern. Zu seiner Linken lag die Stadt mit ihren zahlreichen Glockentürmen, den reichen Vierteln der Händler und der beeindruckenden Silhouette des Schlosses des bretonischen Herzogs und der Kathedrale. Gerührt dachte er an das nahe Guérande, wo er seine Kindheit verbracht hatte, und dieser Gedanke versetzte ihn in die Vergangenheit zurück. Zu viele seiner Freunde waren nach Übersee gegangen und fehlten ihm nun: Und jetzt setzte Pigneau seine Mission in Siam fort, und Naganda kehrte zu seinem Stamm zurück. Er suchte mit dem Blick die *Orion;* sie war nur noch ein Spielzeug in der Ferne. Nicolas füllte seine Lungen mit der Seeluft, die vom offenen Meer kam, stellte sich vor, dass auch er eines Tages über das

Meer fahren werde, und ging langsam in die Stadt unter ihm zurück. Paris erwartete ihn mit seinen Menschenmassen und seinen Verbrechen.

Danksagung

Mein Dank gilt zu allererst Marie-Claude Ober, die mit Kompetenz, Wachsamkeit und Geduld die Entstehung des Textes begleitet hat. Er richtet sich auch an Monique Constant, Conservateur général du Patrimoine, für ihre Ermutigungen und ihre fortwährende Hilfe. Darüber hinaus versichere ich erneut Maurice Roisse meines Danks für seine genaue und intelligente Lektüre des Textes. Schließlich danke ich meinem Verleger für das Vertrauen, das er mir mit der Veröffentlichung des dritten Bandes der Reihe bewiesen hat.

Anmerkungen

Für die deutsche Ausgabe wurde der Apparat der Anmerkungen des Autors in ein *Glossar* über- und umgearbeitet. Anmerkungen, die lediglich Erklärungen französischer Wörter und Ausdrücke enthielten und daher für den Leser der deutschen Übersetzung nicht von Interesse sind, wurden gestrichen. Neu aufgenommen wurden hingen Anmerkungen zu einer Reihe von historischen Persönlichkeiten, die in dem Roman genannt werden oder eine mehr oder weniger große Rolle spielen, wie Polizeipräfekt Gabriel de Sartine, der Scharfrichter von Paris Charles-Henri Sanson oder der Erste Kammerdiener des Königs Jean-Benjamin La Borde (siehe *Verzeichnis der historischen Persönlichkeiten*).

Verzeichnis der im Roman auftretenden oder genannten historischen Persönlichkeiten

MARIE ADÉLAÏDE DE BOURBON, genannt Madame Adélaïde (geboren 23. März 1732 in Versailles, gestorben 27. Februar 1800 in Triest), war die vierte Tochter und das sechste Kind König Ludwigs XV. und seiner polnischen Gemahlin Maria Leszczynska. Sie war die Ururenkelin des Sonnenkönigs Ludwig XIV. Adélaïde erwies sich schon seit frühester Jugend als sehr selbstbewusst und dickköpfig. Sie galt als so stolz und eitel, dass sie sämtliche Heiratsanträge ablehnte, und lebte daher wie ihre Schwestern unverheiratet in Versailles. Dabei galt sie als eine der attraktivsten Frauen bei Hof, sprach fließend Italienisch und Englisch und war eine hervorragende Mathematikerin. Nach dem Ausbruch der Französischen Revolution musste Adélaïde Versailles verlassen und nahm zusammen mit ihrer Schwester Victoire das Schloss Bellevue, das einstige Lustschloss von Madame de Pompadour, als Wohnsitz. Aus Sicherheitsgründen sahen sie sich gezwungen, am 20. Februar 1791 nach Italien zu fliehen. 1799 ließen sie sich in Triest nieder, wo sie in ärmlichen Verhältnissen lebten. Victoire starb 1799 und Adélaïde 1800 als letztes Kind Ludwigs XV.

MARIE-ANTOINETTE (geboren 2. November 1755 in Wien; gestorben 16. Oktober 1793 in Paris) wurde als Erzherzogin Maria

Antonia von Österreich geboren. Sie wurde durch die Heirat mit Dauphin Louis Auguste am 16. Mai 1770 Dauphine von Frankreich.

CHRISTOPHE *DE BEAUMONT DU REPAIRE* (geboren 26. Juli 1703 auf Schloss La Roque bei Saint-Cyprien, gestorben 12. Dezember 1781 in Paris) war der Sohn von François de Beaumont, Comte de La Roque und dessen zweiter Ehefrau Anne-Marie de Lostanges. Am 19. Juni 1734 empfing er die Priesterweihe für das Bistum Blois und am 24. Dezember 1741 die Bischofsweihe. 1745 wurde er Erzbischof von Vienne und von 1746 bis zu seinem Tod 1781 war er Erzbischof von Paris. Bekannt ist Christophe de Beaumont als Gegner des Jansenismus und für seine Auseinandersetzung mit dem französischen Parlament, das ihn wegen seiner Anordnung, Sterbenden nur gegen Vorzeigen eines Beichtzettels die Sakramente zu spenden, insgesamt viermal verbannte. Schließlich zwang ihn der König im August 1754 per Lettre de cachet, sich in ein ehrenvolles Exil (Hausarrest) zurückzuziehen. Beaumont warnte erfolglos vor der Gefahr der Revolution und war in diesem Zusammenhang ein erklärter Gegner Jean-Jacques Rousseaus.

MARIE-JEANNE *BÉCU, COMTESSE DU BARRY* (geboren 19. August 1743 in Vancouleurs (Meuse), Lothringen, gestorben 8. Dezember 1793 in Paris) war die uneheliche Tochter der Näherin Anne Bécu und – vermutlich – des Franziskanermönchs Jean-Baptiste Casimir Gomard de Vaubernier. Als sie nach Paris kam, arbeitete sie zunächst in dem Modehaus Labille und später als Kurtisane. Unter dem Namen »Mademoiselle Lange«

arbeitete sie im Etablissement von Madame Gourdan. Sie fiel dem Grafen Jean-Baptiste du Barry auf, der plante, die Achtzehnjährige dem König als Maitresse zu vermitteln, um seinen eigenen Einfluss am Hof zu vergrößern. Um sie hoffähig zu machen und ihre niedere Herkunft zu vertuschen, fälschte er ihre Geburtsurkunde und verheiratete sie am 1. September 1768 mit seinem Bruder Guillaume du Barry. Am 22. April 1769 wurde sie als nunmehr Adlige am Hof eingeführt.

Bald konnte sie den alternden König Ludwig XV. mit ihrer Schönheit, ihrem Charme und ihrer Jugendlichkeit erobern. Er stellte ihr eigene Wohnräume im Schloss Versailles und den früheren Pavillon des Eaux im nahe gelegenen Louvecienne zur Verfügung. Nach der bürgerlichen Maitresse Pompadour galt die du Barry als neuer, noch größerer Skandal bei Hof. Zu ihren größten Gegnern zählten Étienne-François de Choiseul, der damalige Finanzminister, und dessen Schwester, die sich selbst Hoffnungen auf ein enges Verhältnis zu Ludwig XV. gemacht hatte. Der Einfluss von Madame du Barry am Hof von Frankreich beschränkte sich im Gegensatz zu ihrer Vorgängerin mehr oder weniger auf persönliche Intrigen. Sie war maßgeblich am Sturz von Choiseul beteiligt. Bei den Hochzeitsfeierlichkeiten von Ludwig XVI. und Marie-Antoinette nahm sie gegen den Widerstand des Hofes an der Seite des Königs teil. Doch auch das Thronfolgerpaar lehnte sie von Anfang an ab.

Auf seinem Sterbebett verfügte der König 1774, sie in ein Kloster zu verbannen. Sein Nachfolger Ludwig XVI. kam dem Befehl nach. Die Gräfin wurde in die Abtei Pont-aux-Dames in Couilly gebracht, wo sie mehr als ein Jahr lebte, bevor sie im

Oktober 1775 in ihr Haus in Saint-Vrain (Essonne) umziehen durfte. 1776 kehrte sie auf königlichen Befehl in ihr Schloss in Louveciennes bei Versailles zurück. Auf einer Reise nach England erfuhr sie von der Hinrichtung Ludwigs XVI. Obwohl kurz zuvor auch ihr neuer Geliebter, der Herzog von Brissac, ermordet worden war, sah sie die Situation in Frankreich für sich persönlich als ungefährlich an und kehrte im März 1793 nach Paris zurück, wo sie im September desselben Jahres verhaftet, vor ein Revolutionstribunal gestellt und wegen Unterstützung der Konterrevolution, Kontakten zu Emigrierten und Verschwendung öffentlichen Eigentums angeklagt wurde. Am 8. Dezember 1793 wurde sie auf der Place de la Révolution durch die Guillotine hingerichtet.

JEAN-BENJAMIN DE *LA BORDE* (oder Laborde) (geboren 5. September 1734 in Paris, gestorben 22. Juli 1794 in Paris) war Komponist, Historiker, Finanzinspektor und Generalsteuerpächter. Außerdem war er Erster Kammerdiener und Favorit von Ludwig XV. Er studierte Violine bei Antoine Dauvergne und Komposition bei Jean-Philippe Rameau. Am 22. Juli 1794 starb er durch die Guillotine.

ARMAND-JÉRÔME *BIGNON* (geboren 21. Oktober 1711 in Paris, gestorben 8. März 1772 in Paris) war Avocat général im Grand Conseil (1729), Maître des requêtes in Soissons (1732) und Präsident des Grand Conseil (1738). 1743 wurde er als Nachfolger seines Onkels Jean-Paul Bignon zum Bibliothekar des Königs ernannt, ein Amt, das er 1770 zugunsten seines Sohn Jérôme-Frédéric aufgab. 1743 wird er in die Académie française aufgenommen. 1762 wählte man ihn zum Conseiller d'État und 1764 zum Prévôt des marchands. Seiner Inkompetenz sind während der Hochzeit des Dauphins mit Marie-Antoinette die Unfälle während des Feuerwerks zuzuschreiben, die mehr als 300 Personen das Leben kosteten, ganz zu schweigen von zahlreichen Verletzten. Ganz Paris reagierte empört, als er sich drei Tage nach dieser Katastrophe in seiner Loge in der Oper zeigte. Unter Ludwig XV. wurde er nie für die Folgen seiner Unfähigkeit verurteilt. Paris rächte sich an ihm durch das Anagramm seines Namens: *ibi non rem, damn gero,* »Ich tue nicht Gutes, ich tue Schlechtes.«

Philippe II. de *Bourbon, Duc d'Orléans* (geboren 1674 in Saint-Cloud, gestorben 2. Dezember 1723 in Versailles), oft auch nur kurz Philippe II. d'Orléans genannt, wurde als Sohn von Herzog Philippe I. de Bourbon, einem Bruder König Ludwigs XIV., und Liselotte von der Pfalz geboren. Damit war er ein Enkel von Ludwig XIII. und ein Neffe von Ludwig XIV. Dieser sorgte für eine gute Erziehung durch einen hervorragenden Pädagogen. 1691 bewährte der Herzog sich bei der Belagerung von Mons und in der Schlacht bei Steenkerke, der Schlacht bei Neerwinden und der Schlacht bei Namur (1692–1695). Danach widmete er sich naturwissenschaftlichen Studien. Später wurden ihm noch militärische Kommandos in Italien (1706) und während des Spanischen Erbfolgekriegs (1707–1708) übertragen. Er zog sich jedoch den Groll des Königs zu, als das Gerücht aufkam, er habe Ambitionen, an Stelle Philipps von Anjou in den Besitz der spanischen Krone zu gelangen. Trotzdem hielt Ludwig XIV. an ihm fest und bestimmte ihn für die Zeit der

Minderjährigkeit seines fünf Jahre alten Urenkels Ludwig XV. testamentarisch zum Präsidenten des Regentschaftsrates.

Philippe war erklärter Atheist; die Jesuiten wurden unter seiner Regentschaft weitgehend entmachtet. Er förderte die Parlamente, war gegen Zensur und ordnete die Neuauflage von Büchern an, die unter der Herrschaft seines Onkels verboten worden waren. Er gründete die Universitäten von Dijon und Pau, und aus seiner Bibliothek ging die Französische Nationalbibliothek hervor. Er folgte dem politischen Umdenken seines Onkels, indem er eine Allianz mit Großbritannien, Österreich und den Niederlanden einging, führte aber einen erfolgreichen Krieg gegen das bourbonische Spanien, der die Bedingungen für einen europäischen Frieden herstellte. Er komponierte und war ein begabter Maler und Graveur. Er war sehr am wissenschaftlichen Fortschritt interessiert und diskutierte mit den hervorragendsten Gelehrten seiner Zeit. Bekannt ist er vor allem für seine Ausschweifungen, denen er in Versailles und an seinem Hof am Palais Royal in Paris nachging. Trotz der im Vergleich zu seinem Onkel liberaleren Regierungsart, die das Erstarken des adelig-großbürgerlichen Salonlebens begünstigte, ließ er Voltaire in die Bastille werfen, als dieser ihm ein inzestuöses Verhältnis mit seiner Tochter Marie Louise Élisabeth vorwarf. Nach seiner Regentschaft wurde Philippe zum Premierminister ernannt. Er starb 1723 nach mehreren Schlaganfällen.

Louise-Marie de *Bourbon* (geboren 15. Juli 1737 in Versailles, gestorben am 23. Dezember 1787 in Saint-Denis) war die achte Tochter und das jüngste Kind Ludwigs XV. und seiner polnischen Ehefrau Maria Leszczynska. Sie wurde zusammen mit ihren älteren Schwestern in der Abtei Fontevrault erzogen und kam im Jahr 1750 wieder an den Hof von Versailles zurück. Ihr Vater wollte eine Heirat von Louise mit dem englischen Prinzen Charles Edward Stuart arrangieren. Aber sie soll ihren Vater angefleht haben, dass sie lieber ins Kloster gehen würde, als eine Heirat mit einem ungeliebten Mann einzugehen. Tatsächlich verließ Prinzessin Louise-Marie in den frühen Morgenstunden des 11. April 1770 den königlichen Hof und nahm wenige Monate später im Karmeliterinnenkloster Saint-Denis den Schleier. Sie wurde in der Folge *Thérèse de Saint-Augustin* genannt. Als Mutter Oberin Thérèse de Saint-Augustin starb sie im Alter von 50 Jahren an Magenbeschwerden infolge einer Vergiftung und wurde neben ihren Eltern in der Basilika Saint-Denis bestattet.

Étienne-François de *Choiseul* d'Amboise (geboren 28. Juni 1719 in Nancy, gestorben 8. Mai 1785 in Paris) war der älteste Sohn von François Joseph II. de Choiseul, Marquis de Stainville (1700–1770). Er trat in die Armee ein und diente während des Österreichischen Erbfolgekriegs 1741 in Böhmen und Italien, wo er sich bei der Schlacht von Coni 1744 auszeichnete. Von 1745 bis 1748 war er mit der Armee auf dem Gebiet der Niederlande und nahm an der Schlacht bei Mons, Charleroi und Maastricht teil. Er gewann die Gunst von Madame de Pompadour, indem er ihr einige Briefe beschaffte, die Ludwig XV. an seine Cousine Madame de Choiseul geschrieben hatte. Nach Jahren in Rom und Wien ersetzte er Abbé François-Joachim de Pierre de Bernis als Außenminister (1758–1761,

1766–1770) und steuerte während des Siebenjährigen Krieges die französische Außenpolitik. Obwohl in den Jahren 1761 bis 1766 sein Cousin César Gabriel de Choiseul-Praslin das Amt des Außenministers bekleidete, wurde die französische Politik doch weiterhin von Choiseul bestimmt, indem er phasenweise zugleich als Kriegsminister (1761–1770) und Marineminister (1761–1766) amtierte. 1766 tauschte er mit seinem Cousin das Marineministerium wieder gegen das Außenministerium. Choiseuls Sturz wurde herbeigeführt durch seine Maßnahmen gegen die Jesuiten. Nach dem Tod von Madame de Pompadour 1764 wurden seine Feinde, angeführt von Madame du Barry und Kanzler Maupeou, zu stark für ihn, und 1770 wurde er gezwungen, sich auf seinen Landsitz in Chanteloup zurückzuziehen.

Robert-François ***Damiens*** oder ***Damien*** (geboren 9. Januar 1715 in La Thieuloye bei Arras, gestorben 28. März 1757 in Paris) verwundete Ludwig XV. am 5. Januar 1757 mit einem Messer, als der König gerade seine Kutsche bestieg. Damiens, der mit der Religionspolitik des Königs haderte, behauptete, er habe den König nur erschrecken wollen Dieser befahl, dass man Damiens bewachen, nicht töten solle. Er wurde in der Conciergerie eingekerkert und nach einem missglückten Selbstmordversuch stets festgeschnallt gehalten. Um etwaige Mitwisser und Komplizen in Erfahrung zu bringen, wurde er schwer gefoltert, woraufhin er seine Beine nicht mehr bewegen konnte. Nach seiner extrem grausamen Hinrichtung wurden seine Körperteile verbrannt und die Asche in alle Winde verstreut.

Marie-Madeleine *Guimard* (geboren 27. Dezember 1743 in Paris, gestorben 4. Mai 1816 in Paris) herrschte als gefeierte Tänzerin fast 25 Jahre lang an der Oper von Paris: Zu ihrem Ruhm trugen auch diverse Liebesaffären, besonders die mit dem Bischof von Orléans, bei.

Jean Jouvenet (geboren 1644 in Rouen, gestorben 5. April 1717 in Paris) war einer der Hauptvertreter der religiösen Malerei in Frankreich. Im Jahr 1661 trat er in Paris in die Werkstatt von Charles Le Brun ein und wurde von ihm spätestens ab 1669 bei der Ausstattung von mehreren Schlössern wie dem Palais de Tuileries, dem Schloss Saint-Germain-en-Laye und Versailles beschäftigt. Ab 1685 schuf Jean Jouvenet hauptsächlich Gemälde mit religiösen Themen für Kirchen und Klöster in Paris und in der Provinz, aber auch große mythologische Werke für das Große Trianon in Versailles sowie die Schlösser Marly und Meudon. Zwischen 1694 und 1709 war er maßgeblich beteiligt an den Ausstattungen des Parlaments von Rennes sowie der Chapelle Royale des Hôtel des Invalides in Paris und der Schlosskapelle in Versailles. Ferner entwarf er zahlreiche Kartons für Bildwirkereien, vornehmlich für die Pariser Gobelin-Manufaktur. Eine Lähmung zwang ihn, in den letzten Lebensjahren mit der linken Hand zu malen. Er wurde in der Kirche Saint-Sulpice bestattet.

Louis III Phélypeaux, Comte de *Saint-Florentin*, Marquis (1725), dann Duc (1770) de La Vrillière (geboren 18. August 1705, gestorben 27. Februar 1777) war von 1756 bis 1770 Kanzler und Siegelbewahrer des Ordre du Saint-Esprit, 1761 Staatsminister und von 1749 bis 1775 Secrétaire d'État à la Maison du Roi von Ludwig XV. Nach der Entlassung von Choiseul 1770 war er für kurze Zeit vom 24. Dezember 1770 bis zum 6. Juni 1771 Staatssekretär im Außenministerium.

Die Marquise de *Pompadour* (geboren 29. Dezember 1721 in Paris, gestorben 15. April 1764 in Versailles) war lange Zeit die Mätresse und einflussreiche Vertraute (»Favoritin«) von König Ludwig XV.

Nicolas Edme *Restif de la Bretonne* (geboren 23. Oktober 1734 in Sacy bei Auxerre, gestorben 3. Februar 1806 in Paris) wurde als achtes von vierzehn Kindern eines vermögenden Bauern geboren. Als Nicolas-Edme Restif getauft, nannte er sich später Restif de la Bretonne nach dem Landgut, auf dem er aufwuchs. Restif de la Bretonne war seit seinem 15. Lebensjahr gelernter Drucker und wurde Autor von etwa 200 Büchern. Er verfasste Sittenromane und Sozialutopien. Sein Hauptwerk *Les contemporaines, ou aventures des plus jolies femmes de l'âge présent* umfasst 272 Novellen und 444 kurze Geschichten in insgesamt 42 Bänden. Restif de la Bretonne gilt oft als bloßer Pornograf. Tatsächlich hat er aber eine Ergänzung zu de Sades Bild der Aristokratie in seinen freizügigen Schilderungen der niederen Stände geliefert. De Sade war ein Kontrahent Restifs. Seine sexuelle Fixierung auf Schuhe, geschildert in dem Roman *Le pied de Fanchette,* führte zu der Bezeichnung Retifismus für diese Art von Fetischismus.

Richelieu, Louis François-Armand de Vignerot du Plessis (geboren 13. März 1696 in Paris, gestorben 8. August 1788 in Paris), seit 1715 der 3. Herzog von Richelieu, seit 1720 Mitglied der Académie française und seit 1748 Marschall von Frankreich, war der jüngste Großneffe von Kardinal Richelieu. Abgesehen von seinem Ruf als Mann von lockerer Moral zeichnete er sich trotz seiner wenig profunden Bildung als Diplomat und General aus. Dank der Protektion der Marquise de Prie war er von 1725 bis 1729 Botschafter in Wien und diente im Polnischen Erbfolgekrieg 1733/34 im Rheinfeldzug. Seine eigentliche Karriere begann zehn Jahre später. Im Österreichischen Erbfolgekrieg zeichnete er sich in der Schlacht bei Dettingen und der Schlacht bei Fontenoy aus; drei Jahre später war er an der Verteidigung Genuas beteiligt. Zu Beginn des Siebenjährigen Kriegs vertrieb er 1756 die Engländer durch die Eroberung der Festung San Felipe aus Menorca. 1757/58 führte er Raubzüge im Kurfürstentum Braunschweig-Lüneburg durch, die ihm den Spitznamen »Väterchen Marodeur« eintrugen. Nach den Kriegen stürzte er sich wieder in Hofintrigen, begünstigte Madame du Barry und unterstützte seinen Neffen, den Duc d'Aiguillon. Ludwig XVI. war ihm nicht günstig gesinnt.

Hermann *Moritz Graf von Sachsen,* genannt »Maréchal de Saxe« (geboren 28. Oktober 1696 in Goslar, gestorben 30. November 1750 auf Schloss Chambord) war seit 1747 einer von nur insgesamt sieben Generalmarschällen von Frankreich. Er war ein illegitimer Sohn des Kurfürsten Friedrich August I. von Sachsen, genannt August der Starke, und der Maria

Aurora von Königsmarck. Während des Spanischen Erbfolgekriegs kämpfte er 1709 in Flandern unter Prinz Eugen und dem Herzog von Marlborough und zeichnete sich 1711 bei Stralsund während des Großen Nordischen Kriegs aus. 1717 nahm er in Ungarn unter Prinz Eugen von Savoyen am Kampf gegen die Türken teil, 1720 trat er in französische Militärdienste.

Nachdem er sich 1733 im Polnischen Erbfolgekrieg am Oberrhein ausgezeichnet hatte, wurde ihm am 1. August 1734 der Titel eines Lieutenant général verliehen. Im Österreichischen Erbfolgekrieg nahm er 1741 Prag ein. Am 26. März wurde er zum Marschall von Frankreich ernannt und stellte ein eigenes Regiment, die Volontaires de Saxe, auf, das ihm als Haustruppe und Leibgarde diente. Zwischen Januar und März 1744 kommandierte er eine Expeditionsarmee, die zur Wiedereinsetzung des Hauses Stuart bestimmt war; die geplante Landung in England wurde aber wegen der Dominanz der gegnerischen Flotte fallen gelassen. Der folgende Feldzug in Flandern unter dem nominellen Oberbefehl Ludwigs XV. galt als Meisterstück der Kriegskunst. Am 11. Mai 1745 erkämpfte er gegen die Engländer den Sieg in der Schlacht bei Fontenoy, und im Februar 1746 eroberte er Brüssel. Nachdem die Armee der Pragmatischen Sanktion nach dem Abzug der britischen Truppen geschwächt worden war, setzten die Franzosen ihre Invasion in Holländisch-Flandern fort. Nach dem schnellen Fall der Festungen Mons (10. Juli) und Charleroi (2. August) belagerte er Namur, das am 19. September eingenommen werden konnte. Am 11. Oktober 1746 errang er bei Raucoux einen Sieg über das österreichisch-niederländische

Heer unter Prinz Karl von Lothringen und wurde dafür am 12. Januar 1747 zum Maréchal général des camps et armées du roi befördert. Nach dem Sieg über den Herzog von Cumberland bei Lauffeld am 2. Juli 1747 und der Einnahme von Bergen op Zoom am 16. September 1747 wurde er zum Oberbefehlshaber in den eroberten Niederlanden ernannt. Die Eroberung weiterer wichtiger Plätze (im Mai 1748 fiel Maastricht) sicherte den Franzosen ihre bisherigen Erfolge. Nach dem Frieden von Aachen am 18. Oktober 1748 zog sich der »Maréchal de Saxe« auf das ihm vom König auf Lebenszeit zur Nutzung überlassene Schloss Chambord zurück, das er zu einem Sammelpunkt von Gelehrten, Künstlern und Philosophen machte. Moritz von Sachsen erfreute sich schon zu Lebzeiten großer Beliebtheit bei seinen Soldaten wegen seiner Menschlichkeit, im Volk wegen seiner Siege; er war einer der wenigen unbesiegten Feldherren Frankreichs, was ihn zum Mythos machte.

Charles Henri *Sanson*, eigentlich Chevalier Charles-Henri Sanson de Longval (geboren 15. Februar 1739 in Paris, gestorben 4. Juli 1806 in Paris) war seit 1778 offizieller Henker von Paris und wurde als »der« Scharfrichter der Französischen Revolution und als »Monsieur de Paris« bekannt. 1757 assistierte er seinem Onkel Nicolas-Charles-Gabriel Sanson (1721–1795, Henker von Reims) bei der extrem grausamen Verstümmelung und Hinrichtung des Königsattentäters Robert-François Damiens. 1778 bekam er schließlich offiziell den blutroten Mantel, das Zeichen des Henkermeisters, von seinem Vater Charles Jean-Baptiste und hatte dieses Amt bis 1795 inne.

Charles Henri Sanson führte 2918 Enthauptungen durch, darunter auch diejenige von Ludwig XVI. Sanson war ein eifriger Befürworter des Vorschlags des Arztes Joseph-Ignace Guillotin, der einen einfachen Mechanismus zum Köpfen für eine humanere Art der Hinrichtung hielt. Zu Sansons Hobbys zählten die Sezierung seiner Opfer und die Herstellung von Medikamenten mittels Heilkräutern, die in seinem Garten wuchsen. Außerdem spielte er gern Violine und Cello und traf an den Musizierabenden öfter mit dem Cembalo-Hersteller und Musikfreund Tobias Schmidt, einem Deutschen, zusammen, der als tüchtiger Handwerker später die Guillotine nach dem Konzept von Antoine Louis, dem Leibarzt des Königs, und Vorschlägen des Königs selbst herstellte.

ANTOINE RAYMOND JUAN GUALBERT GABRIEL DE *SARTINE*, Comte d'Alby (geboren 12. Juli 1729 in Barcelona, gestorben 7. September 1801 in Tarragona) war der Sohn des aus Lyon stammenden Finanziers Antoine Sartine oder Sardine (1681–1744), der von Philipp V. zum Intendanten von Katalonien ernannt worden war. 1752 kaufte er das Amt des *Lieutenant criminel* im Châtelet, 1755 wurde er geadelt und 1759 zum obersten Polizeichef von Paris, zum *Lieutenant général de police* (Polizeipräfekt) ernannt, ein Amt, das er bis 1774 bekleidete. Ab 1763 war er auch Chef der Zensurbehörde. Von 1774 bis 1780 war er Staatssekretär im Marineministerium. Er war der Organisator eines engmaschigen Spitzelnetzes zur Bekämpfung revolutionärer Umtriebe zur Zeit der Aufklärung. 1790 emigrierte er nach Spanien.

Nicolas Stohrer machte seine Konditorlehre in Wissembourg (Weißenburg im Elsass) in den Küchen von König Stanislaus I. von Polen, der damals dort im Exil lebte. Er wurde Konditor für Maria Leszczynska, der Tochter von Stanislaus, und folgte ihr 1725 nach Versailles, nachdem diese Ludwig XV. geheiratet hatte. Nicolas Stohrer wird die Erfindung des Baba au rhum zugeschrieben, eines hohen, runden Napfkuchens aus süßem Hefeteig, der nach dem Backen mit einer Mischung aus Läuterzucker und Rum getränkt wird. 1730 eröffnete er unter der Hausnummer 51 in der Rue Montorgueil eine Konditorei, die als die älteste von Paris gilt.

Joseph Marie ***Terray*** (geboren 1715 in Boën-sur-Lignon, gestorben 1778 in Paris) war Priester und wurde aufgrund der Förderung durch René-Nicolas-Charles-Augustin de Maupeou, dem Kanzler von König Ludwig XIV., 1769 zum Finanzminister. Er sah sich einer katastrophalen Lage der Staatsfinanzen gegenüber, da Ludwig XV. den von Ludwig XIV. geerbten Staatsbankrott trotz mehrerer Versuche (etwa der Gründung der Banque Générale durch John Law) nicht hatte überwinden können, sodass sich das Land als politisch, militärisch und kulturell führende Macht Europas in einer ständigen Zahlungskrise befand. Terray wies die Zahlungen eines Teils der französischen Staatsschulden zurück. Diese sogenannten Repudiationen verschafften dem Staat, zusammen mit Neuverhandlungen der von den Steuerpächtern zu zahlenden Pachtbeträge, einen größeren finanziellen Spielraum. Zudem brachte er der Staatskasse weitere Einnahmen durch die Steuerung des Getreidehandels. Im politischen Bereich betrieb er 1770 den Sturz von Außenminister Étienne-François de Choiseul, indem er dessen Pläne für einen Krieg gegen Großbritannien als unbezahlbar bezeichnete. Seine Erfolge bei der Steigerung der Staatseinnahmen brachten eine erhebliche Opposition gegen seine Person mit sich. Ludwig XVI. entließ ihn daher unmittelbar nach seinem Amtsantritt.

THÉODORE *TRONCHIN* (geboren 24. Juni 1709 in Genf, gestorben 30. November 1781 in Paris) stammte aus einer alten Hugenottenfamilie aus der südfranzösischen Stadt Arles. Zum Zeitpunkt der Bartholomäusnacht (23./24. August 1572) suchte die Familie Tronchin Zuflucht in Genf. Der Vater von Théodore Tranchin, Jean-Robert Tronchin, war dort einer der reichsten Bankiers. Théodore Tronchin studierte zunächst Medizin an der University of Cambridge, besuchte Vorlesungen von Richard Mead, dem Leibarzt von Georg II., wechselte dann aber an die Universität Leiden, wo er Schüler von Herman Boerhave wurde. 1770 erhielt er den Doktor der Medizin für eine Arbeit auf dem Gebiet der Gynäkologie. Anschließend praktizierte er in Amsterdam, übernahm als Präsident des Royal College of Physicians in London und Inspektor der Krankenhäuser aber auch öffentliche Aufgaben. In den frühen 1750er Jahren kehrte er nach Genf zurück, erhielt dort den Titel eines Honorarprofessors für Medizin und zog später nach Paris, wo er 1766 eine Arztpraxis eröffnete. Er zählte zu seinen Freunden bekannte Männer und Frauen aus Philosophie und Literatur, vor allem solche der französischen Aufklärung wie Voltaire, Rousseau, Diderot. Eine echte Freundschaft verband ihn mit Madame d'Epinay und Friedrich Melchior Grimm. Er schrieb den Artikel »Inoculation« für Denis Diderots *Encyclopédie*. Tronchin war ein einflussreicher Arzt, dessen Popularität sich unter den europäischen Königshäusern und den oberen Klassen herumsprach. 1751 wurde er zum auswärtigen Mitglied der Preußischen Akademie der Wissenschaften gewählt. 1762 wurde er Fellow der Royal Society, 1778 Ehrenmitglied der Russischen Akademie der Wissenschaften in Sankt Petersburg und 1779 Mitglied der Königlich Schwedischen Akademie der Wissenschaften.

JACQUES DE *VAUCANSON* (geboren 24. Februar 1709 in Grenoble, gestorben 21. November 1782 in Paris) war Ingenieur und Erfinder. Vaucanson konsturierte Automaten. Berühmt wurde er 1737, als er einen Flötenspieler entwarf, der dank einer mechanischen Stiftwalze ein Dutzend Lieder spielen konnte. Noch größeres Aufsehen erregte seine mechanische Ente, die er aus ca. 400 beweglichen Einzelteilen zusammensetzte. Dieser Automat konnte mit den Flügeln flattern, schnattern, Wasser trinken und verfügte sogar über einen künstlichen Verdauungsapparat.

Glossar

Äsop sagte zu Recht: im französischen Original lautet das Gedicht:

Ésope avec raison disait
Qu'un arc qui toujours banderait
Sans doute se romprait
Si le nôtre se repose
Mesdames, c'est à bonne cause
À ce qu'il nous paraît
De ce repos vous verrez les effets
Nous ferons des après
Pour de nouveaux succès
Et nous le détendrns exprès
Pour mieux le tendre après.

A la pistole – siehe Cellule à pistole

Basse-Geôle – der Name der Morgue, des Leichenschauhauses in den Kellern des Châtelet.

Bavaroise ist ein typisches Getränk der französischen Gastronomie, das ursprünglich aus Tee, Milch und Likör zubereitet wurde. Heute und auf Martinique, wohin französische Auswanderer es brachten, wird es statt mit Likör oder Sirup meist mit Rum zubereitet und heiß und gesüßt getrunken. Es existieren zahlreiche Verfeinerungen und Varianten wie etwa Grün- oder Kräutertee statt Schwarztee und Sahne statt Milch. Die

Bezeichnung entstand in Paris im berühmten Kaffeehaus Café Procopio, das der Sizilianer Francesco Procopio, der als Leibkoch des französischen Königs nach Paris gekommen war, 1689 eröffnete. In diesem Café schauten häufig bayerische Prinzen aus dem Hause Wittelsbach vorbei, die den Tee so bestellten.

Berline – ein zwei- oder viersitziger voll durchgefederter Reisewagen. Der Wagentyp erhielt seinen Namen nach der Nähe zu Berlin und aufgrund der Beliebtheit, die er in der zweiten Hälfte des 17. Jahrhunderts am Brandenburger Hof erlangte. Im Wörterbuch der Académie française erscheint das Wort *berline* 1718 für eine Art Kutsche mit neuartiger Aufhängung, weicher gefedert als andere Kutschen. Als Erfinder gilt der brandenburgische Baumeister Philip de Chiese, der dieses Transportmittel für sich entwickelt hatte, um bequemer als mit den bis dahin genutzten Kutschen eine Fahrt im Auftrag seines Landesherrn nach Paris durchführen zu können, wo die Kutsche eine solche Aufmerksamkeit erregte, dass er sofort etliche Aufträge für einen Nachbau erhielt. Bei den Berlinen war der viersitzige Kutschkasten über und nicht zwischen den sehr hoch gekrönten Langbäumen aufgehängt, sodass die Vorderräder höher sein und doch unterlaufen konnten. Der Kutschkasten hatte zwei bis auf den Boden reichende Türen und hing in Riemen an hölzernen oder stählernen Federn. Das Fahrzeug wurde von zwei nebeneinander angeschirrten Pferden gezogen. Um die Mitte des 18. Jahrhunderts kamen die in C-Federn hängenden zweisitzigen Halbberlinen auf, in denen sich die Fahrgäste gegenübersaßen. Die Viersitzer wurden auch verwendet als Berliner Droschken erster Klasse. Die Berline wurde besonders als Reisewagen und Postkutsche eingesetzt.

Bicêtre – Schloss, Hospital, Irrenhaus und Gefängnis im heutigen Le Kremlin-Bicêtre in der Nähe von Paris. Der Name stammt von einer Burg, die auf einem Grundstück errichtet wurde, das Jean de Pontoise, Bischof von Winchester (1283–1304), 1286 gekauft hatte. Die Verballhornung des Ortsnamens machte Winchester erst zu Vincestre, dann zu Bicestre und schließlich zu Bicêtre. 1633 ordnete Ludwig XIII. den Bau eines Hospizes für verkrüppelte, alte und gebrechliche Soldaten auf den Ruinen der Burg an. 1647 wurde das Hospital auf Initiative von Vinzenz von Paul zum Heim für Findelkinder erweitert. Unter Ludwig XIV. wurde das Haus ab 1656 Teil eines allgemeinen Krankenhauses und mit der Aufnahme von Bettlern und sonstigen unerwünschten Personen beauftragt. Später nahm Bicêtre alle Problemfälle der Pariser Bevölkerung auf, wobei nicht unterschieden wurde zwischen Armen, Kranken und Kriminellen: Geisteskranke, Betrüger, Mörder, Vagabunden und Delinquenten jeglicher Art, auch in flagranti ertappte Homosexuelle wurden dort eingewiesen, seitdem man sie nicht mehr öffentlich verbrannte. Die Gefangenen wurden ausgepeitscht, um ihnen ihr Fehlverhalten auszutreiben. In Bicêtre erfand der Tapissier Guilleret 1770 die Zwangsjacke. Auch die ersten Versuche mit der Guillotine wurden hier am 17. April 1792 durchgeführt, zuerst an lebenden Schafen, dann an den Leichen von drei Vagabunden. 1836 wurde die Einrichtung als Gefängnis geschlossen.

Blaue Jungen (»garçons bleus«) – so genannt nach ihrer blauen Livree, junge Burschen, die ausschließlich im Dienst des Königs standen. Sie unterstanden den vier Ersten Kammerdienern des Königs und waren insgesamt 18. In Gruppen zu sechst taten sie im Turnus von zwei Wochen rund um die Uhr Dienst. Sie waren gefürchtet und kannten das Schloss in Versailles bis in seine geheimsten Winkel.

Bouillotte – auch **Brelan**, ein historisches Kartenglücksspiel, das in der zweiten Hälfte des 18. Jahrhunderts und später wieder in den 1830er Jahren sehr beliebt war. Bouillotte ist als Vorläufer des Pokerspiels anzusehen. Es wird von drei bis fünf Spielern mit einem Paket Piquet-Karten (32 Blatt französischer Spielkarten) gespielt.

Cabinet noir – siehe *Schwarzes Kabinett*

Cellule à pistole – eine »bezahlte Zelle« für privilegierte Personen, die zahlten, um dort untergebracht zu werden, und die sich ihre Mahlzeiten von draußen bringen lassen konnten.

Chambre ardente – »glühende Kammer«, zu verschiedenen Zeiten in Frankreich ein außerordentlicher Gerichtshof, der sehr harte Strafen, meist den Feuertod, verhängte. Die Kommission wurde als »glühende« oder »feurige Kammer« bezeichnet, da ihre Verfahren in einem schwarz verhängten, durch Fackeln oder Kerzen erhellten Raum stattfanden. Unter König Franz I. wurde von 1535 an die Chambre ardente als außerordentliches Inquisitionstribunal zur Verfolgung der französischen Protestanten (Hugenotten) eingesetzt; die vom Papst ernannten Mitglieder wurden »Spürhunde des Herrn« (*domini canes*) genannt und sollten Ketzerei aufdecken. Die Chambre ardente übernahm den letzten Urteilsspruch und den Vollzug der Strafe. Auch unter König Heinrich II. war die Kammer aktiv. Dessen Nachfolger Franz II. errichtete 1559 bei jedem Parlement (Institutionen der Rechtssprechung im mittelalterlichen und vorrevolutionären Frankreich) eine Chambre ardente, die den Vollzug der Ketzeredikte von 1555 und 1559 zu überwachen hatten. Im Mai 1560 wurden sie im Edikt von Romorantin aufgehoben. Von 1535 bis 1560 waren die Chambres ardentes typische Werkzeuge der Gegenreformation. Im Jahr 1677 richtete Ludwig XIV. bei der sogenannten Giftaffäre erneut eine Chambre ardente, genannt *Cour des Poisons* (»Gift-Gerichtshof«) ein, deren Aufgabe es war, Gerüchten nachzugehen, die nach der Hinrichtung der Marquise de Brinvilliers aufgekommen waren. Es wurde behauptet, ein weit verzweigter Ring von Giftmischern um Catherine Monvoisin sei verantwortlich für den rätselhaften Tod einiger Mitglieder des französischen Adels. Bei den Untersuchungen der Kammer gerieten durch den Einsatz brutalter Foltermethoden zahlreiche Personen aus allen Gesellschaftsschichten in Verdacht. Nach der Hinrichtung der Hauptbeschuldigten wurde diese Kammer 1680 wieder aufgelöst.

Châtelet – die beiden Châtelets in Paris waren die Kastelle, die im Mittelalter die Brücken über die Seine sicherten. Als nach dem Ende der Normannenüberfälle Ende des 9. Jahrhunderts die römische Steinbrücke (der heutige Pont Notre-Dame) durch eine neue Brücke 150 Meter flussabwärts, den Grand Pont (heute Pont au Change), ersetzt wurde, bekam dieser Neubau ein Kastell, das Grand Châtelet genannt wurde, im Gegensatz zum Petit Châtelet, das für die Sicherheit des Petit Pont zuständig war. Ende des 12. Jahrhunderts ließ König Philipp August eine Stadtmauer bauen, wodurch die Sicherungsaufgabe der Châtelets entfiel. Der König ließ das Grand Châtelet renovieren und wies es dem Prévôt de Paris, dem königlichen Stadtvogt, und seiner Justizverwaltung als Amtssitz zu. In den Folgejahren dienten beide Châtelets als Gefängnis. Während das Petit Châtelet lediglich ein mit zwei Türmen flankiertes Tor war (es wurde 1780 abgerissen), war das Grand Châtelet ein fast quadratischer Bau mit einem Hof in der Mitte und zwei Türmen Richtung Vorstadt. Im Mai 1783 zählte man dort 305 Gefangene, im Mai 1790 350, die als gefährliche Kriminelle galten. Am 25. August 1790 wurde der Gerichtshof im Châtelet aufgelöst, seine Arbeit endete am 24. Januar 1791. Das Gefängnis blieb allerdings erhalten. 1802 wurde das Grand Châtelet auf Befehl Napoleon Bonapartes abgerissen. Die Baulücke wurde genutzt, um die Place du Châtelet anzulegen.

Gardes françaises – dieses Regiment war eines der beiden Infanterieregimente der königlichen Garde (Maison militaire du roi). Es wurde 1563 auf Anregung von Pierre de Bourdeille, genannt Brantôme, als »Régiment de la Garde du Roi« für König Karl IX. aufgestellt. Es handelte sich um eine Elitetruppe, die zusammen mit der Schweizergarde die »Garde de l'extérieur« bildete und die königlichen Paläste von außen bewachte. Die Rekrutierung erfolgte aus den besten Leuten der Linienregimenter. Es handelte sich dabei meist um nicht adlige Soldaten, weswegen sie nicht Offiziere werden konnten. Die Uniform war blau mit rotem Abzeichen und weißen Verzierungen. Einige der Kompanien der Gardes françaises waren in Paris stationiert, um in der Hauptstadt für öffentliche Ruhe und Ordnung zu sorgen. Das Regiment stand in enger Beziehung zur Pariser Bevölkerung, was auch an der großen Anzahl der von den Gardes françaises besetzten Wachen lag. Am 1. September 1789 wurden die Gardes françaises aufgelöst.

Hohe Pforte – ursprünglich im arabischen Sprachraum die allgemeine Bezeichnung der Eingangspforten zu Städten und königlichen Palästen. Später wurde sie insbesondere auf den Sultanspalast in Istanbul bezogen und bezeichnete den Sitz der osmanischen Regierung. Die Bezeichnung rührt daher, dass an den Toren der Städte nach alter orientalischer Sitte die Empfangszeremonien für ausländische Botschafter und Gesandte abgehalten wurden. Von 1718 bis 1922 wurde der Begriff zur Bezeichnung des Sitzes des osmanischen Großwesirs bzw. der osmanischen Regierung (Dīwān) verwendet. Während langer Perioden des Reichs ging die eigentliche politische Macht von hier aus und nicht vom Hof des Sultans. So sagte man von ausländischen Botschaftern in Konstantinopel, sie seien »an der Hohen Pforte« akkreditiert.

Das Hôtel-Dieu de Paris ist das älteste Hospital in Paris. Es wurde 651 von dem Pariser Bischof Landericus in unmittelbarer Umgebung der Kathedrale Notre-Dame gegründet. Es befand sich an der Südseite der Ile de la Cité, aber auch auf der Rive gauche, dem linken Seineufer, und war damit das einzige Gebäude der Stadt, das an zwei Ufern des Flusses stand. Die beiden Teile waren mit einer Brücke verbunden. In den Jahren 1718, 1737 und 1772 wurde es von Bränden heimgesucht. Georges Haussmann ließ im Zuge seiner städtebaulichen Maßnahmen 1865 das alte Hôtel-Dieu abreißen und wenige Meter weiter durch den wesentlich größeren Neubau des heutigen *Hôpital Hôtel-Dieu* ersetzen.

Hôpital général – das »Allgemeine Krankenhaus« war eher ein System von »Bettlergefängnissen«, das 1656 in Frankreich durch königliches Dekret von Ludwig XIV. ins Leben gerufen wurde. Das als Markstein vor allem für die französische Psychiatrie geltende Dekret Ludwigs XIV. stellte den Beginn einer eher politischen Einflussnahme auf den Umgang mit Armen, Arbeitslosen, Sträflingen und psychisch Kranken dar. Die königliche Anordnung eines Hôpital général erfolgte 1656 zunächst für Paris. Erst zwanzig Jahre später forderte der König am 16. Juni 1676 die Einrichtung solcher »Hôpitaux« auch in jeder anderen Stadt Frankreichs. Angeschlossene Einrichtungen in Paris waren die Salpêtrière, die schon Ludwig XIII. wiederaufgebaut hatte, Bicêtre, das bereits unter Ludwig XIII. als Heim für Kriegsinvaliden dienen sollte, La Pitié, das »Refuge« im Faubourg Saint-Vicot, das Hospital Scipion und das Haus der Savonnerie. Die Belegung dieser Einrichtungen ging innerhalb weniger Jahre zum Teil über die Grenze von einem Prozent der Stadtbevölkerung von Paris hinaus. Es waren dort 6000 Personen untergebracht. Der Anteil der Irren betrug ca. zehn Prozent der Eingewiesenen. Der übrige dort untergebrachte Personenkreis setzte sich zusammen aus Bettlern, Vagabunden, Greisen, Waisen, Prostituierten, Geschlechtskranken, Homosexuellen, »Ungläubigen« und Strafgefangenen.

Hospodar – slawischer Fürstentitel

Introducteur des ambassadeurs – ein Offizier des Service des cérémonies, der dafür zuständig war, die ausländischen Botschafter und Fürsten zu den Audienzen des Herrschers, seiner Gemahlin und der Prinzen und Prinzessinnen von Geblüt zu geleiten. Sie erhielten ihre Befehle nur vom König und galten als dessen Vertreter gegenüber den ausländischen Botschaftern und Fürsten.

Konvulsionäre von Saint-Médard – franz. **Les Convulsionnaires**, eine fromme Bewegung in Frankreich. Die Bezeichnung bezieht sich darauf, dass die Anhänger bei Zusammenkünften auf dem Friedhof Saint-Médard in Paris zwischen 1727 und 1732, bei denen es auch zu wundersamen Heilungen gekommen sein soll, regelmäßig in Zuckungen verfielen. Die päpstliche Bulle *Unigenitus Dei filius* von 1713, die die Thesen der Jansenisten als Häresie ablehnte und mit der die römisch-katholische Kirche den Konflikt mit den Jansenisten für erledigt ansah, hatte diese nicht zum Schweigen gebracht. Unter der Régence konstituierte sich eine Partei von Bischöfen, Ordensmännern und Laien, die mehrere Eingaben beim Heiligen Stuhl machten, um ein Konzil einberufen zu lassen, die sogenannten Appellanten. Zahlreiche dieser Kleriker wurden exkommuniziert oder ihrer Ämter enthoben. Der Diakon François de Pâris war der Unterzeichner all dieser Eingaben. Die ersten Wunderheilungen ereigneten sich um sein Grab herum von 1727 an, dem Jahr seines Todes, woraufhin der Friedhof sehr rasch zum Treffpunkt von Kranken, die auf ein Wunder hofften, und Gläubigen aus allen sozialen Schichten wurde. Man legte sich auf den Grabsteinen zur Behandlung oder zum Schlaf nieder und sammelte die Erde um das Monument ein, um daraus Balsam oder Pflaster zu machen. Am 15. Juli 1731 kam es zum Streit. Während die Jansenisten von der Bekanntheit der Heilungen profitierten, erklärte der Erzbischof von Paris in einem Hirtenbrief diese als Schwindel und forderte die Einstellung des Kults. Dreiundzwanzig Pariser Pfarrer richteten daraufhin eine Bittschrift an ihn, um die Anerkennung von vier Wundern zu erreichen, über die sie eine Akte mit Aussagen zuverlässiger Zeugen angelegt hatten. Die Heilungen vollzogen sich über lange und schmerzhafte Krisen mit Zuckungen hinweg. Die Ärzte des Königs, die zu einem Urteil aufgefordert wurden, hielten das Phänomen ebenfalls für Schwindel. Aus Furcht vor Unruhen wurde der Friedhof am 29. Januar 1732 geschlossen. Einige Konvulsionäre trafen sich weiter in Wohnungen, Kellern oder bürgerlichen Salons. Manche Frauen glaubten an die Kraft der schmerzhaftesten Martern, um zu beweisen, dass sie die Hilfe der göttlichen Gnade hätten. Man entfernte sich immer weiter von der Affäre Pâris, und die Konvulsionäre, vom Parlement und selbst von den Jansenisten verurteilt, fanden sich ausgegrenzt. Von 1745 an gab es nur noch einige ganze geheime Gemeinschaften. Von 1789 an waren die Konvulsionäre nicht mehr im Gespräch.

Der **Krieg von 1756** – der sogenannte Siebenjährige Krieg, in dem Frankreich, Russland, Österreich gegen Preußen und England (Kurhannover) kämpften

Lambig – ein hochprozentiger Apfelschnaps aus der Bretagne. Die Bezeichnung leitet sich von *alambic* (»Destillierkolben«) ab. Die Basis des Destillats sind Äpfel. Bei der Herstellung wird aus den Äpfeln zunächst Cidre gewonnen. Aus 225 Litern Cidre werden anschließend 20 Liter Lambig gewonnen. Nach drei Jahren Reifezeit in einem Eichenfass entsteht ein frischer, fruchtiger Lambig. Je länger der Apfelbrand lagert, desto mehr Intensität entfaltet er. Er wird als Aperitif, vor allem aber als Digestif nach dem Essen getrunken.

Die **Lettre de cachet** (»versiegelter Brief«) war ein vom französischen König unterzeichnetes versiegeltes Schreiben. Dieser Brief war die schriftliche Niederlegung eines königlichen Auftrags und einer Willensbekundung, die in der Folge häufig zu einer Inhaftierung ohne Gerichtsverfahren, einer Exilierung oder einer Inhaftierung führte. Die Lettres de cachet wurden entweder im Namen oder im Auftrag des Königs ohne andere Kontrolle als die Signatur eines Ministers auf Papier geschrieben und mit dem kleinen königlichen Siegel geschlossen. Besonders seit Ludwig XVI. wurde, um missliebige Personen unschädlich zu machen, ein so großer Missbrauch mit diesen Briefen getrieben, dass der Polizeipräfekt gewöhnlich im Voraus ausgefertigte Lettres de cachet besaß, in die er nur den Namen des zu Verhaftenden eintrug. Eine solche Verhaftung konnte jedoch auch eine königliche Gnade sein, indem der Betroffene der Justiz entzogen wurde, wie beispielsweise der Marquis de Sade auf Ersuchen seiner Schwiegermutter.

Livre – eine Rechnungsmünze, die als solche im französischen Königreich bis auf wenige Ausnahmen nie als Münze geprägt wurde, sondern vielmehr als Rechen- und Wertbasis des französischen Silbermünzsystems diente. Ein Livre bestand immer aus 20 Sols oder Sous und 240 Deniers. Der Name rührt daher, dass ein Livre einer bestimmten Menge Silber, nämlich einem Pfund (entspricht heute etwa 409 Gramm) mit genau festgelegtem Feingehalt entspricht. Aus einem solchen Pfund wurden 20 Sols oder 240 Deniers geprägt.

Der **Mantelet** – kleiner Mantel, ein meist über dem Reifrock getragener, hüftlanger Umhang mit Kapuze. Er hatte keine Armschlitze und wurde am Hals mit einer Schleife oder einem Haken geschlossen. Der Mantelet kam 1740 in Mode und blieb es bis zur Revolution.

Micmac (auch Mi'kmaq, Mikmaq oder Mic-Mac) – ein indianisches Volk, das im östlichen Nordamerika lebt. Heute gibt es 29 First Nations der Mi'kmaq in Kanada, aber nur einen auf Bundesebene anerkannten Stamm in den USA, der als *Aroostook Band of Micmacs* bekannt ist. Das ehemalige Wohngebiet der Mi'kmaq umfasste die maritimen Provinzen Kanadas Nova Scotia, Prince Edward Island, Teile von New Brunswick/ Nouveau-Brunswick und die Gaspé-Halbinsel in Québec.

Neufrankreich (***La Nouvelle France***) – ursprünglich Bezeichnung für das in Nordamerika durch Frankreich zwischen 1534 und 1763 in Besitz genommene teilweise kolonisierte Territorium. 1608 wurde der Name Neufrankreich auch zur offiziell gewählten Bezeichnung der nun zu einer französischen Kolonie zusammengefassten französischen Gebiete. Die Kernlande umfassten neben dem Gebiet um den Sankt-Lorenz-Strom auch das Mississippi-Tal (Louisiana) und Akadien. Auf dem Höhepunkt seiner Ausdehnung im Jahr 1712 und vor dem Vertrag von Utrecht erstreckte sich das Territorium Neufrankreichs von Neufundland bis zu den Großen Seen und von der Hudson-Bucht bis zum Golf von Mexiko. Das Gesamtgebiet gliederte sich verwaltungstechnisch in die fünf Kolonien Kanada, Akadien, Hudson-Bucht, Neufundland und Louisiana. Mit dem Pariser Frieden von 1763 verlor Frankreich fast seine gesamten nordamerikanischen Gebiete an den Rivalen Großbritannien.

Oublie – dünnes, rundes Gebäck aus dem Mittelalter aus Mehl, Wasser, Milch oder Weißwein, Ei, Zucker und manchmal Honig, das vom »oublieur« wie eine Waffel zwischen zwei Eisen gebacken und häufig zu einem hohlen Zylinder gerollt wird. Der Name leitet sich vom kirchenlateinischen *oblata* (*hostia*) über altfranzösisch *oblaye*, *obleie*, *oblee* her. Anderen Lexikografen zufolge könnte es auch auf das griechische Wort *obélias* zurückgehen, das ein längliches, schmales Brot bezeichnet, das am Spieß oder zwischen zwei Eisen gebacken wird. Ursprünglich wurde es noch in länglicher Form an manchen Fasten- und Feiertagen den Stiftsherrn, Geistlichen und Mönchen serviert. Schnell entwickelte es sich zu einem populären Gebäck, das von den »oublieurs« an Feiertagen vor den Kirchen und bei Einbruch der Nacht in den Straßen verkauft wurde.

Peinliche (oder auch **hochnotpeinliche**) **Befragung** – ein Verfahrenselement der Blutgerichtsbarkeit des hohen und späten Mittelalters sowie der frühen Neuzeit. Sie wird auch »scharfe Frage« oder »Tortur« genannt. Der Begriff »peinlich« ist dabei abgeleitet von »Pein«, das damals entsprechend seiner Herkunft aus dem lateinischen *poena* die Bedeutung von »Strafe« hatte. Ursprünglich war die peinliche Befragung die Hauptvernehmung des Angeklagten bei Inquisitionsprozessen, später verstand man darunter allgemein den Einsatz von Folter. Berühmtheit erlangte sie in Europa in der frühen Neuzeit im Zuge der Inquisition und der Hexenverfolgung. Die peinliche Befragung sollte erst dann eingesetzt werden, wenn zuvor weder durch ein Geständnis, das Urgicht genannt wurde, noch durch die Verfahrensmethode der Beweisung der Angeklagte überführt worden war. Außerdem musste ein dringender Tatverdacht vorliegen. Die peinliche Befragung konnte also nicht willkürlich angewandt werden. Als Vorstufe der peinlichen Befragung galt die Territion (Schreckung), in der dem Angeklagten die Folterinstrumente vorgeführt und erläutert wurden.

Piköre (auch Piqeure) – Vorreiter bei der Treibjagd

Port Mahon – hier siegte Richelieu im Juni 1756 über die Engländer.

Prévôt des marchands – »Vorsteher der Kaufmannsgilde«, das gewählte Oberhaupt der Vereinigung der Pariser Flussschiffer, der dann später die wirtschaftlichen Interessen der gesamten Pariser Bürgerschaft und damit die Bürger auch beim König vertrat, wenn der einer Gemeinde nicht den Rang einer Stadt zuerkennen wollte, aber dennoch einen Gesprächspartner und Vermittler aus den Reihen der Bewohner brauchte, etwa in Steuerfragen. Die Flussschiffer hatten sich im 12. Jahrhundert gegen die Konkurrenz aus Rouen zusammengeschlossen. Der königliche Prévôt de Paris (Stadtvogt von Paris) sah sich in seiner politischen Arbeit bald mit diesem Wirtschaftsverband konfrontiert, der seine Rechte und Privilegien nicht nur erwarb und ausbaute, sondern auch zu nutzen verstand. Er verfügte über das Monopol der Flussschifffahrt in den Détroits (die mittlere Seine und ihre Zuflüsse). Ab Ludwig IX. (1214–1270) wurden der Verbandsvorsitzende, der Prévôt des marchands, und seine vier Schöffen, die Échevins, die für vier bzw. zwei Jahre aus der Händleraristokratie gewählt wurden, vom König als Gesprächspartner in allen Bereichen akzeptiert, in denen die königliche Verwaltung sich nicht einer repräsentativen Institution des Pariser Bürgertums bedienen konnte. Der Verband verwandelte sich daraufhin schnell von einem Interessenvertreter des Handels in ein Organ zur Verteidigung der gemeinsamen Interessen der Bürgerschaft. Tatsächlich schufen der Prévôt des marchands und die Schöffen eine Gemeindeverwaltung mit Beamten, die sich um die praktischen Belange der Stadt (Müllabfuhr, Straßenbau, Nachtwache, Aufsicht) sowie um die Wirtschaftsdelikte und die Hafen- und Marktpolizei kümmerten. Das Amt, dem der

Prévôt und die Échevins vorstanden, wurde Prévôté des marchands genannt. Nach dem Aufstand der Maillotins (1382) geriet die Prévôté des marchands in die Hände des Königs. Der von ihm 1389 eingesetzte Garde de la prévôté des marchands Jean Jouvenel identifizierte sich jedoch sehr schnell mit den Interessen der Pariser und gewann nach und nach die alten Privilegien zurück. Der Macht des Prévôt des marchands stand ständig die Macht des Prévôt de Paris gegenüber, der ein vom König eingesetzter Vogt mit Sitz im Grand Châtelet war. Ab den 1440er Jahren wurden der Prévôt des marchands sowie die Mehrzahl der Schöffen aus den Reihen der königlichen Beamten gewählt und nicht mehr aus den Reihen der Kaufleute.

Schlacht bei Fontenoy – bei dieser Schlacht am 11. Mai 1745 zeichnete Marschall Moritz von Sachsen, Befehlshaber der französischen Truppen, sich dort als großer deutscher Feldherr aus.

Schwarzes Kabinett (Cabinet noir), auch Schwarze Kammer – die an wichtigen Postämtern eingerichteten Stellen, an denen auf Anordnung der Staatsregierung alle von einer Person aus- oder eingehenden Briefe heimlich geöffnet, eingesehen, abgeschrieben, wieder verschlossen und in den Postverkehr zurückgeleitet wurden. Anfangs dienten diese Schwarzen Kammern nur für Staatszwecke. Kuriere und Postillone waren verpflichtet, die ihnen von privater Seite übergebenen Briefe auf für den König schädliche Nachrichten durchzusehen. Im Laufe der Zeit kam für die Schwarzen Kammern immer stärker die Aufgabe der Entzifferung verschlüsselter Nachrichten dazu. Erst im Revolutionsjahr 1848 wurden in Paris (ebenso wie anderswo in Europa, beispielsweise in Wien) diese Schwarzen Kabinette aufgelöst.

THERIAK – eine in der Antike als Gegengift gegen tierische Gifte, insbesondere Schlangengift, entwickelte Arznei, die im Mittelalter als Universalheilmittel gegen viele Krankheiten und Gebrechen angewandt wurde. Die Ärzte des klassischen Griechenland versuchten, die Bisse giftiger Schlangen mit einer Kräutermixtur aus Anis, Fenchel und Kümmel zu behandeln. Die Arznei nannte man Theriak, eine Bezeichnung, die erstmals um 170 v. Chr. bei Nikandros von Kolophon, Arzt, Grammatiker und Dichter, erwähnt wird. Die Zusammensetzung wurde später um Opium als weitere Zutat erweitert. Die persische bzw. turkmenische Bezeichnung »Teriak« oder »Theriak« für die aus dem Mohn gewonnene Substanz ist eine der mutmaßlichen Sprachwurzeln des Begriffs. Allerdings könnte er auch von dem griechischen Wort *therion* (»wildes, giftiges Tier«) über lateinisch *theriaca* von griechisch *thāriakón (antídoton)* abgeleitet sein.

VOGELORGEL – auch Serinette genannt, kleine, tragbare Handdrehorgel

Im Juni 2019 erscheint der vierte Band
der Nicolas-Le-Floch-Reihe:

Jean-François Parot

Commissaire NICOLAS LE FLOCH
und das Gift derLiebe

Roman

Aus dem Französischen
von Michael von Killisch-Horn

ISBN: 978-3-89667-643-6

An einem Januarabend 1774 fährt Nicolas Le Floch in einer Kutsche zu einem Festessen, das seine Geliebte Julie de Lastérieux gibt. Nicolas tritt in freudiger Erwartung ein, muss aber miterleben, wie Julie vor seinen Augen mit einem jungen Adeligen kokettiert.

Wutentbrannt flüchtet er zu seinen Freunden, die ihm aber am nächsten Morgen eine schreckliche schreckliche Nachricht überbringen: Julie de Lastérieux ist in der Nacht gestorben. Die Umstände deuten auf einen Giftmord hin. Und da es viele Zeugen seiner Eifersucht gibt, ist Commissaire Le Floch selbst der Hauptverdächtige.

Kostenloses E-Book erhältlich

Wer Hintergrundinformationen zum Paris des 18. Jahrhunderts sucht und sich für den Werdegang und die Arbeitsweise des Autors Jean-François Parot interessiert, sei auf dieses E-Book verwiesen. Es enthält zwei Interviews mit dem Autor und gewährt in Wort und Bild Einblicke in die Alltagskultur des 18. Jahrhunderts

Die Welt des Nicolas Le Floch.

Leben und Sterben im Paris des 18. Jahrhunderts.

ISBN: 978-3-641-22279-6

www.blessing.verlag.de